CLAUDIA CARDOZO
Cuando ya no te esperaba

Cualquier forma de reproducción, distribución, comunicación pública o transformación de esta obra solo puede ser realizada con la autorización de sus titulares, salvo excepción prevista por la ley.
Diríjase a CEDRO si necesita reproducir algún fragmento de esta obra.
www.conlicencia.com - Tels.: 91 702 19 70 / 93 272 04 47

Editado por Harlequin Ibérica.
Una división de HarperCollins Ibérica, S.A.
Núñez de Balboa, 56
28001 Madrid

© 2015 Claudia Cardozo
© 2019 Harlequin Ibérica, una división de HarperCollins Ibérica, S.A.
Cuando ya no te esperaba, n.º 199 - 1.11.19

Todos los derechos están reservados incluidos los de reproducción, total o parcial. Esta edición ha sido publicada con autorización de Harlequin Books S.A.
Esta es una obra de ficción. Nombres, caracteres, lugares, y situaciones son producto de la imaginación del autor o son utilizados ficticiamente, y cualquier parecido con personas, vivas o muertas, establecimientos de negocios (comerciales), hechos o situaciones son pura coincidencia.
® Harlequin, HQN y logotipo Harlequin son marcas registradas por Harlequin Enterprises Limited.
® y ™ son marcas registradas por Harlequin Enterprises Limited y sus filiales, utilizadas con licencia. Las marcas que lleven ® están registradas en la Oficina Española de Patentes y Marcas y en otros países.
imágenes de cubierta utilizadas con permiso de Dreamstime.com.

I.S.B.N.: 978-84-1328-483-5
Depósito legal: M-28406-2019

Prólogo

Londres, 1892

El primer barón de Egremont, del condado de Surrey, fue nombrado en el siglo XIII y la historia de la baronía estaba colmada de una serie de servicios prestados a la Corona, por lo que gozaba de un bien ganado prestigio.

Nadie se atrevería jamás a hacer un solo comentario negativo respecto al honor del actual barón, o cualquier miembro de su familia. No solo eran respetados, sino muy estimados por la llamada *buena sociedad*.

Sir Patrick Egremont era un hombre justo, generoso y de carácter agradable. La baronía que ostentaba no era tan rica como otras de la región, pero contaba con tierras fértiles y unas rentas nada despreciables que, llegado el momento, pasarían a su hijo mayor, Arthur Egremont, un hombre joven y sensato, tan querido como su padre que, nadie lo dudaba, sabría llevar con dignidad el título que algún día pasaría a sus manos.

Además, el legado de la baronía estaba asegurado por otra generación, ya que Arthur contrajo matrimonio siendo muy joven con la encantadora hija de un conde y el cielo los había bendecido con dos pequeños varones. Ciertamente, imposible poner en duda la prosperidad y futuro de un título que formaba parte de la historia de la nación.

Sin embargo, con frecuencia las personas parecían olvidar a un importante miembro de la familia Egremont o, para ser más precisos, no darle la importancia que le correspondía.

Porque el barón no tenía solo un hijo, sino dos y el menor de ellos, Charles Egremont, era todo un personaje por sí mismo. Bien pensado, quizá fuera este el motivo por el que las personas, su familia incluida, daban por hecho que no había necesidad de recordarle cuán estimado era; después de todo, él tampoco daba la impresión de necesitar una atención especial.

Charles era un hombre joven, apenas llegado a los treinta años, apuesto, con un sentido del humor envidiable y que, como por obra de magia, agradaba a casi todo el mundo. Muy pocas personas podían encontrar algo que reprochar en su conducta y si se daba ese extraño caso, eran calificadas de seres sin buen juicio para apreciar a un caballero tan ocurrente y simpático.

Desde su más tierna infancia, Charles mostró un ingenio superior a lo que cabía esperar, con la palabra justa para arrancar carcajadas de su padre y convertirse en el consentido de las niñeras. Si algo oscureció su niñez fue el pronto fallecimiento de su madre, apenas cuando el pequeño contaba con cinco años, pero supo reponerse pronto y si esta pérdida tuvo algún efecto profundo en él, jamás lo demostró.

Pasó los años de escuela mostrando que no solo era un joven encantador, sino también brillante, aunque nunca se esforzó demasiado por hacerlo notar; encontraba más divertido el formar parte de los grupos más inquietos en Eton.

Una vez que se integró en la sociedad, tal y como se esperaba de él por su abolengo, ocupó fácilmente el lugar que le correspondía y fue recibido con mucho entusiasmo por sus semejantes. ¿Quién no querría contar con el apuesto y gracioso Charles en sus fiestas? Las damas mostraban una simpatía inmediata y los caballeros, salvo pequeñas excepciones, lo trataban con especial deferencia.

Charles Egremont era todo un éxito y así transcurrieron los primeros años de su vida adulta.

Sin embargo, tal y como hemos mencionado en las primeras líneas de esta historia, muchas veces las personas acostumbran dar por sentado lo que otros necesitan con frecuencia oír. Porque el buen Charles se divertía mucho como el individuo divertido y socarrón que animaba las fiestas y gozaba de la estima de su familia, pero a veces, solo a veces, hubiera deseado ser visto como *algo más*.

Y es justo acotar que Charles nunca envidió la primogenitura de su hermano, ni anheló en secreto la baronía; simplemente, se preguntaba qué sería de él en el futuro, cuando las reuniones lo aburrieran un poco y el flirtear traviesamente con las damas dejara de procurarle placer.

No contaba con una gran renta, solo la necesaria para vivir con dignidad; los miembros de su clase no trabajaban, no a menos que se encargaran de administrar sus propiedades y él no poseía ninguna. Vivía de forma decorosa con el dinero que recibía cada mes, sin mayores preocupaciones, pero pensaba, cada vez con más frecuencia, en que no le molestaría tener alguna, solo para variar.

Además y esto no lo reconocería jamás, ni ante el respetado Robert, conde de Arlington, su mejor amigo, pero desde hacía un tiempo cierta idea empezaba a rondar su mente, una que no se atrevía siquiera a nombrar.

Cada vez que visitaba a su hermano Arthur en la mansión familiar y lo veía compartir cosas con su cuñada, o pasaba una temporada en Devon con el mencionado Robert y su esposa Juliet, sentía algo muy parecido a la envidia y él no era una persona que se rindiera a esa clase de sentimientos. Sin embargo, no era sencillo ignorar ese anhelo que empezaba a atacarlo en los momentos menos propicios.

¿Cómo sería amar tanto a una mujer que su sola presencia lo sumiera a uno en un estado de embeleso? Porque no podía pensar en otra palabra para definir las expresiones que veía en Arthur o Robert frente a sus respectivas esposas, especialmente en el caso del segundo. Su mejor amigo nunca fue un hombre en exceso romántico, pero cada vez que Juliet aparecía, la miraba con una adoración que con frecuencia le hacía sentir incómodo, como si fuera un espectador indiscreto sin derecho a observar un sentimiento tan íntimo.

Y luego, claro, estaba ella. ¿Lo miraría alguna mujer de la forma en que Juliet miraba a Robert? ¿Como si el amor fuera tan poderoso entre ellos que de alguna forma iba más allá de sus miradas? Al inicio de su matrimonio sintió una profunda curiosidad rayana en la diversión ante este fenómeno, pero si era sincero consigo mismo, cada vez le parecía más envidiable.

Amar y ser amado. Sonaba bien, aunque estuviera del todo lejos de su alcance.

Como el segundo hijo de un barón no muy acaudalado nadie podría considerarlo un buen partido. Divertido para compartir una charla agradable y unos cuantos flirteos inocentes; una excelente pareja en los bailes más distinguidos, pero... ¿un marido en potencia? No, no para una señorita de buena sociedad que aspirara a hacer un matrimonio conveniente.

Era una suerte que, si bien Charles se preguntaba con frecuencia cómo se sentiría al ser amado, no era algo que le quitaba del todo el sueño.

Podría vivir sin saberlo.

Capítulo 1

La mansión Mowbray, en Londres, era un hervidero de actividad durante la temporada de bailes, en especial desde que el barón de Mowbray decidió que sería una gran idea hospedar allí a sus hijas mayores y sus respectivas familias.

Esto, desde luego, no disgustaba en absoluto a su hija menor, la única soltera, Lauren, ya que amaba a sus hermanas y sobrinos, además de estimar profundamente a sus cuñados, pero, al ser de carácter reposado y sensible, necesitaba disfrutar de ciertos momentos de apacible silencio que le eran cada vez más escasos.

Su madre y hermanas le rogaban para que aceptara hacerles compañía durante sus días de compras, así como también para que asistiera a las veladas que se desarrollaban cada noche en distintas mansiones de la ciudad. Sus sobrinos, por otra parte, requerían su atención para que les sirviera de cómplice en sus múltiples juegos. Sin embargo, a decir de Lauren, si tuviera la libertad de escoger sin lastimar los sentimientos de nadie, preferiría dedicar su tiempo tan solo a lo segundo.

No era que encontrara aburrido el pasar tiempo como cualquier otra joven de sociedad, disfrutando de la suerte de poder contar con hermosos vestidos y participar de divertidas fiestas, pero esa era ya su tercera temporada social y todo empezaba a resultarle un poco tedioso, en especial desde que su mejor amiga, Juliet Braxton, decidió residir buena parte del año en el campo, con su esposo, el conde de Arlington. Cierto que pasaba un par de semanas en Londres cada cierto tiempo, pero no era lo mismo y desde luego que tratándose de una mujer casada, su relación no podía ser la misma que tenían cuando ambas eran unas jóvenes debutantes.

De modo que Lauren se veía a sí misma sola, un poco aburrida y, para ligero desconcierto de su madre, aún soltera.

Y aunque era muy afortunada, ya que pertenecía a una familia amorosa que nunca daba muestras de reprocharle nada en absoluto, no dejaba de ser un poco incómodo saber que la consideraban una rareza dentro de la alta sociedad a la que pertenecía.

Era la hija más querida de uno de los hombres más acaudalados y respetados de Londres, contaba con una familia cariñosa, se la consideraba una joven agraciada, casi bonita todo fuera dicho, aunque no poseyera una belleza deslumbrante y su dulce carácter era muy apreciado. Entonces, ¿cómo era posible que Lauren Mowbray continuara soltera?

Bien, Lauren Mowbray podría decirles el motivo y este era muy sencillo, aunque se abstenía de hacerlo, claro, no hubiera sido muy bien visto; pero en lo profundo de su corazón, estaba muy claro.

Deseaba enamorarse.

Sus padres se amaban profundamente aun después de tantos años juntos y siempre los vio como un ejemplo de lo que anhelaba para su vida. Luego, sus hermanas contrajeron matrimonio con hombres gentiles que demostraron siempre un sincero amor y, por si todo eso fuera poco, su más querida amiga era cada día más feliz junto a su esposo.

Lauren estaba rodeada de parejas enamoradas y ella también quería estarlo, ¿acaso era mucho pedir? Al parecer, sí, ya que en tres años, desde su debut, había recibido igual número de propuestas y cada una más desapasionada que la anterior. Sus pretendientes le declaraban amor eterno, como era de esperar, pero ella reconocía su falta de honestidad y no los culpaba por ello. Comprendía que el amor no era un sentimiento que importara a todos por igual y que el hacer un *buen matrimonio* era una razón que el mundo veía tan válida como cualquier otra para comprometerse.

Pero ese no era su caso.

Ella deseaba una verdadera historia de amor, una como la de sus padres, o la de Juliet, y, sobre todo, su mayor sueño era saberse querida por un hombre bueno y dispuesto a cualquier sacrificio por ganar su amor.

Solo debía tener un poco de paciencia y si llegado el momento la vida le mostraba que ese no era su destino, seguro que podría resignarse a ser una buena hija que sirviera de compañía a sus padres.

Una lástima que, si bien procuraba engañarse a sí misma con un falso entusiasmo, el panorama resultara tan poco alentador.

Charles Egremont había decidido acceder a tan pocas invitaciones como le fuera posible durante esa temporada. Empezaba a aburrirle ver los mismos rostros, sostener las mismas charlas y ser el alma de las fiestas cuando buena parte de él preferiría encontrarse en cualquier otro lugar.

Empezaba a envejecer, una idea deprimente.

Sin embargo, había ciertas celebraciones que simplemente no se podían rechazar y la fiesta para celebrar el compromiso del primogénito del duque de Clarence era una de ellas, de modo que allí se encontraba, departiendo tal y como se esperaba de él.

Tras escoltar a lady Richmond hasta su asiento, luego de escucharla hablar durante casi veinte minutos acerca de su tercer difunto marido, al cual no parecía extrañar en demasía, inspiró como si estuviera a punto de ahogarse y se encaminó con paso rápido a la mesa de las bebidas; lástima que no hubiera nada más fuerte que una limonada. Tal vez si pudiera hablar con el anfitrión y convencerlo de que le mostrara su cava privada...

Estaba a punto de dirigirse hacia el centro del salón, cuando se topó con una figura familiar que provocó que esbozara la que debió ser la primera sonrisa sincera de la noche.

Lauren Mowbray se acercaba con paso delicado, esquivando a los presentes, dirigiendo pequeñas sonrisas aquí y allá, toda cortesía y buenas maneras. Llevaba un vestido sencillo de una tonalidad rosa que no alcanzó a identificar, pero el contraste con su cabello rubio y ojos azules provocaba un resultado encantador.

Le agradaba mucho la joven amiga de Juliet, siempre tan gentil y con una cándida honestidad que encontraba fascinante. Aunque era también muy tímida y no resultaba nada sencillo entablar una plática fluida con ella a menos que se encontrara en presencia de personas que considerara de confianza. Aun así, verla en medio de todo ese mar de hipocresía y formalidad era como un soplo de aire fresco, por lo que se apresuró en acercarse para saludarla.

—Señorita Mowbray, qué inesperado placer.

Lauren pestañeó varias veces, con la sonrisa a flor de labios, ligeramente sorprendida por el entusiasta saludo, si bien considerando su fuente no debía serle tan extraño. El señor Egremont siempre mostraba una amabilidad rayana en la exuberancia que en un principio la desconcertaba, pero desde que empezó a tratarlo la consideró una característica muy agradable. Como tenía por costumbre iba inmaculadamente vestido, con el cabello oscuro un poco más largo de lo que estipulaba la moda, pero que en él se veía muy bien, ya que le daba un aire algo rebelde, que hacía juego, a su parecer, con su personalidad.

—Señor Egremont, buenas noches, no esperaba encontrarlo aquí.

—¿Y perderme el evento social de la temporada? ¡Jamás, señorita Mowbray!

Lauren soltó una risita ante su falso tono solemne.

—Desde luego que hubiera resultado una lástima no contar con su presencia.

—¿Pretende halagarme, señorita?

El rubor que subió a las mejillas de la joven ante su tono burlón le recordó que no era buena idea hablar de esa forma con ella.

—Lo siento, señorita Mowbray, era solo una broma —se apresuró a remediar su error, cambiando la charla hacia un tema seguro—. Dígame, ¿ha sabido algo de nuestros queridos amigos de Devon?

Ante la alusión a Juliet y su esposo, el rostro de Lauren se iluminó, despejando todo rastro de incomodidad.

—Recibí una carta de Juliet hace unos días, al parecer tiene pensado visitarnos pronto, aunque no mencionó una fecha en especial.

—¿No la acompañará Robert?

—Juliet comentó en su carta que debía atender unos asuntos impostergables en Rosenthal —se refería a la principal propiedad del condado de Arlington—, pero que se reuniría con ella tan pronto como le fuera posible.

Charles asintió con expresión satisfecha ante esa información; sería agradable departir con sus amigos.

—Me ha dado una excelente noticia, señorita Mowbray, acaba de iluminar este día oscuro.

En esta ocasión Lauren no reaccionó con una sonrisa indulgente ante la exagerada expresión, sino que observó con mayor atención a su interlocutor, un poco asombrada por la sombra que pudo observar tras su sonrisa.

—¿Se siente usted bien, señor Egremont? Parece un poco... desanimado.

—¿Desanimado, dice? —Charles elevó las cejas, un poco sorprendido por el comentario—. No sé qué le hace pensar tal cosa.

Lauren sacudió la cabeza, reprochándose mentalmente por esa falta de educación; no debía decir lo que pensaba de forma tan directa, no a un caballero en medio de un salón, ¿qué diría su madre? Por un momento, enfrascada en la conversación amistosa con el señor Egremont, olvidó las buenas maneras.

—Lo siento, señor, ha sido un comentario absurdo, no sé en qué pensaba, fue solo una impresión equivocada —ignoró a la vocecilla interna que le decía lo contrario; había visto esa sombra—. Si me disculpa, debo reunirme con mi madre.

—Por supuesto —Charles quedó aún más confuso frente a sus reparos, pero se cuidó de disimularlo bien—. Ha sido un honor saludarla, señorita Mowbray.

—Lo mismo digo, señor Egremont, espero verlo pronto.

—Igualmente.

Charles inclinó la cabeza al tiempo que esbozaba una amplia sonrisa y le cedió el paso para que reanudara su camino.

¡Qué joven más extraordinaria! Por un momento pensó que mencionaría algo referente a su tedio, aun cuando estaba seguro de que no había dado mayores muestras de él. Tal vez la señorita Mowbray fuera más observadora de lo que parecía a simple vista, pero si ese era el caso, agradecía su discreción.

Se disponía a despedirse de sus anfitriones con una bien pensada disculpa, listo para regresar a sus estancias, donde esperaba pasar un momento más agradable, cuando notó un ligero aspaviento a su derecha.

La adorable condesa de Danby se acercaba hacia él con la barbilla muy en alto y una media sonrisa cómplice que Charles logró descifrar de inmediato.

Bueno, tal vez se quedara un momento más, él jamás desairaba a una dama.

Apenas dos días después de la velada en casa del duque de Clarence, Lauren recibió la visita de su prima más querida, Margaret, a quien no veía desde que contrajera matrimonio hacía ya poco más de seis meses. En verdad, para ser más precisa, era justo decir que se trataba de la única prima a quien tenía en alta estima, ya que buena parte de su familia residía en el norte y no mantenían mayor contacto, a excepción de una esporádica y cortés correspondencia.

Por ello le alegró tanto dar la bienvenida a Margaret, que con su rostro amistoso y sus comentarios graciosos conseguía siempre arrancarle unas cuantas carcajadas. Lamentablemente, tal y como le informó, solo se quedaría en la ciudad dos semanas antes de regresar a su nueva residencia en Escocia.

–Es tan triste pensar que debamos despedirnos nuevamente pronto –decía Lauren al tiempo que tomaba un poco de té.

Durante la estadía de su prima, pasaban mucho tiempo reunidas en el saloncito anexo a su dormitorio, donde podían conversar a gusto e intercambiar noticias.

—Vamos, querida, nada de quejas, pretendo divertirme mucho en estos días, de modo que olvidemos ese desagradable hecho y disfrutemos los momentos que podamos compartir.

—¿Y no extrañarás a tu esposo?

Margaret torció la boca en una sonrisa traviesa y se encogió de hombros.

—La idea, mi querida prima, es que sea él quien me extrañe con desesperación, aunque pretendo compensarlo, desde luego–rio abiertamente ante el sonrojo que afloró a las mejillas de Lauren–. ¡Oh, Dios! Lo siento, querida, ya sabes que no puedo mantener la boca cerrada.

—Ese siempre ha sido uno de tus atributos más... conocidos.

—Y estimados también, espero.

—Sin duda.

Ambas primas rieron, aunque Lauren sacudió también la cabeza con un leve gesto reprobador. Margaret tenía serios problemas para cuidar su lengua, lo que por lo general la metía en serios problemas.

—¿Y bien? ¿Alguna perspectiva interesante en el horizonte acerca de la que desees hablarme?

Lauren suspiró antes de responder; había esperado esa pregunta desde que Margaret cruzó el umbral de la mansión.

—Asumo que te refieres a un caballero.

—Desde luego, ¿en qué otra clase de perspectiva podrías estar interesada?

—Oh, Margaret...

Su prima se envaró en el asiento, dejó su taza con un movimiento decidido sobre la mesilla y compuso su expresión más seria.

—Querida mía, sabes que respeto tu manera de pensar y que nunca he juzgado esa necedad de querer enamorarte antes de contraer matrimonio, pero... ¿no crees que deberías ser un poco menos exigente? Quiero decir que hay estupendos hombres en los que podrías posar la vista y Dios sabe que muchos de ellos estarían más que honrados de que así fuera.

–Por favor, Margaret, ¿aún continúas con eso?

–Sí, desde luego que lo hago. Debes dejar esa actitud sin sentido, Lauren, o terminarás convertida en la compañera de mis tíos, que estoy segura de que estarían encantados de tenerte siempre a su lado, pero toda joven sueña con tener un hogar propio.

–No todas, tal vez yo sea distinta.

Su prima le dirigió una mirada escéptica.

–Creería con mayor facilidad en esas palabras si no fuera porque lloras en todas las bodas con tal emoción que resulta casi desconcertante para quienes no te conocen.

–¡Me conmueve ver a parejas que sellan su felicidad! –suspiró nuevamente al ver que la ceja de Margaret se elevaba aún más, si eso fuera posible–. Está bien, lo acepto, tal vez lo desee un poco, pero sobre todo, lo que anhelo es…

–Ser amada sobre todas las cosas, lo sé, tal y como ocurre con tía Emily –se refería a la madre de Lauren– y con la querida Juliet.

–¡Exacto! ¿Por qué no puedo tener eso? ¿Acaso no lo merezco?

Margaret se pasó una mano sobre los ojos con ademán agotado.

–Por supuesto que sí, querida, pero podrías ser tan solo un poco más flexible, no todas las historias de amor nacen como en un cuento de hadas, ¿no has pensado en eso? Si no recuerdo mal, la buena Juliet y el conde de Arlington no tuvieron el romance más convencional de la historia.

Lauren abrió la boca para negar tal afirmación, pero

Margaret conocía algunos detalles que la mayoría de habitantes de Londres jamás hubieran podido imaginar de una de las parejas más admiradas. Cierto que Juliet y su esposo se amaban profundamente, pero no siempre fue así y no era un secreto para los miembros de su entorno, al que su prima perteneció un tiempo.

—Pero dejemos a los felices condes Arlington un momento y pensemos en ti —Margaret sonrió a medias al retomar la conversación—. Te he visto alejarte una y otra vez de nobles caballeros que tan solo desean pasar un momento a tu lado. ¿Nunca has pensado que si les dieras una oportunidad podrías sorprenderte?

—Bueno…

—Disipa una duda; si estoy en lo correcto, asististe a la velada que ofreció el duque de Clarence, ¿cierto? —esperó al asentimiento de su prima—. Bailaste, supongo.

—Desde luego que lo hice, me gusta bailar.

Margaret asintió.

—Muy bien, en ese caso, ¿alguna de tus parejas despertó tu interés?

Lauren pestañeó con rapidez, procurando recordar a todas sus parejas de esa noche, pero ninguno dejó una huella en particular, no lo suficiente como para que su nombre aflorara con facilidad.

—No lo sé…

—¡Ahí lo tienes! —su prima la señaló con un dedo acusador, como si acabara de atraparla cometiendo la peor villanía—. Es eso a lo que me refiero, no les prestas la menor atención. ¿Cómo esperas enamorarte de esa forma?

—No es tan sencillo.

—¿Según quién? Nadie puede asegurar cómo es el amor, cómo nace o de qué forma se desarrolla —Margaret hizo un gesto descuidado con una mano—. Si alguien me hubiera dicho que me enamoraría de mi esposo, me habría reído sin dudarlo y puedo asegurarte, querida prima, que no hay hombre más amado que él.

Lauren sonrió ante esa afirmación apasionada; tal vez Margaret fuera con frecuencia un poco cínica y hasta brusca en sus comentarios, pero ella sabía bien que tenía un corazón noble.

—Ven, dame la mano, vamos a hacer un trato.

Sus pensamientos se vieron interrumpidos por esa extraña petición, pero tras dudar un instante, obedeció.

—Durante las siguientes dos semanas, asistiremos juntas a todas las veladas que valgan la pena y quiero que me prometas que prestarás atención a cada caballero con el que trates; no tienes que hablar demasiado con ellos, solo escúchalos, permite que se muestren tal cual son, algunos lo harán.

—Pero...

—Nada de objeciones, concédeme ese capricho, son solo dos semanas; luego me iré y podrás volver a tu indiferencia habitual en espera de tu príncipe azul. ¿Lo harás por mí, prima?

Lauren pensó un momento en lo que su prima le pedía. En su opinión, su petición era un poco exagerada, ya que sí prestaba atención a los caballeros con los que trataba; no era culpa suya que ellos no dejaran un recuerdo perdurable. De cualquier forma, aspiró profundamente y asintió de mala gana.

—Está bien, lo prometo, pero no creo que haya ninguna diferencia.

Margaret sonrió con expresión satisfecha, le soltó la mano y tomando nuevamente su taza de té, se recostó suavemente sobre el sillón.

—Ya lo veremos.

Algo le dijo a Lauren que quizá había sido demasiado confiada al aceptar, pero ya era demasiado tarde para arrepentirse, por lo que mentalmente rogó a Dios que

Margaret no la metiera en algún problema y en caso de que lo hiciera, que fuera uno del que pudiera librarse sin demasiada dificultad.

Una semana después, Lauren estaba a punto de, por primera vez en su vida, romper una promesa.

La idea de Margaret no le pareció tan terrible en su momento, es más, la encontró interesante, un cambio que la ayudaría a pasar los tediosos días de la temporada. Lo que jamás pensó fue que su prima asumiera su plan como una cruzada personal y estuviera del todo decidida a esperar que siguiera sus indicaciones al pie de la letra.

Había perdido ya la cuenta de los caballeros con los que había bailado en las últimas horas y ella no le daba un respiro.

–De ninguna manera, Margaret, me niego a bailar una sola pieza más; estoy exhausta.

–Pero...

–¿Deseas verme desmayada en medio de la pista de baile?

Margaret se recostó con discreción en uno de los pilares del salón en que se desarrollaba la fiesta e hizo un mohín resignado.

–Supongo que puedes descansar un momento...

Lauren se elevó en toda su estatura, que no era poca si se le comparaba con su prima y la miró con expresión indignada.

–¿Supones?

–¿Acaso has bailado con todos los caballeros que tienes anotados en tu libreta? ¿Los someterías a la vergüenza de negarles un baile después de haberlo prometido? Te veo incapaz de cometer semejante descortesía.

Margaret sí que sabía cómo hacerla sentir culpable,

por lo que no le quedó otra alternativa que encogerse de hombros y suspirar con resignación. Jamás haría algo tan terrible.

–Creo que puedo bailar un par de piezas más antes de retirarme –aceptó al fin entre dientes.

–¡Maravilloso! Porque, si me permites un pequeño consejo –al decir esto, su prima se inclinó un poco para hablarle en voz baja, casi al oído–, hay un caballero en particular al que creo deberías prestar especial atención.

Ese comentario consiguió despertar su curiosidad, tal y como Margaret debió calcular.

–¿A quién te refieres?

Su prima bajó aún más la voz hasta convertirla en un murmullo, fingiendo interés en las plantas que las rodeaban.

–A tu derecha, en la esquina. Muy formal, quizá demasiado, pero que eso no te desanime –Margaret le dio un ligero codazo que nadie más hubiera podido advertir–. Con discreción, querida, por favor.

Lauren miró hacia la dirección señalada por su prima, apenas por el rabillo del ojo, intrigada por su súbito interés. Había un grupo de damas conversando en la esquina, pero tuvo que empinarse un poco para mirar mejor y pudo observar a un hombre que, con las manos tras la espalda, miraba de un lado a otro con expresión seria.

No podría asegurarlo desde esa distancia, pero no parecía muy alto, a lo mucho algo más que ella, aunque eso no era del todo extraño; era sabido que tenía una altura superior a la media. Tenía el cabello rojizo peinado a la moda y una mirada que juzgó profunda, al menos desde allí.

–Lord James Craven –mencionó Margaret casi sin mover los labios cuando su prima se giró para observarla–. El único hijo varón del conde de Hereford y sé que es un joven agradable; esta es una de sus primeras visitas a Londres, de ahí que se vea un poco incómodo, pero estoy segura de que lo superará pronto, es un noble.

Lauren pestañeó y luego frunció el ceño.

—¿Cómo es que sabes tanto acerca de él?

—Eso se debe a que yo sí presto atención a lo que me dicen —replicó con tono sarcástico—. La marquesa de Easter, gran amiga de su madre, fue quien tuvo la gentileza de presentármelo mientras bailabas y ahora, mi dulce prima, yo haré otro tanto.

—¿Qué? —Lauren pegó un ligero brinco ante la implicancia de lo que Margaret decía—. No puedes…

Su prima se encogió de hombros con ademán indiferente antes de responder.

—Desde luego que puedo y lo haré ahora mismo —la tomó del brazo sin pizca de gentileza, aunque sin dejar de sonreír según la empujaba—. Tengo un buen presentimiento con él, por favor, solo un baile.

—No quiero bailar.

—Dios, Lauren, el pobre hombre aún no te ha invitado, qué poco humilde.

Lauren habría expresado lo contradictorio de ese comentario, pero estaba demasiado horrorizada por la actitud de su prima. Nunca, desde su debut en sociedad, se había visto arrastrada de esa forma para ser presentada a un caballero. A decir verdad, se sentía muy orgullosa de contar con una madre tan diferente a las de otras jóvenes de su edad. Ella bailaba con quien deseaba, nunca le impusieron una pareja y se veía ahora en una situación tan inverosímil que no atinó a reaccionar con prontitud.

Para cuando llegaron a la altura del caballero, había recuperado el habla, pero ya era muy tarde, porque Margaret le sonrió e hizo una pequeña reverencia, ignorando la ira que debió percibir en su prima.

—Lord Craven.

—Lady Galloway.

Visto de cerca, Lauren pudo confirmar que el caballero solo era unos centímetros más alto que ella, tenía una sonrisa amistosa y un rostro ligeramente pecoso que lo hacía parecer aún más joven de lo que pensó en un primer momento.

–Es tan amable de su parte al recordarme –Margaret le dirigió una mirada halagada, como si no acabaran de ser presentados–. Por favor, permita que le presente a mi muy querida prima, Lauren Mowbray, hija de mi tío, sir Henry Mowbray.

¿Cuándo se había vuelto Margaret tan ceremoniosa?

–Señorita Mowbray, es un honor.

–El honor es todo mío, milord –Lauren hizo una reverencia y mantuvo la vista en el piso.

Por un momento, nadie dijo nada más, pero Margaret se encargó pronto de resolver ese imprevisto.

–Lord Craven, debo confesar que estoy muy sorprendida por su conducta –su tono era jovial, aunque un oído atento habría captado cierto afán aleccionador–. No lo he visto bailar en toda la velada.

Lauren levantó la mirada y sintió verdadera lástima al notar el azoramiento del joven, por lo que, contraria a su natural timidez, intervino hablando con entonación amable y esbozando una pequeña sonrisa.

–Tal vez a lord Craven no le guste bailar, conozco a muchas personas que prefieren permanecer en el salón sin sufrir los ajetreos de la danza.

El joven le dirigió una mirada agradecida y pudo apreciar que no se había equivocado tampoco al notar que tenía unos ojos profundos y sinceros.

–A decir verdad, señorita Mowbray, me gusta bailar, pero no se me da muy bien.

–¡Tonterías! –Margaret intervino para hacer un gesto desdeñoso–. ¿Cómo puede decir tal cosa? Estoy segura de que debe ser un gran bailarín, aunque muy modesto.

—Es muy amable, milady, pero creo que resultaría en una decepción para usted —lord Craven las miró alternativamente, con semblante indeciso, pero al fin pareció resuelto a hablar—. Tal vez si la señorita Mowbray aceptara bailar conmigo la siguiente pieza, podría demostrárselo.

Lauren frunció el ceño, sorprendida por esa oferta dicha en tono vacilante. No se molestó en mirar a Margaret con toda la ira que sentía, porque hubiera sido demasiado obvia.

—Desde luego que bailaré con usted, lord Craven —contestó, fingiendo una sonrisa amable. El joven no era culpable de la mala conducta de su prima.

—¡Perfecto!

Ambos ignoraron la exclamación satisfecha de Margaret y se dirigieron al centro del salón tan pronto como se reanudó el baile.

Lord Craven ciertamente había pecado de modesto; quizá no fuera el más hábil de los bailarines, pero no lo hacía nada mal, la llevaba con firmeza y, pasados unos minutos, cuando se sintió lo bastante cómodo como para hablar al tiempo que bailaba, procuró entablar una conversación.

—Fue muy amable de su parte aceptar bailar conmigo, señorita Mowbray, gracias.

Lauren juntó las cejas, un poco extrañada por ese comentario; no estaba acostumbrada a que le dieran las gracias por un hecho de esa naturaleza.

—No tiene que agradecerme nada, milord, es un placer —sonrió, dudando un momento antes de continuar—. Espero acepte mis más sinceras disculpas por la conducta de mi prima; con frecuencia puede ser demasiado entusiasta y me temo que lo ha obligado a encontrarse en esta situación.

Vio que lord Craven pasaba del desconcierto al azoro, tanto que dio un giro demasiado brusco, aunque recuperó pronto el dominio.

–Está usted equivocada si asume que la invité a bailar por insistencia de lady Galloway, señorita Mowbray, puedo asegurárselo, lamento que llegara a esa conclusión.

Lauren abrió mucho los ojos, sorprendida por la seriedad en su voz y se sintió arrepentida de inmediato por haberlo agraviado.

–Lo siento mucho, milord, no pretendí ofenderlo.

–No lo hizo, no tiene que disculparse, solo creí necesario aclarar que la invité porque… bueno, porque deseaba hacerlo.

Ella asintió al cabo de un momento, con la mirada perdida.

Lord Craven era un hombre mucho más complejo de lo que parecía. Se mostraba muy tímido y reservado, como si temiera hacer algún comentario desafortunado o, en su defecto, no encontrara el valor para decir lo que pensaba, pero era obvio también que defendía su posición con bastante ímpetu cuando creía tener la razón.

–Comprendo –no pudo pensar en una respuesta más apropiada ni deseaba profundizar más en el tema, por lo que optó por un camino seguro–. Oí que esta es una de sus primeras visitas a Londres, ¿le agrada la ciudad?

Percibió que él se relajó de inmediato ante esa pregunta dicha en tono cordial.

–Oh, sí, es un lugar muy agradable; emocionante, si lo compara con el campo.

–¿Y lo prefiere?

–¿Disculpe?

–Me pregunto si prefiere la ciudad o el campo.

–No creo que sea cuestión de preferencia, me gustan ambos.

–Ya veo.

No era una respuesta muy clara, podía pensar en muchas otras más elaboradas y a las cuales encontrar mayor sentido, pero no insistió. Margaret tenía razón al decir que esperaba demasiado de todo el mundo y que por ello se veía con frecuencia decepcionada. Este no era el caso, ya que apenas conocía al joven, pero le habría gustado que se explayara un poco más en sus apreciaciones y que no se mostrara tan condescendiente.

–¿Y usted, señorita Mowbray?

–¿Disculpe? –sonrió a modo de disculpa para disimular su distracción–. Lo siento, no sé en qué estaba pensando.

–¿Prefiere el campo o la ciudad? ¿Dónde es más feliz?

–Oh, bueno, no he pensado mucho al respecto –no era del todo cierto, pero no sentía tanta confianza como para hablar de ese tema con él–. Creo que me ocurre lo mismo que a usted, ambos son lugares muy agradables y me considero afortunada de poder pasar tanto tiempo en uno como en otro.

–Por supuesto, pero...

Lauren no alcanzó a saber qué iría lord Craven a decir, porque la música terminó y luego de hacer una discreta reverencia, le dio las gracias y permitió que la acompañara de vuelta a su lugar. De inmediato, ignorando los nada discretos intentos de Margaret por mantener su atención, se excusó mediante un muy oportuno dolor de cabeza y le rogó a su prima le acompañara de vuelta a casa.

Una vez que estuvieron en el carruaje, lanzó un sonoro bostezo y dejó caer la cabeza hacia atrás.

–Qué sueño tengo.

–Desde luego, ese es mi mayor interés, saber si tienes sueño.

Lauren suspiró y abrió los ojos para mirar a su prima.

–¿Y qué es exactamente lo que deseas saber?

–Lo sabes muy bien –Margaret se acomodó en el asiento y la miró con curiosidad, sus ojos verdes chispeaban–. ¿Qué piensas de lord Craven?

–Margaret, apenas intercambiamos un par de frases...

–Lo sé, pero también noté que le prestaste mucha mayor atención de la que habrías mostrado a cualquier otro caballero, así que debes tener alguna opinión.

Lauren exhaló un nuevo suspiro y miró el techo recubierto del carruaje, con el oído puesto en el sonido de los cascos de los caballos al avanzar. Sabía que si Margaret no obtenía una respuesta satisfactoria no la dejaría en paz y, de cualquier forma, era consciente de que su prima no albergaba ninguna mala intención, por lo que respondió al cabo de un momento con el tono más neutral que pudo.

–Creo que es un hombre muy agradable.

Lo mismo hubiera podido decir que lord Craven le parecía Apolo bajado del Olimpo, el entusiasmo de Margaret habría sido el mismo.

–¡Perfecto! Te lo dije, sabía que encontraría a alguien para ti –le dio un apretón cariñoso en el brazo–. ¡Y apenas ha pasado una semana!

Su prima no se molestó en responder y mucho menos en hacerle entrar en razón; si pensar que lord Craven despertaba un interés en ella le hacía feliz, no sería muy justo quitarle ese momento de triunfo, ya tendría tiempo para decepcionarse luego. Tan solo sacudió la cabeza, esbozó una sonrisa beatífica y miró por la ventana.

Sí, en verdad el pensamiento que la dominaba en ese momento era muy sencillo y exento de misterio; tenía mucho sueño.

Capítulo 2

Las habitaciones privadas de un caballero eran, a decir de Charles, poco menos que un santuario, o al menos deberían serlo, porque le parecía de muy mal gusto verse en la necesidad de atender a visitantes indeseados en los momentos menos oportunos. De allí esa suerte de manía respecto a que nadie le molestara cuando decidía pasar su tiempo en el pequeño apartamento que poseía en una de las zonas más conocidas y respetables de Londres.

Únicamente aceptaba recibir a familiares varones y a amigos muy cercanos, aunque solo tenía uno o dos que ameritaban ser catalogados como tales. Por lo general, durante el tiempo que pasaba allí permanecía a solas, exceptuando a Coulson, su ayuda de cámara, tan discreto y silencioso que una vez cumplidas sus obligaciones, podía pasar casi desapercibido; una de las razones por las que lo tenía a su servicio.

Para muchos resultaría extraño saberlo, pero en su tiempo libre, Charles prefería la libertad de hacer lo que le viniera en gana, ya fuera pasar el tiempo leyendo frente al fuego o escribiendo en una de las varias libretas de cuero diseminadas por todo su escritorio, actividades difíciles de relacionar con su temperamento. Cierto que nunca le había importado lo que el mundo pudiera pensar de él, pero prefería mantener sus gustos como lo que eran, privados.

Esa mañana, sin embargo, tendría que hacer a un lado sus deseos para cumplir con un compromiso contraído hacía ya varias semanas. Un antiguo compañero de Eton le había pedido que tuviera a bien acompañarlo durante una partida de cartas en el club de caballeros que acostumbraban frecuentar y él desde luego que aceptó; era incapaz de negarse cuando le solicitaban un favor, y menos si lo hacía alguien que le resultara simpático, y William Radnor lo era, o eso creía recordar.

Así que hizo a un lado sus planes, llamó a Coulson para que se encargara de conseguirle un carruaje de alquiler en tanto se vestía y una vez fuera se dirigió al lugar acordado.

Los clubs de caballeros no estaban entre sus lugares favoritos, pero debía reconocer que ese en particular era bastante agradable, además de que resultaba una fuente inagotable de información. Pocos hechos ocurrirían en Londres que no se hubieran discutido en algún momento en sus salones y hubiera sido hipócrita de su parte no reconocer que siempre era interesante conocer qué pasaba en el mundo; controlar su curiosidad no estaba entre sus virtudes.

En cuanto vio que Radnor le hacía unas señas desde la mesa que ocupaba con otros dos caballeros, se acercó sin abandonar la sonrisa, preparado para lo que esperaba fueran unas horas de distracción.

—Egremont, bienvenido.

—Buenos días, caballeros —saludó con una inclinación de cabeza a los presentes y ocupó el asiento disponible—. Lord Pinkney, no sabía que fuera un aficionado a los juegos de mesa.

El aludido, un hombre regordete de sonrisa torcida, se encogió de hombros.

—No lo soy, señor Egremont, pero no puedo negarme a una buena partida de *whist*, en especial si tengo a un compañero en apuros —dijo, señalando al hombre que ocupaba la silla a su derecha.

—En ese caso, veo entonces que usted y yo somos tan solo fieles amigos en auxilio de pares algo más competitivos, ¿estoy en lo correcto, lord Welles?

Este, que se acababa de atusar el bigote y mantenía una expresión emocionada, asintió de buena gana.

—Muy cierto, joven, muy cierto. En cuanto el señor Radnor me desafió a esta partida, supe que no podía rehusar y, después de todo, ¿por qué habría de hacerlo? ¿Qué puede ser más divertido?

A Charles se le ocurrían decenas de actividades más divertidas que una partida de *whist* en parejas, pero se abstuvo de comentarlo.

—En ese caso, ¿qué les parece si empezamos ya?

Lo bueno de jugar con nobles que disfrutaban con la emoción de la recreación en sí, era que no se veía en la necesidad de preocuparse por las apuestas; el dinero en juego era mínimo y podía permitírselo. No le apetecía en absoluto verse enredado en deudas de juego, no solo por lo desagradable que resultaría para él, sino por la vergüenza que podría caer sobre su familia.

Por otra parte, el *whist* era un juego entretenido en el que se consideraba un experto y William Radnor lo sabía muy bien, de allí su interés por contar con su compañía.

—¿Será posible, señor Egremont, que un hombre tenga tanta suerte?

—Me agrada mucho más considerarlo habilidad, lord Welles, si es tan amable.

Tras media hora de juego, Charles y su pareja habían acumulado ya una buena cantidad de puntos y solo un milagro permitiría que les arrebataran el triunfo, aunque el retirarse, desde luego, no era una opción que un caballero consideraría, por lo que el juego debía continuar hasta el final.

—Mucho más hábil que nosotros, eso es seguro —lord Pinkney se encogió de hombros; obviamente, para él no era tan importante—. Me alegra no haber apostado una fortuna.

—También a mí, no podría pagarle en caso de perder.

Sus acompañantes rieron ante el comentario; no era un secreto que el hijo menor del barón de Egremont no disponía de una gran renta, pero encontraban admirable que tratara el tema con tanto desparpajo y buen humor.

—Al menos podemos charlar en tanto terminan de apalearnos, morder el polvo de la derrota es menos doloroso cuando hay una buena conversación de por medio.

—Si tú lo dices…

Obviamente, lord Welles no estaba de acuerdo con la afirmación de su compañero, pero no le quedó más alternativa que asentir de mala gana. William Radnor, por su parte, estaba pletórico de entusiasmo; hacía mucho que no ganaba una partida de cartas, en especial frente a dos nobles tan distinguidos, por lo que inflaba el pecho aún más de lo usual, para completa diversión de Charles.

—¿Han conocido ya al polluelo del conde de Hereford?

Semejante comentario expresado en voz susurrante consiguió que Charles alzara una ceja y descuidara por un momento su juego.

—¿Has dicho polluelo, William? No estaba enterado de que tuvieras interés en las labores agrícolas.

El aludido tuvo la delicadeza de mostrarse ligeramente incómodo por la observación, si bien sus otros compañeros de mesa expresaron su satisfacción por la pulla con sendas carcajadas.

—Me refería a su hijo, por supuesto —masculló de mala gana.

—Claro, ya lo imaginaba —Charles se encogió de hombros, sin darle mucha importancia a su azoro—. ¿Y qué ocurre con él? ¿Algún hecho que lo convierta en especial?

—No usaría esa palabra, pero me parece un joven correcto, aunque de pocas palabras; creo que es esto último lo que no agrada a nuestro amigo Radnor —lord Pinkney sonrió de lado.

—Y el que sea un recién llegado a la ciudad despierta sentimientos poco generosos de parte de otros jóvenes —fue el turno de lord Welles para esbozar una mueca irónica.

William dejó caer sus cartas sobre la mesa con el ceño fruncido y expresión ultrajada.

—No soy un joven que acaba de dejar Eton y tampoco él, caballeros; por supuesto que no tengo nada en su contra, pero deben reconocer que su actitud displicente puede resultar un tanto ofensiva.

—Ya veo —Charles sonrió aún más ampliamente—. ¿Y en qué te basas para suponer que es displicente?

—Bueno, apenas habla con otras personas.

—Es posible que sea tímido y tema hacer el ridículo; o tonto, así que en verdad es muy considerado por su parte mantener la boca cerrada.

—Me inclino por lo primero, señor Egremont, porque he intercambiado un par de palabras con él y creo haber advertido que posee una profunda inteligencia.

Charles asintió ante la exposición de lord Pinkney.

—Muy bien, en ese caso, ¿tienes algo más que añadir, William?

Su compañero de juego recogió sus cartas y las estudió con expresión pensativa. Pensó, al hacer el comentario malicioso, que pasaría un momento agradable burlándose de un caballero que le era antipático. No se le ocurrió que sus acompañantes no lo apoyarían. Cuando estos pensaron que no iba a responder, hizo un nuevo comentario, al tiempo que se encogía de hombros, un poco incómodo por la atención atraída.

—Nunca lo he visto bailar y eso no es muy normal, me atrevo a decir.

—Lamento contradecirlo una vez más, señor Radnor, pero esa afirmación no es del todo correcta. Hace tan solo unas noches, en el baile de la condesa de Essex, lo vi danzar muy entretenido con una joven —lord Pinkney dio una cabezada para señalar a Charles—. Una amistad suya, Egremont.

Charles frunció el ceño, intrigado por esa afirmación. Él conocía a muchas damas, quizá demasiadas en opinión de su padre, pero lord Pinkney mencionó a una joven y él no trataba con muchas.

—¿A quién se refiere, milord?

—Esa joven tan agradable y alta, la hija del barón de Mowbray.

¿Lauren Mowbray? ¿La amiga de Juliet Arlington? No supo que le impresionó más; que se refirieran a ella como una joven agradable y alta, que la relacionaran con él o que bailara con el polluelo del conde de Hereford.

—Conozco a la señorita Mowbray, sí, es una buena amiga de la esposa del conde de Arlington, pero no me atrevería a decir que nos una un lazo de amistad —expresó al fin con cautela.

Lord Pinkney hizo un gesto con la mano, como para restarle importancia a esa afirmación.

—Es solo una manera de hablar, jamás pondría en entredicho la honorabilidad de la señorita Mowbray. A lo que me refiero es a que usted la conoce, ¿cierto?

—Sí, claro.

—Bien, entonces habrá reparado en el hecho de que es extraño que una joven de tan buena cuna y con tantas virtudes, continúe soltera. Es posible que el polluelo del conde de Hereford –y tras decir esto miró con burla a William, que parecía entretenido en contar sus cartas– ponga remedio a esta curiosa situación.

No era muy común que Charles se quedara en silencio; Robert, su mejor amigo, habría dicho con seguridad que era un hecho insólito, pero en verdad se encontraba demasiado desconcertado como para pensar en una frase ocurrente.

¿Qué podía decir? En un momento defendía a un noble desconocido de las expresiones maliciosas de William, solo por diversión, y luego se veía envuelto en una charla acerca de por qué una joven se casaba o dejaba de hacerlo. Y no cualquier joven, sino una a la que a su manera estimaba, aunque hasta ese momento no hubiera reparado en ello.

Le disgustó que se refirieran a Lauren Mowbray como «una joven agradable y alta». Cierto que era ambas cosas, claro, pero no le parecía que fuera lo más resaltante de su persona. Él habría mencionado en primer lugar que era encantadora y de muy buenos sentimientos, y en cuanto a su apariencia ¿qué importaba que fuera un poco más alta que la media? Había notado que tenía un hermoso cabello rubio, alegre sonrisa y unos ojos muy vivaces. ¡Alta! Qué simplista expresión para definir a una mujer.

Y en lo que se refería a las intenciones que el hijo del conde de Hereford pudiera albergar respecto a ella, bien, no podría ser menos de su incumbencia. Quizá Juliet encontrara el tema interesante, al tratarse de su amiga más querida, pero en su caso no podía dejar de sentir que se inmiscuía en la vida privada de quien no debía. Cierto que le agradaba estar enterado de las últimas noticias, pero cuando estas se relacionaban con personas a quienes conocía, no podía decir que lo encontraba muy satisfactorio.

Tras pensarlo un momento, llegó a la conclusión de que prefería cambiar el tema lo antes posible y supo exactamente qué decir para lograrlo.

—Mis estimados caballeros, aunque encuentro esta charla muy estimulante, me veo en la necesidad de recordarles que tengo un compromiso al que no puedo dejar de asistir, por lo que agradecería nos centráramos en el juego —miró a su compañero de reojo—. Quizá no lo has notado, William, pero mientras hablabas de tu nuevo conocido, lord Welles ha mostrado una mano espléndida, ¿no temes perder la ventaja?

Fue suficiente para que el entusiasmo y afán de competencia de ese par lo libraran de seguir discutiendo un tema con el que se sentía tan poco a gusto. Que las damas resolvieran sus intereses, que los polluelos dejaran el nido cuando mejor les pareciera, él prefería mantenerse al margen y tan solo vivir tal y como tenía acostumbrado.

—Debes estar feliz; tres bailes en tres veladas, no muchas jóvenes pueden presumir de un récord tan afortunado. Me atrevo a decir que antes de mi partida habrá solicitado permiso para visitarte; me siento tan feliz de saber que dejaré tu camino casi trazado. Desde luego que volveré para ayudarte con los preparativos de la boda y no digas que no, sé que cuentas con tu madre y hermanas, pero me siento especialmente involucrada, como puedes imaginar.

Lauren, recostada en el sillón de su pequeño salón privado, miraba a su prima con una sonrisa indulgente bailoteando en sus labios. Si dejaba de lado la indignación que le provocaba oír a una persona planificar su vida sin pizca de consideración, podía reconocer que el asunto en sí era bastante divertido. Además, sabía con seguridad que las intenciones de Margaret eran las mejores; a decir verdad, sentía un poco de lástima por ella, no deseaba defraudarla.

—Margaret, por favor, te ruego que no llegues a conclusiones erróneas; te aseguro que lord Craven no es el primer caballero con el que bailo en más de una ocasión y te adelantas al suponer que pueda tener un interés... —carraspeó un poco antes de continuar—. Sabes a lo que me refiero.

—¡Matrimonio! —respondió su prima, elevando las manos al cielo—. Desde luego que va a proponerte matrimonio. No digo que lo hará en una semana, es un caballero educado, conoce las formalidades y actuará de acuerdo a ellas, pero el fin será el mismo.

Lauren suspiró y se incorporó en el asiento.

—Lord Craven no ha dado ningún indicio de encontrarme siquiera atractiva, Margaret, y aun cuando fuera así, lamento desilusionarte, pero no podría aceptarlo —se frotó las manos con nerviosismo al observar la expresión sorprendida de su prima—. Lo siento, pero es la verdad; no veo nada en él que me inspire más que un sincero afecto; creo que es un joven bien educado y de charla interesante, pero no podría corresponderle y espero de todo corazón que estés equivocada, porque odiaría provocarle cualquier sufrimiento.

—Pero Lauren...

—Lamento mucho que te hicieras falsas ilusiones, en especial porque sé que tan solo piensas en mi bien, pero debes comprender que no vemos la vida de la misma forma. Tú has tenido la inmensa fortuna de conocer a un buen hombre y amarlo, pero sé que aun cuando no hubiera ocurrido esto último, te habrías casado con él —se mordió el labio, un poco culpable por ese comentario, aunque ambas sabían que era verdad—. Rupert es un buen hombre y me alegra que sean tan felices, pero...

¿por qué no puedes comprender que yo deseo algo distinto?

Margaret se cruzó de brazos con la nariz ligeramente fruncida, clara señal de que se contenía para no formular una réplica agresiva.

—No deseo volver a discutir contigo respecto a este tema, nos hemos dicho todo ya y me temo que nunca podremos ponernos de acuerdo —dijo al fin, luego de exhalar el aire contenido—. Sin embargo, creo que no has pensado en un hecho muy importante. Estás tan enfrascada en tus sueños que has dejado de lado la realidad.

—¿A qué te refieres?

Su prima golpeó la alfombra con el tacón y, sin endulzar el semblante, le dirigió una mirada mordaz.

—Tal vez yo sea demasiado... ¿cómo dirías? Práctica, supongo —empezó—; pero debes reconocer que nadie sabe lo que le depara el futuro. Durante todos estos años no has hecho más que soñar con lo que crees merecer, con el maravilloso caballero que tocará un día a tu puerta. Debes entender que las cosas no siempre ocurren así, no eres la princesa de un cuento de hadas y lamento ser yo quien te lo diga, pero tienes la edad adecuada para aceptarlo. Dices que lord Craven no te inspira más que un profundo afecto, ¿y qué con eso? Tal vez, si le das una oportunidad, ese afecto se convierta en algo más. Eso fue lo que ocurrió entre Rupert y yo y nunca podré agradecer lo suficiente al cielo por concederme tal felicidad.

Lauren vio como Margaret pestañeaba con rapidez, elevando la barbilla para disimular sus ojos un poco llorosos.

—Margaret, no quise...

Su prima sacudió sus elaborados rizos y se incorporó con un movimiento elegante.

—No me has ofendido, Lauren, no te aflijas; prometo

no involucrarme más en tus asuntos, pero te diré una última cosa –la señaló con un dedo–. El amor es un juego peligroso y deberías tener mucho cuidado con lo que deseas, porque nada te asegura que si este llegara a tu vida, puedas disfrutarlo, tal y como pareces creer. Como te he dicho ya, no vives en un cuento de hadas y si continúas con esa búsqueda absurda, puedo asegurarte que lo último que conocerás es un final feliz.

Con esta última y tajante afirmación, dio media vuelta y dejó la habitación.

Una vez que se quedó a solas, Lauren se cubrió el rostro con las manos, sentía el corazón encogido. No solo había lastimado los sentimientos de su prima, lo que le provocaba un profundo dolor, sino, aún peor y tal vez fuera un poco egoísta al angustiarse de esa forma por ella misma, las palabras que Margaret pronunció le habían sonado a premonición.

Charles había desistido de asistir a la reunión en casa de los condes de Sutherland, pero en el último minuto cambió de opinión. Él no creía en las corazonadas; sin embargo, sintió un repentino impulso que no se detuvo a analizar, no sería la primera vez que tomaba una decisión llevado por su estado de ánimo y en ese momento se sentía con fuertes deseos de abandonar sus habitaciones y pasar una velada algo más… emocionante, a falta de una mejor expresión.

Llegó un poco tarde, pero pocas personas lo notaron y quienes lo hicieron, no mostraron mayor sorpresa. Sus conocidos se aprestaron a saludarle con entusiasmo, por lo que pasó un tiempo intercambiando las palabras de rigor y prestando oídos a lo que debían suponer eran interesantes ocurrencias; él, desde luego, no se molestó en hacerles notar su error.

Una vez que se encontró del todo libre, contrario a su costumbre, buscó un lugar tranquilo, cerca de los arcos del salón, desde donde podía observar lo que ocurría a su alrededor. No deseaba bailar y tampoco estaba muy interesado en sostener ningún tipo de charla vacía, por lo que procuró mantenerse tan al margen como le era posible y, como por obra de magia, muchas de las personas que en otras circunstancias hubieran insistido para que les hiciera compañía, guardaron prudente distancia. Robert decía a veces que cuando lo deseaba, podía inspirar un profundo respeto que mantenía alejados a los sujetos indeseados; hasta ese momento, nunca le creyó.

Sacudió la cabeza para despejar su mente y no pensar en las aleccionadoras palabras de su mejor amigo, por lo que prestó especial atención a la pista de baile, donde varias parejas danzaban con rítmicos movimientos al son del vals de moda.

Observó a la condesa de Danby hacerle un nada discreto saludo en tanto miraba con gesto indiferente a su pareja, un viejo marqués. Debía hablar con ella para que mostrara un poco más de decoro en el futuro, su exuberante carácter podría ocasionarle serios problemas y no deseaba verse involucrado en ellos.

Una cabellera dorada, que oscilaba al ritmo de la música en el centro del salón, llamó su atención.

Lauren Mowbray era fácil de reconocer, aun a esa distancia y no solo por su altura, sino porque tenía siempre una sonrisa a flor de labios, como si por su mente solo pasaran pensamientos felices y plácidos. Su compañero de baile, en cambio, le era del todo desconocido; jamás había visto a ese joven de semblante serio y concentrado.

Tras pensar un momento en ello, llegó a la conclusión de que debía tratarse del polluelo del conde de Hereford, como William Radnor lo llamara con tanto desprecio.

Lo estudió con interés, intrigado por si podría reconocer esa actitud displicente de la que le habían advertido, pero no pudo ver más que a un joven formal y quizá un poco inseguro. Mal bailarín, obviamente, pero tal defecto no podría considerarse un crimen.

Recordó las insinuaciones de lord Pinkney respecto a un posible entendimiento entre ambos y prestó aún mayor atención a sus movimientos. Le inspiraba curiosidad, era cierto, porque después de todo conocía a Lauren Mowbray desde hacía varios años, aunque no la consideraba una persona muy cercana y nunca se había detenido a pensar en el porqué de su soltería.

Estaba enterado por Juliet de que tenían la misma edad, así que era joven aún como para ser cruelmente etiquetada como una solterona, pero era también verdad que tratándose de una joven atractiva, proveniente de una familia tan destacada y con una fortuna nada desdeñable, resultaba curioso que no hubiera contraído matrimonio. Las jóvenes en su situación por lo general se casaban el año de su debut; quizá al siguiente, en su defecto, pero según sus cálculos ya habían pasado tres temporadas y nada había cambiado. Aún más, si no estaba equivocado, esa era la primera vez que oía algo referente al acercamiento de un pretendiente cuyas atenciones fueran aceptadas de buena gana.

Una situación curiosa de la que se mantendría alejada cualquier persona con un poco de sentido común, pero era de sobra conocido que este no era uno de los atributos más preponderantes en Charles. No que no poseyera tal sentido, sino que prefería prestarle oídos sordos cuando le era conveniente.

De modo que una vez terminó el baile y tras aplaudir con entusiasmo a la orquesta que se tomaba un descanso, se dirigió con paso decidido hacia el lugar donde la joven Mowbray y su acompañante charlaban muy animados. Bueno, él parecía un poco más alegre que mientras bailaban y ella... no era fácil asegurar nada, ya que no había abandonado la sonrisa que la acompañaba la mayor parte del tiempo.

–Señorita Mowbray, qué agradable sorpresa.

No se molestó en esconder la mueca un poco burlona que afloró a sus labios al notar su desconcierto, aunque podía decir a su favor que se recuperó muy pronto.

–Señor Egremont, es un placer encontrarlo aquí, no lo vi entre los invitados al llegar.

–Por favor, señorita Mowbray, muestre misericordia y no lo comente con nuestros anfitriones; creo haber logrado burlarlos y no me gustaría ser descubierto.

Ella mostró una sonrisa más amplia, aunque también sacudió la cabeza un poco, como quien reprende a un niño luego de sorprenderlo en medio de una travesura.

–Su secreto está a salvo conmigo, señor, no se preocupe –giró apenas para señalar a su acompañante, que había permanecido en silencio mientras hablaban–. Señor Egremont, permítame presentarle a lord Craven; milord, el señor Egremont.

Charles hizo una ligera reverencia, en señal de respeto y lord Craven hizo otro tanto, aun cuando por su rango no fuera necesario, un gesto que apreció.

–Lord Craven, es un honor.

–El honor es todo mío, señor.

–Esa es una expresión muy gentil, milord –Charles estudió a profundidad las facciones del joven, intentando hacerse una idea respecto a su verdadero carácter–. Por mi parte, puedo decir que he oído hablar mucho de usted.

–¿En verdad? Me asombra, señor Egremont, porque no llevo mucho tiempo en la ciudad...

–Por lo que aún no puede saber lo curiosos que son los habitantes de Londres; su presencia no podía pasar desapercibida de ninguna manera y permítame decirle que ha despertado gran interés.

El joven lució sorprendido ante esa afirmación; Charles no hubiera podido decir si la idea le era grata o todo lo contrario.

—Es usted muy honesto, señor, es la primera persona que lo menciona.

—Le aseguro, milord, que es muy posible que sea también la única y no pretendo, desde luego, sugerir una falta de sinceridad en mis conciudadanos, pero es sabido, o lo es entre quienes me conocen, que usualmente soy una excepción a la mayor parte de las reglas.

Un suave carraspeo interrumpió su conversación y ambos giraron para mirar a Lauren, que, si bien sonreía, como Charles pudo comprobar, mostraba también cierta tirantez en el ceño que le hizo pensar no estaba del todo complacida.

—Es admirable que pueda describirse con tal claridad, señor Egremont.

—Una de mis muchas virtudes, señorita, gracias –tomó como un halago lo que era obviamente una pequeña reprimenda y sonrió a lord Craven–. Milord, me temo que lo despojaré un momento de su adorable acompañante, si la señorita Mowbray es tan amable de concederme el siguiente vals, por supuesto.

Lauren mostró su sorpresa por esa súbita petición abandonando un momento su sonrisa, pero se recuperó pronto y asintió de buena gana.

—Será un placer, señor Egremont –hizo una pequeña reverencia a lord Craven antes de tomar a Charles del brazo–. Ha sido muy amable, milord, gracias.

—Gracias a usted, señorita Mowbray, tal vez pueda concederme otra pieza antes de retirarse…

—Tal vez, así lo espero.

Se dirigieron en silencio hacia la pista, ocupando un

lugar disponible y, en tanto esperaban que la música se reanudara, Charles observó a la joven con atención.

—Empiezo a preguntarme si no he cometido un terrible error al invitarla a bailar.

Su tono fue sincero y se veía casi arrepentido, por lo que Lauren enmudeció un momento, sin saber qué decir. Charles Egremont podía hacer los comentarios más extraños, pero ese era, con seguridad, el más curioso que le había dirigido a ella.

—Me temo que no lo entiendo, señor, ¿a qué se refiere?

—Pensé que le hacía un favor, pero tal vez me he equivocado —se encogió de hombros y suspiró, al tiempo que la tomaba del talle una vez que la música empezó a sonar—. Creí que iba en su salvación.

—¿Mi salvación? ¿Qué quiere decir?

Debía reconocer, por extraña que fuera la situación, que bailar con Charles Egremont era una experiencia muy agradable; la guiaba con tal pericia que sus movimientos fluían de forma natural.

—Me reñirá si se lo digo.

—¿Por qué haría tal cosa?

—Porque pensará que soy cruel y desconsiderado, y como es una persona con una moral muy superior a la mía, es posible que esté en lo cierto.

Lauren ladeó un poco la cabeza para observarlo con más atención; ese era uno de aquellos momentos en los que no sabía si el señor Egremont hablaba en serio o tan solo se burlaba.

—Bueno, creo que nunca lo sabremos si decide guardar silencio.

Charles sonrió ante su comentario.

—Ya decía que es usted una joven muy lista, señorita Mowbray.

—¿Acaso alguien ha sugerido lo contrario? —Lauren frunció el ceño.

—Nadie en su sano juicio se atrevería a insinuar tal atrocidad.

—Señor Egremont, ¿acaso pretende desviarse del tema? Porque empiezo a creer que ese es su objetivo. Dijo que me invitó a bailar porque creyó que me salvaría; la pregunta es… ¿de qué?

Él miró tras su hombro y luego tras el suyo, con mucha discreción y se acercó un poco más de lo que el recato estipulaba. Desde luego que a Lauren esto último no le hizo mucha gracia, en especial porque encontró el contacto un poco más perturbador de lo que hubiera podido imaginar, pero tenía tanta curiosidad por saber lo que diría, que no le otorgó mayor importancia a su reacción.

—Creí que estaba aburrida —sonrió al hablar; en verdad, parecía a punto de reír a carcajadas, pero se contuvo—. Lo siento, señorita Mowbray, sé que es una razón muy poco elegante, pero tan solo deseaba salvarla del tedio.

Lauren no comprendió de inmediato a qué se refería, pero tras ver que él señalaba con una cabezada casi imperceptible en dirección a su derecha y comprobar quién se encontraba de pie en ese preciso lugar, abrió mucho los ojos.

—¡Señor Egremont! ¡Debería estar avergonzado!

—Le dije que me reñiría.

—Puedo asegurarle que lord Craven no es aburrido, ¿cómo se atreve a suponer tal cosa?

—Lo lamento, señorita Mowbray, fue obviamente un error de juicio; si usted opina lo contrario, es imposible para mí refutarla —no lucía tan avergonzado como cabría de esperar; por el contrario, amplió aún más su sonrisa al continuar—. Después de todo, yo no he bailado con él.

—Usted no…

Lauren pretendía formular un sermón apropiado, uno como el que dirigiría a cualquiera de sus sobrinos tras atraparlos en medio de una travesura, ignorando adrede que entre ella y Charles Egremont no existía la confianza como para llegar a tal extremo, pero le resultó muy difícil formular las palabras, ya que su sonrisa era tan contagiosa y su expresión tan divertida, que sin poder contenerse había dejado escapar una risa de sus labios.

–¡Oh, Dios mío! ¿Qué he hecho?

–Se ha reído.

–Lo sé, ¿por qué señala lo evidente? Desde luego que he reído, ¿cómo he podido hacer algo así?

–Asumo que tenía deseos de hacerlo, es una reacción muy común cuando eso ocurre.

–Señor Egremont...

–Señorita Mowbray...

Ella suspiró, contó hasta diez, e hizo lo posible por no parecer tan avergonzada como se sentía.

–Lord Craven no es en absoluto aburrido –fue lo único que se le ocurrió decir.

–Como he mencionado hace un momento, le creo; es usted muy honorable para mentir, aun en bien de la reputación de una persona, aunque si me lo pregunta, no creo que el ser aburrido sea un lastre por el que un noble deba temer; por el contrario, algunos pensarían que es una virtud indispensable si desean resaltar en el mundo.

¡Oh, no! Allí estaba la risa otra vez. ¿Cómo lograba decir las palabras más solemnes con ese deje burlón tan ácido y acertado?

–Ha vuelto a reír.

–Lo sé, soy una persona terrible.

–Desde luego que no, señorita Mowbray, en todo caso, soy yo el culpable; no creo que deba atribuirse créditos que no le corresponden, si me permite la honestidad.

–¿Acaso alguien podría evitar que sea honesto si así lo desea, señor?

—No lo sé, no puedo recordar que nadie lo haya intentado.

Charles se encogió de hombros y sonrió una vez más al responder su pregunta. Lauren pensó que estaba a punto de hacer un nuevo comentario, suponía que irónico, pero la música se detuvo y tras hacer la reverencia de rigor, hizo un gesto para guiarla fuera de la pista.

—He pasado un momento muy agradable, señorita Mowbray, gracias, es curioso que no estuviera entre mis planes asistir a esta velada; ¿desea que la acompañe a reunirse con sus familiares o prefiere cumplir la promesa dada a lord Craven? Creo que mencionó algo referente a un baile...

Suponía que se había ganado a pulso esa mirada indignada, pero en contra de lo que la señorita Mowbray pudiera pensar, no hubo malicia en sus palabras.

—Creo que prefiero reunirme con mi familia, muchas gracias, pero no hace falta que me acompañe —Lauren hizo una rápida reverencia y, para su sorpresa, no estaba sonriendo—. Buenas noches, señor Egremont, gracias por el baile, ha sido en extremo amable.

Hizo ademán de detenerla, pero se contuvo, diciéndose que hubiera sido un acto ridículo, por lo que la dejó marchar y regresó a su lugar en uno de los rincones del salón.

No era difícil imaginar por qué la señorita Mowbray había dejado su habitual dulzura para mostrarse tan encolerizada y lo más justo sería reconocer su responsabilidad; había mostrado muy poco tacto.

Lauren Mowbray era una joven muy amable, la clase de persona que nunca tenía una palabra maliciosa para nadie y era sencillo suponer que sus pensamientos debían seguir la misma corriente, por lo que en ese momento se sentiría muy culpable de haber respondido a sus bromas relacionadas con lord Craven, aun contra su buen juicio.

Obviamente, el caballero en cuestión no era en absoluto desagradable, pero a su parecer sí que podría considerársele un poco aburrido y cuando los vio juntos algo lo llevó a acercarse y solicitar un baile, tan solo por el placer de decir algunas palabras que la hicieran reír, aun cuando hubiera una buena cuota de malicia en ellas. En su opinión, ninguna joven y mucho menos una tan agradable como Lauren Mowbray debería perder la oportunidad de disfrutar de la diversión de un verdadero baile.

No esperaba agradecimiento y con seguridad en ese momento ella debía tener una opinión bastante pobre de su comportamiento, pero no se arrepentía. Hizo lo que sus impulsos le ordenaron y él era siempre muy obediente en lo que a sus impulsos se refería.

Capítulo 3

La mañana siguiente a la reunión en la mansión de los condes de Sutherland, Lauren compartió el desayuno tan solo con sus padres y Margaret, ya que sus hermanas y sus respectivas familias habían acordado un pequeño paseo matutino para consentir a sus pequeños, que habían mostrado muchos deseos de tomar un poco de aire puro, o tanto como se podía encontrar en Londres.

Margaret, para su desconsuelo, se mostraba aún un poco disgustada después de su última discusión; en verdad, fue una sorpresa que aceptara acompañarla a la fiesta de la noche anterior, pero suponía que el resentimiento no debía durar por mucho tiempo más, o eso esperaba. Su partida estaba programada para dentro de cinco días y odiaría que se despidieran en malos términos, por lo que procuraba mostrarse tan amable como le era posible a fin de obtener su perdón.

–Margaret, he pensado que podríamos asistir a la velada musical en casa de los condes de Danby mañana por la tarde; he oído comentar que han invitado a una famosa soprano italiana, ¿no te emociona?

Su prima elevó una ceja y se encogió de hombros, dejando caer su servilleta sobre el regazo con un movimiento lánguido y elegante.

—Si hemos sido invitados, sería una descortesía no asistir, por supuesto.

—Por supuesto.

Al parecer, iba a tener que hacer muchos méritos para que su relación volviera a la normalidad. Por suerte, si bien su madre no acostumbraba hablar mucho por las mañanas, su padre era un conversador entusiasta, de modo que el silencio no fue un problema.

—Deben ir, claro y no solo por atender a la invitación del conde, sino porque la música enriquece el alma, lo digo todo el tiempo, ¿cierto, querida? —esperó el asentimiento de su esposa, acompañado de una devota sonrisa y continuó—. Me temo que no me será posible asistir, he pactado una reunión en el club, pero estoy seguro de que pasarán un momento muy agradable. Lauren, tus hermanas deben acompañarlas.

—Sí, claro, hablaré con ellas tan pronto como regresen y pensé que a madre le agradaría también venir con nosotras...

La aludida asintió de buena gana.

—Desde luego que lo haré, recuérdale a Perkins que necesitaremos dos carruajes —se refirió al mayordomo con tono amable—. Sabes lo poco que me gusta ir incómoda.

—Me encargaré de recordárselo, madre.

Sir Henry Mowbray se llevó un buen bocado de arenques a la boca y, pasado un momento, retomó la conversación.

—Margaret, debes encargarte de que nuestra querida Lauren pase una velada agradable, no quiero que sus hermanas estén sobre ella intentando presentarle a cuanto petimetre se encuentren.

—¡Padre!

—Y agradecería que tú tampoco lo hicieras, Margaret —el barón ignoró la exclamación de Lauren—. No me agrada la idea de que mi hija sea obligada a desfilar por los salones de Londres como un caballo en Ascot.

—Bueno, querido, esa es una comparación muy poco halagüeña...

El hombre sacudió una mano ante la observación de su esposa y prestó poca atención a la mirada ofendida de su hija.

—Es tan solo una forma de hablar, Lauren sabe que no hay joven más bella a mis ojos en toda Inglaterra, ¿no es verdad, querida?

Lauren asintió, esbozando una pequeña sonrisa; sabía con seguridad que su padre tan solo volcaba el inmenso cariño que sentía por ella en sus palabras. Al menos, era lo bastante honesto para dejar en claro que la belleza que veía en su hija menor era tan solo *a sus ojos*.

—Como decía, Margaret, confío en tu buen juicio y en el profundo cariño que sientes por tu prima para asegurarte de que ambas podrán hacerse mutua compañía sin verse en la vulgar necesidad de ir a la caza de un potencial marido para ella.

Margaret bajó la vista al mantel y empezó a desmenuzar un trozo de pan, en tanto el rubor subía por sus mejillas. Sus planes, que durante los últimos días habían sido precisamente esos, expresados de forma tan cruda por su tío, le produjeron una profunda vergüenza.

—Padre, por favor, no tienes que ser tan explícito – Lauren vio que debía ir en auxilio de su prima–. Te aseguro que Margaret no puede ser una acompañante más generosa con su tiempo y, como sabes, considerada en extremo.

Sus palabras provocaron el evidente alivio de su prima, que levantó la mirada y le sonrió con obvio agradecimiento.

—Desde luego, pero me preocupa que te veas involucrada en una situación desagradable...

—Creo que exageras, Henry, querido —su madre al fin parecía haber dejado de lado su reserva matinal y se expresó con brío—. Margaret es una dama casada ahora y nuestra Lauren no podría comportarse de forma más apropiada. Sin embargo, no me molestaría en absoluto recibir una sorpresa y, según he oído, tal vez ocurra pronto.

Lauren olvidó pronto la satisfacción que le produjo poder ayudar a su prima, consternada por la sonrisa de su madre.

—¿A qué te refieres? —su padre expresó en palabras su curiosidad.

—He oído que el joven hijo del conde de Hereford ha mostrado cierta inclinación hacia Lauren y tratándose de un caballero tan agradable, no puedo menos que alegrarme.

—¿El hijo del conde…?

—De Hereford, querido, un lugar hermoso, lo visitamos una vez de camino a Gloucester —se encogió de hombros, como restándole importancia a ese hecho anecdótico—. El joven es lord Craven y muestra unos modales exquisitos, ¿cierto, Lauren?

Ella abrió la boca un par de veces y miró a Margaret, que parecía tan desconcertada como ella; sus padres eran muy discretos en lo que a esos temas se refería, a menos que su padre dejara en claro con cierta frecuencia que jamás debía sentirse presionada por casarse. El que su madre pareciera tan entusiasmada con el interés de lord Craven era poco menos que sorpresivo.

—Sí, por supuesto, lord Craven es un caballero muy atento.

—¿Y acaso ha insinuado que sus intenciones son serias? Porque sabes, Lauren, que de ser ese el caso, deberá hablar conmigo primero, es lo que corresponde.

—No, no, desde luego que no; él nunca ha sugerido tal cosa, apenas lo conozco —miró a su prima con expresión suplicante.

Margaret pareció debatirse entre apoyar el entusiasmo de su tía o ir en rescate de su prima, pero ya que ella acababa de mostrar una amabilidad que quizá no mereciera, juzgó justo inclinarse por lo segundo.

—Lord Craven lleva muy poco tiempo en la ciudad y, si bien es cierto ha mostrado cierta inclinación por Lauren, no creo que sea indicio suficiente para suponer que pueda albergar una esperanza más concreta.

Lauren exhaló un suspiro de alivio y formuló un «gracias» apenas moviendo los labios para corresponder a Margaret por su ayuda.

—Ya veo... —sir Henry se llevó un dedo a la barbilla con expresión indecisa—. En cualquier caso, si este joven lord Craven muestra un interés más profundo, debes hacerle saber que su obligación es concertar una cita y hablar conmigo. Luego, claro, podrás rechazarlo.

—¡Querido! ¿Por qué iba Lauren a hacer tal cosa?

—No sería la primera vez; a decir verdad, sería la cuarta —el barón contestó a su esposa como si señalara un hecho muy obvio y luego se dirigió a su hija—. Debes saber, querida, que cuentas con todo mi apoyo.

—Gracias, padre.

Sir Henry ignoró el tono lúgubre de su hija y prestó toda su atención a la fuente que el lacayo exhibía frente a él.

Lauren, por su parte, guardó silencio y, tras intercambiar una mirada afligida con Margaret, agachó la cabeza.

Siempre se había enorgullecido por contar con unos padres tan comprensivos, pero reconocía que en momentos como ese, habría deseado... ¿Qué? ¿Acaso que la presionaran a fin de que se comprometiera? Desde luego que no, no era ese su anhelo. Pero, por primera vez en años, la suposición de su padre respecto a que rechazaría a cualquier hombre que le propusiera matrimonio la hirió un poco.

Él no conocía a lord Craven, pero asumía sin asomo de duda que de mostrar algún interés en ella, optaría por ignorarlo; ¿era eso a lo que se refería Margaret cuando decía que nadie podría complacerla? ¿Que buscaba un ideal imposible de encontrar? Miró a su prima con discreción y la vio atenta a sus gestos, incluso le sonrió a fin de que se sintiera mejor; suponía que imaginaba con facilidad lo que pasaba por su mente.

«Si continúas con esa búsqueda absurda, puedo asegurarte que lo último que conocerás será un final feliz». Las palabras que utilizó al dar por terminada su última discusión empezaron a martillar en sus sienes.

¿Final feliz? De pronto se sintió muy triste, como si tal posibilidad estuviera más lejana que nunca. Si continuaba con sus ridículos ideales, era muy probable que jamás tuviera uno y, después de todo, ¿por qué debía ser así? Ella no era la princesa de un cuento de hadas.

Aceptar asistir a una fiesta dada por una dama con la que se sostuvo en algún momento una relación del todo inapropiada tal vez no fuera un movimiento muy inteligente, pero en los últimos días, Charles no mostraba el mejor de los juicios.

Cierto que era considerado un hombre temerario y propenso a involucrarse en hechos que otros preferirían evitar, pero aun así, el presentarse en la mansión Danby era una jugada arriesgada.

A decir verdad, no podría asegurar que se sintiera del todo cómodo; después de todo, tal vez fuera un poco descarado, como su padre le llamaba con frecuencia, pero tenía ciertos códigos de conducta que procuraba seguir al pie de la letra; sin embargo, esa era tan solo una pequeña excepción que esperaba no repetir en mucho tiempo.

¿Qué podía decir a su favor? Estaba aburrido y tenía curiosidad; una combinación muy peligrosa tratándose de él, como podría atestiguar cualquier persona que lo conociera tan solo un poco.

La razón de su aburrimiento era difícil de identificar, aunque tal vez tuviera relación con los pensamientos relacionados con el futuro que no lograba desterrar de su mente. No eran muy agradables y pasar el tiempo en sus habitaciones pensando en ello no ayudaba a que desaparecieran, de forma que optó por buscar entretenimientos que le permitieran distraerse, por frívolos que pudieran resultar.

En cuanto a la curiosidad, bien, la explicación era mucho más sencilla y prosaica. Deseaba saber si la señorita Mowbray continuaba disgustada con él. Tal vez fuera una actitud infantil, pero encontraba muy divertido verla alterada por su causa, ya que nada en ella delataba un fuerte carácter, pero él sabía, porque había sido testigo de primera mano, que no era tan dócil como aparentaba y eso le parecía muy interesante. Aún más, le encantaría descubrir qué cuerdas tendría que tocar para conseguir sacarla de sus casillas, debía ser todo un espectáculo.

Quien supiera lo que pasaba por su mente tal vez lo tachara de cruel, pero no había maldad en sus pensamientos. A su parecer, la fortaleza de carácter era admirable y no comprendía por qué Lauren Mowbray prefería mostrar una fragilidad que no era del todo real.

Con seguridad, a Juliet no le haría ninguna gracia que analizara de tal forma los actos de su mejor amiga, pero, en su opinión, quizá y solo quizá consiguiera ayudarle.

Así que debido a su omnipresente aburrimiento y llevado por la curiosidad de tratar un poco más a la señorita Mowbray, se encontraba en la sala de música de la mansión Danby, conversando con matronas que no dejaban de hablarle como si fuera el nieto de todas ellas, lo que usualmente le divertía, pero en ese momento encontraba abrumador. Sin embargo, ya que estaba desesperado por evitar que Evangeline, condesa de Danby, se acercara, tal y como parecía ser su intención, estaba dispuesto a soportar ese pequeño sacrificio.

Unas fuertes carcajadas a su derecha llamaron su atención, por lo que hizo un gesto en señal de despedida a las damas que lo rodeaban y se acercó con cautela.

William Radnor, acompañado por dos caballeros a los que creyó reconocer, aunque no estaba del todo seguro de ello, intercambiaban bromas con muy poca discreción, algo que en lo personal encontraba de mal gusto. No hacía falta reír como rufianes en una taberna para pasar un momento agradable; tal vez William no fuera el hombre simpático que recordaba de sus tiempos en la escuela.

En cuanto lo vieron, lo llamaron con gestos para que se acercara hasta su altura, no quedándole más alternativa que seguirles el juego; si hubiera dado media vuelta en ese momento, su acto habría sido muy obvio y tomado como un desaire.

—Charles, hombre, ven aquí, únete a nosotros.

Alguien debería decirle a Radnor que beber a esas horas de la tarde con tan poco control iba a ponerlo con toda seguridad en una situación embarazosa, pero no pensaba ser él quien lo hiciera; prefería ser tan solo un divertido observador del inminente desastre.

—William, qué inesperado placer, no recordaba que fueras un admirador de la música en Eton —comentó, como quien menciona el clima, al tiempo que saludaba a sus acompañantes—. Caballeros.

—No lo soy, pero no tenía nada mejor que hacer. Estos son Wallace y Carmichael, mis nuevos amigos —presentó al par que mostraba un poco más de mesura y lo señaló con un ademán rimbombante–. Este, buenos hombres, es Charles Egremont, uno de los más valiosos activos de Londres.

Charles elevó las cejas al oír semejante descripción. ¿Activo? Tal vez debiera alejar al camarero de Radnor después de todo.

—Me halagas, William, pero es una expresión un tanto exagerada.

—Tonterías, tú sí que sabes divertirte.

—¿Acaso no lo hacemos todos? La diversión es parte de la vida, aunque algunos la disfrutamos de forma más honrosa que otros.

Si William Radnor advirtió el leve tono despectivo en su voz, lo dejó pasar, aunque lo más probable era que ni siquiera lo notara, estaba muy entretenido en mirar de un lado a otro sin pizca de moderación.

—¿Conociste ya al polluelo de Hereford? Mira, allí está, solo y aburrido, como siempre.

Charles miró en la dirección que señalaba y ciertamente, allí estaba lord Craven, muy erguido, aunque no parecía aburrido en absoluto; por el contrario, notó cierto anhelo en su mirada que hubiera pasado inadvertido para alguien menos observador.

—Sí, lo conocí en el baile de los condes de Sutherland; un caballero agradable —no dijo que entonces también le había parecido aburrido, desde luego.

—¿Agradable? No puedo creer que uses esa expresión, Charles, ¿cómo puede parecerte agradable un hombre como él?

—¿Por qué te resulta tan antipático, William? No imagino qué puede haber hecho para ofenderte, lleva poco tiempo en la ciudad —se cruzó de brazos y le dirigió una mirada burlona—. ¿Su excesiva seriedad te parece una afrenta?

—Tal vez sea así —obtuvo una respuesta desafiante—. Y esos aires… obviamente, se considera superior a nosotros.

Charles contuvo su lengua, lo que implicó un enorme esfuerzo, porque podía pensar en muchas respuestas apropiadas, pero con ello solo conseguiría enzarzarse en una discusión que Radnor no podría sostener. De modo que se encogió de hombros, sonrió a los otros dos caballeros que parecían un poco desconcertados por el ímpetu de su amigo y se alejó sin darle demasiada importancia a lo que pudieran pensar.

Estaba a solo unos pasos de lord Craven, dispuesto a acercarse para saludarlo, cuando observó que toda la atención de este estaba dirigida a la entrada del salón.

Las damas Mowbray, sin excepción, según pudo apreciar, acababan de llegar.

Identificó a la baronesa, una mujer tan bella como encantadora, según recordaba por las pocas ocasiones en que habían intercambiado saludos; sus hijas mayores, ambas casadas, según sabía; la más joven y una dama que, estaba del todo seguro, era una pariente cercana, una prima, quizá, a la que había sido presentado hacía unos años.

Algo que llamó su atención, al verlas a todas en el mismo lugar, fue que Lauren Mowbray destacaba y no solo por su estatura, sino porque tenía un aire poco común en una dama. Iba muy erguida en su discreto vestido de seda azul, cierto, tan digna como cabía esperar, pero también mostraba cierta humildad en la forma en que se dirigía a quienes saludaba, con su siempre presente sonrisa, como si para ella todos fueran merecedores de una deferencia especial.

Por instinto, miró hacia el lugar donde se encontraba lord Craven y no le extrañó distinguir una mal disimulada emoción en su semblante. De inmediato, observó con atención cuál era la expresión de Lauren Mowbray, pero no vio en ella ninguna alteración en particular, además de su habitual amabilidad, claro.

No dudó en acercarse, nunca lo hacía, dudar, por supuesto. A su parecer, cuando uno deseaba hacer algo, buscar excusas para evitarlo era un claro signo de timidez y ese no era un rasgo de su carácter. Sin embargo, esperó a que las hijas mayores se dispersaran entre la multitud, ya que no deseaba interactuar con tantas personas a la vez; solo entonces se acercó del todo.

–Baronesa de Mowbray.

La dama esbozó una sonrisa encantadora y correspondió a su reverencia con una cabezada.

–Señor Egremont, siempre es un placer verlo, ¿cómo se encuentra su padre?

–Tan bien como siempre, le alegrará saber que la he visto.

–Por favor, hágale llegar mis saludos.

–Desde luego, baronesa.

Una vez que intercambiaron las palabras de rigor, la baronesa señaló a sus acompañantes.

–Creo que conoce a mi hija, Lauren y a mi querida sobrina, Lady Galloway–ambas hicieron una pequeña reverencia.

–Señorita Mowbray –Charles correspondió al gesto con una amplia sonrisa–. Lady Galloway, es un honor contemplar tanta belleza en un solo lugar.

La sobrina de la baronesa sonrió, incluso se ruborizó un poco, pero su prima no reaccionó de igual manera. Tan solo elevó una ceja y esbozó una sonrisa que no llegó a sus ojos.

–¿Es verdad que el conde de Danby ha conseguido que una famosa soprano italiana se presente hoy ante nosotros?

Charles asintió de buena gana ante la entusiasta pregunta de Lady Galloway.

–Sí, milady, la señorita Isabella Mascagni nos deleitará con su voz esta noche.

—¡Qué maravilla! Será una velada inolvidable.

—No dudo de que lo será, milady —Charles miró a Lauren, que escuchaba la charla con atención, aunque sin dar muestras de querer formar parte de ella—. ¿A usted no le agrada la música, señorita Mowbray?

La baronesa se adelantó a contestar antes de que ella pudiera hacerlo.

—Desde luego que le gusta. Lauren siempre ha sido una entusiasta pianista y en algunas veladas incluso nos deleita con su talento.

—Es verdad —la apoyó de inmediato su sobrina—. En realidad, creo que es mucho mejor cantante que pianista, aunque ella nunca lo reconocerá, ya que es muy modesta.

Charles escondió una sonrisa divertida al observar que el ceño de la señorita Mowbray se acentuaba según escuchaba los comentarios de su madre y prima. Imaginaba que no debía ser nada agradable que hablaran acerca de ella como si no se encontrara presente.

—Son muy amables, me halagan, pero no creo que sea del todo cierto —no le extrañó esa muestra de modestia—. Esta noche oirán a una verdadera cantante y estoy segura de que su acompañante en el piano mostrará también un nivel al que jamás podré llegar.

—No sea tan exigente consigo misma, señorita Mowbray, no me sorprendería que fuera tan talentosa como la baronesa y Lady Galloway proclaman —la miró a los ojos, curioso por observar su reacción—. Espero disfrutar pronto del privilegio de oírla.

—Debe visitarnos pronto entonces, señor Egremont, será un placer recibirlo en casa.

—Es muy gentil de su parte, baronesa; para mí sería un honor y así podré alabar a la señorita Mowbray con pleno conocimiento de causa.

La aludida sonrió, tal y como él esperaba que hiciera.

Obviamente, no le agradaba ser enaltecida en público y sus bromas ayudaron a que pudiera sentirse más cómoda.

—¿Será un buen momento para ocupar nuestros asientos?

Lady Galloway parecía ansiosa por no perderse un solo momento del recital y no podía culparla, no era muy común contar con una figura tan conocida del mundo de la ópera.

—Creo que tiene razón, milady; si lo permiten, me gustaría acompañarlas.

—Qué amable, señor Egremont, gracias.

Charles las guio con mucho tino por entre los grupos de personas que se acercaban al salón acondicionado para el pequeño concierto y se encargó, muy hábilmente, de que pudieran disponer de los mejores asientos en las filas más cercanas. La baronesa saludó con un gesto alegre a sus dos hijas mayores, que ocupaban unas cuantas sillas algo más atrás y agradeció el asiento que Charles señaló para ella, ubicado al lado de su sobrina. La señorita Mowbray se sentó a su derecha, tal y como esperaba.

—Tenía muchos deseos de conversar con usted, señorita Mowbray —dijo en susurros, inclinándose tan solo un poco para hacerse oír.

Si Lauren encontró extraño su comentario, no dio muestras de ello; se mantuvo con la vista al frente.

—¿No tiene curiosidad por conocer el motivo de ese deseo?

—Creo que eso no tiene mayor relevancia porque me lo dirá de cualquier forma.

—¿Y cómo ha llegado a esa conclusión?

—No puede evitar decir lo que piensa, señor Egremont, creo que, aunque la vida le fuera en ello, sería incapaz de silenciar sus opiniones.

Charles exhibió una sonrisa aún más amplia al oír sus palabras, dichas en tono tan bajo como el suyo.

–Señorita Mowbray, tiene usted un agudo ingenio, ¿por qué no lo muestra más a menudo?

–¿Es ese el tema acerca del que desea hablarme? ¿De mi ingenio o la aparente falta de él?

–No en realidad, pero ahora que lo menciona...

–Señor Egremont, por favor, no pretendo hablar una vez que dé inicio el recital, por lo que recomiendo me diga ya lo que desea.

Él suspiró y giró un poco para observarla mejor, comprobando que mantenía el ceño ligeramente fruncido. Su prima, en el asiento contiguo, parecía sostener una animada charla con la baronesa.

–Creo que no hará falta, señorita Mowbray, usted acaba de responder a todas mis interrogantes.

La afirmación bastó para que Lauren le concediera atención absoluta y el ceño fruncido se transformó en un gesto extrañado.

–¿Cómo es eso posible?

–Deseaba saber si continúa disgustada conmigo y con sus actos ha dejado en claro que así es, lo que lamento profundamente. Puedo asegurarle que no fue mi intención ofenderla de ninguna forma.

Ella pestañeó una y otra vez, desconcertada.

–No lo entiendo.

–Me refiero, por supuesto, a mis desafortunados comentarios en el baile de los condes de Sutherland; no pretendía burlarme de lord Craven –Charles se encogió de hombros y exhibió una mueca irónica–. Bueno, tal vez fuera esa mi intención y fue muy descortés por mi parte considerando que lo tiene en tan alta estima.

–Yo no usaría esa expresión...

–¿No lo tiene en alta estima? –fingió una sorpresa que en verdad no sentía.

—No —ella guardó silencio un momento, suponía que para ordenar sus pensamientos—. Quiero decir sí; es decir... lord Craven es un caballero muy agradable y debo reconocer que encuentro de muy mal gusto que usted se aproveche de su inteligencia para burlarse de él.

Charles ladeó un poco la cabeza y la miró con mayor atención. Aun cuando la reprobación de la señorita Mowbray era más que obvia, también era cierto que parecía más dolida que ofendida y este hecho en particular lo afectó de forma extraña. Hubiera podido lidiar con su indignación, quizá incluso la habría encontrado un poco divertida, pero el que se mostrara tan triste lo sorprendió, no sabía qué decir y eso no era nada común en él.

—Lo siento.

Para un hombre conocido por su locuacidad, esa era una respuesta poco menos que patética.

—¿En verdad lo hace?

—Si le he provocado algún dolor, sí, por supuesto que sí.

Si se encontraba ya sorprendido, el ser observado con profunda lástima y dulzura lo dejó casi petrificado.

—Lamento mucho que se exprese de esa forma porque usted es un buen hombre, señor Egremont, y creo que es demasiado digno para caer en tales mezquindades —la señorita Mowbray sonrió e hizo un ademán gracioso al encogerse de hombros—. Pero no me ha provocado ningún dolor y no tiene por qué disculparse.

En ese momento no fue consciente de ello, pero Charles tuvo mucha suerte, porque la irrupción del conde de Danby en el pequeño escenario montado frente a ellos lo libró de dar una respuesta que no habría sabido siquiera cómo empezar a formular.

Por primera vez desde que lo conocía, se alegró de oír al conde hablar. Cierto que su discurso pomposo y enrevesado resultó tan aburrido como esperaba, pero lo recibió con un profundo alivio, aun cuando no prestara verdadera atención a la mitad de lo que dijo; estaba muy ocupado pensando en las palabras de la señorita Mowbray.

Según logró entender, aunque tal vez estuviera equivocado, ella no se disgustó debido a las bromas de mal gusto dirigidas a lord Craven porque este le inspirara un afecto especial, sino porque creía que él, Charles Egremont, era un buen hombre y lamentaba que no se comportara de acuerdo a sus expectativas.

¿Cómo era eso posible? Desde luego que no se veía a sí mismo como una mala persona, le agradaba pensar que poseía más virtudes que defectos, aun cuando jamás negaría estos últimos. Su familia, o al menos la más cercana, le decía con frecuencia que era un buen hombre, lo mismo que Robert, su mejor amigo, pero ellos *realmente* lo conocían. La mayor parte de la sociedad, a quienes mostraba tan solo su rostro divertido, no podían imaginar que fuera una persona más compleja de lo que aparentaba y con seguridad tampoco les causaba mucho interés.

Entonces, ¿qué había visto Lauren Mowbray en él para llegar a tal conclusión? No era una persona cercana; hablaban con cierta frecuencia, sí, pero solo porque tenían amistades en común. Jamás había departido un momento a solas con ella y mucho menos le había hecho una sola confidencia. ¿De dónde procedía esa seguridad para tacharlo de hombre bueno y digno? ¡Dios! Ni siquiera su padre lo había llamado de esa forma jamás y esa joven dejaba su expresión beatífica para hacer semejante afirmación como si tal cosa.

Se sentía muy desconcertado, podía reconocerlo y habría deseado encontrarse tan solo unos momentos a solas con ella para hacerle todas las preguntas que rondaban por su mente; sin embargo, también sabía que eso no hubiera sido correcto. La señorita Mowbray hizo un comentario noble y generoso, él debía aceptarlo con gracia, no interrogarla al respecto.

Pero cuánto le habría gustado hacerlo y tal vez hubiera cometido la descortesía de preguntar si el conde no hubiera dejado su monólogo, en espera de unos corteses aplausos que apenas se oyeron en la galería, pero ya que él estaba acostumbrado a producir esa reacción, no se mostró ofendido.

—Ahora, mis ilustres invitados, les dejaré en compañía de la extraordinaria señorita Isabella Mascagni, que nos deleitará con su magnífica voz. Por favor, aclámenla como merece.

Dos lacayos se encargaron de apagar unos candelabros para conceder cierta aura de misterio al espacio, en tanto una dama se acercaba con paso lánguido y se colocaba frente a la audiencia. Charles sonrió al reconocer a la hermosa mujer de largos cabellos rojizos y piel casi traslúcida que hizo una profunda reverencia. La había oído cantar por primera vez en una corta visita que realizó a Viena y desde entonces había tenido la fortuna de asistir a su espectáculo en otras dos oportunidades. Tenía una voz prodigiosa y un encanto muy particular, de modo que se acomodó mejor en el asiento y decidió dejarse llevar por la música, sin pensar más en el porqué de los actos de la señorita Mowbray, que parecía haber olvidado sus últimas palabras y miraba hacia el escenario con entusiasmo.

Tras una segunda y graciosa reverencia, la señorita Mascagni giró para hacer un ademán en señal de bienvenida; Charles supuso, con acierto, que presentaba al pianista que la acompañaría en la velada.

Entonces, se sucedieron los acontecimientos más extraños.

Una figura conocida y que no esperaba ver en absoluto se acercó y ocupó el lugar frente al piano. Oyó una serie de cuchicheos indiscretos en la sala y, lo más sorprendente de todo, el hecho que provocó casi diera un brinco en la silla: sintió un súbito apretón en la muñeca y al bajar la vista, sorprendido, se encontró con la blanca mano de Lauren Mowbray aferrada a la suya.

Por primera vez en su vida, Charles se quedó completamente atónito.

Capítulo 4

Lauren esperaba con impaciencia el inicio del recital, no porque deseara cesar su charla con el señor Egremont, sino porque sentía una gran curiosidad por conocer a esa famosa soprano de la que tanto oyera hablar.

Bueno, lo cierto era que tal vez el hecho de continuar hablando con Charles Egremont no le agradara mucho, no en ese momento, cuando sentía que acababa de ser extremadamente indiscreta. ¿De qué otra forma llamar a sus palabras? Jamás debió hablarle con tal confianza; no lo culparía si este reprobara su conducta. Podía decir a su favor que no tuvo intención de ofenderlo, pero era una excusa ridícula.

No solo lo había reprendido como a un niño, ignorando que no había mayor confianza entre ellos, sino que había afirmado con total tranquilidad que lo consideraba un hombre bueno y digno. Desde luego que esto era cierto, pero no era la clase de cosas que se le podían decir a un hombre en medio de un salón o en cualquier otro lugar.

Sin embargo, no había podido contener su lengua, algo que le pasaba muy a menudo cuando se encontraba en su presencia.

Desde la última vez que lo viera, había pensado con frecuencia en la forma un poco cruel en que se había comportado con lord Craven. Cierto que no fue abiertamente ofensivo y no creía que el caballero en cuestión hubiera notado que era blanco de sus burlas, pero ella sí que lo sabía y le desagradaba mucho. No solo porque lord Craven le parecía un hombre agradable, quizá algo inocente para la ciudad, pero de nobles sentimientos y no merecía ese trato. Lo que más le disgustaba era que el señor Egremont, a quien consideraba un caballero de natural gentil, se comportara de tal forma con alguien a quien veía como un ser sin malicia.

Estaba acostumbrada a oír sus comentarios irónicos y a observar cómo muchos miembros de la sociedad sucumbían ante sus agudas expresiones, pero si bien no hacía comentarios al respecto, Lauren pensaba que muchos de ellos lo merecían. La mayor parte de la llamada *buena sociedad* se comportaba con tal frivolidad que ella con gusto habría aplaudido cuando el señor Egremont hacía algún comentario mordaz. Por lo general, era muy justo respecto a las personas a quienes dirigía esas palabras. Pero ese no era el caso de lord Craven y de allí que encontrara tan lamentable su conducta.

No podía comprender por qué se había comportado de tal modo, ya que lord Craven era un desconocido para él y a su parecer un hombre intachable. En verdad, Lauren habría esperado que desarrollaran una buena amistad, ya que si bien el señor Egremont era a sus ojos un caballero mucho más experimentado e inteligente, ambos tenían en común los buenos sentimientos.

Ese fue el motivo por el que no pudo contener las reconvenciones que tanto parecieron incomodar al señor Egremont, aunque esa no fuera su intención, pero cuando él mencionó que lamentaba se encontrara disgustada, se vio en la necesidad de aclarar que en verdad sentía una profunda decepción, lo que había resultado en una gran tontería, ya que eso solo la llevó a formular esos comentarios tan fuera de lugar.

De allí que suspirara aliviada al ver que el conde de Danby hizo acto de presencia y aceptó de buena gana oír su aburrido discurso a fin de librarse de ese incómodo momento. Cuando el conde calló y presentó a la soprano, a quien admiró por su gran belleza y apostura, pensó que, después de todo, sí iba a pasar una velada agradable y que, con un poco de suerte, una vez que esta hubiera terminado, el señor Egremont olvidaría todo lo que dijo.

Sin embargo, jamás hubiera podido imaginar lo que iba a ocurrir a continuación.

Cuando la señorita Mascagni presentó con tanta gracia a su pianista, elevó las manos, lista para aplaudir, como los otros invitados, pero al verlo las dejó caer y, por mero instinto, se aferró a la muñeca del caballero sentado a su lado, sin ser del todo consciente de lo que hacía.

¿Era cierto lo que veían sus ojos o estaba frente a algún tipo de aparición?

Cerró los ojos una vez, segura de que al abrirlos, comprobaría que todo se trataba de una mala jugada de su mente, pero no fue así. Él continuaba allí, sentado frente al piano y con la cabeza ligeramente ladeada, para mirar a la audiencia con una mueca burlona que había visto muchas veces antes.

—No puede ser...

No supo que había formulado las palabras en voz alta hasta que sintió un leve toque en su brazo derecho y giró apenas el rostro para encontrarse con la mirada extrañada de Margaret.

—¿Es ese Daniel Ashcroft? ¿El primo de tu amiga Juliet?

Lauren asintió antes de volver la vista al frente donde, tanto la soprano como su controvertido acompañante, empezaban con el espectáculo. No dudaba de que la voz de la señorita Mascagni fuera extraordinaria y conocía la pericia del pianista que la acompañaba, pero no pudo prestar mucha atención a la música.

¿Daniel Ashcroft en Londres? Según sabía por la correspondencia que mantenía con Juliet, su primo continuaba en París, encargándose de los negocios de la familia. ¿Cómo era posible que un día simplemente apareciera de la nada en el salón de los condes de Danby? Y como acompañante de una conocida soprano italiana, además. Era absurdo, insólito...

–¿No tuvo acaso un serio problema con Juliet y su esposo antes de marcharse?

El susurro de Margaret llegó a sus oídos, pero lo ignoró, no le contestaría ni en ese momento ni nunca.

Pocas personas conocían el verdadero motivo por el que Daniel Ashcroft dejó Londres y Lauren era una de ellas, aunque fuera tan solo por la gran confianza que Juliet siempre le mostró. De ninguna manera haría pública su confidencia.

Cuando conoció a Juliet, hacía ya varios años, trabaron pronto una profunda amistad y ya que ella era muy cercana a su primo, con quien vivía desde que ambos eran pequeños, tuvo que acostumbrarse a tratar también con él, si bien Daniel se mostró siempre muy cauto y desconfiado. La única persona en el mundo en quien parecía confiar y amar incondicionalmente era a Juliet, pero nadie hubiera podido imaginar jamás...

–Es un gran pianista, puedo decir eso a su favor.

Lauren asintió para mostrar su conformidad con la apreciación de Margaret, que parecía menos curiosa y mucho más entusiasmada por la música.

Sí, Daniel siempre fue un gran pianista, uno de los motivos por los que lo admiraba tanto.

Al pensar en los sentimientos que alguna vez albergó por él sintió una profunda vergüenza porque, si bien estaba segura de que jamás dejó de comportarse con la mayor propiedad, Daniel de alguna forma siempre lo supo y, muy dentro de sí, hubiera podido jurar que lo encontró absurdo.

Nunca bailó con ella a menos que lady Ashcroft, su tiránica abuela, lo obligara y más de una vez dejó claro, con comentarios velados, que la encontraba muy agradable, vista tan solo como la mejor amiga de su adorada prima, por supuesto.

Entonces a ella no le importó, no demasiado, no albergaba ideas románticas y soñadoras en lo que a él se refería, o eso se dijo una y otra vez a fin de evitarse un dolor innecesario. A decir verdad, independientemente de lo que Daniel Ashcroft le inspirara en la actualidad, era justo reconocer que jamás la ilusionó de forma alguna. Fue siempre correcto y respetuoso, una deferencia que suponía nacía de su afecto por Juliet.

Y aunque en un inicio construyó algunos castillos en el aire en lo que a él se refería, estos pronto se derrumbaron. De no ser tan sensible, no le habría afectado demasiado, pero lo era y hubiera sido hipócrita de su parte negar que esa fugaz ilusión frustrada no la lastimó.

Ahora Daniel estaba de vuelta en Inglaterra, no sabía con qué fines y aunque buscó en su interior algún rastro de su antigua predilección por él, no pudo encontrar más que una profunda decepción. Obviamente, tal inclinación no era tan profunda como pensó con cierta inocencia; sin embargo, su presencia no podía pasar desapercibida y de allí que actuara de una forma tan irracional.

En lugar de dedicar todos sus pensamientos a una pasada ilusión ridícula, su deber como buena amiga era averiguar el motivo por el que Daniel había regresado y mantener a Juliet al tanto; le escribiría tan pronto como llegara a casa. Desde luego, la posibilidad de disfrutar de la música se había esfumado por completo.

Suspiró y miró a Margaret, quien contemplaba el escenario con expresión extasiada y no pudo contener una pequeña sonrisa; la soprano era en verdad maravillosa y estaba segura de que en otras circunstancias hubiera disfrutado su interpretación.

Observó a Daniel con atención, pero él tocaba con la vista fija en el teclado, en apariencia completamente indiferente a lo que le rodeaba; una actitud bastante habitual en él. Cuando la melodía empezó a decaer y la voz de la soprano se apagó del todo, la audiencia guardó un respetuoso silencio y de inmediato pudieron oírse sonoros aplausos en el salón.

Lauren comprendió que lo más correcto, aunque no había prestado la debida atención, era imitarlos, por lo que se dispuso a aplaudir con el mismo entusiasmo, aunque fuera fingido. Solo tenía un problema; una de sus manos no estaba libre para hacerlo porque sostenía con firmeza la muñeca de un muy desconcertado Charles Egremont.

En ese momento, la opción de dejar la sala corriendo no le pareció una mala idea; a decir verdad, quizá con ese gesto pudiera salvar una mínima parte de su dignidad.

Charles observó con discreción a la señorita Mowbray durante todo el tiempo que duró el aria interpretada por la soprano. Vio su expresión de sorpresa, la forma en que frunció el ceño, los casi imperceptibles asentimientos a las palabras de su prima y, estaba seguro, el claro indicio de dolor en sus ojos.

Le costaba creer que no hubiera notado la forma en que sostenía su mano, aunque él no hizo nada por liberarse del agarre. Por una parte, la habría puesto en evidencia y, lo más importante, suponía que si esa fue su reacción al ver a Daniel Ashcroft, debía encontrar cierta tranquilidad al tener algo a lo que sujetarse.

No era un secreto, o al menos no lo era para él, que cuando Daniel Ashcroft vivía en Londres, la señorita Mowbray mostraba cierta predilección por su compañía y ya que siempre se comportó de forma intachable, nadie hubiera podido hacer un comentario de mal gusto al respecto. Desde luego que esa estima siempre le pareció completamente inmerecida; el primo de Juliet le parecía un muchacho mezquino y en absoluto digno de confianza, pero se abstuvo siempre de opinar al respecto.

En esa época casi no trataba a la señorita Mowbray, solo la relacionaba con la bella del año, la señorita Juliet Braxton, y su interés en el hijo de lord Ashcroft no era un tema que creyera asunto suyo.

Ahora, sin embargo, todo era muy diferente. Después de que Robert y Juliet se casaran y abandonaran Londres se enteró de hechos terribles relacionados con ese hombre.

Podía asegurar con absoluta certeza que Daniel Ashcroft no era un caballero con el que debiera relacionarse ninguna dama respetable y mucho menos una tan inocente como Lauren Mowbray. Si verlo había despertado antiguos sentimientos, juzgó que lo más correcto era ayudarla y velar porque se mantuviera alejada de semejante influencia, aunque no lograba imaginar de qué forma lo haría.

Cuando la música terminó, observó que la joven se envaraba en el asiento y, tras una ligera pausa, bajaba la vista hacia la mano que continuaba firmemente aferrada a la suya. Hubiera podido describir sin dificultad su expresión horrorizada, pero quizá no fuera el mejor momento, porque le pareció que estaba a punto de huir despavorida. De modo que con un rápido movimiento giró su mano para ser esta vez él quien la sujetara por la muñeca.

—Voy a soltarla muy suavemente si me promete que se quedará en su lugar y aplaudirá tal y como debe —se inclinó con mucho cuidado y habló en susurros—. Comprendo su turbación, pero no tiene nada por lo que avergonzarse, ¿de acuerdo? Señorita Mowbray...

Esperó a que asintiera y solo entonces la soltó, suspirando aliviado al verla aplaudir con entusiasmo, aunque no había abandonado su rigidez.

—¡Bravo!

Se unió a los vítores de buena gana, aunque no había oído casi nada de la interpretación, pero si continuaba en silencio resultaría del todo extraño; las personas esperaban un comportamiento más vehemente de su parte.

—¿Sabe qué hace aquí?

Supuso que el aprovechar todo ese ruido a su alrededor le permitiría hacer algunas preguntas con discreción.

—No, estoy tan sorprendida como usted —la joven sonreía al tiempo que contestaba—. Pensé que continuaba en París.

—Lo mejor hubiera sido que permaneciera allí.

—¿Piensa usted...? ¿Cree que desea causar algún problema?

—Tratándose de él no me extrañaría.

—Pero...

La señorita Mowbray no pudo culminar su frase porque la soprano hizo un gesto para señalar que empezaría una nueva interpretación y debieron guardar silencio.

Charles disfrutaba la música, era uno de sus mayores placeres, pero esa fue una de las horas más largas de su vida y, por la forma tan curiosa en que la señorita Mowbray movía los pies, suponía que le ocurría exactamente lo mismo. Ignoraba si su ansiedad tenía el mismo origen que la suya, o si le angustiaba también lo que la aparición de Daniel Ashcroft significaba para su propia existencia.

Exhaló un profundo suspiro de alivio cuando oyó las notas finales de la última canción del repertorio. ¡Finalmente! No estaba seguro de cuál sería el mejor paso a seguir, pero al menos podía moverse con libertad y dejar de aplaudir como un títere.

—¿No creen que ha sido maravilloso? Señor Egremont, tenía usted razón, la señorita Mascagni es una cantante extraordinaria. Cuánto me alegra haber tenido la oportunidad de escucharla.

La apreciación de lady Galloway, dicha en tono alto en tanto abandonaban sus asientos, tras cederle el paso a la baronesa, fue un fiel reflejo de lo que todos los invitados parecían pensar.

—Una de las mejores sopranos de la actualidad, ciertamente.

—Por supuesto y qué gran sorpresa que Daniel Ashcroft la acompañara al piano; no es un hecho nada común, no dudo de que a lady Ashcroft no le agrade, pero es también un gran intérprete, ¿no estás de acuerdo, Lauren?

Charles observó por el rabillo del ojo que Lauren asentía con una falsa sonrisa entusiasta.

—Desde luego, Margaret, una experiencia fascinante.

—Ahora no me sentiré tan triste de partir; no después de haber disfrutado de esta maravillosa velada.

—¿Nos dejará tan pronto, lady Galloway? —Charles enarcó una ceja, intrigado por ese comentario, no sabía cuál era el lugar de residencia de la dama.

—Me temo que sí, señor, mi esposo espera mi regreso en Escocia, por lo que viajaré dentro de unos días.

—Es una lástima que debamos vernos privados de su encantadora presencia, pero es comprensible que lord

Galloway no pueda tolerar permanecer más tiempo alejado de usted.

Charles habría jurado que la señorita Mowbray puso los ojos en blanco ante su halagador comentario, pero debió haberse equivocado, no podía imaginar a una dama como ella haciendo un gesto tan poco elegante.

—Qué gentil de su parte, señor Egremont, veo que se ha ganado a pulso su reputación de caballero galante —la baronesa la dirigió una mirada indulgente, propia, a su parecer, de una madre.

Él hizo una reverencia y sonrió, aunque estaba muy atento a lo que ocurría a su alrededor, cerca del escenario.

Una multitud rodeaba a la soprano, quien daba muestras de encontrarse encantada por la aclamación de su público. Daniel Ashcroft, en cambio, permanecía alejado, aunque era obvio que muchas personas lo observaban con curiosidad. Ese sería un buen momento para hacer el primer movimiento.

—Lamento tener que abandonar tan deliciosa compañía, pero debo saludar a unas amistades, ha sido un placer compartir esta fascinante velada con damas tan encantadoras.

—Gracias por su compañía, señor Egremont, recuerde que será un honor recibirlo en nuestro hogar —la baronesa permitió que besara su mano—. Le haré llegar pronto una invitación para que asista a una de nuestras veladas, aunque me temo que no será tan impresionante como esta.

—Si la señorita Mowbray tiene a bien deleitarnos con su arte, no dudo que lo será, milady. Ahora, con su permiso.

Charles hizo una nueva reverencia y sonrió a las damas, deteniendo su mirada tan solo un instante más de lo apropiado en Lauren Mowbray, a quien notó preocupada. Le habría gustado hablar un momento con ella a solas, pero era sencillamente imposible, tendría que encontrar una forma de hacerle llegar noticias en cuanto lograra enterarse de algo.

Sin dudar, se dirigió con paso rápido y decidido hasta encontrarse cara a cara con Daniel Ashcroft, quien lo recibió con una mueca sarcástica.

—Señor Egremont, cuánto tiempo sin verlo, qué sorpresa.

Charles recordó lo mucho que le desagradaba su tono indulgente, pero no permitió que le afectara; por el contrario, le dirigió una sonrisa fría y le contestó con una inflexión similar en la voz.

—No creo que pueda encontrarse más sorprendido que yo, señor Ashcroft y que todos los presentes, por supuesto. Habrá notado que su presencia ha causado verdadera conmoción.

—No comprendo el motivo —se encogió de hombros, con una indiferencia que otros hubieran encontrado insultante—. Dejé Londres y ahora he vuelto, no veo nada interesante en un hecho tan ordinario.

—Dudo de que *ordinario* sea una expresión apropiada en lo que a sus actos se refiere; después de todo, señor Ashcroft, debe saber que estos siempre han tenido un efecto importante en la vida de muchas personas.

Sintió una gran satisfacción al ver cómo su expresión maliciosa desaparecía y enderezaba los hombros, delatando su tensión.

—Me sobrestima si piensa en verdad tal cosa, señor Egremont, pero tal vez otorgarme un mérito que no poseo se deba a su conocido entusiasmo.

Charles no abandonó su sonrisa y respondió con igual firmeza.

—No recuerdo haber dicho que lo considerara un mérito.

Con seguridad, la réplica a ese comentario no hubiera sido nada agradable de haber podido ser formulada, pero Ashcroft debió guardar silencio cuando la señorita Mascagni se acercó a ellos, tras conseguir despedirse al fin de sus admiradores.

–Daniel, aquí estás querido, ¿por qué me has dejado a solas con todas esas personas? No recordaba que los ingleses fueran tan vehementes.

Charles no ocultó su expresión sorprendida, teñida de cierta burla. ¿*Querido*? Qué interesante...

–Usualmente no lo somos, señorita Mascagni, eso depende de las circunstancias; sin embargo, luego de oír su interpretación, ¿espera acaso que permanezcamos impasibles?

Su halago tuvo por respuesta una sonrisa sugerente.

–Tampoco recordaba que fueran tan galantes –extendió una mano, como una mujer acostumbrada a ser reverenciada y Charles respondió al gesto besándosela–. Isabella Mascagni.

–Charles Egremont, señorita, uno de sus muchos admiradores –no pudo contener el deseo de señalar a Daniel, que permanecía impasible–. Pero, mi muy estimada dama, me desconcierta al tener a los ingleses en tan baja estima; después de todo, ha escogido al señor Ashcroft como su compañero... en el arte.

Ella exhibió una sonrisa aún más amplia y se encogió de hombros.

–Conozco al señor Ashcroft hace tanto tiempo y estoy tan acostumbrada a su presencia que con frecuencia olvido su nacionalidad. Para mí es francés o italiano; muy pocas veces puedo verlo como a un inglés.

–¿Debo sentirme ofendido?

–Oh, no, señor Egremont, basta con escucharlo para saber que también puede ser considerado un ciudadano del mundo.

—Tomaré eso como un halago.

—Debe hacerlo, por favor, porque lo es.

Por divertido que resultara ese intercambio de lisonjas y entretenido el abierto flirteo de una mujer tan bella, Charles no olvidaba la razón que lo había llevado hasta allí.

—Preguntaba al señor Ashcroft el motivo de su regreso, pero si este fue debido al deseo de acompañarla en su viaje, es totalmente comprensible.

Pensó que no volvería a oír la voz de Ashcroft, pero había dado en el clavo con su comentario.

—Acabo de decirle, señor, que no veo nada de extraordinario en mi regreso; esta es mi patria.

Charles supo que podría presionarlo un poco más sin dificultad, pero eso no sería nada inteligente, no en presencia de una dama. Además, su actitud defensiva ocultaría más de lo que él deseaba que revelara.

—Por supuesto, por supuesto y estamos todos muy satisfechos de tenerlo una vez más entre nosotros –su tono gélido desmentía del todo sus palabras–. Señorita, escucharla esta noche ha sido una de las experiencias que recordaré durante toda mi vida.

—Gracias, señor, pero no hable como si esto fuera una despedida; pasaré un tiempo en Londres, espero tener la fortuna de encontrarlo nuevamente.

—Si fuera así, seré yo el afortunado –la dama acababa de develar información muy importante, pero procuró que su satisfacción no fuera evidente al dirigirse a su acompañante–. Señor Ashcroft, confío en que podamos continuar pronto nuestra conversación.

—No dudo de que si depende de usted, así será.

—Me alegra que lo comprenda.

No pretendía sonar amenazante, pero sí deseaba dejar claro que tenían algunos asuntos pendientes.

—Con su permiso, debo retirarme ya, contraje un compromiso para esta noche.

—Un placer conocerlo, señor Egremont, nos veremos muy pronto.

—Así lo espero –sonrió a medias–. Señor Ashcroft.

No obtuvo una despedida muy calurosa por su parte y no la esperaba.

Según se alejaba, empezó a hacer un análisis de la poca información obtenida y este no fue muy positivo. Ashcroft dijo poco y la señorita Mascagni fue algo más útil, pero no lo suficiente. Era del todo necesario que volvieran a verse y pronto.

Atisbó entre los invitados que, lo mismo que él, empezaban a retirarse y alcanzó a ver a lo lejos una cabellera rubia que le resultaba cada vez más familiar. Lauren Mowbray se encontraba de pie en la entrada, despidiéndose de sus anfitriones; su madre y hermanas, así como su prima, permanecían a su lado, aunque lo que llamó su atención fue el caballero de semblante arrobado que se situó muy cerca de ella.

Había olvidado por completo a lord Craven y el intercambio de palabras que tuviera con la señorita Mowbray debido a él. La presencia de Daniel Ashcroft había conseguido que olvidara todo lo que no fuera conocer el motivo de su regreso.

Ahora se preguntaba si sería necesario que se disculpara una vez más, ya que no estaba del todo seguro acerca de su posición. Es decir, la señorita Mowbray aseguró no estar disgustada con él, pero sí decepcionada, o preocupada, no lo tenía muy claro. De modo que quizá podría guardar silencio y no volver a tocar ese tema, o simplemente hacerle saber que no tenía la necesidad de esperar nada de él, lo que tal vez fuera un poco grosero considerando que ella solo había mostrado una nobleza que no merecía… ¡Qué situación más enredada! Y pensar que esa joven siempre le pareció muy simple, ¿cuándo se volvió tan compleja?

En fin, ya tendría tiempo de pensar en eso, hablar con ella no era posible en ese momento y, a decir verdad, estaba agotado. Llegó a la mansión Danby dispuesto a pasar unas horas de tranquilidad y se había visto envuelto en la situación más extraña. Una joven aparentemente inofensiva le había provocado una de las impresiones más grandes de su vida al formular apreciaciones demasiado cercanas a la realidad para su gusto y la aparición de la última persona a la que hubiera deseado ver había logrado perturbarlo del todo.

Necesitaba un poco de tranquilidad y la necesitaba pronto, por lo que tomó una decisión que en otras circunstancias habría obviado por ser extremadamente descortés. Ignoró las señas de la condesa de Danby para que se acercara a despedirse, dio un pequeño rodeo por el salón y, cuando estuvo seguro de que nadie le prestaba atención, salió por las puertas posteriores, recorriendo el jardín hasta atravesar las verjas que lo llevaron a una pequeña calle desierta.

Una vez allí, se apoyó en la pared de piedra, elevó la vista al cielo y exhaló un hondo suspiro.

Vaya velada. Ahora lo único que deseaba era llegar a sus habitaciones, recostarse en su sillón favorito y descansar. Si Robert supiera lo que pensaba, diría que estaba envejeciendo y tal vez tuviera razón, pero jamás lo reconocería.

Capítulo 5

Dos días antes de la fecha señalada para la partida de Margaret, muy temprano por la mañana, la madre de Lauren reunió a la familia en el salón más pequeño de la mansión e hizo una sorpresiva propuesta.

−¿Una fiesta?

El barón de Mowbray se ajustó los espejuelos y miró a su esposa con mal disimulado desencanto; no era un secreto lo poco que disfrutaba los festejos.

−No, no, no una fiesta, no disponemos del tiempo para organizar una apropiada. Sugiero un sencillo té con nuestras amistades más cercanas para despedir a la querida Margaret.

−¡Oh, tía, eso es maravilloso! Es tan generoso de tu parte...

−Es lo menos que podemos hacer; lamento no haber pensado en esto antes, pero hemos asistido a tantas fiestas que lo olvidé por completo.

Lauren, que escuchaba atentamente el intercambio de palabras, se mordió un labio con nerviosismo. Las ideas empezaban a aflorar a toda velocidad; la sugerencia de su madre no solo hacía feliz a Margaret, sino que además le procuraba la excusa que necesitaba.

−Eso no tiene importancia ahora, es una idea extraordinaria y me encantaría ayudar a organizarla –ignoró las cejas alzadas ante su excesivo entusiasmo–. Es más, debemos hacer la lista de asistentes de inmediato para que las invitaciones sean entregadas esta tarde, de ese modo no será tan intempestivo, tendrán todo un día para prepararse; es poco usual, pero como madre dice, solo invitaremos a nuestras amistades más cercanas.

La baronesa asintió, luego de exhibir una mueca de desconcierto; a su hija menor le agradaban las fiestas como a cualquier otra joven de su edad, pero no era una planificadora muy vehemente. Sin embargo, asumió que esos bríos nacían del profundo afecto que sentía por su prima favorita y no indagó al respecto.

–Extraordinario, Lauren, en ese caso, Margaret y tú pueden encargarse de ello –su sobrina asintió con entusiasmo–. Hablaré con Perkins para que todo resulte perfecto.

Lauren tomó a su prima del brazo y sonrió en tanto la guiaba fuera del saloncito con pasos delicados pero seguros.

–En ese caso, lo haremos ahora mismo; te avisaré en cuanto las invitaciones hayan sido entregadas.

Sin esperar respuesta, e ignorando las miradas asombradas de los miembros de su familia, se dirigió con rapidez fuera del salón, sin soltar a Margaret, que empezaba a mirarla con expresión confundida, aunque no se negó a seguirla.

Subieron las amplias escaleras hasta llegar al pequeño salón privado adjunto a su habitación y, una vez allí, ocupó la silla frente el escritorio, tomó pluma, pergamino y empezó a escribir.

–Estoy segura de que podremos contar con un buen número de asistentes, eres una persona muy apreciada y muchos querrán despedirte como corresponde –decía, sin dejar su labor, con tanta rapidez que se manchó un dedo con la tinta, pero no dio muestras de notarlo–. Creo que pasaremos una deliciosa tarde.

Margaret guardó silencio, pero el ceño fruncido no abandonó su semblante. En cuanto su prima se recostó en la silla, luego de llenar todo un pergamino con su letra menuda, tomó el pliego y lo examinó atentamente.

–¿Por qué encabeza la lista Charles Egremont?

–¿Disculpa?

Lauren estaba muy ocupada intentando librarse de la mancha en su dedo.

–El nombre de Charles Egremont encabeza la lista, ¿por qué?

–¡Oh, eso! Bien, recordé que madre ofreció invitarle en cuanto organizáramos una celebración y creo que esta es una excelente oportunidad –¿por qué su prima la miraba de esa forma?–. Pensé que te agradaba.

–Y así es, por supuesto, es un caballero encantador.

–En ese caso, no comprendo tu desconcierto.

–No, no estoy desconcertada, tan solo me pregunto por qué encabeza la lista; es decir, no sabía que tuvieras algún interés particular en él.

La voz de Margaret se apagó al terminar la frase y entonces Lauren comprendió a qué se refería su prima. La sola idea consiguió que rompiera a reír y fue una sensación muy agradable después de la ansiedad de los últimos días.

–¡Oh, Dios, no! Margaret, no pensarás… no veo al señor Egremont en esos términos.

–¿Estás segura?

Lauren asintió, desde luego que lo estaba, nunca había pensado en Charles Egremont de la forma en que Margaret insinuaba; le parecía un caballero encantador, muy agradable, por supuesto, pero cualquier otra presunción era absurda…

–Lamento haber sido tan inquisitiva, Lauren, pero comprenderás mi extrañeza al ver que has escrito su nombre al inicio de la lista.

No podía confiar a Margaret los verdaderos motivos que la habían llevado a tomar esa decisión.

—Bien, ya lo he dicho; recordé que madre prometió invitarlo y no quise olvidarlo en el último momento, eso es todo, hubiera sido un terrible desaire.

—Si tú lo dices...

—Así es —Lauren frunció el ceño ante el tono aún desconfiado de su prima—. Y solo por curiosidad, si el señor Egremont es de tu agrado, ¿por qué te horroriza de tal modo la idea de que pudiera verlo con otros ojos que no fueran los de la sencilla simpatía?

Margaret no era la clase de persona que perdía el habla con facilidad, siempre tenía la palabra precisa a cualquier comentario, pero en ese momento guardó silencio y Lauren casi pudo intuir la forma en que daba vueltas a su mente, buscando una respuesta adecuada.

—No creo que esa sea una expresión apropiada, Lauren, no me horroriza, ¿qué dices? Es solo que debes pensar en tu futuro.

—Es curioso que lo menciones porque me recuerdas con frecuencia que no presto suficiente atención a los caballeros que me rodean, de modo que, según tu opinión, no me preocupo lo suficiente por mi futuro; entonces, ¿qué ocurre con el señor Egremont? ¿Qué puede haber de malo en él?

—No he dicho tal cosa, no hay nada de malo en él. Es solo que... —Margaret empezó a dar vueltas por la habitación, con la mirada fija en la alfombra, una visión nada común—. Lauren, por favor, debes comprender que por muy agradable que pueda ser un caballero esto no significa que sea correcto verlo como un... posible marido.

Lauren alzó ambas cejas muy intrigada por la actitud de su prima. En un inicio, la curiosidad la llevó a indagar en las razones de Margaret para mostrar ese rechazo a un caballero que parecía agradarle tanto. Sin embargo, la curiosidad había dado paso al total asombro, no comprendía qué inspiraba esos reparos.

—¿Y por qué no?
—Bueno, es obvio.
—No para mí.

Margaret exhaló un suspiro y ocupó una pequeña silla a su lado.

—Lauren, es apenas el segundo hijo de un barón no muy acaudalado, no tiene un patrimonio propio y, según sé, su renta es suficiente para vivir dignamente como un caballero, pero jamás podría aspirar a desposar a una dama como tú.

—No puedo creerlo —Lauren miró a su prima con la indignación reflejada en el rostro—. ¿Ese es el motivo por el que lo consideras poco adecuado? ¿Su escasa renta?

—Lamento que pienses que soy injusta, pero me temo que es la verdad. Querida, no debes lamentarte por él; estoy segura de que un caballero educado y tan inteligente como el señor Egremont es muy consciente de sus limitaciones. ¿No has notado acaso su poco interés en relacionarse con jóvenes casaderas? Nunca se expondría a la humillación de ser rechazado.

Lauren era consciente de que no había malicia en las expresiones de su prima, que estaba plenamente convencida de la verdad en cada una de sus palabras, pero ella no podía concederle la razón, no en un tema como ese.

—No esperarás que esté de acuerdo contigo, Margaret, creo que el señor Egremont... es más, creo que cualquier hombre respetable tiene el derecho de buscar su felicidad sin importar de cuánto dinero disponga y no podría por menos que despreciar a una mujer que lo rechazase por una razón tan mezquina.

—Lauren, por favor, no hay nada de mezquindad en preocuparse por el futuro, ¿acaso crees que podrías vivir en la pobreza?

—Si puedo compartir ese futuro con la persona que amo, sí, desde luego que lo haría.

Nunca había visto tan horrorizada a su prima como en ese momento, ni siquiera cuando por primera vez mencionó que tan solo estaba dispuesta a casarse por amor y desde entonces ya habían pasado varios años.

—¿Y...? Lauren, debes decirme la verdad, por favor, ¿esa persona es Charles Egremont?

Ella sacudió la cabeza ante la expresión aterrada que Margaret mostró al preguntar. ¿No había escuchado nada de lo que había dicho?

—Ya he respondido a esa pregunta, eres tú quien no presta atención —no permitió que su prima exhalara un suspiro de alivio, ya que se apresuró a hacer una acotación—. Sin embargo, si así fuera, puedo asegurarte que sería un honor amar a un hombre tan agradable y que jamás dedicaría uno solo de mis pensamientos a sus posesiones.

—Pero acabas de decir que tú no...

—No volveré a hablar al respecto.

Ignoró su ceño fruncido, tomó la lista de sus manos con un gesto no muy amable y retomó su labor de escritura. Solo cuando habían pasado unos cuantos minutos oyó nuevamente la voz de su prima, aunque en esta ocasión fue mucho más cuidadosa al expresarse.

—No he visto el nombre de lord Craven en la lista —no esperó a la respuesta de Lauren y continuó—. Me agradaría disfrutar de su presencia porque es un caballero muy gentil y se ha comportado de forma espléndida conmigo desde que fuimos presentados. Creo que debo despedirme de modo apropiado, ¿no estás de acuerdo?

Lauren la miró sin ocultar su desconfianza, pero suspiró y anotó el nombre indicado. No creía en absoluto en las razones de su prima para desear contar con la presencia de ese caballero, pero no deseaba verse envuelta en una nueva discusión.

Tenía cosas mucho más importantes de las que preocuparse.

Por extraño que pudiera resultar, Charles jamás había visitado la mansión Mowbray, un hecho curioso al considerar que la familia que la habitaba era muy respetada en Londres y las fiestas que organizaban eran siempre muy frecuentadas. Sin embargo, por motivos que en ese momento no lograba recordar, esa era su primera visita.

Conocía al barón y a su esposa por encontrarlos con frecuencia en algunas veladas, lo mismo que a sus hijas mayores. Tal vez fuera Lauren Mowbray la persona a quien podría considerar más cercana en esa casa, a falta de un término más apropiado. Después de todo, cuando sus amigos Robert y Juliet visitaban la ciudad, abrían las puertas de la Casa Arlington para todos sus más queridos amigos y como a ambos les gustaba comentar a modo de broma, estos eran tan solo Charles y Lauren.

De modo que allí estaba, en el amplio e impresionante salón de la mansión Mowbray, abarrotado de invitados y departiendo con el barón de Mowbray que, tal y como recordaba, era un hombre muy agradable y tenía una charla de lo más curiosa. Sin olvidar, por supuesto, su extraña manía de llamarlo «muchacho».

—Como le decía, muchacho, extrañaremos a nuestra querida Margaret, pero su esposo la reclama y quién puede culparlo —se ajustó los espejuelos según hablaba—. Jamás habría permitido que la baronesa permaneciera tanto tiempo alejada de mí cuando éramos jóvenes.

—Y estoy seguro de que tampoco lo haría en el presente, ¿cierto?

El barón sonrió ante el comentario dicho con tono perspicaz.

—Aquí, entre usted y yo, muchacho —bajó la voz—, de ninguna manera. La baronesa es tan bella como el día en que la desposé y no soportaría separarme de ella.

—Es un hombre con suerte, sir Henry.

—Lo soy, lo soy, es cierto, no lo negaré; además, no solo tengo a una bella dama en mi vida, sino a cuatro, ¿qué más podría pedir?

Charles contempló su rostro bonachón, la forma en que miraba a través del salón abarrotado en dirección al lugar en que se encontraba su esposa y sintió una punzada en el pecho que lo tomó del todo desprevenido. No pudo analizar el motivo de esa emoción, porque de inmediato se vio en la necesidad de prestar toda su atención a la pregunta que el barón acababa de formular.

—Lo siento, sir Henry, no sé en qué estaba pensando, ¿sería tan amable de repetir la pregunta?

—¿Alguna dama que nuble sus ideas, muchacho?

—No, en absoluto, me temo que no soy tan afortunado como usted —no ahondó en el tema e insistió en su consulta inicial—. ¿Qué decía?

Sir Henry asintió, como si comprendiera los motivos del joven para esquivar su pregunta y señaló con mucha discreción al lugar en el que se encontraba su hija menor, bajando mucho la voz al hablar.

—Preguntaba si conoce bien a lord Craven.

¡Por supuesto! Era una pregunta que esperaba desde el momento en que el barón de Mowbray se acercó a él, tan pronto como llegó a la mansión. No escapó a su observadora mirada que cada tanto miraba en dirección a donde la joven Lauren departía con el caballero en cuestión.

—No podría asegurar tal cosa, sir Henry. Como quizá sepa, lord Craven llegó hace poco tiempo a Londres y no he tratado mucho con él, pero he oído que es un caballero muy agradable.

—Sí, sí, eso dicen —el anciano hizo un gesto de fastidio que a Charles le causó gracia, aunque se abstuvo de hacerlo obvio—. Sin embargo, usted es un hombre de mundo, sabe mucho acerca de la naturaleza de las personas y me preguntaba... ¿qué opina de él?

Charles encontró tan extraño el que no lo hubiera llamado «muchacho» en toda una frase, como que confiara de tal modo en su criterio para hacer una pregunta tan personal. Pensó un momento antes de responder.

—Honestamente, no considero apropiado dar una opinión al respecto; tal y como acabo de decir, apenas intercambiamos saludos.

—Y en base a esos saludos, ¿qué pudo observar en él?

Esa debía ser la situación más extraña en la que se había visto envuelto en mucho tiempo. ¿El barón de Mowbray deseaba que él le dijera si consideraba a lord Craven un pretendiente apropiado para su hija más querida? Era ridículo.

Charles calló y fijó la mirada en la joven, que con su sonrisa habitual escuchaba atentamente lo que fuera que el caballero dijera. No creía que pudiera ser muy interesante, pero este pensamiento sarcástico le recordó lo injusto de su comportamiento en lo que a él se refería o, aún más importante a su parecer, la desagradable impresión que había causado en la señorita Mowbray.

No había mentido al decir que lamentaba profundamente haberle causado un disgusto o desilusión, aún no estaba del todo seguro acerca de lo que la joven pensaba, pero sí sabía que su actitud la había herido y se prometió que a partir de ese momento sería mucho más cauto con sus expresiones, por lo que sonrió al barón de Mowbray y procuró utilizar el tono más neutro y cauto posible.

—Mi buen señor, me temo que no soy la persona más apropiada a quien hacer tal pregunta. Sin embargo, creo que su hija es una joven muy sensata y mucho más conocedora que yo de la naturaleza humana, por lo que me permito sugerir que tenga a bien tomar en cuenta sus decisiones. Si ella considera que lord Craven es digno de recibir su amistad, no debe dudar de su buen juicio.

Sir Henry frunció el ceño y exhaló un suspiro resignado; esperaba oír una opinión del todo distinta, aunque se cuidó bien de decirlo.

—Ya veo —dijo al fin—. Está en lo cierto, muchacho, mi querida Lauren es una joven brillante y con un corazón muy especial; jamás confiaría en una persona que no fuera digna de afecto.

Charles se dijo que tal vez sir Henry estuviera equivocado, porque su hija había mostrado una generosidad para con él de la que no creía ser merecedor.

—Desde luego, tiene razón —sonrió, ocultando sus verdaderas ideas e hizo una pequeña venia—. Ahora, si me disculpa, precisamente deseaba acercarme un momento a presentar mis respetos a su hija.

—Por supuesto, por supuesto, gracias por su compañía.

—Gracias a usted, sir Henry.

Cuando llegó hasta el lugar en el que la señorita Mowbray y lord Craven departían, le sorprendió que el segundo le dirigiera una mirada de franca incomodidad. Tuvo que hacer un esfuerzo para no formular un comentario irónico al respecto, considerando que prácticamente acababa de hablar en su favor frente al padre de la joven que, como era obvio, deseaba cortejar.

—Señorita Mowbray —se inclinó en una reverencia del todo exagerada—. Milord.

—Señor Egremont, es un placer que haya logrado asistir pese a la apresurada invitación.

—Jamás me habría perdonado no asistir, han sido muy amables al invitarme, estoy muy agradecido.

Lauren sonrió ante el entusiasta comentario.

—Mi madre esperaba contar con su presencia.

—¡Cierto! —Charles miró a lord Craven, que permanecía en silencio—. ¿Sabía, milord, que estamos ante una eximia pianista y cantante?

—No diría tal cosa...

—No sabía que fuera usted tan hábil, señorita Mowbray, ¿la oiremos hoy? Sería un placer...

El azoro de la señorita Mowbray ante la suposición de lord Craven era muy gracioso, pero Charles se dijo que no fue considerado al sacar ese tema a colación en su presencia, por lo que pensó en una forma para librarla de esa situación.

—Dudo de que sea posible, ¿cierto, señorita Mowbray? Creo que la acústica de este salón no es la mejor para apreciar su talento, no con todos estos invitados; a menos, claro, que espere a que la mayor parte de ellos se retiren, aunque no creo que tal gesto sea del todo justo.

Habló con tono decepcionado, como si en verdad lamentara hacer esa acotación.

—Me temo que tiene usted razón, señor, este no es el mejor espacio para disfrutar de la música, quizá en otra ocasión podamos realizar una velada musical en la sala acondicionada para ello. Además, esta celebración fue planeada para despedir a mi prima.

—Cierto, cierto, no debemos olvidarlo —Charles asintió—. Por cierto, milord, creo que lady Galloway desea dirigirle unas palabras.

Señaló con un gesto amable al lugar desde el que la aludida los miraba con obvio interés. En verdad no estaba seguro de si deseaba hablar con lord Craven o si tan solo mostraba mucha curiosidad por lo que podría estar diciendo. En su opinión, quizá fuera lo segundo, pero no pensaba desperdiciar la oportunidad de hablar a solas con la señorita Mowbray.

—¿Eso cree? No estoy seguro...

Obviamente, lord Craven no tenía ningún interés en marcharse, pero por suerte no fue necesario que insistiera, ya que la señorita Mowbray fue en su ayuda.

—A decir verdad, milord, mi prima comentó que le agradaría mucho despedirse de usted; considera que se ha mostrado muy amable desde su llegada y desea darle las gracias.

—Comprendo, es muy gentil de su parte. En ese caso, si me disculpan...

Charles observó a lord Craven marchar, luchando por contener la sonrisa que afloraba a sus labios. El joven lucía tan fastidiado por la idea de tener que alejarse de la señorita Mowbray que un corazón más generoso habría mostrado más simpatía. Esperaba que lady Galloway en verdad deseara hablar con él o el pobre no soportaría la desilusión.

—Imagino que lucha desesperadamente por no romper a reír.

La frase, dicha con tono reprobador, provenía de la señorita Mowbray, que lo miraba con una ceja alzada.

—Lee usted mi mente, señorita —solo entonces se permitió una pequeña sonrisa culpable.

Lauren suspiró, al tiempo que sacudía la cabeza.

—Supongo que no puedo culparlo; mentiría si negara que encuentro absurda esta situación. Lamento haber contribuido a engañar a lord Craven, pero es muy importante que hable con usted.

—Lo mismo digo.

—En ese caso, lo mejor es que sostengamos esa conversación...

—¿Damos un paseo por el salón? Porque imagino que hablar en un lugar privado es del todo imposible.

—Imagina usted muy bien, señor Egremont; tendremos que contentarnos con ese pequeño paseo y cuidar mucho nuestras palabras.

—No puedo asegurar que ese sea mi fuerte, pero me esforzaré.

Lauren sonrió, al tiempo que posaba una mano sobre su brazo e iniciaban el lento caminar alrededor del salón.

—¿Ha escrito a nuestros amigos en común para informarles acerca del sorpresivo regreso de cierto individuo?

—Creo que no es necesario ser tan críptico, señor; a menos que alguien en el salón lea los labios y tenga un sorprendente interés en nuestra charla, creo que estamos a salvo.

—Usted indicó que debíamos cuidar nuestras palabras.

—Hablaba en sentido figurado, no pensé que fuera a tomar mi comentario tan en serio.

—Señorita Mowbray, tomo en serio cada una de sus palabras —Charles esbozó una sonrisa irónica antes de continuar—. Aunque es muy posible que le haya dado una impresión equivocada por lo que debo, una vez más, disculparme.

Ella suspiró una vez más, lo que le hizo sonreír más ampliamente; era muy divertido exasperar a una joven que estaba obviamente acostumbrada a contener sus emociones.

—¿Podríamos volver al tema que nos concierne? —ante el silencio de su acompañante, continuó—. Escribí a Juliet la noche del recital y envié la carta con un mensajero de mucha confianza. Desde luego, le ordené que se diera prisa y, aunque aún no he obtenido respuesta, según mis cálculos ya debe haber llegado a Rosenthal.

—Estoy impresionado, ha actuado usted con mucha premura y no puedo menos que felicitarla —Charles no bromeaba; no conocía esa faceta tan resuelta de la joven–. Por mi parte, juzgué inoportuno escribirle a Robert; supuse que usted se pondría en contacto con Juliet y no creí necesario alarmar a ambos.

Lauren apretó ligeramente su brazo, por lo que Charles la miró con atención y contempló su ceño fruncido.

–¿No ha pensado en la posibilidad de que estemos exagerando, señor? Tal vez no haya un motivo oculto en el regreso de Daniel. Comprendo su desagrado, por supuesto, pero quizá le otorgamos una importancia inmerecida; después de todo, ¿qué daño podría hacer a nuestros amigos?

Charles pensó un momento en una respuesta apropiada, ya que había dedicado algunas horas a pensar en el tema.

–No creo que daño sea la palabra correcta, señorita Mowbray, aunque tampoco me atrevo a descartarla del todo. Usted y yo sabemos que Daniel Ashcroft es una persona peligrosa en extremo, a falta de una expresión más apropiada y, aunque tanto Juliet como Robert puedan ignorarlo, no puedo evitar sentir que es mi deber mantenerme al tanto de sus pasos. Es posible, tal y como usted indica, que no ocasione problemas, lo que sinceramente espero, pero de no ser así, prefiero estar alerta.

–Desde luego que tiene usted razón, es solo que…

Él comprendió de inmediato el motivo de sus reparos. Lauren Mowbray no era la clase de persona que pensaba mal de los demás y, por si eso fuera poco, no olvidaba su preocupación respecto a los sentimientos que pudiera albergar por Daniel Ashcroft. Sabía que preguntar a una dama acerca de un tema tan íntimo era reprochable e indigno de un caballero, pero se dijo que necesitaba saberlo; tan solo por motivos prácticos, por supuesto.

–Señorita Mowbray, es importante que le haga una pregunta y comprenderé si prefiere no responder; a decir verdad, comprenderé si me abofetea, aunque le aconsejaría que no lo hiciera, no en medio del salón, podría causar una impresión equivocada.

–¿Qué está diciendo? Señor Egremont, me preocupa.

Charles miró de un lado a otro, con discreción y dudó antes de continuar.

–Señor, por favor, ¿qué necesita saber?

–Bien, no creo que exista una forma correcta de hacer esta pregunta, pero si estamos de acuerdo en que debemos cuidar a nuestros amigos de la presencia de Daniel Ashcroft, es imperativo saber si usted… –nunca había tenido tantos problemas para hablarle a una dama–. Señorita Mowbray, puedo estar equivocado, claro, pero cuando Juliet y su primo vivían en Londres, tuve la impresión de que usted lo tenía en muy alta estima y me pregunto si aún siente esa… inclinación.

Dijo todo muy rápido, aunque dudaba de que por ello pudiera sonar más agradable. Sintió, tal y como esperaba, que la mano sobre su brazo se tensaba y estrujaba la manga de su chaqueta, pero no se quejó.

–Ni por asomo puedo expresar lo ofendida que me siento por lo que acaba de sugerir. ¿Cómo se atreve?

–Esa no es una respuesta clara, señorita Mowbray.

Se atrevió a mirarla y creyó sinceramente que lo abofetearía allí mismo y no hubiera podido culparla por ello, pero logró controlarse a duras penas, aspirando una y otra vez.

–Estimaba al señor Ashcroft tal y como haría cualquiera tratándose del familiar más querido de mi mejor amiga, pero puedo asegurarle que no albergaba ningún interés *particular* en él y desde luego no lo hago ahora.

Charles no quitó la vista de su rostro y se vio asaltado por sentimientos encontrados. Por una parte, alivio al comprobar que decía la verdad, porque estaba seguro de que era así. La señorita Mowbray era casi transparente al mostrar sus emociones. Sin embargo, también se sintió infinitamente culpable al notar sus ojos brillantes por la pena, la vergüenza y, por lo que pudo imaginar, una profunda indignación hacia él.

—Lo siento, señorita Mowbray, pero necesitaba saberlo.

—¿Por qué? ¿Creyó que de estar en lo cierto antepondría mis sentimientos a la felicidad de mi más querida amiga?

—Sé que la he ofendido y no tengo palabras para disculparme, pero le ruego que me crea cuando le digo que no es solo mi preocupación por Juliet y Robert lo que me ha impulsado a hacer esa pregunta.

Esa última apreciación pareció sorprenderla lo suficiente para que se calmara al menos un poco y reanudara el paso, que había detenido al sentirse casi atacada.

—¿Qué quiere decir?

—Señorita Mowbray, usted fue muy honesta conmigo en la velada musical de los Danby; mencionó que me considera una buena persona y aunque muchos se lo discutirían, yo el primero, puedo asegurarle que pienso exactamente lo mismo en lo que a usted se refiere y en este caso nada ni nadie conseguirán que cambie de opinión. Sé, sin dudarlo un instante, que es toda nobleza e incapaz de albergar sentimientos negativos hacia nadie, por mucho que lo merezcan. Por eso, temí que su natural bondad la instara a confiar en Daniel Ashcroft y que ello pudiera acarrearle un dolor que no merece.

Ella agachó la cabeza, con la vista fija en sus pies, o eso hubiera podido jurar Charles, ya que no se atrevía a mirarlo de frente. No sabía qué esperar, si agradecimiento, un gesto que le hiciera saber si había sido perdonado por su indiscreción o que ignorara cada una de sus palabras.

—¿Señorita Mowbray?

—Le he oído, señor, y agradezco su honestidad —la vio esbozar una pequeña sonrisa y eso le provocó un profundo alivio—. No debe inquietarse por mí, tal vez sea menos ingenua de lo que parece pensar.

—No es precisamente eso a lo que me refería.

—Tal vez, tal vez no, pero eso no tiene mayor importancia ahora, ¿cierto? Es usted libre de pensar de mí lo que le parezca más conveniente; le aseguro que yo haré otro tanto —levantó al fin la vista, lo miró de lado y su sonrisa se hizo más amplia—. Por cierto, no importa lo que puedan decir, ni siquiera usted mismo, nada me hará pensar distinto en lo que a su persona se refiere. Usted es un buen hombre, señor Egremont, realmente lo creo y lamento si ello le provoca algún desengaño.

Charles le devolvió la sonrisa y, solo por un instante que para él pareció mucho tiempo, contempló sus ojos sinceros, la curva de sus labios y sintió el ridículo deseo de envolverla en sus brazos. Sí, quería abrazar a Lauren Mowbray y cuando fue plenamente consciente de este hecho insólito, se echó hacia atrás como si acabara de ver al mismísimo diablo en persona.

—Señor, ¿se encuentra bien? —ella dudó antes de extender su mano libre para tocar su hombro, con semblante preocupado—. ¿Señor Egremont? ¿Lo he ofendido en algo?

Necesitó todo un minuto para recuperar el dominio de sí mismo y asentir, aunque fuera de forma insegura.

—Sí, lo estoy, perfectamente bien —esbozó una falsa sonrisa y habló con el tono burlón que le era tan útil cuando no sabía cómo actuar, algo que no le pasaba todos los días—. Usted jamás podría ofenderme, señorita Mowbray, ¿qué dice? Ahora que hemos dejado en claro nuestros pequeños asuntos, creo que sería un buen momento para dejar este paseo, ¿no lo cree? No queremos dar una impresión errónea.

Contempló su expresión desconcertada por el súbito cambio, pero no dio más muestras de preocupación, lo que él agradeció profundamente, porque no habría podido articular otra frase ingeniosa.

—Sí, creo que tiene razón. Me alegra haber aclarado nuestros... asuntos.

—Desde luego y una vez más le ofrezco disculpas por cualquier comentario que haya podido ofenderla.

—No se inquiete, señor, no hay nada por lo que deba perdonarlo; por el contrario, agradezco su preocupación —ambos sabían que se referían al tema relacionado con Daniel Ashcroft—. Ahora debo irme.

Ella soltó su brazo e hizo una pequeña reverencia, pero antes de que pudiera darse vuelta, Charles se escuchó a sí mismo deteniéndola con un tono ligeramente desesperado.

—¡Señorita Mowbray! —no la culpaba por su expresión sorprendida, se ganó una que otra mirada escandalizada de las personas que se encontraban cerca de allí, por lo que bajó la voz—. ¿Será tan amable de hacérmelo saber si recibe una respuesta de nuestros amigos?

—Por supuesto, así lo haré.

—Gracias.

No se le ocurrió nada más que decir y tampoco estaba seguro de que el hacerlo fuera una buena idea, por lo que sonrió y la vio marchar.

Cuando llegó hasta donde se encontraban su prima y lord Craven, para completa algarabía de ambos, según pudo constatar al ver sus rostros, decidió que ese era un buen momento para marcharse. Cierto que apenas llevaba una hora allí y no había presentado sus respetos a todos los miembros de la familia, pero de pronto sus sienes empezaron a martillar y se dijo que no sería un buen compañero para nadie.

De modo que, tras vacilar un instante, se dirigió a la

puerta, pero antes de traspasar el umbral escoltado por un diligente lacayo, dio una mirada hacia atrás y, muy a su pesar, sonrió al observar el rostro alegre de Lauren Mowbray. El que su sonrisa estuviera dirigida al aburrido lord Craven no le restó ninguna belleza a sus ojos.

Mientras subía al carruaje alquilado se preguntó cuándo había empezado a relacionar la belleza con la hija menor del barón de Mowbray y no obtuvo una respuesta clara, lo que solo podía significar una cosa.

Estaba en problemas.

Capítulo 6

La primera mañana en que pudo disfrutar de tiempo a solas luego de la partida de Margaret, Lauren aseguró la puerta de su habitación para evitar que sus sobrinos irrumpieran sin tocar, una mala costumbre que había rogado a sus hermanas se encargaran de erradicar y se dejó caer sobre la cama tras exhalar un sonoro suspiro.

Iba a extrañar a su prima, pero sería una gran mentira no reconocer que también echaba de menos el poder pasar un poco de tiempo a solas, sin sostener discusiones un día sí y otro también referentes a temas que ella encontraba del todo irrelevantes.

Rio y sacudió la cabeza sobre la almohada al pensar en el rostro que pondría Margaret al enterarse de que calificaba de esa forma a sus mayores preocupaciones. Sin embargo, en su defensa, podía decir que nunca ocultó su forma de pensar respecto a lo que ella tanto le angustiaba, de modo que no sería muy justo de su parte el ofenderse. La sonrisa desapareció de su rostro al recordar los últimos comentarios que hizo poco antes de partir, cuando acababa de acomodarse en el asiento del carruaje y ella la ayudaba acercándole sus objetos más preciados, que prefería llevar a su lado.

—Estas serán las últimas palabras que oirás de mí respecto a este tema, así que te ruego me escuches, seré muy breve —ignoró el ceño fruncido de su prima y continuó—. Por favor, concédele una oportunidad a lord Craven, sé que no es el hombre más alegre o inteligente del mundo, pero sería bueno para ti y si no te ama, está muy cerca de hacerlo, solo necesita que le muestres un poco más de interés.

—Margaret, por favor...

—Aún no he terminado. Lo que te diré ahora es más importante, porque si eres tan ilusa como para rechazar a un hombre como lord Craven en nombre de tu absurda búsqueda del amor, te ruego, de todo corazón, que tengas mucho cuidado con Charles Egremont.

—¿Qué dices?

—Es un buen hombre, Lauren, jamás levantaría falsos en su contra, pero tienes que pensar en tu futuro y también en el suyo. No importa lo fascinante y agradable que pueda resultar, debes entender que nada bueno resultaría de un enlace entre ustedes. Tal vez ahora no puedas verlo, pero te aseguro que serían infinitamente infelices. Él es demasiado honorable para arrastrar a una dama como tú a la miseria, de modo que jamás mostrará mayor interés a menos que tú lo alientes, así que te suplico seas muy cauta en tu trato con ese caballero.

—Margaret...

Lady Galloway hizo un gesto con la mano enguantada a fin de evitar que su prima pudiera responder.

—No digas nada, Lauren, solo piensa en lo que te he dicho, por favor. Ahora, sé buena y deja que me despida de tus padres.

De modo que no pudo decir nada más, mucho menos rechazar las palabras de Margaret; debió contentarse con mirarla con obvio malestar y se hizo a un lado para que sus padres pudieran despedirse de su sobrina.

Ahora, mientras pensaba en ello con tranquilidad, Lauren se permitió analizar las palabras de su prima sin prejuicios, ni descartarlas por absurdas, tal y como hacía la mayor parte del tiempo.

Le agradaba lord Craven; desde que lo vio por primera vez no había mostrado más que una amabilidad sin límites, con gestos corteses y propios de un hombre de su rango. Honestamente podía considerársele como el perfecto caballero. Y aunque Lauren era a veces demasiado modesta, a decir de quienes la conocían, no era tan inocente como para no reconocer cuando un hombre mostraba interés por ella. El joven lord lo hacía, sí, pero si bien era imposible no sentirse halagada por sus atenciones, no le inspiraba ningún sentimiento en especial. Tal vez con el tiempo pudiera sentir afecto por él, pero sabía que esperar algo más era del todo improbable.

Esperaba encontrar pronto la forma más cordial de desalentarlo, porque temía que si permitía que continuara con sus atenciones, podría crearse falsas esperanzas y la idea de provocarle una desilusión le resultaba muy dolorosa.

En cuanto a Charles Egremont...

En un principio, encontró muy gracioso que Margaret supusiera erróneamente que sentía algún tipo de interés por él y viceversa. Conocía a ese caballero desde hacía varios años y, aunque lo encontraba simpático y muy divertido, no dejaba de verlo tan solo como al amigo más querido del esposo de quien era, a su vez, su mejor amiga. Nunca se había detenido a pensar en él como... un hombre.

Lo era, claro, pero no uno por el que hubiera sentido jamás un interés especial. Es más, debía reconocer que cuando empezó a tratarlo, en el año de su debut en sociedad, le inspiró cierta inquietud. Un caballero tan alegre, tan admirado, siempre con la palabra precisa y la facilidad de impresionar a quienes lo rodeaban no podía menos que cohibirla. No se consideraba a su altura, se veía a sí misma como una chiquilla demasiado tímida y que solo lo aburriría si se atrevía a decir una palabra en su presencia, de forma que procuraba evitarlo y relacionarse con personas con un carácter más sencillo.

Más tarde, cuando su amiga Juliet se comprometió con el conde de Arlington se vio en la necesidad de tratarlo como una muestra de cortesía puesto que sus encuentros comenzaron a ser más habituales. Con el tiempo reparó en el hecho de que si bien a veces podía resultar todo un personaje y algo intimidante, era también un caballero muy agradable, de buenos sentimientos y amigo leal, por lo que su inseguridad mutó pronto en una sincera admiración que no procuró ocultar. Cierto que aún lograba ponerla nerviosa con sus bromas, pero cada vez se sentía más cómoda en su presencia y si pensaba en el lazo que los unía, la amistad de Robert y Juliet y su determinación a evitarles cualquier situación desagradable, casi se atrevería a decir que lo veía como un amigo, aunque sabía que no era algo que debiera mencionar en presencia de nadie porque podría ser malinterpretado.

Respecto a las ideas que Margaret albergaba... no, nunca había pensado en Charles Egremont en esos términos, la idea ni siquiera había cruzado por su mente y no porque no lo considerara un hombre atractivo. Tenía una sonrisa encantadora, que invitaba a reír con él y era muy apuesto, pero se veía aún a sí misma como una joven demasiado sencilla y poco interesante como para relacionarse de forma que no fuera por completo protocolar. Desde luego, los acontecimientos extraordinarios en los que se habían visto envueltos les instaron a un acercamiento que quizá no hubiera sido posible en otras circunstancias, pero imaginar algo más...

No, era absurdo, Margaret estaba por completo equivocada; Charles Egremont no significaba un peligro en su vida, tal y como anunció con tanto dramatismo y estaba segura de que él a su vez no había dejado de pensar en ella tan solo como la poco interesante amiga de Juliet, por quien sentía un interés puramente convencional. Cierto que había sido muy amable al mostrar preocupación por sus sentimientos en lo que a Daniel Ashcroft se refería, pero era propio de su naturaleza caballerosa y cordial; no había motivos ocultos en sus actos.

De forma que desterró las extrañas ideas que su prima había sembrado en su mente y se dispuso a dejar su habitación para preguntar al mayordomo si sabía algo acerca del sirviente enviado a Rosenthal con la carta para su amiga.

Con seguridad, ese era el único tema que tenían Charles Egremont y ella en común, y esperaba poder comunicarle pronto buenas noticias.

Si Charles fuera un hombre cobarde, habría tomado el primer carruaje disponible para hacer una más que conveniente visita a la propiedad de su familia en el campo, pero no lo era; siempre se consideró lo bastante valiente como para hacer frente a cualquier situación, por difícil que resultara. Cierto que jamás se vio en un aprieto como el que ahora le preocupaba, pero había una primera vez para todo.

¡Qué problema! Qué absurdo, poco conveniente y espinoso problema; ¿cómo había terminado envuelto en semejante lío? Porque no podía pensar en otra forma de llamar a la situación en que se encontraba.

Se había prometido que jamás, bajo ninguna circunstancia, posaría los ojos en una joven casadera con nada que no fuera un interés puramente prosaico. Y había cumplido con esa promesa, sin dudar un instante, seguro de que era lo más digno por su parte. Hasta ese momento.

¿Cómo, en el nombre de Dios, había pasado tal cosa? Él no se sentía atraído por jóvenes casaderas, no las consideraba bellezas deseables, al menos no para él, y, definitivamente, hasta entonces jamás había contemplado con anhelo a Lauren Mowbray.

¡Lauren Mowbray! Era por completo ridículo.

Desde luego que era una joven atractiva, encantadora y más que simpática, pero hacía años que trataba con ella y siempre la había considerado por completo inofensiva, lo que, desde luego, no era muy halagador, pero era la única palabra en la que podía pensar en un momento como ese, en el que se sentía tan desconcertado.

La imposibilidad de fijar sus ojos en una joven honesta estaba clara; nunca cuestionó su situación. No tenía nada que ofrecer a una mujer de buena cuna y acostumbrada a vivir como una dama, de modo que se las arregló siempre para mantenerse alejado de potenciales peligros. Claro que no estaba ciego, podía admirar a las bellezas que desfilaban por los salones, no había nada de malo en ello, pero sabía que ninguna podía estar destinada para él y era una suerte que nunca se viera atraído por ellas, un hecho como ese hubiera resultado un completo desastre.

¿Y qué pasaba? Cuando se sentía por completo a salvo, con la suficiente experiencia y resignación para obrar según sus principios, de la noche a la mañana la señorita Mowbray cambiaba a sus ojos y dejaba su mundo patas arriba.

No era un hombre ingenuo, había vivido lo suficiente para saber que no estaba precisamente enamorado, porque si bien nunca experimentó ese sentimiento, no era difícil imaginar que no había llegado a ese nivel de atracción en lo que a esa joven se refería; sin embargo, que sintiera tan solo una inclinación por ella era como para empezar a temblar.

Un caballero no jugaba con una joven como Lauren Mowbray; la cortejaba, pedía su mano y la desposaba, en ese orden, era el único camino honorable a seguir. El seducir a muchachas inocentes no estaba entre sus características, pero no era un santo, jamás había pretendido dar esa impresión y si continuaba sintiendo esa... atracción, o lo que fuera, no iba a saber cómo manejarla.

Aún peor, había cometido la gran estupidez de comprometerse en una suerte de conspiración para mantener vigilado a Daniel Ashcroft y eso lo colocaba en una situación muy difícil. Lo lógico sería que evitara a la señorita Mowbray hasta que esas locas ideas abandonaran su mente, pero no podía hacerlo, no cuando tenían un asunto tan delicado entre manos.

¿Qué podía hacer?

Ella era una buena persona, una de las mejores que conocía y merecía a un caballero noble y que la amara lo suficiente para comprometerse a hacerla feliz. Un hombre como lord Craven, aunque la llevara al completo aburrimiento durante el proceso, como susurró una vocecita cruel en su cabeza que se apresuró a acallar. Sí, tal vez ese joven lord no fuera el hombre más simpático del mundo, pero era honorable, de eso no cabía duda y esa no era una virtud de la que muchos de sus semejantes pudieran ufanarse. De modo que era perfecto para Lauren Mowbray; ambos distinguidos, de buena posición, con una considerable fortuna en común, una pareja destinada a un matrimonio próspero y seguro.

Charles procuró ignorar las voces que se rebelaban en su mente, diciéndole que esa joven merecía algo más que una vida arreglada para cumplir con los convencionalismos sociales. Había visto un carácter determinado en ella, una fortaleza para enfrentar situaciones difíciles que no mostraba con frecuencia a quienes la rodeaban, podía adivinarlo por la forma en que la miraban, como si se tratara tan solo de una elegante jovencita que cumplía con las exigencias de la buena sociedad. Él sabía que no era verdad, que había mucho más en ella de lo que se veía a simple vista; pero no era un buen momento para pensar en las virtudes de Lauren Mowbray, tenía que recordar todas las razones por las que debía mantener una rigurosa distancia entre ellos. Por supuesto que tendrían que hablar en determinados momentos, pero iba a ser muy cuidadoso al respecto, debía pensar en el bienestar de esa joven.

Él no era bueno para ella, lo sabía, y cuanto antes convenciera a su mente de que debía olvidar cualquier inclinación que sintiera por ella, tanto mejor.

Por primera vez en su vida, estaba decidido a obrar sin pensar un instante en sí mismo, sin rastros de egoísmo.

Lauren Mowbray merecía esa consideración.

Una mansión como la de los duques de Exeter era lo bastante imponente como para que cualquier persona se sintiera intimidada; aún más, era también tan amplia que no resultaba extraño que las personas se extraviaran en sus salones, por lo que no siempre era sencillo hablar con quien uno deseaba. Sin embargo, Lauren empezaba a sospechar que ese no era el único motivo por el que no había podido intercambiar una sola frase con Charles Egremont durante buena parte de la velada a la que ambos habían sido invitados.

Lo observó al llegar, tan animado como siempre, rodeado por un grupo de damas y caballeros que conocía y a quienes parecía entretener con sus bromas. Procuró que la viera, a fin de hacerle una pequeña y discreta seña, ya que necesitaba hablar con él, pero no hubo forma de obtener su atención. A decir verdad, tras una serie de intentos infructuosos habría podido jurar que la estaba evitando y la idea le pareció tan desconcertante que tuvo que darse un momento para replantear esa suposición.

¿Por qué habría Charles Egremont de evitarla? Era absurdo. Él sabía perfectamente que debían hablar de un tema muy importante y le hizo prometer que acudiría a él para informarle acerca de su correspondencia con Juliet. ¿De qué otra forma podrían hablar si no era en un baile? Él no podía presentarse sin más ni más en su casa y desde luego que una dama jamás visitaría las habitaciones de un caballero.

Lauren golpeó el suelo con la punta de su zapato, con el ceño ligeramente fruncido. ¿Qué iba a hacer ahora? ¿Debía acercarse? No, eso no hubiera sido correcto, se prestaría a malas interpretaciones y no podía pedirle a su madre o hermanas que la acompañaran ya que podía imaginar lo que pensarían.

El tiempo pasaba, lo comprobó al observar el gran reloj de pie en una esquina del salón; tenía que hacer algo, pero no se le ocurría nada. El hecho de que lord Craven se hubiera instalado a su lado como un soldado no ayudaba en absoluto.

Tuvo que poner de excusa que iba a saludar a una vieja amiga para librarse de sus atenciones y encaminarse con paso decidido a un grupo de damas que conversaban animadas, cubriendo sus rostros con los abanicos; imaginaba que debían estar hablando acerca de algunos caballeros en los que podrían estar interesadas. Se cuidó de detenerse frente a una de ellas y sonreírle con amabilidad; luego, observó al lugar en el que había dejado a lord Craven y suspiró aliviada al comprobar que se dirigía hacia la mesa de las bebidas. Libre de su atención, hizo una pequeña reverencia para despedirse de las damas y caminó hasta situarse tras una de las columnas del salón.

Desde allí tenía una visión perfecta del señor Egremont que, tras abandonar a su grupo, miraba a los bailarines en el centro del salón con semblante pensativo, a solas y de espaldas a un arco decorado con grandes cortinajes.

Si no aprovechaba esa oportunidad, no tendría ninguna otra en toda la noche. Por suerte, esa no era su primera visita a la mansión Exeter, por lo que conocía la distribución lo suficiente como para moverse con facilidad entre las personas, dar un pequeño y discreto rodeo, caminar hacia uno de los arcos, cruzarlo hasta perderse de vista y llegar a un pequeño pasillo que conectaba cada uno de ellos. Cuando llegó hasta aquel en el que Charles Egremont se recostaba con indolencia, entrecerró los ojos, suspiró vacilante y sacó una mano tras el cortinaje para darle un suave jalón a su chaqueta.

Por supuesto, él no esperaba en absoluto semejante movimiento, por lo que notó que el hombre pegaba un brinco y, al mirar hacia el lugar en que ella se escondía, sus ojos se abrieron al máximo. Lauren se apresuró a hacer una seña para que callara y se acercara lo suficiente para oírla a través del cortinaje, sin dejar de mirar al frente a fin de no levantar sospechas.

—Señorita Mowbray, en el nombre de todos los santos, ¿qué está haciendo?

Nunca lo había escuchado hablar con ese tono tenso, casi disgustado, aunque agradeció que fuera lo bastante listo como para hacerlo en un susurro.

—Necesito hablar con usted, señor, y no se me ha ocurrido otra forma de hacerlo. Lamento haberlo asustado.

—¡No me ha asustado! —debió imaginar la expresión escéptica de ella porque se corrigió de inmediato, con una entonación más amable–. Está bien, me ha dado un susto de muerte, ¿satisfecha?

–Desde luego que no, esa no era mi intención, pero tenía que llamar su atención y esta era la única forma de obtenerla.

–¿No le parece un poco exagerado por su parte?

Lauren se envaró cuan alta era y aunque él no podía verla, debió sentir su malestar, o eso esperaba.

–¿Por qué me ha estado evitando?

–No estoy haciendo tal cosa –esta vez, su tono era apaciguador.

–¡Le estaba haciendo señas!

–No la vi.

Ella no tenía por costumbre hacer algo tan infantil y maleducado como bufar y mucho menos ser sarcástica, pero ante semejante frase no pudo evitar hacer ambas cosas.

–Señor Egremont, tal vez no sea tan alta como usted, pero tampoco soy precisamente una pigmea. Sé que si me paro de puntillas y hago señas es casi imposible que un hombre observador como usted no me vea.

–¿Está insinuando que miento?

–De ninguna manera –hubiera jurado que lo escuchó exhalar un suspiro aliviado–. No lo insinúo, estoy segura.

–¡Señorita Mowbray!

–Lo siento, señor, pero es la verdad y, aunque me gustaría conocer el motivo de su accionar, no tengo derecho a preguntar –procuró que la inflexión en su voz no delatara lo mucho que le lastimaba esa actitud–. Sin embargo, debo recordarle que fue usted quien me pidió le hiciera saber si nuestros amigos en Devon contestaban a la carta que envié.

Sacudió el bajo de su vestido, que se había enredado entre los pesados cortinajes, en tanto esperaba una respuesta.

—Por supuesto que sí, señorita Mowbray, lo hice, lamento haberle causado una impresión errónea, le aseguro que no la estaba evitando.

Ella supo de inmediato que mentía, lo que solo consiguió que se sintiera peor, pero juzgó que lo mejor era no insistir.

—Eso no importa ahora. Quiero informarle que recibí una respuesta de Juliet ayer por la tarde en la que me asegura no debemos preocuparnos por su primo, porque si bien, tal y como ella dice, no puede confiar del todo en sus intenciones, tanto su esposo como ella prefieren ignorar sus actos. Desconoce el motivo por el que dejó París y ahora viaja como acompañante de la señorita Mascagni, pero me ha pedido que le transmita su agradecimiento por su preocupación, que es el mismo del conde, por supuesto, y le ruega se abstenga de involucrarse en un asunto que no merece mayor importancia. Debemos confiar, me aseguró, en que nada de lo que Daniel pueda hacer, si tuviera alguna mala intención, pueda causarles algún daño.

Esperó a que el señor Egremont pensara en todo lo que acababa de decir, que no fue poco. Al cabo de un momento vio que asentía, aunque fuera tan solo por el movimiento de su nuca.

—Comprendo, no esperaba menos de ellos —dijo al fin—. Jamás querrían que nos involucráramos en algo desagradable y no puedo menos que estar de acuerdo, al menos en lo que a usted se refiere.

—¿Qué quiere decir?

—Me refiero a que lo mejor será que usted se mantenga al margen de este espinoso asunto, tal y como Juliet debe haberle pedido también en su carta, ¿cierto?

Ella asintió, aunque al darse cuenta de que no podría verla, puso los ojos en blanco ante su gesto tonto y se apresuró a responder:

—Sí, por supuesto que lo hizo, pero...

—E hizo muy bien, es lo más correcto. Ofrezco disculpas por involucrarla, señorita Mowbray, fue una idea ridícula y lo siento de todo corazón; una dama como usted no puede verse envuelta en un hecho desagradable, no sé en qué pensaba. Le suplico olvide este asunto, pero no se preocupe, no dejaré de vigilar a Ashcroft, solo por si acaso.

—Pero Juliet dijo...

—Sé lo que dijo, acaba de contármelo, y no dudo que Robert estará completamente de acuerdo con ella, pero comprenda mi posición, por favor, soy su amigo.

—¡Puedo decir lo mismo! Entonces también debo ignorar su petición.

No estaba segura, pero hubiera jurado que su comentario dicho en tono indignado no le había gustado en absoluto; lo adivinó por la forma en que sus hombros se tensaron contra su chaqueta. Esperaba una respuesta cortante, pero no que moviera la cabeza de un lado a otro, como si analizara lo que tenía ante sí y, tras un momento, diera un paso hacia atrás.

—Retroceda.

—¿Qué?

—Solo haga lo que le digo, por favor, retroceda un poco.

Ella dudó un instante, pero al final, un poco confundida, hizo lo que le pedía y se ubicó con la espalda pegada al pasillo, casi en tinieblas. Un momento después, sintió un cuerpo a su lado, lo que hizo que esta vez fuera ella quien diera un brinco del susto.

—Lamento asustarla.

—No lo ha hecho —respondió cuando fue capaz de articular palabra—. Está bien, sí, me ha asustado, ¿qué hace?

—No se preocupe, nadie me ha visto, aunque no creo

que podamos permanecer aquí por mucho tiempo, así que necesito que me escuche con atención, ¿podrá hacerlo sin interrumpirme?

Lauren ignoró el roce de su hombro contra el suyo y la forma en que susurraba, muy cerca a su oído. Si su madre la viera, se desvanecería, era lo único de lo que estaba del todo segura.

–Claro que puedo hacerlo –procuró que su voz sonara muy firme, aunque por dentro temblara un poco, no estaba segura del motivo.

–Bien –él no parecía afectado en absoluto por la cercanía–. Escuche, sé que aprecia a nuestros amigos tanto como yo, jamás pondría tal hecho en duda, créame. Sin embargo, creo que ellos están en lo cierto al preocuparse. No necesito ser un vidente para saber que Juliet debe haber expresado una especial inquietud en lo que a usted se refiere, ¿estoy en lo cierto?

Esta vez Lauren asintió, sabía que él podía verla a la perfección.

–Eso es porque usted es una dama y debe mantenerse alejada de cualquier hecho desagradable. Pero yo, obviamente, no soy una dama –no pudo evitar una sonrisa ante su tono divertido–, de forma que puedo continuar con mis pesquisas sin poner en peligro mi reputación, sé que me comprende.

–Pero...

–No hay nada que pueda decir que me haga cambiar de opinión al respecto, señorita Mowbray, y sé que cuando pueda pensar en ello, estará de acuerdo conmigo. Se lo ruego, no se involucre.

–No puede pedirme eso, no si usted piensa continuar investigando, no es justo.

–No, no lo es –la sorprendió al asentir y acercarse aún más a ella–, pero no todo es justo en esta vida, señorita Mowbray, debe comprenderlo. Le prometo que de una u otra forma la mantendré al tanto de lo que averigüe, aunque es posible que Juliet tenga razón y no haya nada por lo que debamos preocuparnos.

Lauren no era una persona rencorosa, pero ante esas últimas palabras no pudo menos que fruncir el ceño, girar la cabeza y mirarlo con atención. Por un momento le desconcertó lo cerca que se encontraban el uno del otro.

–¿Y cómo hará eso? ¿Cómo me dirá lo que consiga averiguar? Me ignorará, como esta noche –no había sido su intención la de hablar con aquel tono acusador, la frase fue dicha casi como si hablara consigo misma.

El señor Egremont giró también hasta mirarla de frente, a escasos centímetros de distancia.

–Lo siento, señorita Mowbray, créame cuando le digo que lo último que buscaba era ofenderla, lo juro –le sorprendió su seriedad–. No puedo hablar con usted al respecto, pero le aseguro que tengo poderosos motivos que disculpan mis actos.

–Entonces tenía razón, me ignoraba –susurró.

–Lo lamento, no puede imaginar cuánto.

–No comprendo… ¿por qué ignorarme? ¿Lo he ofendido de alguna forma? Dígamelo, por favor.

Él sacudió la cabeza y sonrió a medias, con una expresión algo sardónica.

–Nada más lejos de la verdad, señorita, es todo lo contrario, no es su culpa, se lo aseguro. Tengo mis razones, sí, pero no puedo compartirlas con usted, le suplico que lo acepte y me comprenda.

–Pero…

Su corazón se aceleró al ver que levantaba una mano y colocaba dos dedos sobre sus labios entreabiertos. ¿Qué estaba haciendo?

–Como dije, le doy mi palabra de mantenerla informada acerca de todo lo que consiga averiguar respecto a Daniel Ashcroft, en el caso de que algo extraño ocurriera, ¿de acuerdo? Mientras tanto, le ruego que no se preocupe y disfrute de la temporada. Una joven como usted no debe perderse esa diversión, ¿lo promete?

No retiró su mano, pero la miró con atención, en espera de una respuesta que ella no sabía cómo formular.

–Por favor, señorita Mowbray, se lo ruego, ¿puede prometerme que se mantendrá al margen?

No tuvo otra alternativa que no fuera asentir, sin dejar de mirarlo a los ojos, completamente en silencio.

–Gracias, es muy amable de su parte.

Él rozó sus labios al bajar su brazo y apenas le dio tiempo de recuperar el aliento antes de tomar su mano entre las suyas.

–Confíe en mí, señorita Mowbray, solo quiero lo mejor para usted.

Jamás lo había escuchado hablar con tal seriedad, ni la había mirado fijamente de esa forma. Lo más extraño era que sabía precisamente lo que debía contestar, pese a lo extraño de la situación.

–Lo sé –y así era, aunque no supiera cómo explicarlo.

–Bien, me alegra que así sea –él apenas sonrió antes de soltarla–. Ahora me iré y usted puede caminar un poco por el pasillo para salir por otro de los arcos, de esa forma no llamaremos la atención.

Lauren se aclaró la garganta antes de hablar.

–Por supuesto.

–La veré pronto, señorita Mowbray; disfrute del baile y no deje de sonreír, creo que no la he visto hacerlo en toda la noche y es una lástima, porque tiene una sonrisa muy hermosa.

Con esa última observación hizo una pequeña reverencia y desapareció por el arco en tanto ella se apoyaba contra la pared del pasillo, exhalando un sonoro suspiro.

No hubiera podido precisarlo con exactitud, pero estaba segura de que durante esos breves minutos, algo había cambiado entre Charles Egremont y ella. El qué, no lo sabía, pero muy dentro de sí sintió que una muralla se había derribado entre ellos, una que ni siquiera sabía que existiera.

La primera opción de Charles una vez que dejó la mansión Exeter fue dirigirse a sus habitaciones sin demora, buscar la botella de coñac que guardaba para ocasiones especiales y emborracharse. No muy elegante, pero práctico, nadie podría objetar eso.

Sin embargo, cuando iba a mitad de camino, le indicó al cochero una nueva dirección. No, no iba a emborracharse, por tentadora que resultara la idea; lo mejor sería enfocar sus energías en algo más productivo, un acto que le permitiera liberar la tensión contenida.

Dejó caer la cabeza contra el asiento del carruaje, con los ojos fijos en el techo y el sonido de los cascos del caballo al avanzar resonando en sus oídos.

Cuando decidió que se mantendría alejado de Lauren Mowbray, jamás imaginó que ella sabotearía sus planes, aunque lo hiciera sin la menor intención de ocasionarle un problema. Fue ella quien se acercó y, aun cuando sus razones fueran del todo inocentes, la reacción que ese acto provocó en él no lo fue en absoluto. A decir verdad, le resultaba un poco difícil recordar cuándo fue la última vez que tuvo un pensamiento inocente relacionado con esa joven, lo que quizá debería provocar que se sintiera culpable. Lo preocupante era que, en realidad, la culpabilidad no era un sentimiento que experimentara en ese momento.

Porque desde que empezó a sentir esa poderosa atracción, se preguntó muchas veces cómo sería acercarse lo suficiente a ella como para percibir la fragancia que despedía su piel, o escuchar su respiración agitada provocada por algo que hiciera él. El que esa agitación respondiera más a la sorpresa que al deseo era un poco descorazonador, pero podía soportarlo.

Sabía que nadaba en aguas peligrosas, que había cometido un terrible descuido, pero no podía arrepentirse por ello. No cuando por primera vez en mucho tiempo sentía su corazón acelerado por el deseo y la emoción de haber compartido un momento tan especial con una mujer. Rio al recordar la osadía de la señorita Mowbray al llamar su atención de modo tan desesperado; él se consideraba un hombre audaz, pero esta vez ella le había ganado la partida. ¿Mostraría esa misma pasión de amiga devota al amar a un hombre? Intentó desterrar esa idea de su mente, pero era tan difícil…

Se hizo una promesa, sí, pero acababa de comprobar que iba a resultar muy difícil cumplirla. Y si en algún momento dejaba que sus emociones tomaran el timón de sus actos, estaría perdido.

Suspiró cuando los caballos se detuvieron, aliviado por verse obligado a enfrentar sus obligaciones y lamentando, muy a su pesar, el tener que abandonar sus pensamientos relacionados con Lauren Mowbray.

Bajó del carruaje y dedicó un momento a admirar la pequeña aunque elegante casa en una de las zonas más distinguidas de Londres. Tocó la aldaba y le entregó su tarjeta a la joven criada que abrió, la misma que lo invitó a seguirla tras dudar un instante.

Cada objeto del íntimo salón hablaba de un gusto exquisito, aunque algo recargado para que fuera de su completo agrado. Cómo les gustaba el dramatismo a algunos italianos… Desde luego que se cuidaría mucho de no hacer ese comentario frente a la mujer que acababa de entrar en la habitación.

La señorita Isabella Mascagni sí que sabía cómo hacer una entrada, no le extrañaba que fuera una figura tan apreciada en el teatro. Con su belleza y talento se había forjado una reputación muy positiva. El que fuera también una mujer calculadora y muy, muy astuta, la hacía más interesante, tanto como peligrosa.

—¡Señor Egremont! No podía creer que fuera realmente usted —extendió una mano, con una sonrisa coqueta y Charles no la defraudó al besarla con un gesto seductor—. Debo preguntar, ¿cómo supo dónde encontrarme?

—Soy un hombre determinado, señorita, y cuando tengo un interés... digamos que puedo ser muy persuasivo si necesito conocer un dato en particular.

—¡Persuasivo! Qué deliciosa habilidad —se dejó caer sobre un pequeño diván con un movimiento calculado y lo invitó a hacer otro tanto con un gesto—. Siéntese, por favor.

Charles declinó el sentarse a su lado y ocupó un sillón frente a ella.

—¿A qué debo el honor de esta visita?

—Muy directa, señorita.

—Creo que si aclaramos ese punto ahora, tendremos más tiempo para hablar de temas que pueden ser mucho más placenteros para ambos.

Quizá en otras circunstancias, Charles habría encontrado esa invitación implícita muy atractiva, pero en ese momento solo podía pensar en que habría disfrutado mucho más aquella conversación privada con otra mujer, una muy diferente a la que tenía frente a sí.

—¿Por qué no lo adivina y me sorprende? Dígame qué asunto cree que me ha traído hasta aquí.

—¿Pero entonces dónde está el reto, señor? Eso es demasiado sencillo. Su desconcertante interés por Daniel Ashcroft es más que evidente.

—¿Lo es?

—Por supuesto y no puedo evitar preguntarme qué lazo podría unir a dos personajes tan diferentes; obviamente, no son amigos.

Tras dudar un instante, decidió que si bien lo mejor sería tener mucho cuidado acerca de lo que revelaba, un poco de sinceridad podría ser bien recibida.

—No, no lo somos, nunca me agradó y creo que el sentimiento es mutuo. ¿Le ha hablado el señor Ashcroft acerca de las razones por las que dejó Inglaterra?

Ella se encogió de hombros, como si el asunto no le resultara en absoluto interesante.

—Es un hombre muy discreto, apenas habla de su pasado. Lo conocí en París hace un año y desde entonces hemos forjado una amistad muy... beneficiosa para ambos.

—Ya lo veo —Charles señaló el salón con una sonrisa burlona—. ¿Y qué gana él?

—Comprensión, señor Egremont, ¿no es acaso lo que todos los hombres necesitan?

Él asintió en señal de admiración ante su franqueza.

—Es posible, aunque me atrevería a decir que todos no la encontramos en la misma fuente.

—Oh, ya veo —ella acomodó su rojiza cabellera sobre los hombros con una mirada inteligente—. Una expresión muy sutil para hacerme saber que tal vez no podamos tratar esos temas más placenteros luego, ¿cierto?

Charles respondió con una sonrisa, sin concederle la razón, pero ella insistió.

—No sabía que hubiera una dama en su vida, señor, no una que le inspirara tal fidelidad.

—No contradeciré sus suposiciones, señorita, eso sería muy poco caballeroso.

—Ustedes los ingleses siempre anteponen las buenas costumbres a la verdad. Si ama a una mujer, solo dígalo; no comprendo el porqué de tantos reparos.

Charles endureció el semblante, un poco ofendido por la forma en que ella hablaba de un tema que para él era tan delicado. ¿Amor? Quiso reírse en su cara al oír esa palabra. ¿Qué sabría del amor? Bien pensado, ¿acaso él era un experto? Desechó esos pensamientos, no estaba en la mejor compañía para meditar al respecto.

–¿Qué le parece si volvemos a la razón de mi visita?

–No es encantador todo el tiempo, ¿verdad? Imaginaba que no podría serlo, nadie puede.

–Estoy de acuerdo.

–En ese caso... –se adelantó en el asiento, sin asomo de la sonrisa seductora que exhibió hasta ese momento–. ¿Qué es exactamente lo que quiere saber?

–¿Le ha hablado Daniel Ashcroft acerca de su familia? ¿Planea entablar contacto con ellos? –creyó que la honestidad lo ayudaría, por lo que se mostró más conciliador–. Señorita Mascagni, no tengo intención de incomodarla, pero me preocupa seriamente lo que este caballero pueda estar planeando.

Supo que no se había expresado de la mejor forma al verla elevar una ceja con gesto interrogante.

–¿Planear? Señor Egremont, me temo que no comprendo a qué se refiere. Por otra parte, puedo asegurarle que el señor Ashcroft es un querido amigo que merece toda mi lealtad y consideración.

Charles exhibió una mueca sardónica al recordar que esa *leal mujer* acababa de lamentarse por no poder entablar una conversación más placentera con él. No obstante, se abstuvo de recordárselo y, tras pensarlo un minuto, decidió que había dicho más que suficiente por el momento.

–Desde luego que entiendo, señorita, y no quisiera colocarla en una situación desagradable. Es más, confío en su aprecio y honestidad hacia el señor Ashcroft para hacerle saber de esta visita.

—¿Y él deberá tomarlo como una advertencia?

—No soy tan presuntuoso como para suponer siquiera lo que el señor Ashcroft pueda imaginar.

Ella se incorporó con un lánguido movimiento e hizo sonar una campanilla. No volvió a hablar hasta que la misma criada que le atendió al llegar se presentó con una reverencia.

—María, el señor Egremont nos deja —cruzada de brazos, apoyada contra el borde del diván, se veía imponente—. A menos que pueda convencerlo de lo contrario...

—Me temo que no, señorita.

—Una lástima, quizá en otra ocasión.

Charles no respondió, tan solo hizo una leve inclinación de cabeza y dejó que la criada lo guiara hacia la salida.

Tal vez a Daniel Ashcroft no le agradara en absoluto lo que acababa de hacer, pero al menos había servido para dejar algunas cosas en claro, como el hecho de que sabía dónde encontrar a su amante y por ende, a él. Además, por unos momentos logró dejar de pensar en los efectos de Lauren Mowbray en su vida.

Ahora, sin embargo, mientras subía al carruaje que se había quedado esperando, la imagen de una joven rubia en medio de la oscuridad, su perfume y el vaho de su aliento volvieron a perseguirlo.

Capítulo 7

Toda una semana había pasado desde que Lauren viera a Charles Egremont en el baile de los duques de Exeter y aún no lograba sacar de su mente las impresionantes circunstancias de su último encuentro.

Se sentía tan inquieta y confundida por su actitud que por mucho que pensara en ello no lograba entender qué había pasado. Una suposición lógica era que se había puesto en evidencia, se comportó de una forma reprobable por obtener su atención, aun cuando sus intenciones fueran del todo desinteresadas. Él, por su parte, fue más que correcto y caballeroso al comprender su preocupación y no mostrarse escandalizado por sus actos. Sin embargo, a pesar de su inexperiencia, tenía la certeza de que en algún momento, durante su breve charla, algo ocurrió. La forma en que la miró, el tormento que vio en sus ojos, su mano sobre sus labios, en un gesto tan delicado que casi pareció una caricia...

¿Qué tonterías pensaba? Si Margaret llegase a enterarse lo más seguro era que volviera de inmediato para erradicar esas ideas de su mente. Desde luego que no pensaba hablarle acerca de ese tema en sus próximas cartas, pero no era nada difícil imaginar su reacción si algún día se atrevía a confesárselo.

Y no se trataba de que temiera a su ira, o que alguna vez tomara en serio sus continuas advertencias respecto a lo peligroso que según ella resultaría el que viera a Charles Egremont con un interés que no fuera del todo platónico; nada más lejos de su mente.

Lo que le provocaba un profundo temor eran todos esos sentimientos que amenazaban con desbordarse en su pecho. Una vez que logró escabullirse por los pasillos de la mansión Exeter y regresar al lado de su familia, permaneció tan silenciosa que no fue difícil convencer a su madre de que se encontraba indispuesta y necesitaba regresar a casa.

Tan pronto como pudo quedarse a solas en su habitación, se llevó una mano a los labios y, al recordar las sensaciones que experimentó hacía tan solo unos minutos, sintió el absurdo deseo de llorar. No de tristeza, o alegría, era un llanto nacido desde lo más hondo de su pecho, una aprehensión que no lograba identificar, pero que le asustó tanto como le emocionó. Era una sensación del todo desconocida, tan extraña y poderosa que casi la podía palpar.

Se dejó caer sobre la cama y abrazó su almohada, sorprendiéndose al comprobar que unas lágrimas caían por sus mejillas y si bien no comprendió su origen, sí podía asegurar que no había nada de malo en ellas, tanto así que sonrió al tiempo que exhalaba un suspiro.

Lo que fuera que estaba ocurriendo era bueno, lo sentía en el corazón, estaba segura. Tan segura como de que Charles Egremont era en gran parte responsable de ello.

Una semana después, sin que esos extraños sentimientos le abandonaran, no tenía el valor para hacer absolutamente nada. Porque, después de todo... ¿qué opciones tenía? ¿A quién preguntar acerca de lo que le ocurría? Con frecuencia miraba a su madre y hermanas en la mesa, durante las comidas, o en los momentos en que compartían una taza de té y muchas veces estuvo a punto de hablar, de hacer una pequeña pregunta, esa para la que necesitaba con desesperación una respuesta, pero no se atrevía a decir nada.

Si al menos Juliet se encontrara en Londres, podría preguntarle al respecto, pero no había una fecha para su llegada y el comentarlo por carta le parecía muy impersonal. Su amiga comprendería, con frecuencia le habló de su confusión respecto a sus sentimientos por el que ahora era su esposo y si lo que en ese momento ella sentía no era una insoportable confusión, entonces no sabía de qué otro modo llamarle.

Deseaba desesperadamente hablar con alguien tanto como anhelaba ver una vez más a Charles, como se atrevía a llamarle en secreto, ya que le resultaba muy difícil pensar en él como «el señor Egremont», no desde aquella noche tan extraña.

Suspiró, al tiempo que daba una mirada alrededor del pequeño cuarto de costura en que se había refugiado a fin de poder pensar con tranquilidad sin preocupar a su madre, ya que sus continuos retiros a su habitación empezaban a resultar sospechosos. Allí, al menos, podía fingir un interés que no sentía en su bordado, aunque no avanzara mucho en la labor.

El sonido de la campanilla de la puerta principal provocó que frunciera el ceño; no recordaba que esperaran visitas, aunque en los últimos días se había mostrado tan distraída que no sería extraño que su madre lo mencionara y ella no hubiera prestado mucha atención. Una de las doncellas se presentó pasados unos minutos para disipar sus dudas.

—Señorita, un caballero en la entrada solicita permiso para entrevistarse con usted.

Lauren frunció aún más el ceño, si eso era posible, muy extrañada por el requerimiento. Si un caballero deseaba hablar con ella, y aunque ello no fuera muy común, lo usual sería que se presentara a una hora más temprana. Desde luego que lo correcto sería no recibirlo a solas, pero su madre se encontraba en casa y si era un conocido de la familia...

–¿Te dio su nombre este caballero?

–Por supuesto, señorita, se presentó como el señor Egremont y me pidió le ofreciera disculpas por su visita intempestiva, pero al parecer lo que tiene que decirle es muy importante –la doncella dudó antes de continuar–. ¿Desea que lo haga pasar?

Lauren, que había dejado de escuchar cuando la doncella indicó el nombre del visitante, necesitó un momento para concentrarse nuevamente. ¿Egremont? ¿Charles Egremont? ¿Acaso lo había llamado con el pensamiento? De ser así, tal vez no fuera muy buena idea verlo, no cuando no tenía del todo claro lo que podría decirle. Aunque obviamente era él quien deseaba hablar con ella...

–¿Señorita?

Pobre Lilian, qué poco considerado de su parte tenerla esperando, y no solo a ella, imaginó a Charles Egremont en el vestíbulo, en espera de una respuesta y se avergonzó por su actitud; ¿desde cuándo se comportaba como una niña?

–Por favor, Lilian, acompaña al caballero al salón azul, iré en un momento... y lleva el servicio de té luego.

–Sí, señorita.

Tan pronto como la doncella salió, Lauren dejó su labor en una mesilla lateral sin importarle que la aguja saliera volando, corrió al espejo e intentó arreglarse un poco el cabello. Todo esto lo hizo de forma automática y solo cuando reparó en que pasaba la mano por tercera vez sobre su vestido para eliminar arrugas invisibles, chasqueó la lengua. ¡Qué actitud más tonta! Como si ese caballero en particular fuera a prestar mucha atención a su apariencia. Ese pensamiento le dolió un poco, pero se encogió de hombros, no creía que pensar en el motivo le ayudara a sentirse mejor, de modo que se encaminó hacia el salón azul, su favorito.

Lo llamaban así por una obviedad, ya que prácticamente todo en él era de ese color y, aunque a algunos podría resultarles demasiado, a ella le encantaba porque a su parecer inspiraba mucha paz. La visión de los cómodos sillones, los jarrones siempre rebosantes de flores frescas y el imponente piano en uno de los rincones casi siempre le hacían sonreír.

Cuando entró en el lugar, observó a Charles, que le daba la espalda y miraba a través de la ventana, la misma que daba al parque, pero giró en cuanto oyó sus pasos y le dirigió una amplia sonrisa.

—Señorita Mowbray.

—Señor Egremont —hizo una discreta reverencia—. Por favor, siéntese.

—Gracias.

Él esperó a que ocupara un pequeño sillón y se sentó frente a ella.

—He pedido que nos preparen el té —tal vez no fuera el comentario más interesante por hacer, pero no pudo pensar en ningún otro—. Lamento haberlo hecho esperar.

Le sorprendió verlo sonreír y hacer un gesto de descuido con una mano.

—¿Así lo cree? Señorita, solo han pasado unos minutos; lo usual es que una dama haga esperar a un caballero por el simple placer de despertar su impaciencia.

Lauren encontró ese comentario un poco ofensivo y sí, sabía que no fue dicho con la intención de incomodarla, era la clase de broma que él haría a cualquier persona, pero en ese momento en particular, ella no se sentía precisamente de esa forma. Estaba un poco tensa, preocupada y, aún peor, la idea de que la comparara con las damas a las que estaba acostumbrado a tratar le molestó un poco.

—Bueno, señor, tal vez eso sea lo usual en una visita formal, pero estoy segura de que este no es el caso, ¿cierto?

Su tono fue más brusco de lo que hubiera deseado y se arrepintió tan pronto como observó la forma en que la sonrisa abandonaba sus labios.

—Lo siento, no quise ser grosera —se disculpó de inmediato—. Es solo que... pensé... estoy un poco preocupada por cuál puede ser el motivo de su visita. La última vez que hablamos dijo que se pondría en contacto conmigo si algo muy importante ocurría y me preguntaba si tiene algo grave que comunicarme.

Habló muy rápido y con la vista baja; suponía que si lo miraba directamente a los ojos, él se daría cuenta de que no era del todo sincera.

—A decir verdad, quería compartir con usted unas noticias que espero encuentre tranquilizadoras.

—¡Oh, ya veo!

Se sintió aún más avergonzada al oírlo y suspiró con alivio al escuchar los pasos de la doncella, que se presentó con el servicio de té.

—Gracias, Lilian, puedes dejarlo en la mesilla.

Una vez que se encontraron nuevamente a solas, aunque con la puerta convenientemente entreabierta, tal y como Lauren la dejara al entrar, se encargó de servir el té en silencio y extendió una taza a su visitante.

—¿Se siente usted bien?

La frase, dicha con tono preocupado, la sorprendió lo suficiente para que levantara la vista y lo mirara a los ojos.

—¿Disculpe?

—No quiero ser indiscreto, pero la noto un poco extraña. Lo que quiero decir es que estoy acostumbrado a verla de muy buen humor, siempre sonriente y ahora parece tan... inquieta –la observó con atención y prosiguió antes de que pudiera pensar en una respuesta apropiada–. Supongo que se debe a su preocupación por mi visita, pero le aseguro, tal y como dije, que no soy portador de malas noticias.

–Lo sé –la frase escapó de sus labios antes de que pudiera contenerla–. Quiero decir que espero me cuente lo que ha averiguado, pero le aseguro que me encuentro perfectamente bien.

Él no pareció creerla, pero no insistió, tan solo bebió un sorbo de su bebida, sin dejar de observarla sobre el borde de la taza. Cuando retomó la palabra, lo hizo con un tono descuidado.

–Después de nuestra última conversación, hice algunas pesquisas que espero encuentre tan interesantes como yo. Según he podido averiguar, Daniel Ashcroft tuvo una seria discusión con su padre hace poco más de un año, imagino que relacionada con los deseos de lord Ashcroft de que su hijo mostrara mayor interés en los intereses de la familia –se encogió de hombros antes de continuar–. Luego de esta desavenencia, que ocurrió en París, Daniel empezó a dejarse ver con frecuencia en compañía de una dama a quien usted conoce.

Lauren, que tan pronto como él empezó a hablar decidió prestarle toda su atención, asintió con fervor.

–La señorita Mascagni, supongo.

Charles asintió.

–No tengo que explicarle lo poco que esto pareció agradar a lord Ashcroft, pero según sé, lo ha tomado como un gesto de rebeldía propio de una personalidad como la de Daniel; no ha tomado represalias, tal vez espere que su hijo muestre un poco de sentido común, lo que a decir verdad, dudo que ocurra. En fin, en lo que a nosotros y nuestros amigos concierne y por lo que he escuchado, nada de lo que este joven haga con su vida debe perjudicarnos.

—¿En verdad lo cree?

—No puedo asegurarlo, por supuesto, pero todo indica que así es. A decir verdad, cada vez estoy más seguro de que la llegada del señor Ashcroft está relacionada directamente con los deseos de su querida amiga; obviamente, ella ejerce una poderosa influencia sobre él.

La mueca irónica que exhibió al hacer ese último comentario provocó que Lauren frunciera los labios.

—¿En qué se basa para asegurar tal cosa?

Obviamente, él comprendió que había pecado de indiscreto, pero lo que más sorprendió a Lauren fue la expresión culpable que exhibió; se atrevería a decir, y la sola idea le pareció insólita, que estaba a punto de ruborizarse.

—Bien, me refiero a que la señorita Mascagni es una mujer de fuerte temperamento, como habrá notado, y no me cabe duda de que el señor Ashcroft pueda sentir cierta fascinación por ella.

Lauren reflexionó al respecto y al llegar a una conclusión abrió mucho los ojos.

—¿Acaso piensa que los une un lazo más profundo que la amistad?

Esperaba una respuesta inmediata, fuera afirmativa o no, pero él solo extendió su taza con gesto decidido y la puso casi bajo su nariz.

—¿Podría servirme un poco más de té, por favor?

—Por supuesto.

Una vez que hubo servido la bebida y también un poco más para ella, posó las manos sobre la falda y observó con atención al señor Egremont, que bebía como si acabara de dejar un desierto.

—¿Desea un poco más?

—No, gracias, es muy amable.

Ella aguardó en silencio por varios minutos y antes de que pudiera reprimirse, se adelantó en el asiento.

—No ha contestado mi pregunta.

—Perdón, ¿a qué se refiere?

Un intento de ignorarla tan descarado no pudo menos que irritarla, lo suficiente para que dejara su taza con un movimiento brusco sobre la mesilla y lo mirara con el ceño fruncido.

—¿Lo hará de nuevo?

Él pareció francamente desconcertado.

—Lo siento, pero no comprendo.

—Me ignora abiertamente.

—No, no lo hago.

—Acabo de hacer una pregunta y no ha respondido.

Una vez más, él suspiró y tras dejar también su taza, con mucho más delicadeza que la mostrada por ella, apoyó la cabeza sobre una mano, al tiempo que la examinaba con ojos entrecerrados, como si deseara leer su mente, o eso habría podido asegurar.

—Señorita Mowbray, por favor, debe comprender que no puedo tratar ciertos temas en su presencia.

—En ese caso no ha debido siquiera mencionarlo.

—Lo sé y le ofrezco sinceras disculpas, no sé en qué pensaba, no he debido decirlo.

—Pero lo hizo y continúa sin darme una respuesta satisfactoria, lo que es muy desconsiderado de su parte.

Era consciente de que asumía una actitud demasiado testaruda, incluso infantil, al continuar insistiendo en esos términos cuando sabía perfectamente que él hacía bien al no profundizar en el tema, pero no pudo contenerse. La tensión de los últimos días, esa horrible sensación de saberse ignorada y tratada como si no le importara su opinión la desesperaron por completo. ¿Por qué la trataba de esa forma? ¿Por qué le importaba tanto que lo hiciera?

No le habría extrañado que el señor Egremont se pusiera de pie, se despidiera y dejara la habitación, ofendido por su actitud, como hubiera sido lo más adecuado, pero por un instante olvidó que él pocas veces hacía lo que los demás consideraban apropiado. De modo que dio un brinco cuando él se incorporó bruscamente, pero no para marcharse, sino que ocupó el asiento junto al suyo, empujándola un poco para que le hiciera un lugar y apoyó las manos sobre las rodillas, sin dejar de observarla por un instante.

—Ya que parece ser tan importante para usted el saberlo, sí, estoy seguro de que la señorita Mascagni y el señor Ashcroft son amantes, ahí tiene su respuesta —hizo oídos sordos a la expresión entrecortada que salió de sus labios—. Ahora, si es tan amable de contestar a *mi* pregunta, ¿me dirá qué le provoca el saberlo? Porque siento una profunda curiosidad.

Se comportaba como un idiota.

Charles tenía ese hecho del todo claro, no habría podido discutirlo ni aunque hubiera deseado hacerlo, pero aun así no se arrepentía de sus actos. Después de todo, cuando decidió mandar al diablo a su sentido común y cometer error tras error, llegó un momento en que no le quedó más opción que defender su postura aunque fuera en gran medida simplemente indefendible.

En primer lugar, luego de prometerse evitar tanto como fuera posible el contacto con Lauren Mowbray, ¿qué hacía? Lo más lógico y sutil, por supuesto. Visitarla en su casa, a solas. Brillante.

Usar la excusa de que deseaba informarle acerca de sus indagaciones respecto a los movimientos de Daniel Ashcroft tampoco podría considerarse como una exhibición de su tan aclamada inteligencia, porque esa serie de deducciones mal hilvanadas sonaban vacías aún a sus oídos. Después de la charla con la señorita Mascagni podía asegurar que ejercía una fuerte influencia sobre Daniel Ashcroft y no había que ser un genio para notarlo; una mujer con un carácter tan imponente no se contentaría con ser una fiel seguidora de las obsesiones de su amante de turno. No, tenía la certeza de que la presencia en Londres de ese par estaba relacionada con el deseo de ser aclamada en una corte tan respetada como la inglesa y aparecer del brazo de un joven de una familia tan prestigiosa, un futuro lord nada menos, debía proporcionarle una gran ventaja.

Pero aun cuando estuviera en lo cierto, ¿era tan importante que se presentara en la mansión Mowbray para dar un informe pormenorizado del hecho? Sabía que no, negarlo sería engañarse a sí mismo y no estaba dispuesto a hacerlo.

Deseaba ver a Lauren Mowbray, tan sencillo como eso.

Durante toda una semana dio vueltas por cada rincón de sus habitaciones, pensando en qué debía hacer. Lo sensato habría sido permanecer allí, o retomar sus actividades y hacerle llegar con discreción una sencilla nota a la señorita Mowbray para informarle de sus avances. Entonces no la habría visto y, por doloroso que pudiera resultar, hubiera sido lo mejor para ambos; pero optó por lo contrario, claro, muy propio de él. ¿Y en qué situación se había puesto? A escasos centímetros de la dama en cuestión y no se quejaba por ello, pero al hablarle de cortesanas italianas y amantes había cruzado todos los límites. No importaba que lo hiciera por un absurdo impulso, llevado por el despecho, deseoso de saber lo que sus palabras habían provocado en ella. Si se encontraba triste o decepcionada debido a la conducta de Daniel Ashcroft, no era asunto suyo.

¿A quién deseaba engañar? Desde luego que deseaba saberlo y con desesperación.

—¿Y bien, señorita Mowbray? Obtuvo su respuesta, deme ahora la mía.

Ya que se había orillado hacia el precipicio ¿qué más podía pasarle por asomarse un poco al borde?

—Señorita Mowbray...

La vio sacudir su cabello y retirar la vista.

—Le he oído, señor, y no tengo una respuesta que darle, lo siento.

—¿Por qué?

Tal vez debió callar, dar gracias de que no lo echara de su casa, tal y como merecía, pero *necesitaba* saber.

—Si esto es muy doloroso para usted, lo comprendo y lamento ocasionarle esta pena, pero creo justo que si ha sido tan incisiva para obtener una respuesta de mi parte, podría tener la misma consideración conmigo.

Pudo observar, con cierta sorpresa, que la timidez dio rápido paso a la ira, una muy grande, porque nunca la había visto hasta ese momento como si estuviera a punto de abofetearlo. Bien pensado, jamás había pensado que fuera capaz de hacer tal cosa.

—¿Pena? ¡No puedo creer que continúe con eso! No experimento ninguna pena, dolor, o como quiera llamarlo. Creí haber dejado en claro que no siento ningún afecto en especial por el señor Ashcroft y me ofende que insista con ello —levantó el dedo índice en su dirección, como una institutriz que hubiera perdido la paciencia—. Pero puedo asegurarle que me encuentro horrorizada de que tocara ese tema en mi presencia.

—¡Usted preguntó!

—Pero no tenía idea de lo que iba a responder y mucho menos que lo hiciera de tal forma. Soy una dama, ¿es que no merezco su respeto?

Ahora fue él quien perdió la paciencia y exhaló un suspiro más que exasperado.

—Señorita Mowbray, de no haber insistido como lo

hizo, tenga por seguro que no hubiera obtenido una respuesta tan honesta, aunque reconozco que es posible me haya excedido –llevado por un impulso del que sabía se iba a arrepentir, tomó su mano, que aún lo señalaba con gesto acusador y la tomó entre las suyas, ignorando su jadeo de sorpresa–. En cuanto al respeto que siento por usted, puede creerme cuando le digo que este es mucho mayor al que pueda siquiera imaginar. Es una dama tan valiosa para mí que me tortura la idea de lastimarla de cualquier forma y si yo fuera el causante de ello, jamás podría perdonarme.

Ella entreabrió los labios y el asombro dio paso a una emoción que lo asustó o, mejor dicho, lo aterró, porque era precisamente la misma que estaba seguro él debía mostrar. ¿Qué estaba haciendo?

La soltó con brusquedad innecesaria y se puso de pie, con las manos en puños tras la espalda.

—No tengo más noticias que compartir por ahora, señorita Mowbray, pero tal y como le prometí, la mantendré informada. Sin embargo, le rogaría que siga mi consejo y no se preocupe más por este asunto. He abusado de su tiempo, en especial al aparecer sin una invitación, debería retirarme. Que tenga un buen día.

—Pero...

Hizo como que no la había escuchado y dio una ligera cabezada en señal de despedida, sin mirarla. Tampoco esperó a que llamara a la doncella para que lo escoltara a la salida, tenía buena memoria, podía encontrar la puerta sin ayuda y necesitaba salir de allí lo antes posible.

Mientras caminaba bajo la leve llovizna londinense, sin ganas de tomar un carruaje de alquiler, se preguntó lo que dirían aquellos que lo conocían, o que creían hacerlo. El siempre alegre y animado Charles Egremont, con la cabeza baja y unas ganas tremendas de golpear a todo lo que se le cruzara. Y lo más sorprendente, cualquiera que lo mirase con atención notaría que se encontraba, sobre todo, muy, muy asustado.

Pensó que tendría un poco de tranquilidad al llegar a sus habitaciones, la suficiente para aclarar sus ideas, pero qué equivocado estaba.

Por lo general, Coulson acostumbraba mantener el lugar con la chimenea encendida a la espera de su llegada, si el clima lo requería, como en ese momento, pero no hacía mayores arreglos; sabía cuánto apreciaba su privacidad. De modo que al percibir una cierta alteración en su entorno, tuvo la odiosa premonición de que esa tranquilidad que tanto necesitaba iba a tener que esperar.

Coulson salió a su paso, con la expresión pétrea que le acompañaba siempre, pero no le dio tiempo de explicar nada, tan solo hizo dos sencillas preguntas.

—¿Quién? ¿Dónde?

—Su hermano, en su despacho.

Charles suspiró y puso los ojos en blanco; el sentido de la oportunidad no era una de las virtudes de su familia.

—Lleva el té allí, y... una bebida más fuerte para mí.

—¿Vino?

—Creo que necesitaré algo aún más fuerte que eso.

El ayuda de cámara asintió, comprensivo.

Dios era testigo de lo mucho que Charles quería a su familia y en particular a su hermano mayor, pero era la última persona a la que deseaba ver en ese preciso momento. Su perenne carácter bonachón, amén de esas muestras abiertas de felicidad que solo dejaban ver quienes se sabían inmensamente afortunados, eran virtudes a sus ojos. Excepto cuando él se sentía miserable.

Aun así, hizo un esfuerzo por dibujar una sonrisa despreocupada en su rostro y giró la puerta de su pequeño despacho, un lugar que consideraba sagrado y al que muy pocos podían entrar.

—¡Arthur! ¿A qué debo el honor de esta visita?

Su hermano giró en el asiento frente al escritorio con una amplia sonrisa y se encogió de hombros. Era un hombre casi tan alto como él, aunque de complexión más corpulenta y con un cabello castaño oscuro cortado a la moda.

—Ya sabes lo que dicen, algo de «si Mahoma no va a la montaña…».

—¿Cuándo te volviste filósofo? ¿Lo sabe Evelyn?

La mención de su cuñada provocó el efecto deseado, que Arthur fingiera una falsa expresión de reprobación y prorrumpiera luego en francas carcajadas.

—Extrañaba tu sentido del humor, Charles. Vamos, siéntate, que Coulson traiga algo para beber.

—Lo hará —mientras ocupaba el sillón frente a su hermano, sonrió aún más—. No puedo creer que extrañaras mis burlas, pensé que las odiabas.

—Sí, cuando tenía diez años y un mocoso de cinco me hacía quedar en ridículo frente a mis amigos. Puedes decir que la madurez me ha enseñado a aceptarlas.

Coulson eligió ese momento para aparecer con las bebidas, una humeante taza de té para Arthur, que recibió agradecido, y una copa de coñac para él. Hizo una reverencia antes de retirarse y cerrar la puerta.

—¿Por qué no me ha traído también un poco de coñac?

—Porque siempre que vienes bebes té y Coulson tiene muy buena memoria.

—Bien por él.

Charles sonrió honestamente por primera vez desde su llegada y bebió un largo sorbo de su copa, ignorando el ardor del líquido en su garganta. Tras unos minutos en silencio, levantó la mirada y le sorprendió la expresión pensativa en el rostro de su hermano.

–¿Qué ocurre?

–Eso me pregunto yo. Hace semanas que no te vemos, padre está preocupado y a Evelyn le extraña que no atendieras a sus invitaciones.

–Vamos, no ha pasado tanto tiempo…

–Semanas, Charles, han pasado semanas y eso no es nada usual en ti; siempre nos visitas al menos una vez cada pocos días, los niños te extrañan.

La mención de sus sobrinos consiguió que Charles se sintiera un poco culpable. Adoraba a ese par de diablillos que, como mencionaba con frecuencia en tono de broma, tenían un carácter tan simpático que se parecían más a él que a su padre.

–Ahora que lo dices, tal vez tengas razón, pero se debe a que he estado muy ocupado. Prometo enmendar mi falta y pasar en estos días a hacerles una visita.

–Temo que no me comprendes, Charles. No he venido aquí a extenderte una invitación formal, sino a expresar mi preocupación.

–¿Preocupación?–elevó las cejas al oírlo–. ¿A qué te refieres?

–Bien, es obvio que algo te ocurre y me gustaría ayudarte, por supuesto.

Charles tuvo que contenerse para no dejar caer la cabeza contra el respaldar del sillón y soltar un bufido de exasperación. No podía creer que Arthur esperara a ese momento para mostrarse como un hermano mayor preocupado. Desde luego que sabía lo mucho que le importaba su bienestar y sentía lo mismo por él, pero todo lo relacionado con su vida personal era un espacio vedado entre ellos.

–Arthur…

—Lo sé, lo sé, nunca me he involucrado en tus asuntos privados; pero debes reconocer que siempre hay una primera vez para todo y he oído algunos rumores que debo reconocer son un poco desconcertantes.

Las últimas palabras, dichas casi en un susurro, seguidas de un silencio sepulcral, fueron suficientes para que Charles olvidara su malestar y prestara toda su atención al rostro de su hermano.

—¿Qué rumores? —su voz fue algo más fría de lo que pretendió.

Arthur suspiró y se pasó una mano por el cabello, un gesto que no le veía hacer desde que estaban en la escuela, señal inequívoca de que se sentía extremadamente nervioso.

—Evelyn ha oído algunas cosas de sus amistades, ya sabes cómo son las damas.

—Sé cómo son las damas habladoras, pero no creí que fueran la clase de amistades que tu esposa frecuenta.

—¡Charles!

—Tú empezaste —no le importó sonar un poco infantil—. Ahora, Arthur, agradecería que fueras al grano.

Su hermano dejó la taza sobre el escritorio y se cruzó de brazos.

—Dicen que se te ha visto en frecuente compañía de la hija menor del barón de Mowbray. Algunas personas piensan que muestras un interés poco común en ella.

—Sé claro, no estoy en mi mejor momento; ¿podrías definir qué consideras como *poco común*?

—No tienes que ser sarcástico.

—Y tú podrías hacer un esfuerzo por ser sincero; después de todo, soy tu hermano, creo que lo merezco.

Ese comentario pareció ser suficiente para que Arthur se animara al fin a decir lo que en verdad le preocupaba.

—Sabes que nunca he hecho mención a tus... asuntos privados —carraspeó antes de continuar—. Pero estamos hablando de una joven perteneciente a una de las familias más distinguidas del país, de reputación intachable y, según he oído, una persona muy agradable. Me cuesta siquiera imaginar que seas capaz de pensar en…

–¿En qué exactamente?

Arthur no se encogió ante el tono gélido de su hermano y continuó, con mayor seguridad.

–En deshonrarla de alguna forma.

Si su hermano se hubiera dejado caer sobre el escritorio, presa de un ataque, no le habría sorprendido más. Charles se incorporó, arrastrando la silla sin ceremonias y dio un paso al frente para mirarlo desde su altura.

–¡¿Has perdido el juicio?! ¿Quién se atreve a decir tales cosas?

–Charles, por favor, cálmate, nadie ha dicho nada semejante… aún. Tan solo expreso mi preocupación porque puedas verte involucrado en un asunto tan desagradable y, aún peor, que perjudiques a una joven por completo inocente.

–Escúchame bien, Arthur, porque solo lo diré una vez. La señorita Mowbray es la dama más decente que he conocido en mi vida y quien se atreva a sugerir lo contrario tendrá que responder ante mí. Me importa poco lo que las amigas chismosas de tu esposa digan, si me entero de que se han atrevido a levantar una sola calumnia en su nombre, iré tras ellas.

–¿Pero qué dices? ¿Ir tras quién? Te lo he dicho, son solo rumores, tonterías que dicen las personas con demasiado tiempo libre, sí, pero todo rumor tiene una base de verdad y, como tu hermano, me preocupa que puedas verte involucrado en un problema, eso es todo.

Charles sintió cómo su cuerpo se calmaba ante el tono sincero y reflexivo de su hermano. Tomó el vaso que había dejado con un golpe sordo sobre el escritorio y bebió hasta la última gota.

—Charles, por favor, soy tu hermano, el único que tienes, puedes ser sincero conmigo, ¿qué está pasando? ¿Tienes algún tipo de interés en la señorita Mowbray? ¿Es eso lo que ocurre? Por favor, dime que no te has enamorado.

—¡Desde luego que no!

Su respuesta fue tan rápida que su hermano sacudió la cabeza y lo miró con algo muy cercano a la lástima.

—¡Oh, Dios!

—¿Qué?

—No podría asegurarlo, pero si no estás enamorado, temo decirte que estás muy cerca a ello.

—¿Qué dices?

—Soy un hombre casado, Charles, y aunque no lo creas, tuve algunas aventuras antes de conocer a Evelyn, así que creo que puedo diferenciar entre un encaprichamiento y el amor, y por tu reacción, es obvio que te encuentras más cerca de lo segundo. La pregunta es qué diablos piensas hacer al respecto.

No recordaba cuándo fue la última vez que oyó a su hermano expresarse de esa forma y mucho menos asumir esa actitud tan paternal. Podía fingir, decirle que estaba completamente equivocado, pero por un instante sintió la inmensa necesidad de poner sus sentimientos en palabras. No importaba que hacerlo no fuera a servirle de nada, pero si no lo decía, iba a explotar.

—No lo sé, supongo que nada —su tono le sonó derrotado incluso a él—. ¿Qué más podría hacer, Arthur? Sabes que no tengo alternativa, tengo que olvidarla, una dama como ella no es para mí.

—Entonces reconoces...

—Que siento un afecto muy especial por Lauren Mowbray, sí, lo hago —lo miró a los ojos con seriedad desacostumbrada antes de continuar—. Pero juro que jamás le he faltado de ninguna forma, es una dama a la que respeto profundamente.

—Te creo, Charles, sé que serías incapaz de hacer tal cosa.

—Eso no es lo que pareció hace un momento.

Arthur se encogió de hombros, con un gesto resignado.

—Digamos que necesitaba obtener una reacción para saber a qué atenerme.

—El matrimonio te ha llenado de sabiduría, hermano.

—No se lo digas a Evelyn, por favor, me volvería loco.

Intercambiaron una sonrisa cómplice y Charles volvió a ocupar su sillón. Guardaron silencio por varios minutos, pero este fue roto por el fuerte carraspeo de Arthur, que se incorporó en el asiento y contempló a su hermano con el entrecejo fruncido.

—¿Qué quieres decir con que Lauren Mowbray no es para ti?

Charles pestañeó una y otra vez, sorprendido por lo que juzgó una pregunta muy tonta, aunque se cuidó de usar esa expresión.

—¿Es una pregunta seria?

—Desde luego.

—Bueno, Arthur, sé que no te gusta el sarcasmo, pero temo que te has puesto una diana en el pecho.

—No comprendo.

Su hermano rio entre dientes, falto de humor; empezaba a cansarse de esa charla sin sentido. Sabía que Arthur tenía la mejor de las intenciones, pero era obvio que no comprendía absolutamente nada.

—Acabas de decirlo; Lauren Mowbray pertenece a una de las familias más respetables del país...

—¡Y los Egremont no nos quedamos atrás! Su padre es un barón y te recuerdo que el nuestro también.

—Este no es el mejor momento para enarbolar los blasones de nuestra casa, Arthur, sé perfectamente quién es mi padre.

—Me alegra oír eso.

—Pero sí existen grandes diferencias entre nosotros, o al menos unas que son insalvables —¿iba a tener que deletreárselo?—. No soy el hombre con el que una mujer de su categoría pueda ser feliz, ¿no lo comprendes? Soy solo el segundo hijo de un barón que, además, no es precisamente rico y sabes que eso nunca me ha importado, pero no puedo ofrecerle la clase de vida a la que está acostumbrada y me niego a que me tachen de hombre que se acerca a una joven heredera por interés.

Arthur entrecerró los ojos y chasqueó la lengua.

—De modo que sí has pensado con seriedad en este asunto.

—¿Y qué importancia puede tener eso?

—Toda, desde luego, porque eso significa que tus sentimientos son auténticos.

Charles golpeó con el puño sobre la mesa.

—¿Qué parte no comprendes? Olvida lo que sienta o desee, es imposible. Lauren Mowbray no es para mí, ya lo he asumido.

—Pero...

—Arthur, por favor, déjalo. Ella merece a alguien mejor.

—¿Mejor que tú?

—Sí, alguien mucho mejor que yo.

Su hermano abrió la boca como si estuviera listo para rebatir ese argumento, pero pareció pensarlo mejor, porque sacudió la cabeza y suspiró.

—Puede que estés cometiendo un terrible error, Charles, y es posible que cuando te arrepientas sea muy tarde.

—Viviré con eso —fue su firme respuesta, una que dejaba claro que no admitiría réplicas—. Ahora, dime, ¿cómo se encuentran los niños? ¿Edward aprendió a usar el tren que le obsequié en las últimas Navidades?

Arthur se encogió de hombros y exhaló un nuevo suspiro; su hermano tenía una gran reputación como hombre alegre, encantador y de muy buen carácter. Por desgracia, muy pocas personas sabían lo testarudo que podía ser y su mayor temor era que ese defecto fuera algún día su perdición.

Capítulo 8

Lo usual era que las doncellas se ocuparan de cargar los baúles cada vez que Lauren hacía un viaje, fuera este breve o prolongado, pero en esa ocasión se las arregló para convencer a su madre de que deseaba hacerlo por sí misma. Si encontró extraña esta petición, no hizo mayores preguntas, una muestra de delicadeza que apreció, ya que solo deseaba ocuparse en algo que le ayudara a pensar con tranquilidad.

Cuando recibieron la invitación del marqués de Suffolk para pasar unos días en la mansión solariega de la que se encontraba tan orgulloso, Lauren pensó seriamente en negarse, pero ya que sus hermanas mayores no irían, para así no perderse un solo acontecimiento en los bailes de la temporada y su madre parecía tan emocionada con la idea de pasar un tiempo lejos de Londres, no tuvo otra alternativa que mostrar un falso entusiasmo que no sentía.

La idea de permanecer en su hogar le resultaba mucho más tentadora, pero no era una persona egoísta y amaba a su madre, de modo que si podía hacer algo que le proporcionara una alegría, estaba más que dispuesta a dejar sus deseos de lado. Además, tal y como su padre mencionara el día anterior, era posible que el cambiar de aires le ayudara a mejorar su semblante.

Sabía que fue un comentario hecho con la mejor intención, pero al oírlo sintió como si acabara de recibir un golpe en el estómago. ¿Acaso tenía tan mal aspecto? Estaba segura de que había sido muy cuidadosa para no delatar lo que ocurría en su interior, pero obviamente fingir no era su especialidad y aún menos frente a sus padres.

Se sentía tan triste y confundida que al verse en el espejo no le extrañaba lo nublados que se veían sus ojos, así como lo difícil que le resultaba mostrarse sonriente. Era un completo desastre y si no se esmeraba un poco más, su familia empezaría a preocuparse seriamente, lo último que deseaba.

Dejó caer un vestido con descuido sobre una alta pila, gesto que horrorizaría a su doncella; no dudaba de que cuando deshiciera el equipaje en Suffolk Hall se llevaría una desagradable sorpresa. Se sintió culpable de inmediato al pensar en el trabajo extra que ello supondría para ella y levantó el traje para alisarlo un poco antes de ponerlo una vez más en su lugar. Tras hacer esto, se inclinó para tomar un nuevo vestido, pero se detuvo con la mano en el aire y frunció el ceño.

¡Por supuesto! ¡Ese era el problema!

No debía sentirse tan triste y confundida, debería estar furiosa. No con su doncella, por supuesto, pero el simple hecho de sentirse tan arrepentida por darle un trabajo extra consiguió que se diera cuenta de algo muy importante y en lo que siempre evitó pensar. Se preocupaba tanto por lo que pudieran sentir los demás, por procurarles alegrías y evitarles tantos problemas como le fuera posible, aun a costa de su propia incomodidad, que había convertido esos continuos actos de sacrificio en parte de su vida.

Iba a la casa solariega del marqués de Suffolk por complacer a su madre, se sentía casi una criminal al no guardar sus vestidos con mayor consideración para con su doncella, ambos gestos que una persona egoísta quizá no habría considerado y en verdad no le molestaba hacerlo; creía en hacer el bien si le era posible. Sin embargo, había algo que la lastimaba y que no se había detenido a pensar desde otro punto de vista que no fuera su propia responsabilidad; había dado por hecho que de alguna forma debía tener la culpa por la conducta que Charles Egremont mostraba cuando se encontraban en el mismo lugar.

¡Y ella no había hecho absolutamente nada! O nada malo, de eso estaba segura. Era él quien de un momento a otro empezó a actuar de la forma más extraña, confundiéndola. En las últimas semanas su comportamiento para con ella había variado de forma alarmante. Al inicio de la temporada la trataba tal y como hacía desde que se conocieron, como a una joven más, aunque quizá con un poco más de consideración; se atrevería a decir que posiblemente sintiera un poco de afecto hacia ella. Pero luego, sin una razón aparente, había empezado a actuar de forma tan distinta...

Y ella, tonta como siempre, pensó que la culpa del cambio la tenía ella que debía haber hecho algo que lo ofendiera.

Lanzó sobre la cama el vestido que estaba a punto de guardar y se sentó frente al escritorio, con los labios fruncidos. No iba a pensar en lo que Charles Egremont le inspiraba, no cuando no lograba entenderlo del todo y le aterraba llegar a una conclusión equivocada. Si por algún motivo se había ganado la antipatía de ese caballero, lo sentía, más de lo que iba a reconocer para sí misma, pero no había nada que pudiera hacer. No iba a continuar siendo complaciente y pensando solo en lo que él pudiera pensar o sentir.

Después de todo, quizá estuviera equivocada y no

fuera lo suficientemente importante como para haber inspirado nada en él, fuera bueno o malo. El que esa idea solo consiguiera que el corazón le doliera aún más, era algo que debía ignorar.

La casa solariega del marqués de Suffolk era una de las más antiguas y soberbias de Inglaterra, o eso había escuchado Charles alardear en más de una ocasión a su dueño. Y aunque el marqués podía ser con frecuencia un poco exagerado, debía reconocer que en esa oportunidad había dicho la verdad.

La mansión campestre era imponente, rodeada por amplios terrenos, con una vista magnífica de un lago, arroyos y tantas flores que de ser alérgico se habría visto en serio peligro de morir por un severo ataque de reacción al polen. Era obvio que estaba ante un espectáculo majestuoso que habría disfrutado mucho más en otras circunstancias.

La decisión de aceptar la invitación para pasar unos días allí fue tomada, de hecho, con la misma desesperación con que un náufrago se aferra a un salvavidas. Necesitaba dejar Londres, no deseaba pasar el tiempo en la casa de su familia y el visitar un lugar como aquel le pareció la salida perfecta. Según había escuchado, el marqués no pensaba invitar a un grupo muy amplio y aunque ese término podía ser un poco relativo, suponía que iba a lograr arreglárselas con unas cuantas decenas de conciudadanos en busca de tranquilidad. Además, las posibilidades de encontrarse con la señorita Mowbray allí resultaban mínimas; una joven casadera no dejaría Londres en plena temporada.

Tan pronto como descendió del carruaje, se detuvo un momento para admirar la propiedad y luego subió las amplias escalinatas hasta llegar al vestíbulo principal y presentar sus respetos a los anfitriones, que se erguían como si fueran los reyes de Inglaterra, encantados de recibir los halagos de sus invitados.

—¡Egremont! Bienvenido, qué placer tenerlo entre nosotros —el marqués era un hombre pomposo, de vientre abultado y que levantaba la voz demasiado para su gusto, pero en general, resultaba agradable—. Pensé que no aceptaría dejar las delicias de la ciudad para internarse en este sencillo y tranquilo remanso.

—Milord, gracias por la invitación, ¿cómo dejarla pasar? Y definitivamente, su propiedad dista mucho de ser sencilla, estoy muy impresionado.

—Sabía que un hombre como usted apreciaría este paraíso particular —palmeó su hombro con tanta energía que casi lo hizo trastabillar—. Sígame, debe saludar a la marquesa, estará feliz de verlo.

—Por supuesto.

La marquesa era una mujer menuda, delicada y de gestos refinados; apenas alzaba la voz al hablar y se movía con una fragilidad que llevaba a error, pues era bien sabido entre quienes la conocían, que disponía de una voluntad de hierro y una lengua afilada. A Charles este último atributo en particular le parecía muy divertido.

—Señor Egremont, qué alegría contar con su presencia.

—Estoy honrado de visitar este hermoso lugar, milady, debe sentirse muy orgullosa.

—Solo un poco, señor, solo un poco —sonrió con afectación—. Y dígame, ¿cómo es que uno de los solteros más populares ha aceptado alejarse de los grandes bailes para recluirse en el campo? No estará huyendo...

Charles sonrió ante ese atrevido comentario, no que le sorprendiera mucho, era la clase de broma aguda que esa pequeña mujer haría, aunque en esa ocasión le sorprendería saber lo acertado de su suposición.

−¿Reclusión? No usaría esa expresión, milady, estoy seguro de que disfrutaré de una estadía inolvidable.

−Esperemos que tenga razón. Ahora sea un buen muchacho y permita que uno de los lacayos lo escolte a sus habitaciones −se inclinó un poco para susurrar con voz fastidiada−. Aún debo saludar a los condes de Clare y ya sabe lo habladores que son.

Charles escondió una sonrisa e hizo una reverencia, siguiendo de inmediato a un diligente sirviente que le señaló el camino hacia las escaleras que lo llevarían al piso superior, en el ala designada para los invitados. Estaba en lo alto, listo para girar en un recodo, cuando una voz conocida llegó hasta él y le produjo tal sobresalto que debió detenerse.

No, no podía ser... ¿o sí?

Dio media vuelta y retrocedió sobre sus pasos, asomándose a lo alto de la escalera, con la vista fija en el vestíbulo, donde los marqueses continuaban recibiendo a sus invitados. En ese momento hablaban con una dama de delgada figura y franca sonrisa que se hizo a un lado para que la joven a su izquierda pudiera también presentar sus respetos. Al verla, Charles contuvo el aliento e hizo un gesto de frustración.

¡Demonios! ¿Qué hacía Lauren Mowbray allí? La contempló por un momento, con una mezcla de emoción e ira en el pecho. Podía olvidarse de los días de paz, sí, pero parte de él se alegraba de que estuvieran en la misma casa.

De continuar así, iba a cavar su propia tumba, se dijo mientras seguía de nuevo al desconcertado lacayo.

−¡Qué lugar más encantador! ¿No estás de acuerdo, querida? No puedo creer que haya pensado un instante en rechazar esta invitación.

Lauren asintió ante la plática entusiasta de su madre, con la vista fija en el cristal de la ventana; podía observar los amplios jardines desde allí.

—Lady Catherine dijo que nos reuniremos para la cena, por supuesto, pero que somos libres de recorrer la propiedad; he pensado en visitar la sala de pinturas, he oído que es un lugar maravilloso, ¿me acompañarás?

Su hija no respondió, por lo que la dama frunció el ceño y se acercó hasta quedar a su lado.

—¿Qué ocurre, querida? ¿Te sientes agotada por el viaje? Puedo hacerte compañía en tanto descansas...

—No, madre, por supuesto que no, ha sido un viaje muy agradable, estoy perfectamente bien. Es solo que no deseo ver las pinturas ahora, puedo acompañarte mañana, ¿de acuerdo? Pero debes ir ahora, sé cuánto deseas admirarlas.

La dama apoyó una mano con delicadeza sobre su hombro.

—Lauren, ¿qué está pasando? Algo te perturba, lo sé, pero no puedo ayudarte si no hablas conmigo.

Lauren negó con la cabeza y retiró la vista de la ventana para dirigirle una trémula sonrisa a su madre, una que esperaba sirviera para tranquilizarla.

—No ocurre nada malo, madre, me encuentro bien —sonrió aún más, aunque le costó un gran esfuerzo—. Es más, he decidido visitar el jardín en tanto tú ves esas famosas pinturas, ¿qué opinas? ¿No es el lugar más bello que has visto?

La dama frunció aún más el ceño, nada convencida por ese brusco cambio de tema. Lauren siempre había sido una joven muy sencilla y fácil de comprender, por lo que nunca tuvo problemas para saber lo que pensaba, pero desde hacía unas semanas la notaba taciturna y pensativa, a veces por completo abstraída en sus pensamientos. No obstante, se abstuvo de hacer preguntas porque esperaba que fuera ella quien la buscara en busca de consejo, pero los días pasaban y ella se encerraba cada vez más en sí misma...

—Lauren, ¿estás segura de que no quieres hablar?

Ella tomó su sombrero de una silla y se lo puso frente al espejo, sin dejar de sonreír.

—No puedo pensar en un tema en particular en este momento, madre, pero luego podremos intercambiar opiniones respecto a nuestros descubrimientos. Te lo contaré todo acerca del jardín, quizá me permitan cortar una flor para ti, ¿te gustaría?

—Sí, claro —respondió la dama con poca emoción—. Nos encontraremos antes de la cena.

—Desde luego.

La vio partir con esa sonrisa fingida que no consiguió engañarla y exhaló un suspiro. ¿Qué le estaría pasando a su hija pequeña? Lo que fuera, la lastimaba y ella habría deseado hacer algo, pero en ese momento se veía del todo impotente.

La excusa de recorrer el jardín fue lo único en lo que Lauren pudo pensar para conseguir que su madre dejara de preocuparse por ella y evitar, también, que continuara haciendo preguntas que no deseaba responder.

Sin embargo, mientras se alejaba de la casa y el bullicio de los otros huéspedes se perdía en la distancia, exhaló un suspiro de alivio. Necesitaba esa tranquilidad y no había exagerado al decir que el jardín le parecía exquisito; en verdad, si visto desde lejos era impresionante, al caminar entre los arbustos y los arroyos se sentía transportada a otro mundo, uno pacífico y en el que sus pensamientos no eran interrumpidos una y otra vez.

No era que deseara pensar nuevamente en algo a lo que ya había dado tantas vueltas en su mente, pero la soledad era agradable, le permitía respirar con tranquilidad, una sensación que no experimentaba desde hacía semanas.

Encontró una bonita banca casi oculta entre unos arbustos, con un majestuoso rosal que le serviría de compañero y se apresuró a ocuparla, aspirando el aroma de las flores, lo que consiguió que esbozara la primera sonrisa sincera en un buen tiempo. Desde allí podía admirar el lago a lo lejos y a algunas personas que recorrían los caminos, lo bastante apartadas para saber que no sería interrumpida.

Tras comprobar que se encontraba completamente a solas, se quitó el sombrero y levantó la mirada al sol, disfrutando de sus rayos sobre el rostro.

Fue esa la visión de ella que tuvo Charles al acercarse por el camino y una sonrisa se dibujó en sus labios.

Al observarla desde una de las ventanas del salón en que se encontraba charlando con su anfitrión, no pudo resistir el impulso de ir tras ella; un impulso muy tonto, pero al fin y al cabo últimamente no se comportaba como el hombre brillante que se suponía era.

Lauren Mowbray tenía un efecto casi hipnótico en él, no podía mantenerse alejado de ella, se sentía como una polilla cerca de la luz de una vela. Sabía que era peligroso, que podría terminar herido y carbonizado como ese pobre insecto, pero no podía evitarlo. Era muy sencillo repetirse una y otra vez que debía evitarla, pero en la práctica, lo único que deseaba era compartir el mismo espacio, verla, escucharla, ganarse una de sus sonrisas.

Nunca fue un romántico empedernido, prefería burlarse de quienes actuaban de esa forma, pero jamás experimentó esos sentimientos, así que debía existir alguna disculpa para actuar de forma tan tonta.

Tomó una bocanada de aire antes de acercarse, inseguro acerca de cuál sería su recibimiento, aunque tuvo pronto una respuesta y no fue precisamente muy agradable.

Al oír sus pasos sobre la grava, la joven miró en su dirección y habría podido apostar que su sorpresa al verlo fue tan grande como la que él había experimentado, aunque debía decir en su defensa que se recuperó con rapidez. Tomó el sombrero que había dejado a su lado en la banca, se lo puso con manos temblorosas y volvió la mirada al rosal que se erguía a su derecha. No saludó, ni siquiera hizo un gesto de haberlo visto.

Y eso dolió.

Pudo asumir la misma actitud, dar media vuelta y volver a la casa, pero algo lo impulsó a acercarse hasta llegar a su altura y plantarse con firmeza a escasa distancia.

–Señorita Mowbray.

Si continuaba ignorándolo o fingía no haberlo escuchado, iba a sentirse seriamente ofendido.

–Señor Egremont, buen día –al menos se tomó la molestia de mirarlo a los ojos al hablar–. No sabía que fuera también un invitado del marqués.

–Fue una decisión de último momento, no pensaba asistir.

–Comprendo.

Charles suspiró e hizo un gesto en dirección al banco.

–¿Puedo…?

–Por supuesto –no le gustó en absoluto que dudara antes de responder, pero no hizo mayores comentarios y se sentó a su lado, manteniendo una prudente distancia–. Lamento que mi presencia no le sea agradable.

Ella mostró una mueca sarcástica que jamás le había visto y se encogió de hombros.

—Está equivocado, señor, siento haberle dado esa impresión.

—No pareció muy feliz al verme hace un momento.

—En verdad, pensé que sería cortés de mi parte darle la oportunidad de fingir que no me había visto y continuar su camino —el tono frío lo tomó por sorpresa—. He llegado a la conclusión de que prefiere evitar mi compañía y pretendía mostrar un poco de consideración.

Charles sintió como si acabara de recibir un golpe en el estómago y uno dado por un hombre muy corpulento. Abrió los ojos al máximo y se enfrentó a la mirada resentida de esa joven que no tenía ni la más mínima idea de lo que estaba diciendo.

—Permítame decirle que está del todo equivocada, señorita.

—¿Lo estoy? ¿En serio? —Lauren se cruzó de brazos, sin despegar la mirada de sus ojos—. Es curioso que lo diga, porque en las últimas ocasiones en que hemos hablado ha hecho todo lo posible por alejarse de mí; obviamente, le resulto insoportable.

—No puede creer realmente tal cosa...

—Solo lo digo sobre la base de lo que he visto, señor, y comprendo que pueda resultarle aburrida o que prefiera pasar el tiempo en compañías más gratificantes, pero permítame decirle que su actitud ha sido muy ofensiva y no debe sorprenderle que sea yo quien ahora prefiera evitar su presencia. Es más, creo que debería sentirse agradecido de mi consideración.

Lauren no supo qué la llevó a decir todo aquello y se llevó una mano a los labios una vez que terminó de hablar, impresionada por su osadía. Sentía como si acabara de correr a toda velocidad, tenía el aliento agitado y un extraño vacío en el pecho. Pensó que el señor Egremont le reclamaría por sus agravios y no iba a culparlo, había sido abiertamente grosera. ¿Acaso él tenía la culpa de todo lo que sentía? ¿Con qué derecho se atrevió a reclamarle de esa forma?

−Lo siento, señor, yo... no sé por qué he dicho todas estas cosas, lo lamento, no tengo excusa...

Él sacudió la cabeza, con un ademán impaciente y la miró muy serio.

−No tiene nada por lo que disculparse, señorita −dudó un momento, inseguro acerca de si no sería muy irresponsable de su parte decir lo que en verdad pensaba, pero ella había dado una gran muestra de honestidad, le debía al menos hacer lo mismo−. Aunque hay cierta verdad en sus palabras y no puedo negarlo.

Odió la expresión lastimada en sus ojos y se apresuró a tomar su mano, ignorando su sobresalto.

−¿La evito? Si, lo hago, es verdad y lo lamento, pero tengo poderosas razones para ello, ¿recuerda que se lo dije en nuestra última conversación?

Ella bajó la mirada a su regazo donde él sostenía su mano enguantada con firmeza.

−Solo dijo que tenía sus motivos −reconoció al fin−. Nunca explicó cuáles eran.

−Porque no estoy en libertad de hacerlo, pero le juro por lo más sagrado que estos motivos no son los que usted piensa. Jamás, jamás, lo prometo, podría resultarme insoportable o aburrida; es todo lo contrario. Disfruto tanto en su compañía que nunca se me ocurriría evitarla de no ser por un motivo muy poderoso. La he ofendido con mi actitud y no puede imaginar cuánto lo siento, porque el dañarla es como dañarme a mí mismo, o aún peor.

Tal vez fue demasiado lejos, dijo más de lo que debía, pero lo mismo que ella, al parecer tenía serios problemas para contener su lengua, aunque en su caso no fuera precisamente una novedad.

–¿Por qué no me dice lo que oculta, señor? Puede confiar en mí...

–Lo sé –y así era, lo había sabido siempre.

–¿Entonces por qué no lo hace? Confíe en mí, por favor.

Si continuaba allí mirándola mientras ella lo miraba a su vez con esa expresión atormentada, terminaría diciendo algo de lo que se arrepentiría, de modo que bajó la vista, mostrando un repentino interés por las plantas que crecían a sus pies.

–Charles...

Al oírla pronunciar su nombre con voz queda, casi en un susurro, levantó la cabeza con tanta brusquedad que estuvo a punto de quebrarse el cuello, pero ignoró el dolor y concentró toda su atención en ella y sus mejillas sonrosadas, sus labios entreabiertos y los ojos temerosos, aunque de mirada firme.

–¿Cómo me ha llamado?

–Lo siento.

–No, no lo sienta, por favor, mi nombre nunca me había sonado tan bien –sonrió al hablar, aún sorprendido.

–Es que no he debido, pero lo vi tan triste y no comprendo por qué quiere ocultar esa tristeza cuando podría compartirla –ella bajó la mirada a su mano, que aún continuaba apresada por la suya–. Puede hacerlo conmigo, puede decirme qué le está haciendo sufrir y yo podría ayudarlo.

–No sabe lo que está diciendo.

–Claro que lo sé –Lauren mantuvo la vista baja, pero pudo atisbar una sonrisa trémula en sus labios–. Acaba de decir que nunca me dañaría, le aseguro que yo tampoco lo haría. Yo... solo quiero que sea feliz.

Charles debería haber salido corriendo para alejarse

de ella, no sería la primera vez, pero no pudo hacerlo, o no quiso, no estaba seguro, solo supo que necesitaba ver su rostro, por lo que usó la mano libre para tomarla suavemente por la barbilla y obligarla a mirarlo. Tenía unos ojos muy hermosos. ¿Cómo había tardado tanto tiempo en darse cuenta? Podía iluminar todo lo que estuviera a su alrededor con esa mirada, o quizá solo tenía ese efecto en él y la idea fue un poco extraña, pero agradable. Lauren Mowbray tenía el poder para alejar la oscuridad de su vida, al menos por un momento, y no podría estar más agradecido por ello.

Pasó un dedo por su mejilla, delineando sus facciones y deteniéndose un poco más en sus labios.

—Soy feliz ahora.

Y sin detenerse a pensarlo, porque sabía que de hacerlo se arrepentiría, la besó.

No fue particularmente delicado, deslizó la mano por su nuca y la atrajo hacia sí con un movimiento seguro, aprovechando su jadeo de sorpresa para deslizar la lengua entre sus labios, con el corazón acelerado y las manos trémulas. Olvidó sus miedos e inseguridades, que estaba cometiendo el mayor error de su vida, que era egoísta; solo podía pensar en que la tenía entre sus brazos y ella no hacía nada por apartarse. Por el contrario, percibió cómo tras la sorpresa inicial se acercó a tientas, con el cuerpo tembloroso, ahogando un suspiro contra sus labios.

Cuando se alejó para recuperar el aliento, descansó la frente contra su mejilla y suspiró. No sabría precisar cuánto tiempo permaneció así, quizá no habría hecho un solo movimiento para separarse de no ser por el sonido de voces que se oían cerca. Demasiado cerca.

Tomó a Lauren por los hombros y la apartó con delicadeza.

—Lo siento tanto, no tenía derecho.

—No, no lo tenía —su voz era susurrante—. Y tampoco tiene derecho a disculparse.

La mirada triste que le dirigió fue como un golpe que lo llevó de vuelta a la realidad.

—Este es el momento en que se va, ¿verdad?

¿Lo era? Sí, tenía que hacerlo, no había otra alternativa.

—Lo siento mucho, Lauren —era la primera vez que la llamaba por su nombre y por un momento se permitió saborear lo bien que sonaba—. Perdóneme.

Ella no lo detuvo, solo giró la mirada de vuelta al rosal, pasando una mano por su rostro, aunque no vio señales de lágrimas en sus mejillas. No, ella no lloraría en su presencia, era demasiado digna para eso.

Había dado unos pasos, alejándose por el camino, cuando oyó unas palabras dichas con tanto desprecio que sintió un dolor profundo en el pecho.

—Nunca pensé que fuera un cobarde, Charles.

No, él tampoco lo hubiera imaginado; pero al parecer sí que lo era, un gran cobarde y también un hombre estúpido que renunciaba a la felicidad cuando la tenía al alcance de la mano. Pero eso último no iba a decírselo jamás, prefería que pensara lo peor de él.

Tal vez fuera un cobarde, pero le importaba lo suficiente para vivir con ese estigma si ello la ayudaba a ser feliz con alguien que la mereciera más que él.

Saludó con una cabezada al pequeño grupo que encontró en el camino y se dirigió a la casa sin volverse una sola vez.

Cuando llegó la hora en la que debía bajar al salón para reunirse con sus anfitriones y otros invitados antes de la cena, Lauren pensó seriamente en inventarse una excusa y así quedarse en su habitación, pero en ese caso su madre tendría que asistir sola y aunque se había prometido procurar no anteponer siempre las necesidades de los demás a las suyas, en ese caso en particular le pareció que obrar de esa manera sería muy egoísta por su parte y no deseaba ser esa clase de persona.

Lo que ella pudiera sentir o cuánto deseara esconderse, no era culpa de su madre y no hubiera sido justo que se viera perjudicada por su comportamiento, de modo que escogió su vestido favorito, de un rosa pálido con encaje en las mangas y se preparó para la que supuso sería una larga noche.

Su madre se adelantó unos minutos, ya que había prometido a una amiga bajar algo más temprano para continuar una charla que iniciaron por la tarde, lo que fue un alivio para Lauren; de esa forma solo debió fingir una tranquilidad que no sentía en cuanto salió de su habitación. Su doncella era lo bastante discreta para no hacer un solo comentario respecto a su ceño fruncido o la mirada perdida que mostró mientras se vestía.

No deseaba escuchar preguntas para las que no tenía respuestas, ni que le preguntaran qué pasaba por su mente, porque eran tantas cosas que ni ella misma podía ordenar sus pensamientos. No quería cavilar demasiado en el hecho de que acababa de recibir su primer beso en las circunstancias más extrañas y mucho menos que este fue dado por un hombre que no había dado muestras de un interés sincero. Si su madre se enterara, le daría un ataque; un caballero no besaba a una dama entre los rosales y mucho menos cuando esta no era su esposa, ni siquiera su prometida.

La idea de que la uniera un lazo de ese tipo a Charles fue suficiente para que aligerara el paso y sacudiera la cabeza. Eso no iba a pasar. No tenía la más mínima idea de lo que él sentía por ella, pero estaba claro que fuera bueno o malo, no diría nada. Lo llamó cobarde por eso y se sentía un poco culpable porque estaba segura de que lo había lastimado profundamente, pero, por otra parte, ¿acaso él no le hacía daño una y otra vez? Sí, decía que no era su intención, pero la verdad era que muchas veces las intenciones, por buenas que fueran, no eran las más acertadas.

Si al menos fuera sincero con ella... pero empezaba a resignarse al hecho de que eso nunca iba a ocurrir.

Al llegar al salón, enderezó los hombros y exhibió una sonrisa, saludando con discreción a las personas con las que se cruzaba al avanzar. En verdad el marqués debía pensar que su propiedad se merecía tantos visitantes como fuera posible albergar, porque no recordaba la última vez que vio a tantas personas reunidas. Para su buena suerte, o eso pensó ella, la mayor parte de los invitados formaban grupos y hablaban a viva voz, así que no se vio en la necesidad de acercarse a nadie en particular. Además, ella casi nunca llamaba la atención, de modo que si se movía con cuidado, tal vez pudiera pasar una velada tranquila.

Desde luego, tal y como iban las cosas últimamente, esto resultó una ilusión temporal. Varios hechos sucedieron al mismo tiempo, los mismos que desterraron del todo cualquier idea de paz que hubiera podido albergar.

Lo primero que notó fue que Charles Egremont se encontraba cerca de la chimenea y, aunque sabía que él debía estar presente, por supuesto, el verlo nuevamente removió todas sus emociones lo suficiente para que diera un paso atrás y contemplara seriamente la idea de fingir ese malestar en el que había pensado y volver a su habitación. Sin embargo, al recuperar la sensatez, reparó también en el hecho de que él no la miraba a ella, estaba muy ocupado hablando con una dama que reconoció de inmediato y por un momento se sorprendió tanto que estaba segura debía verse aturdida. Esto último fue seguido por una tercera sorpresa, la misma que estuvo a punto de provocarle un severo susto.

—Señorita Mowbray, ha pasado mucho tiempo.

¡Esa voz! ¿Cuándo fue la última vez que la oyó? No tenía tiempo para pensar en eso, por lo que tomó aire y giró para ver al hombre que se acercó con paso cuidadoso hasta llegar a su altura y ahora le sonreía con un deje de burla que le resultó muy familiar.

—Señor Ashcroft, buenas noches —hizo una tensa reverencia—. Sí, ha pasado un tiempo.

—Casi dos años, creo, una verdadera eternidad. Permítame decirle que se ve más hermosa de lo que recordaba.

No pudo evitar una pequeña sonrisa ante semejante comentario. Si alguna vez Daniel Ashcroft pensó que era hermosa, en verdad se cuidó de ocultarlo muy bien. Lo curioso era que nunca le pareció una persona acostumbrada a halagar por conveniencia o por el placer de hacer vida social; Dios sabía que nada le importaba menos que lo que pudieran pensar los demás, a excepción, quizá, de su prima Juliet. Este último pensamiento le recordó todos los motivos por los que ese hombre le inspiraba tanta desconfianza y endureció el gesto.

—Se ha quedado en silencio de pronto, señorita Mowbray, espero no haber sido irrespetuoso.

—No, señor, en absoluto, solo pensaba en cómo agradecer unas palabras tan generosas.

—No es necesario que lo agradezca, solo menciono un hecho.

—Es muy amable.

Era curioso cómo en el pasado encontraba tan interesante su ingenio y ahora, a la luz de todo lo que sabía respecto a él, no podía menos que analizar con recelo cada una de sus palabras, buscando un significado oculto tras ellas.

—No sabía que conociera a nuestro anfitrión.

—A decir verdad, yo tampoco —él se encogió de hombros con ademán displicente—. Invitó a toda mi familia, pero mi padre y mi abuela no han podido asistir, de modo que he venido yo en su representación.

—Por supuesto, comprendo.

Lauren calló un momento, con las ideas revoloteando en su cabeza. ¿Qué hacer? Parte de ella la instaba a retirarse con una excusa plausible, mientras que su sentido práctico le decía que tal vez podría aprovechar esa oportunidad para conocer un poco más acerca de las motivaciones de Daniel Ashcroft. Además, confirmó por el rabillo del ojo que Charles continuaba inmerso en la fascinación que cierta dama parecía ejercer sobre él, lo que se dijo no le importaba, pero no podía negar que los hechos estaban relacionados.

—Ahora que lo pienso, no es del todo cierto que haga mucho que no nos vemos; en realidad, hace tan solo unas semanas fui testigo de su presentación en la velada musical de los condes de Danby.

—¡Oh, eso! Sí, claro, lo había olvidado, aunque no recuerdo haberla visto.

—Es comprensible, usted estaba en el escenario y yo solo era una espectadora más —Lauren hizo un gesto como para restarle importancia a su descuido—. Debo felicitarlo, había olvidado que es un extraordinario pianista.

—Ahora me halaga, señorita Mowbray, pero le aseguro que no tengo el talento que parece creer. Fui tan solo un compañero improvisado para una artista muy superior.

¡Perfecto! Por increíble que pareciera, él acababa de darle el pie que necesitaba para preguntar lo que en verdad quería saber.

—Bien, ciertamente no es usted un profesional, aunque podría serlo si así lo deseara, pero concuerdo en que el nivel de la señorita Mascagni es muy difícil de igualar –hizo un gesto hacia el lugar en el que ella se encontraba, toda sonrisas y pestañas agitadas, actitud que le asqueó profundamente–. Y veo que también aquí podremos disfrutar de su presencia, ¿tendremos el privilegio de disfrutar de una interpretación especial?

Daniel miró en la misma dirección, con una ceja alzada; además de ese pequeño gesto, no pareció sorprendido o irritado por el descarado comportamiento de su… amiga. Lauren casi se sonrojó al pensar en las palabras de Charles respecto a la relación entre ellos.

–No lo sé, la señorita Mascagni tuvo la gentileza de aceptar acompañarme, por lo que es una huésped más, aunque no dudo que nuestros anfitriones encontrarán la forma de convencerla para que nos deleite con una canción.

–¿Y usted la acompañará?

–Es posible, quizá –pareció encontrar un poco extrañas sus preguntas y no podía culparlo; en el pasado, ella no acostumbraba hablar mucho en su presencia–. Sin embargo, ahora que lo pienso, ¿no es usted una excelente pianista, señorita Mowbray? Mucho mejor que yo, eso seguro. Tal vez, de ser necesario, podría tener la gentileza de acompañar a Isabella, a ella le encantaría.

–Es muy gentil de su parte, señor Ashcroft, pero no estoy a su nivel, ni al de la señorita Mascagni; sería muy egoísta de mi parte privar a su posible público de su talento.

–Iba a mencionar lo mucho que me ha sorprendido su locuacidad, ya que no es un aspecto que recordara de usted, aunque confieso que es una sorpresa muy agradable; sin embargo, su modestia continúa indemne, obviamente.

Lauren sonrió, ya que no se le ocurrió nada que decir, ningún comentario le pareció apropiado, pero se recompuso con rapidez para hacer la pregunta que deseaba formular desde el primer momento.

—Y dígame, señor Ashcroft, ¿durante cuánto tiempo podremos disfrutar de su presencia? ¿Piensa permanecer mucho tiempo entre nosotros o extraña París?

Él la miró con expresión insondable, como analizándola y Lauren procuró no variar su semblante, que no notara lo mucho que le importaba su respuesta.

—No lo he decidido aún. Desde luego, me gustaría volver a París, es una ciudad muy agradable, pero... puedo decir que no tengo prisa por hacerlo, no se irá a ninguna parte, ¿no cree?

—Por supuesto que no —ella esbozó una sonrisa tensa y suspiró aliviada al oír el gong que anunciaba el inicio de la cena—. Si me disculpa...

—Señorita Mowbray, por favor, ¿en verdad piensa que soy tan poco caballeroso? Permita que la escolte al comedor.

Lauren lo miró completamente desconcertada. ¿Qué se proponía? Solo atinó a señalar a la señorita Mascagni, que empezó a mirar entre el gentío, obviamente en busca de su acompañante.

—Pero... la señorita Mascagni...

Daniel se encogió de hombros antes de responder.

—Le sorprendería lo autosuficiente que puede ser Isabella, aunque no creo que vaya a ver una muestra de ello ahora —le ofreció el brazo y ella no tuvo otra opción que tomarlo—. Como podrá ver, ya ha encontrado a un compañero apropiado. Creo que lo conoce, ¿cierto? Un viejo amigo...

Lauren miró nuevamente hacia la dirección que él señalaba y sintió una desagradable punzada en el pecho al ver que Daniel tenía razón. La señorita Mascagni había abandonado su búsqueda y se encaminaba al comedor del brazo de Charles, que al fin parecía prestar atención a lo que le rodeaba. Solo entonces sus miradas se cruzaron y ella pudo ver que pareció profundamente sorprendido y algo más. No estaba segura, ¿quizá molesto? ¿Asustado? Desechó el pensamiento con rapidez, por juzgarlo absurdo y sonrió a Daniel, haciendo un gesto de asentimiento para iniciar el paso.

Sí, definitivamente iba a ser una noche muy larga.

Capítulo 9

Para cuando iban por el sexto plato, Charles hizo un gesto al lacayo para que llenara una vez más su copa con agua. Habría preferido el vino, pero optó por ser cauteloso, sentía que iba a necesitar los cinco sentidos.

Miró al otro lado de la mesa, como hacía cada tres minutos, e hizo un gesto de fastidio al comprobar que Lauren continuaba enfrascada en la que parecía una muy interesante charla con Daniel Ashcroft, sentado a su izquierda. ¿Acaso no le había dejado claro que no debía involucrarse con semejante sujeto? Le dijo, muy seriamente, que no había necesidad de hacer más indagaciones y que hacerlas, en todo caso, era su deber. Sin embargo, allí estaba ella, tan... comunicativa.

Aunque era posible que su charla no tuviera ninguna relación con lo que él pensaba. Quizá solo hablaba con él porque así lo deseaba. Daniel Ashcroft podía ser encantador cuando quería y parecía muy interesado en dar esa impresión, pero Lauren no podía caer en una trampa tan ridícula, ¿o sí? Además, la señorita Mascagni estaba sentada muy cerca y no parecía muy alegre con la actitud de su acompañante.

Bebió otro trago de agua y dejó que el lacayo se

llevara el plato, rogando que fuera ya el momento del postre para poder dejar esa maldita mesa de una buena vez.

Cuando bajó a cenar, estaba del todo decidido a mantenerse un poco alejado, de allí que buscara un discreto rincón y lo encontró al lado de la chimenea; no esperaba que la señorita Mascagni apareciera de la nada para sostener una entretenida conversación, aun cuando lo fuera más para ella que para él, a decir verdad. Charles no soportaba a las personas que monopolizaban las charlas, le parecía una muestra de mal gusto y desconsideración; se veía en la necesidad de asistir a un monólogo interminable y lo peor era que, tratándose de una dama, era muy difícil encontrar una excusa para retirarse.

Por otra parte, si bien la conversación de la señorita Mascagni era muy aburrida, también era justo reconocer que su mera presencia resultaba esclarecedora. Si ella se encontraba allí, Daniel Ashcroft también era un invitado, eso era seguro. Con una serie de preguntas discretas, lo confirmó y eso le desagradó mucho, pero se cuidó bien de demostrarlo.

Cuando escuchó la llamada a la cena, suspiró aliviado, seguro de que él llegaría en cualquier momento para reclamar a su acompañante, pero cuál sería su sorpresa al verse de pronto con la mano de la señorita Mascagni sobre su brazo y la lastimera solicitud de que la guiara al comedor, ya que su querido amigo, tal y como lo llamó, había encontrado una mejor compañía.

Al comprobar a quién se refería, sintió que el alma se le caía a los pies y lo asaltaron unas ganas tremendas de correr hacia donde Lauren se encontraba y separarla de ese idiota arrogante. Desde luego, la sola idea era absurda, pero se sintió un poco mejor al pensar en lo agradable que habría resultado.

De modo que allí estaba, con pensamientos homicidas en la mente, el apetito arruinado y demasiada agua en el cuerpo.

Llegado el momento en que su anfitriona anunció que era el momento apropiado para que las damas se retiraran y dejaran a los caballeros a solas con su oporto, le dieron ganas de dejar caer la cabeza contra la mesa con un suspiro de alivio.

Cierto que debía pasar más tiempo del deseado en compañía de todo un grupo de hombres interesados en sostener las charlas más absurdas y aunque era justo señalar que usualmente él no tenía problemas para unirse y hacer los comentarios apropiados, en ese momento en particular no tenía ningún deseo de hacerlo. Afortunadamente, con tantas personas no era nada difícil escabullirse y, si era necesario que hablara con alguien, siempre podía hacer uso de unas cuantas frases formales que lo libraran de un momento incómodo.

Sin embargo, estaba seguro de que esa definición no alcanzaba siquiera a rozar lo que significaba el encontrarse frente a frente con Daniel Ashcroft; pero algo sí que podía decir sin asomo de duda y era que de ninguna manera iba a rehuir una charla con él, por muy desagradable que pudiera resultar.

—Egremont, buenas noches.

—Ashcroft —asintió de mala gana una vez que lo tuvo al frente.

—No quería dejar de agradecer su... amabilidad al escoltar a mi acompañante.

—No tiene nada que agradecer; en todo caso, tal vez debería estar más atento, la señorita Mascagni no parece ser una mujer con mucha paciencia.

Aunque sonreía, su tono era frío y no era nada difícil advertir su disgusto.

—No, pero puede también ser muy comprensiva —Ashcroft, por supuesto, parecía encontrar muy divertido su malestar–. Y ya que me vi en la necesidad de acompañar a una dama tan encantadora como la señorita Mowbray, estoy seguro de que sabrá disculpar ese pequeño descuido.

–¿Necesidad?

No podía esperar que él creyera semejante patraña. De haber tenido opción, Lauren se las hubiera arreglado para llegar al comedor en compañía de cualquier otro caballero en el salón, o habría preferido ir sola. Lo sabía y que nadie le preguntara cómo era eso posible, pero así era.

–Sí, por supuesto, era lo mínimo que podía hacer. Además, pasamos un momento muy agradable recordando viejos tiempos, de modo que fue un placer poder continuar nuestra charla durante la cena.

–Es curioso, no puedo recordar que les uniera un lazo de amistad. En realidad, si estoy en lo cierto, la señorita Mowbray ha sido siempre muy cercana a su prima.

–No recuerdo haber dicho que nos uniera un lazo de amistad.

–Debo de haber entendido mal sus palabras.

–Sí, lo ha hecho; un hecho curioso, ya que usted ha sido siempre muy perceptivo.

Sería tan fácil borrar esa sonrisa sardónica de su rostro; con un puñetazo, por ejemplo. Para su buena suerte, o tal vez no, dependiendo de cómo se viera, la marquesa, que no era muy apegada a ciertos convencionalismos, se presentó en persona para hacerles saber que tanto ella como las damas estaban muy aburridas y que requerirían su presencia en el salón, por lo que pudo despedirse con una cabezada en absoluto amistosa y seguir a los otros caballeros fuera del comedor.

No le extrañó ver que las damas formaban grupos, charlando con entusiasmo, mientras los sirvientes se movían con discreción, acercando copas y algunos dulces, debilidad de su anfitriona. La señorita Mascagni, en medio del salón, parecía encontrarse en su elemento, rodeada por un grupo de damas que daban la impresión de encontrar muy interesante su presencia y hacían preguntas a diestra y siniestra.

Buscó con la mirada a Lauren y suspiró, aliviado, al ver que se encontraba en medio de una charla con una dama que reconoció como amiga de su familia. Apenas dudó en acercarse; no habían intercambiado una sola palabra desde esa mañana, luego de que la besara y ella lo llamara cobarde. No la culpaba, tenía mucha razón, era la impresión que le había dado, escapando una y otra vez, pero en ese momento no pensaba hacerlo. Aunque no había cambiado de idea respecto a que debía controlar sus sentimientos respecto a ella, cualesquiera que estos fueran, la presencia de Daniel Ashcroft le generaba tanta desconfianza que sentía el deber de permanecer a su lado y, de alguna forma, aunque a ella no le hiciera ninguna gracia, protegerla.

Sonrió al llegar hasta donde se encontraba y saludó con una profunda reverencia.

—Lady Worcester, señorita Mowbray.

—Señor Egremont, qué inesperado placer —la condesa de Worcester era una dama muy agradable, de escasa estatura y en extremo delgada; un poco parlanchina, pero completamente inofensiva—. Apenas le comentaba a la señorita Mowbray lo mucho que me alegró verlo en el comedor, su presencia es siempre garantía de diversión.

—Milady, por favor, no merezco ese elogio, pero lo recibo de buen grado —miró a Lauren de reojo y sonrió ante su ceño fruncido—. Decidí asistir en el último minuto y me alegra haberlo hecho.

—Tanto como a nosotros, señor.

Asintió en señal de agradecimiento e hizo algunas

preguntas referentes a su familia, con lo que sabía que se adentraba en terreno pantanoso, pero no se le ocurrió nada más que decir, no con Lauren por completo dispuesta a permanecer en silencio.

Según sus cálculos, debieron pasar unos veinte minutos antes de que lady Worcester terminara de relatar los últimos acontecimientos en la vida de todos sus familiares directos. Charles juzgó que era un buen momento para interrumpirla o proseguiría con todos sus conocidos.

—Qué interesante lo que nos cuenta, milady, espero que su nieto mayor se encuentre pronto del todo recuperado de ese resfriado —resistió el impulso de poner los ojos en blanco al hablar y miró a Lauren—. ¿Se siente usted bien, señorita Mowbray? No está muy elocuente esta noche. Espero que no se encuentre resfriada.

Se ganó una mirada indignada, pero la prefería mil veces a su total indiferencia, por lo que sonrió aún más ampliamente.

—Me encuentro perfectamente bien, señor, no hay necesidad de preocuparse.

—Oh, pero lo hago.

La condesa miró de uno a otro con una ceja ligeramente alzada y una sonrisa bailoteando en los labios.

—El señor Egremont es muy amable al preocuparse, señorita Mowbray.

Lauren apretó aún más los labios y asintió con una falsa sonrisa ante el tono casi recriminador de la dama. ¡Como si fuera descortés al no mostrar agradecimiento! Si ella supiera…

—Bien, bien, veo allí a nuestra anfitriona y necesito convencerla de que permita a mi cocinera acceder a algunas de las recetas de ese nuevo cocinero suyo tan celoso —les guiñó un ojo antes de continuar—. Es francés, ya saben.

Ni Charles ni Lauren sabían absolutamente nada de cocina, por lo que solo asintieron en señal de cortesía en tanto ella se marchaba casi corriendo hacia donde la marquesa conversaba con algunos de sus invitados.

—Me agrada, pero no comprendo cómo una persona puede hablar tanto sin casi respirar...

Charles empezó a hacer el comentario a fin de aligerar el ambiente, pero debió detenerse al ver que Lauren daba media vuelta para alejarse. Fue lo bastante rápido para cortarle el paso con un movimiento seguro, aunque discreto.

—¿Adónde cree que va?

—Ese no es asunto suyo, señor, ¿podría hacerse a un lado?

—No, no creo que vaya a hacerlo, lo siento —Charles se cruzó de brazos—. ¿Le molesta mi compañía?

Ella elevó el mentón con un gesto muy digno y, hubiera jurado, aunque no estaba del todo seguro, que lanzó un pequeño bufido exasperado.

—No hablaré al respecto.

—¿No lo hará porque le molesta mi compañía?

—No puedo creerlo...

—A decir verdad, a mí también me cuesta creerlo, pero comprendo que no puedo agradarle a todo el mundo.

Lauren tomó aire y procuró calmarse para no empezar a gritar.

—Me refería a que no puedo creer que se esté comportando de esta forma luego de... —se sonrojó un poco, pero continuó en voz muy baja—. Usted sabe lo que quiero decir.

Charles frunció el ceño al pensar en lo que ella deseaba decir. ¿Se referiría al hecho de que la evitó durante semanas hasta esa mañana? Tal vez encontrara extraño su deseo de mantenerse a su lado. Al observarla con mayor atención, notó sus mejillas sonrosadas y comprendió cuál era el verdadero problema.

–Oh, se refiere a eso.

–¿*Eso*?

–Bueno, no pensé que se sintiera muy cómoda si lo llamaba por su nombre –se inclinó un poco para hablarle en un susurro–. Ya sabe, al beso.

Debía reconocerlo, era divertido molestarla un poco, solo lo suficiente para ver cómo el rubor en sus mejillas subía cada vez más y el brillo en sus ojos se hacía aún más impresionante. Le gustaba despertar esas emociones en ella, le hacía sentir que le importaba lo suficiente como para obtener esa reacción.

–Asumo que no piensa disculparse.

–Asume muy bien, porque no lo haré –la miró fijamente–. ¿Y usted piensa disculparse?

Lauren frunció el ceño ante ese comentario.

–¿Disculparme? ¿Por qué motivo?

–Me llamó cobarde.

–¿Y fue acaso una mentira?

Charles suspiró y la sonrisa divertida abandonó su semblante.

–No, lamentablemente no, porque está en lo cierto. En todo lo que a usted se refiere, soy un completo cobarde y lo lamento.

Ella abandonó su ceño adusto y un pequeño brillo de compasión apareció en sus ojos.

–No más que yo.

Guardaron silencio unos minutos, sin mirarse y hubieran podido permanecer así por mucho tiempo, quizá sin notarlo, pero unos sonoros aplausos al otro extremo del salón los obligaron a volver a la realidad.

–¿Qué ocurre?

–Tengo una pequeña sospecha.

El tono lúgubre de Charles fue una clara muestra de

que cualquiera fuera el motivo de ese ruido, no le agradaba en absoluto.

—Creo que seremos testigos de un espectáculo.

Lauren miró sobre su hombro y corroboró sus palabras al ver que la marquesa llevaba del brazo a la señorita Mascagni hasta el lugar en que se encontraba el piano.

—Ya veo —frunció un poco la nariz al hablar—. Supongo que era de esperar, es una soprano muy talentosa, lady Catherine no iba a perder la oportunidad de que cantara en su casa.

—No, supongo que nadie podría culparla, ¿cierto?

—¿Deberíamos acercarnos?

—Me temo que no tenemos otra alternativa, no podemos permanecer aquí cuando todos muestran tanto interés —extendió un brazo con una sonrisa torcida—. ¿Me hace el honor?

Lauren dudó solo un instante antes de posar una mano en su brazo, ignorando el calor que sentía bajo su chaqueta. Por algún motivo, la idea de mirarlo a los ojos en ese momento le resultaba incitante y aterradora al mismo tiempo.

—Por favor, ¿podría hacer algo por mí?

Ella asintió en tanto iniciaban la caminata.

—Permanezca a mi lado, se lo ruego.

—¿Por qué?

—Me sentiré más tranquilo si se encuentra cerca —no habló de sus recelos en cuanto a la actitud de Daniel Ashcroft—. ¿Lo promete?

—Si es tan importante para usted, sí, lo prometo.

—Lo es, muchas gracias.

Una vez que llegaron hasta donde se reunía la mayor parte de los invitados, Lauren ocupó una silla cerca de donde se encontraba su madre y Charles permaneció de pie a su lado, con una postura casi militar que en otras circunstancias hubiera encontrado graciosa. Pero en ese momento le disgustó un poco que pareciera tan decidido a permanecer a su lado por el mero hecho de protegerla de Daniel Ashcroft. No era tan ingenua como para no saber que ese era su fin y le incomodó el que creyera que era incapaz de cuidar de sí misma. Además, se preguntaba si ese interés nacía de una preocupación sincera por su bienestar o si tan solo continuaba con esa absurda idea de que albergaba algún sentimiento por Daniel. Y si fuera lo segundo, ¿en qué le perjudicaba a él lo que pudiera ocurrirle? Ya había dejado en claro que prefería mantenerse alejado de ella, de modo que no comprendía cuáles eran sus motivaciones. ¡Qué hombre tan complicado!

–¿Señorita Mowbray?

Lauren pestañeó una y otra vez, un poco desconcertada al notar varias miradas sobre ella, lo que no era nada común. Y aún lo era menos que fuera la señorita Mascagni quien le hablara, cuando no habían intercambiado una sola palabra hasta el momento.

–Lo siento, me temo que no le ha oído.

Su primer instinto fue mirar a Charles, que con el ceño fruncido miraba de una a otra, aunque se apresuró a explicarle la situación.

–La señorita Mascagni se pregunta si tendría la amabilidad de acompañarla en su presentación. Al parecer, el señor Ashcroft le ha hablado de sus grandes dotes como pianista.

Lauren esbozó una sonrisa temblorosa, incómoda por el giro de los acontecimientos.

–El señor Ashcroft comentó que es una buena pianista y aunque usualmente no me acompañan damas, será agradable hacer un pequeño cambio –la sonrisa en sus labios no llegaba a sus ojos y no fue difícil concluir que no le agradaba, aunque no comprendía el motivo–. Venga conmigo, señorita Mowbray, no hará que roguemos, ¿verdad?

La joven miró a su alrededor y se encontró con varias miradas curiosas a su alrededor, lo que encontró abrumador. Observó a su madre, que desde su lugar le hacía un gesto para alentarla y, tras dudar un instante, se incorporó con tanta dignidad como le fue posible mostrar.

Charles, en tanto, casi podía escuchar los engranajes de su mente funcionando a toda velocidad y habría dado cualquier cosa por evitarle ese mal rato. Si la señorita Mascagni actuara con buenas intenciones, no le importaría que hubiera cedido a las manipulaciones de Daniel Ashcroft, pero estaba seguro de que ambos compartían un cierto gusto retorcido por incomodar a las personas que consideraban débiles y no le cabía duda de que para ellos Lauren Mowbray entraba en esa categoría.

Apenas reprimió el impulso de tomar a Lauren del brazo y sacarla del salón; a decir verdad, estuvo muy cerca de hacerlo, pero en cuanto la vio levantarse, con la espalda muy recta y el mentón elevado, supo que ella podría hacerlo, que era mucho más fuerte de lo que todos esos tontos pensaban y que lo haría sentir muy orgulloso. Tal vez ella nunca lo supiera y él tampoco tenía muy en claro sus sentimientos como para reparar en ello, pero si no dudara tanto, habría sabido con seguridad que en ese momento la amó más que nunca.

Lauren controló sus piernas temblorosas, se sentó con elegancia en el taburete frente al piano y pasó sus manos con discreción sobre la tela de su vestido, en espera de que la señorita Mascagni ocupara su lugar. Suponía que con el virtuosismo que ella iba a mostrar, su pobre ejecución podría pasar desapercibida; casi rezó por eso en tanto flexionaba los dedos. Fijó la mirada en las teclas y solo por un momento, antes de empezar a tocar, siguiendo la indicación de la soprano, que le expuso con pocas palabras la melodía elegida, miró a su derecha y se encontró con los ojos de Charles, que no despegaba la vista de ella. Hubiera jurado que le dirigió una pequeña sonrisa para transmitirle ánimos; tratándose de él, era muy posible que así fuera y eso le inspiró una gran tranquilidad.

Aspiró con fruición y empezó a tocar, cerrando los ojos casi sin darse cuenta. Conocía esa aria de Vivaldi a la perfección y de haberse encontrado a solas habría disfrutado mucho más el tocarla, pero en cuanto la voz de la señorita Mascagni llegó a sus oídos, olvidó su situación y decidió disfrutar de esa experiencia. Tal vez esa dama no fuera la persona más agradable, pero su talento era impresionante y el acompañarla un privilegio.

Ella no podía verse, pero Charles sí y experimentó un gran placer al hacerlo. Mientras sus anfitriones y los otros invitados observaban con admiración infinita a la señorita Mascagni, que interpretaba el aria en todo su esplendor, él solo tenía ojos para Lauren. Se alegró al verla sonreír con los ojos cerrados, balanceándose apenas sobre el asiento, como si disfrutara la música de una forma que los demás no y se sintió estúpidamente feliz de ser el único que reparó en ello.

El aria seleccionada no fue muy extensa, ya que entre la cena y las charlas posteriores la noche avanzó con rapidez, por lo que la interpretación pronto concluyó y se encontró de pie, aplaudiendo y dando vivas, aunque sus aplausos iban por completo dirigidos a la pianista, quien una vez que dejó de tocar, permaneció en su asiento, en silencio, dejando que la soprano se llevara todas las palmas, como si no le importara en absoluto y Charles sabía que así era.

En un gesto de cortesía que Lauren agradeció, la señorita Mascagni la señaló para que pudiera recibir una justa atención y ella se incorporó, hizo una pequeña reverencia y se dirigió de vuelta a su asiento, con las mejillas sonrosadas.

—Espléndida —fue todo lo que dijo Charles, de modo que solo ella pudo oírlo.

Ante ese halago, sonrió y se sonrojó un poco más, sintiendo además que un suave calor le subía por la espalda. La marquesa, que fue la última en dejar de aplaudir, agradeció a la señorita Mascagni por acceder a cantar e hizo una mención generosa del acompañamiento de Lauren, por lo que ella quedó muy agradecida.

Los invitados empezaron a despedirse para subir a sus respectivas habitaciones y Lauren permaneció un momento en su lugar antes de reunirse con su madre.

—Creo que este es un buen momento para desearle buenas noches —Charles continuaba a su lado y le dirigió una pequeña sonrisa.

—Sí, por supuesto —ella le devolvió la sonrisa, un poco insegura—. Buenas noches.

—Que descanse.

—Igualmente, gracias.

Hizo una pequeña reverencia y se volvió para marcharse, pero no había dado ni dos pasos cuando un ligero carraspeo llamó su atención.

—¿Señorita Mowbray?

Miró sobre su hombro, con la cabeza ladeada, curiosa por lo que él tuviera que decirle; creyó ver indecisión en sus ojos, como si no estuviera del todo seguro acerca de si debía o no hablar.

—Me alegra haber podido oírla tocar, ha sido una maravillosa experiencia.

Lauren asintió, preguntándose si eso era en realidad lo que deseaba decir; suponía que nunca lo sabría con seguridad.

—Gracias, señor.

Se reunió con su madre al pie de las escaleras y cuando estuvo a medio camino, no pudo evitar el impulso de mirar hacia abajo. Charles se encontraba de pie, recostado sobre uno de los pilares del salón, con los brazos cruzados y la mirada fija en ella.

Capítulo 10

Contrario a la mayoría de sus congéneres, a Charles le gustaba levantarse tan temprano como le fuera posible, en especial cuando era un invitado en un lugar que no conocía muy bien. Tenía sus propias manías, como desayunar en silencio, leer el diario sin interrupciones y, lo mejor para él, pasar un tiempo a solas sin verse inmerso en charlas aburridas con personas que apenas veían la luz del sol pero no dejaban de quejarse por el calor o el frío, dependiendo de la estación en que se encontraran.

Se las ingenió para encontrar la biblioteca y, tras examinar algunos títulos, se decantó por uno que llamó su atención, un compendio de la vida de Platón. La filosofía no era su fuerte, en verdad le inspiraba mucha desconfianza, pero debía reconocer que algunos aspectos relacionados con la vida de ese hombre le resultaban muy interesantes. Se acomodó en un sillón apartado, casi en la penumbra de la habitación, con la luz que se filtraba por la ventana como única iluminación y empezó a leer sin notar el paso del tiempo.

No interrumpió su lectura hasta que oyó cómo la puerta de la biblioteca se cerraba con un golpe seco, aunque delicado, como si el responsable de ello no quisiera llamar la atención de quien se encontraba fuera.

Al oír un suspiro, obviamente aliviado, se incorporó un poco en el asiento; habría reconocido ese suspiro en cualquier lugar.

—¿Señorita Mowbray?

Lauren dio un brinco al oír la voz de Charles y tardó un momento en recuperarse y acostumbrar sus ojos a la penumbra para verlo en el otro extremo de la habitación. Cuando vio la puerta entreabierta de la biblioteca, pensó que sería el lugar ideal para escapar, pero no imaginó que si encontraba a alguien allí, fuera justamente a él.

Escapar. Una palabra muy desagradable, pero más que apropiada. Frunció la nariz al recordar el porqué de su huida.

Tan pronto como despertó esa mañana, fue a buscar a su madre, pero su doncella le indicó que se sentía un poco indispuesta y, tras asegurarse de que no se trataba más que de un ligero dolor de cabeza, bajó sola al comedor, en donde se encontró con un grupo de invitados.

Lo usual hubiera sido que apenas advirtieran su presencia, pero ya que la noche anterior obtuvo más atención de la que estaba acostumbrada a recibir por acompañar a la señorita Mascagni al piano, debió adoptar una participación más activa en las charlas. A pesar de que algunos temas de conversación le resultaron un poco aburridos, logró mantener una expresión interesada. Sin embargo, cuando la esplendorosa señorita Mascagni se les unió, el ambiente pareció enrarecerse, o al menos para Lauren así fue.

La soprano se mostró del todo avasalladora, con una actitud segura y deseosa de ser el foco de atención, lo que no le resultó nada difícil. Aunque agradeció muy cortésmente el acompañamiento de Lauren la noche anterior, no dejó de lamentarse por no haber podido contar con la ayuda del señor Ashcroft, un pianista extraordinario, como lo catalogó con fervor.

Desde luego que Lauren se mostró de acuerdo, pero a la tercera indirecta respecto a su falta de experiencia para servir de justa compañía a una artista tan destacada, se disculpó con la excusa de interesarse por la salud de su madre.

En lugar de dirigirse a sus habitaciones, dio un pequeño paseo por la mansión, pero en cuanto oyó la voz de la señorita Mascagni y parte de su séquito, como había decidido llamar a las personas que le mostraban una adoración a su juicio exagerada, buscó la primera habitación vacía y tuvo la fortuna de que esta fuera la biblioteca.

Y allí estaba, un poco acalorada, con los nervios alterados y frente al único hombre con quien habría preferido no encontrarse a solas.

—Señor Egremont, buenos días.

Él se incorporó y no respondió al saludo hasta encontrarse a solo un par de pasos de distancia.

—Buenos días —sin dejar el libro que sostenía, la examinó con curiosidad—. ¿Le ha ocurrido algo? La noto un poco alterada.

—¿Alterada? Oh, no, claro que no, solo deseaba... —se dirigió al estante más cercano y pasó una mano por las cubiertas de cuero—. Deseaba leer un libro.

Charles se acercó, sin variar su expresión recelosa; sabía que le mentía, pero no deseaba insistir demasiado, no aún.

—En ese caso ha venido al lugar correcto. ¿Desea que la ayude a buscar alguno en particular?

—No, no es necesario. Por favor, vuelva a su lectura, lamento haberlo interrumpido.

—En verdad, no lo hizo, empezaba a aburrirme —levantó el libro que llevaba con una mueca de falsa vergüenza—. Aunque podría copiar un par de brillantes frases, me temo que Platón y yo no tenemos mucho en común.

Lauren sonrió, que era lo que él deseaba y se encogió de hombros.

–Bueno, señor, estoy segura de que no es la única persona a la que le ocurre algo similar.

–Gracias por el consuelo.

Charles sonrió, sin dejar de observarla mientras ella caminaba de un estante a otro, pasando un dedo por el lomo de los libros, apenas moviendo los labios para pronunciar los títulos, con el ceño un poco fruncido. Le gustaba mirar la forma en que caminaba, pasos pequeños, aunque seguros, como si supiera exactamente hacia donde se dirigía, así como esa adorable costumbre de inclinar la cabeza, dejando al descubierto el cuello cuando pensaba en algo. Y en ese momento, habría podido asegurar que ese «algo» no estaba en absoluto relacionado con escoger su próxima lectura.

–¿Me lo contarás?

Lauren dejó caer el libro que acababa de tomar y lo peor fue que apenas lo notó. Su mano quedó en el aire y giró un poco para mirar al hombre que, aún con su libro entre las manos, le sonreía con tranquilidad.

–¿Perdón?

–Pregunté si vas a contarme lo que te ha ocurrido. Obviamente, algo te ha incomodado y me gustaría saber de qué se trata y si puedo ayudar de alguna forma –él se apresuró a recoger el libro caído y se lo entregó con una sonrisa.

Lauren recogió el volumen y lo dejó en su lugar, sacudiendo un poco la cabeza en el proceso. ¿Habría oído mal? No, claro que no, siempre tuvo un excelente oído.

–Lo siento, pero… –se aclaró la garganta antes de continuar–. Acaba usted de tutearme.

Charles asintió ante esa afirmación.

–Sí, claro.

–¿Por qué? Quiero decir… no entiendo…

—Bien, estuve pensando y recordé algo muy interesante.

Lauren se cruzó de brazos, con expresión desconfiada. ¿Qué estaba pasando?

—¿De qué se trata?

—Verás, ayer en el jardín me llamaste por mi nombre y pensé que podría hacer lo mismo —él habló como si lo que dijera fuera completamente razonable.

Ella abrió la boca, pero la cerró de inmediato, porque en verdad no estaba segura de qué decir. Al recordar el día anterior, un intenso rubor tiñó sus mejillas; no solo porque él estaba en lo cierto en sus afirmaciones, sino por lo que ocurrió luego de que lo llamara por su nombre. Fue entonces cuando la besó. No había podido dejar de pensar en eso ni un solo momento; ni siquiera después de las emociones de verse como acompañante de la señorita Mascagni y su charla con Daniel Ashcroft. Si había tenido problemas para dormir y todo. Dio vueltas en la cama, recordando todo lo que sintió en ese momento, todas las sensaciones extrañas que la asaltaron y lo que era peor, que habría dado cualquier cosa porque se repitiera, lo que solo la hacía sentir infinitamente culpable. La habían educado como una dama, sabía que no debió permitir semejante hecho, pero en ningún momento pensó en detenerlo.

—Lauren...

Algo ocurrió dentro de ella al oír su nombre dicho con tanta naturalidad. No fue que le molestara, en verdad le agradó; el problema, lo que la enfadó y mucho fue que no comprendía absolutamente nada y eso la volvía loca.

—¿A qué está jugando? ¿En verdad se encuentra tan aburrido que quiere divertirse a mi costa?

—¿Qué dices? —Charles dio un paso hacia atrás, desconcertado por su actitud—. No entiendo...

–¡Exacto! Ahora sabe cómo me siento yo todo el tiempo –Lauren acortó la distancia entre ellos y levantó el mentón para mirarlo a los ojos–. Siempre he sido una persona muy tranquila, nunca me altero, quienes me conocen piensan que soy encantadora, ¿sabía eso?

–Por supuesto que lo eres...

–No, no es cierto, porque si fuera una persona tranquila y que nunca se altera, no estaría a punto de empezar a gritar; una persona encantadora no grita –estuvo a punto de golpearlo en el pecho con un dedo, pero logró contenerse y cruzó nuevamente los brazos–. Y todo es culpa suya.

Charles no comprendía absolutamente nada de lo que ella quería decir. Desde que la conocía jamás la había visto tan disgustada y aunque quizá en otras circunstancias hubiera hecho una broma para aligerar el ambiente, algo le dijo que lo mejor que podía hacer era dejar que hablara.

–Si eres tan amable de explicarte...

–Desde luego que lo haré. Ha actuado de la forma más extraña en los últimos meses y no comprendo cuál es el motivo. Tal vez nunca hubiera mostrado tanto interés en mí de no haber sido por el regreso de Daniel Ashcroft y no lo culpo por eso, me alegra que Juliet y Robert tengan en usted a un amigo leal, pero no sé cuál es la razón por la que de pronto, esa suerte de... compañerismo que habíamos alcanzado, cambió de forma tan alarmante. Ha sido amable conmigo, pero también muy injusto. Cuando pensé que tenía en usted un amigo, empezó a evitarme como si tuviera alguna terrible enfermedad contagiosa y no se atreva a negarlo, lo reconoció ayer por la mañana.

Dijo esto último como una acusación, con la respiración agitada y Charles solo pudo asentir; la lógica en sus palabras lo golpeó y muy fuerte.

—Y luego, no contento con esto, dice las cosas más extrañas acerca de lo mucho que le importo y cuánto le preocupa mi felicidad y además... —se mordió el labio, insegura de si podría continuar, pero lo hizo—. Me besó y jamás debió atreverse, pero así fue. Ahora está aquí y bromea conmigo como si nada hubiera pasado, le parece incluso muy divertido tutearme porque tuve la tonta idea de llamarlo por su nombre en un momento de preocupación. ¿Qué quiere de mí? ¿Cómo espera que reaccione ante estas señales tan contradictorias? Yo era feliz, señor, quizá no todo en mi vida fuera como lo deseaba, pero estaba bien y ahora ya no sé qué pensar.

Una vez que terminó de hablar, Lauren sintió un profundo vacío en el pecho y se dirigió a la ventana. No deseaba verlo, no quería saber si se sentía culpable por lo que acababa de decirle o si simplemente no le importaba, la sola idea era muy dolorosa.

Charles permaneció de pie, sin moverse por unos minutos que le parecieron eternos; no sabía qué hacer. Lo más sencillo hubiera sido dar media vuelta e irse, pero estaba cansado de huir y, lo más importante, no deseaba que Lauren continuara pensando que la evitaba por algún retorcido motivo. Mientras ella hablaba, con las mejillas encendidas y los ojos brillosos, se sintió tremendamente culpable e indigno por haberle causado esa pena. ¿Qué derecho tenía él a perturbar su tranquilidad? Acababa de decirlo; era feliz antes de que él lo arruinara todo.

Las disculpas tampoco le parecieron pertinentes; a sus oídos, cualquier excusa le sonaría ridícula, ella merecía mucho más que eso.

Miró su silueta, el brillo del sol sobre su cabello y sonrió, aunque lo que exhibió fue más una mueca de tristeza.

—Hasta hace poco tiempo, creía que la primera vez que te vi fue cuando hiciste tu debut en sociedad, ¿lo recuerdas?

Ella asintió apenas, sin hacer ademán de desear mirarlo.

—Nadie se fijó en mí, Juliet fue la más bella de ese año.

No había resentimiento o envidia en sus palabras y no le sorprendió, era demasiado noble para albergar tales sentimientos, solo lo dijo como si señalara un hecho obvio.

—Sí, es verdad, causó mucha impresión, Robert puede dar fe de ello —se permitió una pequeña sonrisa al pensar en su amigo—. Sin embargo, no es verdad que nadie se fijara en ti, algunos lo hicimos. Recuerdo que la noche de tu debut llevabas un vestido rosa; siempre te ha gustado ese color, creo, porque lo usas mucho y es una suerte porque te sienta muy bien. Pero me estoy desviando de lo que deseaba decir, lo siento. Decía que esa no fue la primera vez que nos vimos.

Lauren cerró con fuerza una mano sobre el alféizar de la ventana, deseando que él continuara y al mismo tiempo preguntándose cuál era la finalidad de lo que decía.

—Debías tener... no lo sé, ¿quince años? Sí, es posible, porque fue un par de años antes de tu presentación en sociedad. Recuerdo que mi hermano acababa de casarse y mi padre me pidió que pasara un tiempo en la casa de la familia, que se encuentra muy cerca de Hyde Park. Bien, accedí, pero él y yo no siempre estamos de acuerdo, de modo que procuraba dar largos paseos por el parque para distraerme y en una de esas ocasiones, te vi. Estabas con tu madre y, de nuevo, ibas de rosa —su voz sonó divertida al mencionar eso último—. Recuerdo que me impresionó lo mucho que reías, en especial porque no había nada de falso en ti; veías pasar a un perro y sonreías como si fuera lo más increíble que pudiera ocurrir y eras tan... real, tan honesta en tu forma de ser, que sentí envidia.

–¿Envidia? –preguntó ella sin girarse.

–Sí y lo siento mucho, pero no pude evitarlo. Estoy acostumbrado a fingir, Lauren, y no me refiero a los convencionalismos sociales que todos debemos seguir, porque en verdad no pienso que sean un gran sacrificio. Hablo acerca de la libertad con que siempre has mostrado tus emociones, lo que amas, lo que no te gusta; eres la peor mentirosa que he visto en mi vida, puedo leer tus pensamientos como si fueras un libro abierto y no debes tomarlo a mal, porque es una gran virtud. Yo, en cambio, solo muestro lo que pienso que los demás esperan de mí; creen que soy gracioso, de modo que les presento al gracioso Charles que quieren ver y está bien, no me molesta, normalmente, es solo que a veces quisiera ser algo más, ¿comprendes lo que digo? Que vean quién soy, sin importar si les agrado o no.

–Jamás pensé que te importara lo que pensaran los demás de ti, no has dado nunca esa impresión.

Charles suspiró al oírla, sin sentirse satisfecho porque le hablara al fin con la misma familiaridad que él mostraba para con ella; en ese momento, no era lo más importante.

–A todos nos importa en una u otra medida, Lauren, en especial cuando sientes que es todo lo que tienes; la máscara que muestras termina convirtiéndose en tu más valiosa posesión y no tengo que decir lo patético que es eso –sacudió la cabeza para alejar esos pensamientos deprimentes–. Pero no se trata de mí, hablaba de lo mucho que me agradaste desde la primera vez que te vi, aunque fuera tan solo por unos minutos, en medio de un parque y tú nunca te percataras. Te convertiste en un recuerdo lejano, tanto que cuando te vi una vez más un par de años después, no te reconocí. Creo que lo que intento decir es que realmente me agradas, siempre lo has hecho; nunca me he aburrido a tu lado ni se me ha pasado por la cabeza convertirte en el blanco de una burla, lo prometo. Eres una persona tan sincera, generosa y encantadora que no podría verte de otra forma que no fuera con una profunda admiración.

–Sigo sin comprender el porqué de tu actitud en las últimas semanas.

–Puedo imaginarlo, lo siento, ya llego a eso, pensé que era importante dejar en claro que solo me inspiras lo mejor, que ha sido así desde la primera vez que te vi, porque odio que pienses lo contrario. Pero ahora... –dudó un instante antes de continuar–. La admiración no es suficiente, Lauren, porque ha dejado de ser lo único que inspiras en mí y te juro que he hecho todo lo posible por alejar esos pensamientos de mi mente, pero no puedo. Y esa es la razón por la que he evitado con tanta desesperación permanecer cerca de ti, porque siento que si ocupamos siquiera el mismo espacio, haré alguna estupidez. En realidad, ya lo he hecho; te besé y no debí, fui débil y egoísta.

Hizo una pausa y suspiró, un poco inseguro acerca de qué decir a continuación, sentía que acababa de desnudar su alma y era una emoción completamente nueva para él. Por suerte, o no, dependiendo de cómo se viera, no tuvo que pensar mucho más, porque Lauren dio media vuelta y caminó hasta ponerse a solo unos pasos de distancia.

–¿Es verdad? –dijo en voz tan baja que Charles tuvo que inclinarse un poco para oírla.

–¿Qué?

–Todo lo que has dicho... ¿es verdad?

–Nunca te mentiría.

Ella asintió.

—Solo obviarías algunas cosas, ¿cierto? Para no lastimarme.

—Sí, lo haría —Charles no pudo negarlo y se preguntó cómo ella lo afirmaba con tanta seguridad—. No quiero que resultes dañada y mucho menos por mi culpa.

—¿Y no has pensado que quizá me lastimas sin desearlo? ¿Que tu actitud puede dañarme mucho más de lo que imaginas? Tú... —Lauren cerró un segundo los ojos e inspiró con fuerza antes de mirarlo fijamente y continuar—. Hablas de tus sentimientos, pero en ningún momento has dicho nada acerca de los míos. ¿Sabes acaso lo que siento yo?

Charles dio un paso hacia atrás, sujetando con fuerza el libro que aún llevaba.

—No, no lo sé y prefiero que continúe así.

—¿Porque tienes miedo?

—Porque es lo mejor... para ti.

—¿Estás seguro de que esa es la única razón?

Él se pasó una mano libre por el cabello, con gesto exasperado.

—Aún piensas que soy un cobarde, ¿verdad? —se respondió a sí mismo antes de que ella pudiera decir nada—. No lo niego, lo soy, pero no por los motivos que pareces creer. Sería tan fácil...

Acortó la distancia entre ellos y levantó una mano para acariciarle la mejilla con suavidad.

—Tan, tan fácil —dijo en un murmullo.

—¿Pero...?

Charles suspiró y negó con la cabeza, al tiempo que dejaba caer su mano.

—Pero estaría mal, tú mereces mucho más, lo mereces todo.

Esta vez fue ella quien lo tocó; su mano tembló al hacerlo, pero se posó con suavidad sobre su brazo, apretándolo solo un poco, como queriéndole decir algo sin palabras.

—¿Y qué pasa si...? ¿Qué pasa si ese todo eres tú?

Él aspiró con fuerza al escucharla. ¿Por qué lo hacía tan difícil? ¿Es que no veía lo que estaba pasando? Le sujetó la mano con suavidad, pero sin dudar, e hizo que tomara el libro que llevaba.

—Hay una frase marcada, supongo que a nuestros anfitriones no les hará mucha gracia, aunque no creo que lo noten; dudo que Platón sea su lectura favorita —comentó con una mueca irónica—. Léela y entonces quizá puedas comprenderme mejor, pero quiero decir algo antes de irme.

Lauren pensó en interrumpirlo, deseaba hacerlo, pero una sensación de derrota la invadió. ¿Qué podía decir que no hubiera dicho ya? Había traspasado todos los límites del pudor y se sentía avergonzada y, aún peor, muy infeliz.

—No volveré a evitarte, no daré media vuelta cuando te vea ni fingiré que no siento lo que siento, porque es así y no quiero mentirte o, como tú dices, obviar la verdad. Permite que sea Charles para ti, así como tú eres Lauren para mí; hónrame con tu amistad y te juro que nunca diré una sola palabra que pueda herirte; por el contrario, prometo que siempre tendrás en mí alguien en quien confiar. Pero necesito también que tú hagas algo por mí, necesito que seas feliz. Alguien como tú debe serlo, Lauren, por favor.

—¿Y si no puedo? —no pretendía sonar desafiante, pero así fue.

—Entonces ninguno de los dos lo será y no permitiré que eso pase. Tú serás feliz, Lauren Mowbray, lo prometo.

Se inclinó y depositó un beso rápido sobre su frente antes de dirigirse a la puerta y abandonar la habitación.

Cuando se quedó a solas, Lauren sintió que las lágrimas empezaban a rodar por sus mejillas y las limpió con un movimiento brusco. No iba a llorar, no quería llorar. Tomó el libro, lo sostuvo ante sí e hizo el ademán de lanzarlo contra la pared, pero se detuvo tras ahogar un suspiro. Caminó hasta el asiento que Charles había ocupado hasta hacía solo unos momentos y se sentó con pesadez.

Dejó pasar varios minutos antes de abrir el libro y buscar la página marcada. Cuando vio la frase que Charles había señalado con un pequeño trozo de pergamino, las lágrimas volvieron a caer, esta vez con más fuerza, pero no hizo nada por detenerlas; por el contrario, el llanto se hizo tan profundo que debió cubrir sus labios con una mano para que no la oyeran. Solo cuando logró calmarse un poco, releyó las palabras una y otra vez.

«No hay ser humano en el mundo, por cobarde que sea, que no pueda convertirse en héroe por amor».

Capítulo 11

Si bien la última conversación entre Lauren y Charles estuvo a punto de provocar que ella empezara a pensar en una excusa plausible para abandonar la mansión Suffolk, acontecimientos inesperados se adelantaron a su decisión.

El ligero dolor de cabeza al que su madre restó importancia, se convirtió pronto en una molestia latente que la obligó a hablar con sus anfitriones para disculparse y emprender el regreso a Londres tras solo unos días de estadía.

En cierta medida, una decisión tan imprevista como esa hubiera podido ser tomada como un acto de cobardía, pero en verdad ella solo podía volcar toda su preocupación en la salud de su madre. Cierto que durante el viaje dedicó algunos de sus pensamientos a Charles, en especial al pensar que no se había despedido de él, pero pronto llegó a la conclusión de que la sola idea era absurda y que mostraba una terrible falta de amor propio. ¿Acaso no había dicho él con total claridad que tenía poderosas razones para mantenerse alejado de ella? Bien, desconocía esas razones y no deseaba pensar en ellas; lo substancial era que sin importar de qué se tratara, eran mucho más valiosas que cualquier sentimiento que ella pudiera despertar en él, si eso era posible.

Además, durante los dos días siguientes a esa extraña charla en la biblioteca, fue ella quien se mantuvo aislada, cuidando mucho sus movimientos para no encontrarse nuevamente a solas, lo que no resultó nada difícil, ya que pasó buena parte de ese tiempo en la habitación de su madre, pendiente de sus progresos. Cuando estos apenas se manifestaron tal y como deseaban, escribió una carta a su padre para informarle al respecto e hizo todos los arreglos para partir tan pronto como fuera posible.

Sus anfitriones fueron extremadamente amables y discretos, ya que Lauren les solicitó tuvieran a bien no comentar con los demás invitados su brusca partida. No deseaba incomodar a nadie y mucho menos verse blanco de preguntas que tan solo lograrían importunar a su madre. No se planteó siquiera la idea de que también había sido una forma de evitar que Charles se enterara de su ausencia.

Mientras el carruaje se alejaba de la mansión y sostenía la mano de su madre, que dormía gracias a la pequeña dosis de láudano recomendada por la marquesa, se permitió mirar por la ventanilla hacia los amplios jardines. Reconoció con facilidad el lugar en el que Charles la besó y ahogó un suspiro al recordar ese momento.

Por más que lo intentaba, no lograba entender sus motivos para actuar de forma tan extraña; hubiera deseado que fuera sincero y no dudara en decirle lo que realmente pensaba, pero parecía del todo convencido de que sus actos, por mucho que la lastimaran, eran los correctos. Desde luego que ella no estaba de acuerdo, pero no creía que fuera sencillo lograr que él lo entendiera, ni estaba segura de desear siquiera intentarlo.

Su madre se movió entre sueños y soltó su mano, momento que Lauren aprovechó para buscar en su bolso un pequeño trozo de pergamino. Leyó las palabras que ella misma transcribió del libro que Charles le entregara aquella mañana poco antes de abandonar la biblioteca y se secó una lágrima rebelde al recordar lo que sintió en ese momento.

«No hay ser humano en el mundo, por cobarde que sea, que no pueda convertirse en héroe por amor».

Amor.

Con qué facilidad se había permitido Charles el hacer uso de esa palabra sin darle siquiera una explicación razonable. Había dejado que su imaginación le diera el significado que mejor le pareciera y eso había sido muy injusto de su parte.

Ella lo llamó cobarde y él respondió con una frase robada que tenía tantas implicaciones que se mareaba tan solo de pensar en ellas. ¿Qué podía pensar?

Amor.

Le aterraba la idea de llegar a una conclusión simplista y equivocada. ¿Acaso debía tomar esa frase como una extraña declaración amorosa? No, por supuesto que no, no era posible; Charles no la amaba. Se atrevería a asegurar que sentía un sincero afecto hacia ella, e incluso, superando su timidez, quizá no fuera del todo descabellado pensar que la encontraba al menos un poco atractiva. Después de todo, no era tan inocente como para no suponer que si un hombre besaba a una mujer era porque había algo en ella que lo atraía, aunque desde luego podría estar equivocada.

Cuando escuchó a su madre emitir un leve quejido, signo de que recuperaba la consciencia, desechó esos pensamientos y guardó con rapidez el trozo de pergamino en el fondo de su bolso.

–¿Madre? Llegaremos pronto a casa; padre espera

por nosotros y el doctor Baker estará allí también, te recuperarás de inmediato, lo prometo.

Su madre no respondió, tan solo buscó su mano y la apretó con suavidad, sin abrir los ojos. Cada vez que Lauren veía su pecho subir y bajar como si el solo hecho de respirar le costara un gran esfuerzo, sentía la imperiosa necesidad de abrir la puerta del carruaje y gritar al cochero que se diera prisa, pero logró contenerse.

Cuando el vehículo aminoró la marcha, se asomó por la ventanilla y al confirmar que se encontraban ya muy cerca de casa, exhaló un suspiro de alivio. Al detenerse, no tuvo tiempo de hablarle a su madre para indicarle que habían llegado, porque alguien abrió la puerta del carruaje con un brusco movimiento y se encontró con el rostro desencajado de su padre.

—Han tardado —apenas la miró al hablar, atento por completo a su esposa—. ¿Cómo se encuentra?

—No veo muchos cambios...

—El doctor Baker espera, vamos.

Su padre no dijo mucho más, salvo dar órdenes a los lacayos para que le ayudaran a llevar a su madre a la habitación que acondicionaron para ella en el primer piso de la mansión. Una vez allí, el doctor se hizo cargo de auscultarla y solo permitió que su esposo le acompañara, debido a su insistencia. Lauren debió contentarse con permanecer en el pasillo, al lado de sus hermanas.

La espera le resultó eterna, por lo que no pudo creer que en realidad hubiera pasado tan poco tiempo hasta que el doctor se asomó al salón y les hizo una señal para que lo siguieran; su padre permaneció en la habitación.

Lauren se aferró a la mano de su hermana mayor, Anne, en tanto escuchaba las palabras del médico. Logró reconocer algunas expresiones que no le eran extrañas, pero sí muy dolorosas. «Fiebre», «esperar», «rezar»; fueron estas las que más calaron en su mente y aspiró con fuerza para mantener el control. Lamentablemente Anne no pudo mostrar la misma entereza, porque rompió a llorar y ella debió consolarla, en tanto Emily, su otra hermana, prestaba atención al doctor Baker y asentía con semblante pétreo a todas sus indicaciones.

Esa fue la pauta que marcó la actividad en la mansión Mowbray durante los días que siguieron.

El doctor Baker se apersonaba tres veces al día para vigilar la evolución de su paciente, el barón no se movía del lado de su esposa y Lauren procuraba manejarse con toda la entereza de la que disponía. Se dividía entre el cuidado de su madre, darle ánimos a su hermana Anne y mantener largas conversaciones con Emily, que mostraba tal dominio de sí misma que no podía menos que admirarla. Tal vez el hecho de que hacía unos años perdiera a su hijo menor cuando era solo un bebé, le había dotado de una fortaleza que ella no había visto nunca. Fue un alivio que sus cuñados tuvieran la sensatez de llevarse a los niños al campo a fin de que sus esposas pudieran volcarse por completo a velar por la salud de su madre.

Lauren nunca había perdido a un miembro de su familia inmediata, a excepción de su pequeño sobrino, a quien apenas llegó a conocer. Desde luego que sintió un gran dolor, le resultó imposible comprender cómo era posible que ocurriera semejante desgracia, pero con el pasar del tiempo todos encontraron resignación, incluso su hermana, si bien con frecuencia podía ver en ella cierto dolor agazapado que procuraba ocultar. Por ello, la idea de perder a su madre le resultaba intolerable; no podía imaginar un mundo en el que ella no se encontrara presente. Temía y mucho, pero no permitía que nadie más lo notara, no cuando sabía que su fortaleza era tan necesaria en esos momentos.

A veces, al ver a su padre que ocupaba un sillón en las habitaciones de su esposa y la observaba con la mirada fija, atento a cada uno de sus más mínimos movimientos, creía que se iba a echar a llorar, por lo que debía retirarse un momento para recuperar la compostura.

En el punto más álgido de la enfermedad, su madre fue presa de terribles delirios y Lauren se encargaba de secar su frente perlada por el sudor. Apenas comprendía las palabras que murmuraba, a veces creía reconocer el nombre de su padre que, a un lado de la cama, sujetaba su mano con delicadeza. En esos momentos los contemplaba con ternura y cierto grado de timidez, impresionada por ese amor que los unía a través de los años.

Cuando se sentía muy agotada, ya que apenas lograba conciliar el sueño, cedía su puesto a una muy diligente Emily, ya que los nervios de Anne apenas le permitían permanecer mucho tiempo en la habitación sin empezar a llorar.

Su única fuente de tranquilidad consistía en unos cuantos minutos que pasaba en el salón azul, su favorito, donde ocupaba el sillón más cómodo, se acurrucaba como si fuera nuevamente una niña y procuraba, simplemente, no pensar, aun cuando por lo general resultaba muy difícil olvidar todo lo que ocurría a su alrededor.

Esa mañana acababa de dejar a su madre sumida en un profundo sueño, lo que le causó un gran alivio, ya que era la primera vez en varios días que conseguía dormir sin sobresaltos; logró convencer a su padre de que se retirara al menos un par de horas a sus habitaciones para que descansara, bajo promesa de informarle de inmediato en caso de que hubiera cualquier cambio y Emily casi la había echado de los aposentos de su madre, asegurando que si colapsaba a causa del agotamiento no sería de ninguna ayuda.

Tan pronto como entró en el salón, abrió todas las ventanas y se dejó caer sin ceremonias en el sillón. No tuvo problemas para dejar de pensar, porque sintió tal cansancio que tan pronto como reposó la cabeza en el respaldar, sintió una terrible pesadez en los párpados y antes de que se diera cuenta de ello, estaba profundamente dormida.

Debieron pasar tan solo unos minutos, o tal vez fueran horas, no hubiera podido asegurarlo, pero sintió entre sueños un suave roce en su rostro, apenas como si deslizaran una pluma por sus mejillas y experimentó una sensación tan agradable que debió batallar entre el deseo de permanecer tal y como estaba, incluso acercarse más a la fuente de la caricia, o hacer un esfuerzo por abrir los ojos.

–Lauren…

El leve susurro en su oído le ayudó a tomar una decisión.

Al entreabrir los párpados, apenas ahogando un bostezo, se encontró con una mirada tan cálida que creyó aún estaba en medio de un sueño, pero bastaron apenas unos segundos para comprender lo que ocurría.

Charles, de cuclillas frente al sillón, le sonreía con una mezcla de ternura y preocupación que, de haberse encontrado en otras circunstancias, hubiera acelerado su corazón; sin embargo, estaba en medio de *su* salón, en *su* casa y él era la última persona que esperaba ver.

–¿Charles?

Se incorporó con tanta rapidez que no midió sus movimientos, muy alejados de la delicadeza propia de una dama, golpeó a Charles en la nariz con el dorso de la mano y no solo eso, sino que debido a su inestable posición, el sobresalto provocó que se fuera de espaldas.

–¡Dios mío, Charles! Lo siento mucho, me has tomado desprevenida, apenas despertaba, ¿estás bien?

Él elevó una mano, al tiempo que se incorporaba haciendo una ligera mueca de dolor al palparse la nariz.

—Creo que nunca me había golpeado una mujer.

—Yo no...

Iba a decir que no había hecho tal cosa, pero se calló tan pronto como inició la oración; desde luego que lo había golpeado, no a propósito, por supuesto, pero sí que lo hizo. Ni siquiera reparó en la familiaridad con la que empezaron a tratarse de forma tan natural.

—Una manera muy curiosa de despertar, ¿siempre eres tan violenta cuando interrumpen tu sueño? Tu doncella debe ser una mujer muy sacrificada.

Lauren lo miró con estupor, pero al ver su amplia sonrisa se relajó; desde luego, estaba bromeando.

—Lo siento —repitió, aunque él negó con la cabeza y se encogió de hombros—. Lo digo en serio, lo lamento, es solo que me quedé dormida un momento y luego estabas aquí...

—Lauren, deja de disculparte, está bien —frunció un poco el ceño y sonrió más ampliamente, sin rastros de burla—. He recibido golpes peores, aunque no eres nada débil, me alegra comprobarlo. Soy yo quien debería ofrecer disculpas, no he debido despertarte de esa forma, no sé en qué pensaba.

¿Entonces no lo había soñado? ¿Tocó su rostro mientras dormía? ¿Por qué?

Él se adelantó a su pregunta al ocupar el sillón frente al suyo.

—El mayordomo atendió a mi llamada y me escoltó hasta aquí; el pobre hombre estaba un poco sorprendido, pero no parecía tener ánimos para hacer demasiadas preguntas.

—Ya veo.

—Pareces exhausta, ¿hace cuánto que no duermes como es debido?

No se le ocurrió una respuesta adecuada, no cuando apenas empezaba a disipar el sueño y comprender lo extraño de la presencia de Charles en su casa.

–¿Cómo sabes...?

–Me enteré de la enfermedad de tu madre, lo siento mucho, lamento no haberlo dicho antes –respondió, al tiempo que la sonrisa desaparecía de su rostro–. ¿Cómo se encuentra?

Lauren suspiró, aún un poco desconcertada, pero más dueña de sus emociones.

–El doctor dice... su estado es un poco delicado, pero creemos que mejorará muy pronto, debe hacerlo... –se aclaró un poco la garganta antes de continuar–. No comprendo cómo has podido enterarte, aunque imagino que dirás que la sociedad londinense es extremadamente habladora y lamento no poder contradecirte.

Charles se encogió de hombros.

–No, no podrías, aunque es justo decir que tu madre es una dama muy admirada y solo he oído expresiones amables respecto a deseos de su pronta recuperación. De cualquier forma, supe de su enfermedad al poco tiempo de que dejaran Suffolk; al día siguiente, para ser más exacto.

–¿Cómo?

–Bueno, me extrañó no verte e hice unas cuantas preguntas a la marquesa; ya la conoces, puede tener las mejores intenciones de ser discreta, pero si la presionas lo suficiente... –elevó ambas manos en un gesto significativo–. Entonces decidí volver.

Lauren levantó la cabeza y una expresión de confusión afloró a su rostro.

–¿Lo hiciste?

–Sí, por supuesto, pero creí que no sería apropiado el venir tan pronto. A decir verdad, supongo que podría no ser muy bien visto por haberlo hecho hoy en estas circunstancias y sin un aviso previo, pero estaba muy preocupado.

—¿Lo estabas? —sabía que sus preguntas eran ridículas, pero no podía pensar en nada más.

Charles la miró como si no entendiera su desconcierto.

—Desde luego. No he recibido ninguna noticia clara respecto a la salud de tu madre y no podía imaginar cómo te sentirías. Sé lo mucho que la quieres y pensé que podría ayudar de alguna forma.

Ella aspiró con fuerza y lo observó en silencio. Al cabo de un momento, Charles empezó a moverse en el sillón, un poco incómodo por ser objeto de ese escrutinio.

—¿Por qué haces esto?

—¿Qué?

—No era necesario que vinieras, has podido enviar una esquela expresando tu preocupación como hicieron otros.

Charles se irguió ante su tono brusco.

—No me incluyas en la categoría de *otros*, por favor —su voz fue un poco fría, pero al mirarla con atención y notar las sombras bajo sus ojos, así como su expresión desconfiada, suspiró—. Lauren, no deseo que mi presencia te altere y mucho menos discutir contigo. Te dije que deseaba ser tu amigo, que siempre podrías contar conmigo y en este momento sé que necesitas a alguien en quien confiar. No pienses que tengo motivos ocultos para estar aquí, porque no es verdad; solo quiero hacer algo, cualquier cosa que borre esa tristeza de tus ojos, hacer tu carga menos pesada. ¿Puedes permitir que lo intente?

Lauren ladeó la cabeza y, tras dudar un instante, asintió.

—Supongo que podría.

Charles sonrió con ternura y extendió una mano para tomar la suya.

—Gracias. Ahora, no has respondido a mi pregunta, ¿cuándo fue la última vez que dormiste como es debido?

—No lo sé.

—Supuse que dirías eso —la reprobación en su voz fue imposible de ignorar.

—Mi madre me necesita.

—Tu madre te necesita del todo sana, con fuerzas, no a punto de desfallecer. Asumo que has puesto la misma atención a tus comidas que a la necesidad de dormir.

Lauren agachó la cabeza, lo que él tomó como una aceptación implícita y chasqueó la lengua. La soltó con amabilidad y se levantó con un movimiento enérgico, hablando en tanto caminaba por la habitación.

—¿Esta es la campanilla para llamar a los criados? —tiró del cordón sin esperar su respuesta—. Tu madre no se encuentra a solas, supongo.

—No, por supuesto que no, mi hermana está con ella; insistió en que tomara un descanso.

—Me agrada tu hermana, es una mujer muy juiciosa, una lástima que no le prestes atención.

Ella se incorporó un poco en el asiento.

—Por supuesto que lo hago; he venido aquí a descansar.

—Asumo que ella se refería a algo más convencional, como ir a tu dormitorio y dormir sobre una cama.

—¿Estás siendo sarcástico?

—Solo un poco —le sonrió para que no tomara a mal sus comentarios y en ese momento la criada acudió al llamado—. Ah, aquí estás. ¿Cuál es tu nombre?

Lauren intercambió una mirada extrañada con la joven, que empezó a boquear como un pez fuera del agua, pero pronto recuperó la voz.

—Mary, señor —indicó con una reverencia.

—Muy bien, Mary, necesito que hagas algo por la señorita Lauren.

—Desde luego, señor.

—Bien. Por favor, ve a las cocinas y ordena que preparen un refrigerio sencillo, pero tampoco muy ligero, lo suficiente para que pueda restablecerse un poco —esperó al asentimiento de la criada—. Y en tanto se ocupan de eso, ¿podrías encargarte de que todo esté dispuesto para que la señorita Mowbray tome una pequeña siesta?

—Sí, señor.

—Perfecto, Mary, gracias.

Lauren observó anonadada el modo firme aunque gentil con que Charles daba órdenes. Tardó un momento en reparar en el hecho de que era ella quien debía encargarse de ello; después de todo, estaban en su casa. Y Mary... ¿cómo podía obedecer de esa forma? No puso una sola objeción a sus pedidos. Esperó a que estuvieran a solas para hablar al respecto.

—Charles...

—¿Sí, Lauren?

Su tono solícito no la engañó; era extraño, pero sentía que empezaba a reconocer en su voz lo que realmente pensaba.

—Sabes que no has debido.

Él no fingió que no la comprendía, solo ocupó nuevamente su asiento y sonrió.

—Una chica muy agradable, esta Mary, imagino que la servidumbre debe estar muy preocupada por lo que ocurre.

—Por supuesto, ellos estiman mucho a mi madre –Lauren se sentía lo bastante despierta para no permitir que él llevara la batuta en su conversación–. Intentas distraerme para que no pueda reprenderte por tomar atribuciones que no te corresponden, ¿cierto?

Charles rio por primera vez desde su llegada y elevó las manos en señal de rendición.

—Claro, ese es mi malévolo plan, evitar una reprimenda, aunque me temo que ya lo has hecho, al menos con la mirada, porque sabrás, querida Lauren, que tienes unos ojos muy expresivos.

Lauren reprimió el estremecimiento que recorrió su espalda al oír que la llamaba «querida». Era solo una palabra que él debía usar con frecuencia, no tenía motivos para darle una connotación especial porque se refiriera a ella.

—Preguntaría qué estás pensando, pero no estoy seguro de que sea muy conveniente.

Ella sintió cómo sus mejillas se sonrojaban y elevó la barbilla con gesto orgulloso.

—De cualquier forma, no pensaba decírtelo.

—Me siento desolado —Charles no abandonó su sonrisa—; pero nos desviamos del tema. Ahora que me has reprendido y dejado en la ignorancia, ¿crees que podrás aceptar mi presencia sin mostrar esa animadversión? Lo que he dicho es verdad, tan solo deseo ayudar.

Lauren lo sabía, no lo dudó ni por un instante, pero el saberlo no ayudaba a que se sintiera mejor. Las atenciones de Charles, el interés que mostraba en ella y su familia, enviaban señales tan contradictorias a su mente, que casi hubiera preferido se abstuviera de visitarla. Pero en ese caso no lo habría visto y era imposible ignorar la alegría que sintió al hacerlo. Tonto hombre que no hacía más que confundirla.

—Lo sé y te lo agradezco, es muy amable de tu parte.

Se ganó una mirada radiante.

—¿Lo ves? No ha sido tan difícil.

—Charles...

No pudo decir lo que tenía en mente, porque Mary regresó con una bandeja cargada con algunos de sus bocadillos favoritos. Sabía que la cocinera se encontraba un poco disgustada por la poca atención que le prestaban últimamente a sus comidas y no era difícil suponer que el pedido de Charles debía haberla entusiasmado.

—Gracias, Mary, es perfecto.

Lauren reprimió el impulso infantil de poner los ojos en blanco ante la pequeña sonrisa emocionada que la criada le dirigió a Charles. Se sentó muy rígida, con las manos sobre la falda y observó la bandeja con el ceño fruncido hasta que se quedaron nuevamente a solas.

—Es demasiado.

—Tal vez, pero no me molestará ayudarte a terminarlo —se sirvió un bocadillo sin ceremonias e hizo un gesto para que ella tomara otro—. ¿Puedo?

—Una pregunta a destiempo... —Lauren sonrió mientras escogía uno para sí.

—Pero pregunté.

—Sí, lo hiciste.

Ella pensó que no tenía sentido discutir por un hecho tan trivial y decidió que bien podía disfrutar de su compañía un momento sin torturarse con ideas que solo le provocaban daño. De modo que dio un delicado mordisco a su bocadillo y solo entonces comprobó que estaba, tal y como Charles sugiriera con tanta sutileza, hambrienta. En circunstancias normales tal vez habría sentido vergüenza de comer con tanto entusiasmo frente a un caballero, pero la normalidad no era algo que relacionara con ese caballero en particular.

Charles simuló un interés exagerado en la vajilla del servicio, pero cada tanto levantaba la mirada para observar con interés a Lauren y sonrió aliviado al ver que a pesar de su semblante serio, comía con un entusiasmo similar al que había visto en sus sobrinos pequeños.

Cuando se enteró de la enfermedad de la baronesa y de su inesperada partida de la mansión Suffolk, estuvo muy tentado a salir tras ellas, pero logró controlar sus impulsos para no llamar la atención de curiosos, improvisó una excusa plausible respecto a un asunto que debía atender en Londres con la mayor brevedad y regresó a la ciudad tan pronto como le fue posible.

Una vez que se hubo instalado hizo unas discretas averiguaciones respecto a la evolución en la salud de la baronesa, pero no obtuvo mucha información, a excepción de rumores en los que no estaba seguro pudiera confiar. Esperó unos días, por si hubiera habido alguna novedad, pero al no recibir noticias, decidió arriesgarse a visitar la mansión Mowbray.

Sabía que era un movimiento muy peligroso, que sin duda podría despertar algunas suspicacias, pero esperaba que su bien ganada reputación de no ser socialmente correcto le sirviera en esa ocasión. Después de todo, no era un secreto que tenía en alta estima al barón y su familia, así que no debía extrañar a nadie que presentara sus respetos. Y si aun así a alguien se le ocurría llegar a otro tipo de conclusiones, bien, no había nada que pudiera hacer al respecto.

Al llegar a la mansión y ser atendido por un perturbado mayordomo, supo que las cosas no iban del todo bien; en otras circunstancias jamás le hubieran franqueado el paso sin ser anunciado ante al menos un miembro de la familia. Sin embargo, en esa ocasión bastó con que expresara su preocupación por la salud de la baronesa y mencionara el nombre de la señorita Mowbray para que fuera conducido de inmediato hasta el salón por el que ella parecía sentir tanto aprecio.

Cuando la vio recostada sobre ese sillón, dormida, con todos los signos de encontrarse exhausta, la tez más pálida de lo usual y el sencillo vestido arrugado por el ritmo ajetreado al que suponía debía estar obligada para velar por su madre, sintió el irresistible impulso de acercarse y pasar una mano por su rostro. Desde luego, la despertó y se sintió un poco culpable por ello, pero al ver su desconcierto y luego encontrarse sobre la alfombra gracias a su abrupta reacción, logró recuperar el control de sus emociones.

Por mucho que pensara en ello, no lograba comprender en qué momento Lauren se había convertido en una persona tan importante en su vida; tanto que un solo gesto suyo, una palabra, incluso lo que lograba atisbar por una de sus miradas, podía tener un efecto poderoso en él. En ese preciso momento, el observarla comer con tanto entusiasmo le producía una alegría casi ridícula.

–Dijiste que me ayudarías.

Debió sacudir un poco la cabeza para concentrarse y prestar atención a sus palabras.

–¿Disculpa?

–No estás comiendo.

–¿No? No lo había notado.

–¿Cómo puedes no notar…? Oh, olvídalo.

Sonrió al escuchar su bufido exasperado; tal vez podría considerarse afortunado de que no estuviera en la mejor disposición para discutir.

–No puedo más, siento como si hubiera comido por un regimiento.

–Considerando que podría apostar que no te has alimentado como corresponde en varios días, no veo nada de malo en ello. Ahora sería un buen momento para dormir, ¿no lo crees?

Le extrañó y emocionó a partes iguales oírla reír sin rastro de la desconfianza que sabía tenía muy bien merecida.

–Hablas como mi vieja niñera.

Charles se llevó una mano al corazón y fingió una expresión ofendida.

—Lauren, jamás me he sentido tan humillado. ¿Acabas de compararme con tu niñera? No puedes esperar que un hombre resista semejante insulto.

—Creo que sobrevivirás a esta afrenta, Charles.

—Subestimas el poder que tus palabras tienen sobre mí.

Ella iba a responder, con la sonrisa aún en los labios, pero un movimiento brusco en la puerta llamó su atención y en cuanto vio a su hermana Anne allí, de pie y con el semblante demudado, sintió que su corazón dejaba de latir.

—¿Qué? ¿Qué ha pasado?

No esperó a una respuesta, e ignoró la mano extendida de Charles, que intentó detenerla. Tan solo se fue corriendo, empujando a su hermana al paso y no se detuvo hasta llegar a la habitación de su madre.

La puerta estaba cerrada, pero no pensó en tocar, tenía que saber. Giró el picaporte y se llevó una mano a los labios al ver que su padre, Emily y el doctor Baker, rodeaban el lecho de su madre y ella...

Por un momento pensó que desfallecería allí mismo, pero se sujetó al vano de la puerta.

—¡Madre!

Corrió hacia la cama, se hincó de rodillas y sujetó con ambas manos las frágiles de su madre, pero el apretón que le devolvió fue casi firme. Era la primera vez en lo que le pareció una eternidad que la veía con la mirada despierta y sin la frente cubierta en sudor.

—¿Está bien? ¿Va a estar bien? —pasó una mano con delicadeza por sus cabellos al tiempo que miraba al doctor—. ¿Sí?

Cuando lo vio asentir con gesto solemne, exhaló un suspiro de alivio y explotó en una mezcla de risa y llanto, sin dejar de acariciar a su madre, que había cerrado nuevamente los ojos.

—Necesita descansar, lo peor ha pasado, pero no pueden descuidarla.

Su hermana Emily posó una mano sobre su hombro y le dirigió una tierna sonrisa.

—¿Has oído?

—Anne no dijo nada, fue a buscarme al salón, pero no dijo nada, pensé... Emily, pensé lo peor.

Ella se encogió de hombros y exhaló un suspiro resignado. Con una seña, le indicó que debían salir al pasillo un momento y aunque Lauren no deseaba dejar a su madre, al comprobar que su respiración era serena y acompasada, la siguió. Una vez fuera, su hermana se apoyó con gesto cansado en el pilar más cercano.

—Ha sido culpa mía, debí ir yo en tu busca, sabes que ella se altera con facilidad. Le rogué que te tranquilizara, pero es obvio que me equivoqué. Creo que este terrible trance nos ha servido para comprobar que Anne no es la mejor en tiempos de crisis. Si ocurriera algo así nuevamente, y Dios quiera que nunca suceda, la enviaremos con los niños sin dudar.

Lauren asintió, entre risas. Sentía como si acabaran de quitarle una enorme piedra del pecho y la risa fluía con naturalidad.

—Lo he oído.

La llegada de su hermana, que con el ceño fruncido miraba de una a otra, solo sirvió para relajar aún más la tensión a la que se había visto sometida.

—Lo siento, querida Anne, pero todos tenemos nuestros puntos débiles. Puedo decir a tu favor que jamás he conocido a una persona más organizada —Emily no se inmutó ante la expresión de su hermana y la envolvió en un cálido abrazo—. Solo procura no matar a nadie del susto en los próximos días, por favor.

—¿Susto? ¿Quieres hablar de sustos? —se deshizo del abrazo y le dirigió a Lauren una mirada ofendida que ella no supo cómo interpretar–. Tu amigo, el señor Egremont, ha estado a punto de provocarme un ataque de nervios.

¡Charles! ¿Cómo había podido olvidarse de él? Miró tras el hombro de su hermana, casi esperando encontrarlo allí, pero eso era ridículo, por supuesto, desechó el pensamiento de inmediato.

–¿Qué quieres decir?

–Cuando saliste corriendo del salón como si te persiguiera el diablo y fue ese el motivo por el que no pude explicarle lo que ocurría... –miró a Emily con gesto arrogante– empezó a hacer tantas preguntas que me desconcertó por completo. Pensé que iba a seguirte, entrar hasta aquí, pero recuperé la calma y le dije lo que pasaba, que madre ha reaccionado y se recuperará. Lauren, en verdad agradezco su preocupación, pero su actitud ha sido del todo desproporcionada.

Lauren bajó la mirada al sentirse observada por sus hermanas con similares muestras de curiosidad.

–¿Charles Egremont? No comprendo...

El desconcierto de Emily contrastaba con la expresión suspicaz de Anne.

–Sí, ha venido para interesarse por la salud de madre, desde luego. Hablábamos al respecto cuando Anne irrumpió en el salón.

–No creo que esa sea la expresión más apropiada.

–Desde luego que lo es.

Emily miró a sus hermanas y exhibió una sonrisa indulgente.

–Eso no tiene importancia ahora; creo que estamos de acuerdo en que Anne no es precisamente la mejor portadora de noticias –ignoró la mirada ofendida de la aludida y elevó una ceja en dirección a su hermana pequeña–. Sin embargo, estoy de acuerdo en que la visita del señor Egremont resulta un poco desconcertante.

—No veo el porqué; es un caballero que siempre ha mostrado un profundo aprecio por nuestra familia.

—Empiezo a pensar que ese aprecio, como le llamas, está dirigido a un miembro de la familia en particular.

Lauren sintió que sus mejillas empezaban a arder y desvió la vista.

—No sé a qué te refieres.

—¿En verdad?

Anne podía ser muy incisiva e inoportuna cuando lo deseaba. Por suerte, Emily mostraba mucha más consideración.

—Basta ya, Anne, este no es el mejor momento para sostener esta conversación –dirigió a su hermana una mirada significativa–. Creo que debemos escribir a nuestros esposos para informarlos acerca de la recuperación de madre, ¿no has pensado en eso?

—Por supuesto, tienes razón, lo haré de inmediato –el recuerdo de su descuido consiguió que se mostrara arrepentida.

—Iré contigo –Emily sonrió a Lauren–. ¿Acompañarás a madre en tanto regresamos? Sé que estás muy cansada...

Ella correspondió a la sonrisa y sacudió la cabeza.

—No, estoy bien, transmítanles mis saludos, por favor.

Las vio partir y exhaló un suspiro de alivio. No creía que pudiera resistir a un interrogatorio de sus hermanas, no en ese momento; tan solo de pensar en lo que debían estar imaginando respecto a la visita de Charles...

Tal vez ellas pensaran lo mismo que su prima Margaret, e hicieran similares comentarios respecto a lo poco conveniente de que mostrara un interés que fuera más allá de la amistad hacia Charles.

Sea como fuera, no debía siquiera pensar en ese tema. Él había dejado muy en claro que nunca tendría que preocuparse por ello, él no la vería nunca de esa forma y, después de todo, eso era lo único que importaba, ¿cierto?

Caminó hasta la habitación de su madre y, antes de entrar, enderezó los hombros y dibujó una gran sonrisa en su rostro.

Capítulo 12

Ya que la posibilidad de regresar a la mansión Mowbray para cerciorarse del restablecimiento de la baronesa estaba del todo descartada, Charles decidió que si deseaba obtener esa información de fuentes casi fiables, lo mejor que podía hacer era visitar el club que acostumbraba frecuentar.

Habían pasado ya tres días desde su encuentro con Lauren y de recibir las noticias de su histérica hermana. Rumió un poco por lo bajo al reparar en la forma en que se había referido a una dama, pero era difícil pensar en otra definición.

¿Cómo, en el nombre de todos los santos, se le ocurrió la extraordinaria idea de aparecer con esa cara y no decir absolutamente nada? Aterró a Lauren y, en consecuencia, estuvo a punto de conseguir que él hiciera una locura, como seguirla hasta las habitaciones de su madre y en ese caso hubiera resultado imposible pensar en una excusa plausible para sus actos. Por fortuna, logró contenerse y no se sentía en absoluto arrepentido al pensar en lo poco caballeroso que fue al interrogarla.

Ahora que pensaba en ello con más calma, debía ofrecerle disculpas la próxima vez que se encontraran, no le extrañaría que pensara que era un patán; posiblemente ya habría hablado con Lauren al respecto y le avergonzaba un poco imaginar lo que ella podría estar pensando.

Ocupó una solitaria mesa, con la mirada atenta por si distinguía a algún conocido de confianza a quien pudiera preguntarle acerca de la salud de la baronesa de Mowbray, pero no pudo encontrar a nadie que se acercara siquiera a esa categoría, por lo que pidió una bebida y decidió esperar un momento.

Pasaron apenas unos minutos y una figura familiar se recortó en el umbral de la entrada, una que consiguió que mascullara una maldición por lo bajo. Maldición que repitió cuando comprobó que se acercaba precisamente hacia él.

—Señor Egremont.

Charles no se molestó en sonreír, aunque asintió en señal de cortesía.

—Lord Craven, hace tiempo que no lo veía.

—He pasado unos días en el campo, atendiendo a un llamado de mi padre.

—Entiendo —al comprender que estaba a punto de cometer su segunda descortesía de la semana, le hizo un gesto para que se sentara—. Asumo que estará feliz de regresar a la ciudad.

Observó que el joven fruncía un poco el ceño, como cavilando en cuál sería la respuesta más apropiada.

—Sí, por supuesto, claro que sí.

—Bien.

Por lo general, respetaba a los hombres de pocas palabras, creía que esa característica casi podía considerarse una cualidad, pero en ese momento encontró su silencio un tanto exasperante.

—No quiero parecer grosero, milord, pero no deja de extrañarme su presencia, ¿hay acaso algún tema que le gustaría tratar conmigo? Porque estaba a punto de marcharme...

Esta velada amenaza fue suficiente para que su imprevisto acompañante reaccionara y se decidiera a hablar.

—A decir verdad... —bajó la mirada a la mesa, con lo que solo consiguió que Charles pusiera los ojos en blanco—. Me preguntaba si tiene usted noticias acerca del estado de salud de la baronesa de Mowbray.

Charles hubiera podido romper a reír; en realidad, estuvo muy tentado de hacerlo, pero logró controlarse. ¡Qué situación más ridícula!

—Me temo que no sé mucho al respecto —respondió con cautela.

—Bueno, pensé que usted lo sabría; me refiero a que según oí...

No le gustó en absoluto su tono.

—¿Y qué fue lo que oyó, milord? —no pretendió que su voz sonara tan dura, pero tampoco se arrepentía de ello.

Al parecer el joven comprendió que su expresión no fue muy afortunada, por lo que elevó la mirada y retomó la palabra.

—Quiero decir que sé es usted buen amigo de la familia y pensé que podría tener noticias al respecto. Creo haber oído mencionar que visitó recientemente la mansión Mowbray y supuse que se habría enterado de alguna novedad.

Charles no hubiera podido decir que estaba sorprendido; bueno, quizá un poco. La honestidad o ingenuidad de ese joven era asombrosa. Otra persona con mayor experiencia, tan solo habría hecho un comentario velado al respecto, pero él preguntaba directamente y asumiendo que obtendría una respuesta sincera. O el polluelo de Hereford era excesivamente ingenuo, o él se volvía cada vez más cínico.

–Según sé, la baronesa ha superado lo peor de su enfermedad, aunque no puedo asegurar el estado en el que se encuentra actualmente.

Juzgó que lo mejor era decir la verdad; después de todo, si casi todos los ciudadanos de Londres sabían que había cometido el desliz de visitar a una enferma contraviniendo las buenas costumbres, no le encontraba sentido a mentir y a ese joven en particular, además.

–Ya veo, son extraordinarias noticias –lord Craven frunció un poco el ceño; no era difícil adivinar su indecisión respecto a si continuar o no con sus preguntas–. Y… me pregunto si tuvo la oportunidad de hablar con su hija…

–¿Con cuál?

–¿Disculpe?

–La baronesa tiene tres hijas –Charles habló con voz desapasionada, como quien señala un hecho muy lógico.

Sabía que era cruel, en especial cuando comprobó que el joven frente a él se veía en verdaderos aprietos. Contrario a lo que esperaba, le inspiró cierta lástima, por lo que corrigió su actitud.

–Si se refiere a la señorita Mowbray, sí, intercambiamos algunas palabras.

–Sí, me refería a ella, gracias por decirlo.

–No tiene nada que agradecer. Usted solo hizo una pregunta y yo he respondido.

Guardaron silencio un momento, apenas unos minutos, aunque a Charles le parecieron horas; pero aprovechó para examinar a lord Craven con curiosidad. No era la primera vez, desde que lo conociera que intentaba hacerse una idea clara de su carácter y aunque su impresión de que se encontraba frente a un buen hombre no había cambiado, quiso ir un poco más allá. Debía haber algo más interesante en él que ser simplemente bueno y no que ello fuera poco, pero en su experiencia los seres humanos tenían muchos matices y resultaba un tanto extraño que no lograra verlos en él.

–Lord Craven, espero que no lo considere una intrusión, pero no he podido evitar fijarme en su interés en la señorita Mowbray –tan solo decir las palabras fue doloroso, pero procuró que no se notara en su expresión.

Su comentario obtuvo la respuesta esperada; lord Craven se vio azorado e incómodo, aunque no reaccionó con la misma indignación que habría mostrado un hombre más experimentado.

–No comprendo su pregunta.

–Diría que es más una afirmación que una pregunta.

–Insisto en que no comprendo.

Charles exhaló un suspiro cansado y se inclinó sobre la mesa para mirarlo con fijeza.

–¿Qué intenciones tiene?

–¡Señor Egremont! Usted no tiene ningún derecho…

Al menos esa reacción era más natural; si hubiera permanecido impasible ante su pregunta sí que habría puesto en duda que tuviera sangre en las venas.

–No, milord, no lo tengo, pero sí curiosidad.

–¿Y pretende que responda a una pregunta tan impertinente para satisfacer su… curiosidad?

–No hay malicia en ella, milord, solo preocupación.

–¿Qué clase de preocupación? No puedo creer que mis intenciones sean de su interés. A menos que…

Charles lo miró con una pequeña sonrisa sarcástica; tal vez el polluelo no fuera tan ingenuo como aparentaba. Ese era un matiz, después de todo.

–Por favor, continúe, milord, y sea honesto, le aseguro que nada de lo que diga podrá ofenderme.

Lord Craven aspiró como si la vida se le fuera en ello.

–A menos que sea usted quien está interesado en la señorita Mowbray.

Allí estaba.

—Cualquier interés que yo pueda sentir es del todo irrelevante, milord, puede estar seguro de ello.

—Pero no lo niega.

—¿Por qué habría de hacerlo? Lo he dicho, no es importante.

—¿Para usted o para la señorita Mowbray?

No iba a contestar a esa pregunta; lo que sentía por Lauren era algo que solo les incumbía a ambos y en cuanto a lo que ella pudiera sentir por él, bien, no podría continuar con lo que tenía en mente si pensaba en ello.

—La señorita Mowbray es una dama de reputación intachable, milord.

—Jamás lo pondría en duda.

Su pronta y apasionada respuesta le dijo exactamente lo que deseaba saber.

—Es usted hombre muy honorable, milord.

Él pareció un poco asombrado por esa afirmación, aunque asintió en señal de agradecimiento.

—Creo que podría hacer feliz a cualquier dama a la que eligiera para compartir su vida.

—¿Qué quiere decir con eso?

Charles no respondió directamente, pero sí lo observó con expresión inmutable, ignorando del todo el dolor que sentía en el pecho.

—Coincidirá conmigo en que no hay dama que merezca más felicidad que la señorita Mowbray.

Lord Craven se irguió, sorprendido por la honestidad en sus palabras y se vio imposibilitado de decir nada; tan solo asintió.

—Bien, me alegra que lo tenga tan claro —Charles se puso de pie con un movimiento seguro, la cabeza muy en alto y continuó hablando aunque parecía dirigirse más a sí mismo que a quien tenía frente a sí—. No quisiera tener que recordárselo.

El joven solo reaccionó al comprender que su interlocutor estaba a punto de partir.

—¿Señor?

—Si fuera usted, esperaría unos días hasta que la baronesa se restablezca del todo antes de hacer una visita de cortesía para interesarse por su salud. Estoy seguro de que la señorita Mowbray apreciará su gesto —sin esperar a una réplica, hizo un gesto en señal de despedida—. Buenas tardes, milord.

Si lord Craven comprendió lo que ese acto desinteresado significó para Charles, se cuidó mucho de decirlo, tan solo asintió a su vez y musitó una despedida.

Lauren no lo habría reconocido con facilidad, pero durante los siguientes días esperó con ilusión una nueva visita de Charles. Aunque el sentido común le decía que sus deseos iban contra toda la lógica, no pudo evitar albergar la esperanza. Después de todo, si mostró interés en la salud de su madre, ¿no habría sido natural que deseara informarse respecto a su recuperación?

Lamentablemente, su espera fue en vano, ya que no recibió noticias suyas y pronto se hizo a la idea de que debía sentirse agradecida por ello. Su presencia la alegraba tanto como la lastimaba; despertaba falsas ilusiones en su corazón que se veían cruelmente derrumbadas una y otra vez.

El rápido restablecimiento de su madre fue un gran alivio durante los días en que dejaba a su mente vagar sin rumbo; si volcaba toda su atención a ayudarle, atenderla y mantenerse a su lado, casi lograba desterrar esos tristes pensamientos.

Sus hermanas se negaron a partir para reunirse con sus esposos; por el contrario, lograron convencerlos de que debían regresar a Londres, ya que su madre insistió en que estando ya casi restablecida, no había un motivo válido para que renunciaran a la temporada social, aun cuando ella no pudiera hacerles compañía. Según expresó, no era justo que Lauren perdiera la oportunidad de disfrutar de la temporada, como toda joven de su edad y posición, si contaba con dos hermanas mayores que podían ser sus acompañantes. Si bien Lauren discutió ese argumento, ya que los bailes no eran tan importantes para ella, no hubo forma de persuadir a su madre y lo último que deseaba era provocarle un disgusto.

La rutina volvió a la mansión Mowbray, las invitaciones empezaron a llegar nuevamente y se discutía la posibilidad de organizar un sencillo baile en las siguientes semanas una vez que se diera por terminada la temporada, a fin de que la baronesa pudiera estar presente.

Incluso, algunas amistades los visitaron para presentar sus respetos, lo que fue una oportunidad para que su madre pudiera pasar algunos momentos agradables que le sirvieron para distraerse tan pronto fue capaz de ocupar su sillón favorito en el salón.

Para sorpresa de Lauren, lord Craven era uno de los visitantes más asiduos y entusiastas. Casi había olvidado a ese joven tímido y amable a quien tratara con cierta frecuencia al inicio de la temporada y acerca de quien su prima Margaret albergara tantas esperanzas. Agradecía profundamente su interés por el pronto restablecimiento de su madre, pero encontraba un poco incómoda toda la atención que le dirigía a ella en particular.

Desde luego que la halagaba, ya que no veía malicia en él, pero sus sentimientos no habían cambiado, lo veía tan solo como un agradable compañero de conversación. Lamentablemente, su madre y hermanas parecían tener una idea por completo distinta a la suya y su extrema amabilidad para con lord Craven le hacía pasar verdadera vergüenza en algunos momentos. Sabía que su familia la amaba profundamente y jamás la obligaría a mostrar un interés que no sentía, pero, aun así, era imposible no encontrar muy desagradable esa situación.

Lo último que deseaba era desairar a una persona que tan solo mostraba gentileza para con ella y su familia, pero no creía justo permitir que se hiciera falsas ilusiones.

Esa mañana en particular, tras sostener una animada charla con su madre, se vio en la necesidad de hacerle compañía mientras ella subía a su habitación para descansar. Ya que sus hermanas no se encontraban presentes, con la venia de su madre, permanecieron unos momentos a solas.

Lord Craven era un caballero muy agradable, la clase de persona con la que disfrutaba de charlas tanto interesantes como intrascendentes por el mero placer de intercambiar opiniones. No hablaba mucho, pero sus contribuciones eran valiosas y en verdad lo veía como a un amigo que había ganado su estima a base de buenas acciones. Sin embargo, a veces, como en ese momento, lo sorprendía observándola de una forma que encontraba preocupante más que ofensiva y no sabía cómo actuar para hacerle comprender que sus sentimientos no eran correspondidos.

—Señorita Mowbray...

Se enfrascó tanto en sus pensamientos, que no reparó en el hecho de que había dejado de prestarle atención.

—Lo lamento, milord, no sé en qué pensaba —esbozó una pequeña sonrisa en señal de disculpa—; me parece que el sol está muy hermoso esta mañana, ¿no lo cree así?

Él se aclaró la garganta con discreción y dio una cabezada un poco insegura.

—Sí, por supuesto, un sol muy agradable, es de agradecer en estos días.

—Estoy de acuerdo con usted.

Otro momento de incómodo silencio y Lauren empezó a plantearse la idea de llamar a la criada para que les llevara un poco más de té cuando lord Craven se puso de pie con un movimiento tan imprevisto que le provocó un sobresalto.

—Señorita Mowbray...

—¿Se marcha ya, milord?

—No, no, creo que no.

—En ese caso, ¿hay algo que pueda hacer por usted? Se ve un poco perturbado.

—¿Perturbado? No... —volvió a sentarse y pudo ver que exhalaba un suspiro—. Para ser sincero, señorita Mowbray, esperaba tener la oportunidad de intercambiar unas palabras con usted... en privado.

Lauren frunció el ceño ante ese comentario.

—Me temo que no comprendo, milord, ¿desea tratar algún tema en particular?

—Sí, exacto, a eso me refiero. Deseo hablarle acerca de usted... y de mí.

¡Oh, no! Había rogado por que no llegara ese momento y allí estaba. ¿Qué iba a hacer ahora?

—Lord Craven...

—Por favor, si fuera tan amable de escucharme un momento, no le quitaré mucho tiempo, pero es muy importante.

No tuvo corazón para negarse, ¿cómo hacerlo? Se irguió en el asiento, preparada para dar una respuesta tan amable pero categórica como le fuera posible.

—Le escucho, milord.

—Gracias.

Lo observó en silencio mientras fijaba la mirada en la alfombra, con el ceño fruncido, como si pensara en la mejor forma de decir lo que deseaba. De pronto, elevó la cabeza y empezó a hablar con una fluidez que en otras circunstancias hubiera encontrado sorprendente tratándose de él.

—Sé que puedo no ser muy locuaz, incluso hay quienes me considerarían aburrido —Lauren estuvo a punto de negar tal apreciación, pero él dio una cabezada, como quitándole importancia al comentario—. Sé que usted no lo diría; es más, estoy seguro de que sería incapaz siquiera de pensarlo, es demasiado bondadosa para ello, pero no puedo negar lo evidente y, a decir verdad, no es un tema que me preocupe. Verá, no me molesta ser como soy, no hablo mucho y tengo pocos amigos y no me inquieta la idea de que los demás prefieran evitar tratar conmigo. Sin embargo, debo reconocer que siento temor de que estos aspectos de mi carácter puedan ofrecer una imagen negativa de mí a las personas que me importan... a personas como usted.

Lauren exhaló un suspiro y fijó la vista en un punto de la pared, sin parpadear.

—Cuando su prima nos presentó pensé que era la dama más hermosa que había visto y la más gentil. Y en cada ocasión en que hablamos no tuvo más que palabras amables, por lo que he pensado que tal vez, si usted lo deseara, podría... Lo que quiero decir es que me honraría si consintiera en ser mi esposa —se adelantó un poco en la silla, sin dejar de hablar—. Desde luego, no espero que me acepte, no ahora, comprendo que un periodo de cortejo es lo habitual y no deseo adelantarme a su decisión. Si me diera la oportunidad, le aseguro que podría hacerla muy feliz.

Lauren dejó su contemplación del cuadro marino colgado sobre la chimenea para observar a lord Craven con atención y esbozó una sonrisa tan amable como le fue posible.

—Milord, no puedo expresar lo honrada que me siento, pero no creo merecer sus halagos y, aún más, me veo en la necesidad de rechazar su generosa proposición.

Él acusó el golpe con dignidad, la suficiente para mostrarse poco sorprendido.

—Comprendo.

Al ver la tristeza en sus ojos, Lauren se sintió realmente mal. Debió hacer todo lo posible para evitarle esa desilusión, pero no podía pensar en lo que hubiera podido decir para detenerlo.

—Por favor, milord, le ruego que no tome mi decisión como una ofensa. Siento un profundo respeto por usted y estoy segura de que cualquier dama se sentiría muy honrada de ser objeto de su afecto.

—Cualquiera menos usted, obviamente.

—Milord...

—No, no debe malinterpretar mis palabras, por favor. Ha sido presuntuoso de mi parte suponer que usted podría albergar los mismos sentimientos que yo, cuando nunca ha dado muestras de verme como algo más que a un amigo de su familia. Le ofrezco disculpas si mi declaración le ha hecho sentir incómoda.

—Desde luego que no ha sido así, se lo aseguro.

Esa no era la primera vez que rechazaba a un caballero; su padre comentaría en tono jocoso que era la cuarta y posiblemente reiría al declarar que empezaba a forjarse una fama de inconquistable, pero lo último que Lauren deseaba en ese momento era reír. Cuando rechazó a esos caballeros, sintió una profunda lástima, pero al mismo tiempo sabía que sus palabras jamás les romperían el corazón. Eran hombres prácticos que le ofrecieron matrimonio con la seguridad de que un enlace con ella y, por lo tanto con su familia, sería más que conveniente, pero jamás hablaron de amor.

Cierto que lord Craven tampoco había dicho que la amara, pero a pesar de su poca experiencia, no era nada difícil adivinar que la propuesta del joven no respondía a interés alguno. Le dolía ver su mirada apagada y los labios fruncidos, como si se contuviera de decir algo de lo que pudiera arrepentirse luego.

–Lord Craven, por favor, le suplico perdone mi negativa, puedo asegurarle que siento verdadero afecto por usted, ha sido un amigo sincero y fiel –creyó que era justo ser lo más honesta posible–. Es solo que...

Se sonrojó al pensar en lo que hubiera deseado decir y él lo notó.

–No me ama.

Lauren negó con la cabeza y lo miró con honda tristeza.

–Lo siento mucho, pero no decidimos a quién amar.

–Tal vez, pero también creo que aun si pudiéramos, elegiríamos de cualquier forma a la misma persona, aun contra la propia razón. Como ve, al fin y al cabo, no tenemos ningún poder sobre nuestro corazón; pensar lo contrario es una fantasía.

Ella no pudo negar esa afirmación y exhaló un suspiro. Cuánta verdad expresaba en tan pocas palabras. Obedeciendo a un súbito impulso, se inclinó en el asiento y extendió una mano para posarla con suavidad sobre su brazo, provocándole un sobresalto.

–Es usted uno de los hombres más honorables y dignos que he conocido, milord, y le aseguro que algún día una dama muy afortunada será infinitamente feliz a su lado.

No estaba segura de qué deseaba obtener con esa sincera declaración, quizá que se sintiera un poco mejor, que la esperanza no lo abandonara y pudiera pensar en el futuro con mayor ánimo, pero ciertamente no esperaba que prorrumpiera en carcajadas y aún menos, que estas fueran tan amargas. Lo soltó, sorprendida por su reacción.

—No me río de usted, señorita Mowbray, lo siento, es que no he podido evitarlo, es tan absurdo...

—¿A qué se refiere?

—Es la segunda persona en los últimos días que me dice las mismas palabras, aunque estoy seguro de que ambos tienen motivaciones muy distintas.

Lauren frunció el ceño ante ese comentario tan peculiar.

—¿La segunda persona? ¿Acaso habló de este tema con algún amigo? —le costaba creer tal cosa de él; un hombre tan discreto y respetuoso no se habría vanagloriado hablando de sus intenciones—. Milord, espero que no mencionara un hecho tan delicado a un extraño.

Él se apresuró a dar una cabezada en señal de negativa y pudo ver una sombra de indignación en su semblante, como si la sola idea de hacer tal cosa le ofendiera profundamente.

—Desde luego que no, jamás cometería semejante indiscreción, se lo juro —se atropelló con las palabras al hablar—. Ni siquiera le escribí a mi padre para informarle de mis intenciones, esperaba hacerlo si recibía una respuesta afirmativa, claro; pero tal y como le dije, no soy el hombre más valiente del mundo, es posible que jamás hubiera reunido el valor de hablar con usted si el señor Egremont no me hubiera alentado con sus palabras a...

Al llegar a ese punto, guardó silencio y un profundo rubor empezó a subir por su cuello, pero Lauren apenas lo notó. Estaba demasiado consternada por lo que su confesión implicaba y apenas podía creerlo. No, Charles no habría sido capaz de tal cosa. ¿O sí? ¡No podía ser cierto!

—Cuando habla del señor Egremont, ¿se refiere al señor Charles Egremont?

Su voz sonó extraña, aun a sus oídos, pero no le importó y, al no obtener respuesta, insistió.

—¿Milord?

Él asintió sin mucho entusiasmo, con la vista fija en la alfombra.

—¿Él lo alentó para que expresara su interés y me propusiera matrimonio?

—Señorita Mowbray, estoy seguro de que el señor Egremont la tiene en muy alta estima y aunque me avergüenza profundamente reconocer que tratamos este tema, le juro que solo nos referimos a usted como una dama que merece la más absoluta felicidad.

—Y él dijo que yo podría obtenerla a su lado, según comprendo.

Lord Craven hizo un nuevo gesto de asentimiento.

—Lo lamento, señorita Mowbray, no tenía derecho.

—No, no lo tenía —no le importó que su tono frío pudiera ofenderlo, ni siquiera pensó en ello, se sentía tan herida, solo deseaba estar a solas—. Y él menos que nadie.

—Señorita Mowbray...

Se levantó con un movimiento que esperaba fuera digno y lo miró de frente, con la barbilla muy alzada.

—Una vez más, milord, agradezco profundamente su deferencia y le deseo la mayor felicidad en el futuro. Ahora, si me disculpa, deseo pasar un momento a solas con mi madre; la he desatendido demasiado tiempo.

Él abrió la boca y dio la impresión de que deseaba insistir en el tema, pero pareció pensarlo mejor y se incorporó.

—Si espera un momento aquí, daré órdenes para que el mayordomo lo acompañe a la salida —hizo una rápida reverencia y se encaminó hacia la puerta.

Estaba a punto de cruzar el umbral cuando la voz vacilante de lord Craven la detuvo.

—Señorita Mowbray, le ruego que no juzgue con dureza al señor Egremont. Es un buen hombre y me atrevo a decir que tan solo piensa en su felicidad.

Lauren respondió sin volverse.

–El señor Egremont piensa demasiado, milord, e infortunadamente, parece creer que tiene todas las respuestas. Puedo asegurarle que se equivoca mucho más de lo que podría imaginar. Buenas tardes.

Y sin molestarse en decir más o esperar una réplica, cerró la puerta tras de sí con suavidad.

No se encaminó sin embargo hacia la habitación de su madre, acondicionada en el primer piso de la mansión, sino que subió hasta la suya y, una vez allí, cerró la puerta.

No se supo más de ella hasta la hora de la cena y, aun su padre, tan afecto a las bromas y los comentarios divertidos, guardó un absoluto y respetuoso silencio ante su semblante afligido.

Capítulo 13

Las visitas de Charles a su club se hicieron cada vez más habituales y frente a cualquier pregunta respecto a ese súbito cambio, él respondía con tono bromista que estaba aburrido de pasar el tiempo en sus habitaciones con su ayuda de cámara como única compañía. Desde luego, esto no era del todo cierto.

Lo que deseaba, lo que necesitaba saber con desesperación, era si lord Craven había decidido hablar con Lauren y la respuesta que obtuvo a su declaración. Una pequeña parte de él pensaba que mientras más pronto conociera la noticia, se sentiría más tranquilo; la mayor parte de él sabía que esa pequeña parte era estúpida y que no representaba en absoluto todo lo que sentía en verdad.

¿Cómo pudo hacer algo tan absurdo? Dios sabía que arrastraba una larga lista de malas decisiones, pero esa debía ser la mayor de todas.

Desde luego, prácticamente entregar a la mujer que amas a otro en bandeja de plata podía ser considerado el movimiento más estúpido que cualquier hombre pensante podría llevar a cabo.

Sí, lord Craven era un buen hombre, quizá mucho mejor que él y sí, en verdad pensó que al incentivarlo a confesar a Lauren sus sentimientos hacía lo correcto, pero ya no estaba tan seguro. La idea de llegar un día al club y que alguien le comentara a modo de novedad que el hijo del conde de Hereford y Lauren Mowbray contraerían matrimonio le revolvía el estómago y le provocaba unos profundos deseos de golpear a alguien. Y si era justo, debía reconocer que ese alguien era él mismo.

La perspectiva de aporrear su cabeza una y otra vez contra la pared más cercana era tan atrayente, que solo pudo evitar la tentación ocupando con rapidez una mesa. Ya tenía bastantes problemas como para sumarle una cabeza rota.

Media hora después, con dos copas de brandy en el sistema y de pésimo humor, se dijo que no lograría enterarse de nada referido a lo que le interesaba y estaba listo para partir cuando, por segunda vez en pocos días, se encontró con una de las últimas personas a las que hubiera deseado ver.

Tendría que dejar de asistir a ese club.

Daniel Ashcroft se encaminó con su habitual paso petulante hacia donde él se encontraba y aunque la tentación de hacerle un más que merecido desplante pasó por su mente, logró controlarse lo suficiente para permanecer en su lugar.

—Señor Egremont, buenos días.

—Buenos días.

—¿Puedo sentarme?

—Estaba a punto de marcharme; si desea ocupar esta mesa, es toda suya.

No fue precisamente cortés, pero tampoco podrían acusarlo de grosero y ya que se encontraban a solas, no tenía sentido fingir. Daniel Ashcroft jamás le agradó y el sentimiento era mutuo.

—Oh, pero yo esperaba poder comentar algo con usted, es ese el motivo por el que me he acercado, ¿no puede concederme unos minutos? A menos que tenga un asunto muy importante que atender, claro, aunque según recuerdo no es usted un hombre de muchas obligaciones.

Charles aspiró con fuerza y lo miró con un desagrado que él pareció encontrar muy divertido.

–Tiene razón, señor, no lo soy, pero encuentro muy aburrido desperdiciar mi tiempo en asuntos que me son del todo indiferentes.

–Juzga usted su tiempo como si fuera muy valioso.

–Lo es.

–¿Y qué le hace suponer que el asunto que deseo tratar con usted le es indiferente? Me atrevo a decir que es de la mayor importancia, al menos en lo que a usted respecta, por supuesto.

Lo más sensato habría sido marcharse; estaba seguro de que si Robert se hubiera encontrado allí, lo habría aconsejado con todas sus fuerzas. Pero también sabía que su mejor amigo deseaba con desesperación dar un buen golpe a Daniel Ashcroft desde la primera vez que lo vio y ya que el sentimiento era compartido, era de suponer que comprendería su accionar.

–Tengo unos minutos para usted –no le molestó sonar displicente; incluso hizo una mueca burlona cuando Ashcroft ocupó una silla vacía–. Y bien, ¿qué tan importante es ese asunto que desea tratar conmigo? ¿Ha decidido acaso regresar a París? De ser así, estoy seguro de que la señorita Mascagni estará muy complacida.

Daniel rio como si acabara de oír la mejor de las bromas y se encogió de hombros.

–A Isabella le encantaría oírlo, le agrada mucho, ¿lo sabe? No dudo de que apoyaría su entusiasta deseo, pero... no, creo que la sociedad londinense deberá tolerar mi presencia por un cierto periodo de tiempo que no tengo del todo resuelto.

—Ya veo —Charles apoyó una mano sobre la mesa—. Espero que su decisión obedezca tan solo al deseo de pasar tiempo con su familia, porque cualquier otra motivación podría ser muy mal recibida.

—¿Por quién? ¿Por Juliet y su devoto esposo? ¿Por usted? Créame, señor, hace mucho tiempo que la opinión de mi prima dejó de ser importante para mí y espero que no se ofenda si afirmo que la suya y la de Arlington siempre me han tenido sin cuidado.

Charles esbozó una sonrisa que un observador dedicado habría encontrado amenazante, al tiempo que se inclinaba sobre la mesa.

—Sea más cauteloso, Ashcroft. Me temo que está acostumbrado a gozar de una tolerancia que no encontrará en todos con quienes se cruce.

—¿Es eso alguna clase de amenaza?

—Sí, podría decir que lo es, si así lo prefiere.

Daniel ignoró la sonrisa burlona y apoyó una mano sobre el mentón sin dejar su gesto misterioso.

—¿Sabe?, siempre he encontrado muy curiosa esa lealtad que muestra para con sus amigos; no la condeno, claro, pero no puedo dejar de preguntarme si no será acaso una forma de vivir a través de ellos. Es decir, tal vez podría dedicar parte del tiempo que usa en asegurar su felicidad en asuntos un poco más egoístas, como buscar la propia.

—No sé a qué se refiere.

—Qué decepción, siempre lo he considerado un hombre particularmente astuto y no creo haber sido muy críptico —Daniel se encogió de hombros con una fingida expresión desilusionada—. Me refiero, por supuesto, a sus obvios sentimientos por la señorita Mowbray.

Tan pronto como escuchó esas palabras, Charles cerró una mano con fuerza y su expresión se hizo aún más ominosa.

—Camina sobre aguas pantanosas, señor.

—¿Lo ve? Esa es una amenaza que juzgo mucho más razonable; después de todo, este sí es un asunto que le atañe, ¿cierto? —cambió el gesto burlón por uno calculador—. Imagino que debe sentirse muy aliviado al saber que la señorita Mowbray rechazó la propuesta de lord Craven. Desde luego, algunas personas piensan que ha cometido un grave error y no puedo juzgarlos por llegar a tal conclusión. Desdeñar al hijo de un conde, con una próspera herencia, sin un motivo sensato... no, no es propio de una joven juiciosa, ¿no lo cree así?

—Suficiente, Ashcroft.

Él lo ignoró y continuó.

—Y estará de acuerdo conmigo, señor Egremont, en que Lauren Mowbray es una joven extremadamente sensata, de modo que su decisión no deja de ser un poco desconcertante. ¿Acaso estará esperando otra propuesta? ¿Sería capaz una dama como ella de renunciar a una vida privilegiada por la utopía de un futuro feliz con alguien que no tiene la posibilidad de ofrecerlo? De ser cierto, sería una historia trágica.

—¡He dicho que es suficiente!

A Charles no le importó atraer las miradas de algunos caballeros que los miraban con las cejas elevadas desde una mesa cercana. Estaba a punto de saltar sobre la mesa, tomar a ese mequetrefe de la chaqueta y darle la paliza que merecía recibir desde hacía tanto tiempo.

—No se altere, señor; si lo piensa, no he dicho nada que pudiera ofenderlo, tan solo he expresado una opinión del todo inocente.

—No hay nada inocente en usted, Ashcroft.

—Curioso, no es la primera vez que me lo dicen.

—Váyase u olvidaré mis buenos modales y créame cuando le digo que no será nada agradable para usted.

Daniel se encogió de hombros nuevamente y recobró su sonrisa, al tiempo que se levantaba sin demostrar ni un solo signo de turbación.

—Como siempre, ha sido un placer hablar con usted, señor Egremont —hizo una ligera reverencia—. Supongo que nos veremos en la fiesta que el barón de Mowbray ofrecerá la próxima semana. Será un placer ver una vez más a la señorita Lauren, aunque quizá mi emoción no se compare a la suya, por supuesto. Que tenga muy buen día.

Para cuando Charles reaccionó, Daniel ya se encaminaba a la salida y a duras penas controló el deseo de ir tras él. No haría una escena, sabía que esa era la mayor satisfacción que podría darle a esa sabandija, por lo que respiró una y otra vez para calmarse.

No debía extrañarle que, imposibilitado de molestar a Juliet y Robert, hubiera puesto su mira en él. Después de todo, tal y como había dicho, no era un secreto que les unía un fuerte lazo de amistad y una mente tan retorcida como la de Daniel Ashcroft debía encontrar casi divertido el provocarle cualquier malestar. Pues bien, lo había logrado y de forma sobresaliente. Casi consiguió que perdiera los estribos y, aún peor, escarbó de forma cruel en lo que era más importante para él, sus sentimientos por Lauren.

Cómo había logrado descubrirlo era un misterio, aunque debía reconocer que por mucho que lo despreciara, siempre había dado muestras de ser un hombre astuto y manipulador. ¿De qué otra forma había logrado enterarse del rechazo de Lauren a la propuesta de lord Craven?

Charles se dio un momento para pensar en lo que esa novedad significaba para él. ¿Qué había sentido al enterarse? Bueno, sinceramente, si se lo hubiera dicho otra persona, habría tenido serios problemas para contenerse y no correr a abrazarlo. Pero con seguridad el infierno se congelaría antes de que tuviera cualquier contacto físico con Daniel Ashcroft, a menos que dicho contacto fuera un puñetazo.

Debía tener serios problemas cuando todo su cuerpo temblaba de alivio luego de enterarse de que su absurdo plan había fracasado, pero así era; se sentía ridículamente feliz de saber que Lauren había rechazado a Craven y en parte lo lamentaba por él, pero solo un poco. Ella dijo que no, renunció a la posibilidad de una vida perfecta con uno de los solteros más codiciados de Londres... ¿qué significaba eso?

No, no podía emocionarse y empezar a imaginar imposibles, necesitaba un golpe de realidad con urgencia. Y para su fortuna, e infelicidad, en una de esas curiosas contradicciones de la vida, recibió el más fuerte que hubiera podido imaginar.

Simplemente, recordó.

Recordó la última vez que vio a Lauren, angustiada por la salud de su madre, asustada e inquieta, aun cuando hiciera todo lo posible por ocultarlo. Todas estas eran emociones que le costaba tanto relacionar con ella, que sintió un profundo dolor al pensar en lo que debió sentir entonces. Lauren debía reír, ser feliz, vivir en un mundo tan perfecto como fuera posible; ella merecía todo y, en ese momento, supo más que nunca que si tuviera que morir para asegurar que así fuera, lo haría sin dudarlo un instante, así como también que su existencia no garantizaría jamás su felicidad.

No, Lauren no se casaría con Craven, pero no había motivos para alegrarse por ello. Después de todo, si de algo podía estar por completo seguro, era que jamás se casaría con él y eso era suficiente para que todo rastro de alivio o emoción desapareciera, como si no los hubiera albergado en su corazón ni siquiera por un instante.

Planear una fiesta tal y como su padre le había encomendado distaba mucho de organizar un evento comparable a la despedida que ofrecieron en nombre de Margaret hacía unos meses.

Lauren mascullaba por lo bajo en tanto se afanaba con la lista de asuntos por atender, al reparar en que había pasado ya tanto tiempo desde aquella pequeña reunión que apenas podía recordar los detalles de la velada. O no, tal vez no fuera del todo sincera consigo misma, sí que podía recordar algunos hechos en particular.

No era nada difícil rememorar la emoción de su prima por verse agasajada con tanto entusiasmo, los primeros y tímidos avances de lord Craven para captar su atención, pero sobre todo, si pensaba en ello y reflexionaba al respecto, podía asegurar que en aquellos tiempos que le parecían tan lejanos, fue cuando algo dentro de sí cambió para siempre.

Hasta aquel día, nunca pensó en Charles Egremont en otros términos que no fueran puramente amistosos. Sin embargo, cuando él se mostró por primera vez tan interesado en todo lo referente a sus sentimientos por Daniel Ashcroft y aun cuando se sintió un poco ofendida al pensar que la imaginaba capaz de anteponer esas olvidadas emociones a la profunda amistad que la unía a Juliet, no pudo dejar de notar que le importaba mucho lo que él pensara de ella, que su duda la lastimaba.

Cometió un grave error al no analizar entonces lo que en verdad le inspiraba ese hombre. Cierto que pensó en las advertencias de Margaret respecto al interés que según ella le inspiraba, pero no le dio mayor importancia, prefirió ignorarlo, tal vez asustada de reconocer que su prima estaba en lo cierto y sus sentimientos eran mucho más profundos de lo que pensaba.

Y habían pasado tantas cosas desde entonces...

Ahora podía admitir que amaba a ese hombre, si el amor consistía en desear con todas tus fuerzas aferrarte a una persona y no dejarla marchar jamás. Pero ella no tenía a esa persona, no a su lado y era muy posible que las cosas continuaran de esa forma.

Los contradictorios actos de Charles no daban pistas respecto a sus verdaderos sentimientos y la idea de pensar que no sintiera lo mismo por ella era tan dolorosa que le provocaba ganas de llorar. Era tan triste el pensar que los sentimientos de alguien fueran tan importantes en su vida, que su felicidad dependiera de alguien más, que se sintió tonta, patética y un poco ridícula.

Ella, que tuvo siempre la abierta esperanza de encontrar el amor, se juró, sin embargo, que sería feliz en cualquier circunstancia. Que ningún caballero, por encantador que pudiera ser, determinaría su destino, que era lo bastante fuerte e inteligente para llevar una vida en armonía aun cuando fuera a solas...

Todo ello le parecía ahora imposible, porque no lograba imaginar un destino a solas, uno en el que Charles no estuviera presente y a su lado, pero al mismo tiempo, era consciente de que si abandonaba sus sueños, sería así como se desarrollarían los acontecimientos.

No podía imaginarse uniendo su vida a un hombre al que no amara, por lo que le parecía más realista considerar que pasaría los próximos años de la misma forma en que habían transcurrido hasta ese momento. Como una leal compañera para sus padres, con una vida sosegada y tranquila.

La única diferencia era que había tenido la fortuna y al mismo tiempo, la desgracia, de conocer el amor y de permitirse soñar con un futuro que no se haría realidad.

Estaba segura de que ese hecho, al fin y al cabo, por sencillo que pudiera parecerle a otros, para ella significaba todo.

La felicidad pasó por su lado, le hizo una mueca desdeñosa y la dejó a solas, anhelando unos días que nunca llegarían.

Pocas familias en Londres, y aun en toda Inglaterra, eran tan apreciadas y respetadas como para que toda la buena sociedad se reuniera a fin de celebrar el restablecimiento de uno de sus miembros.

Los Mowbray conformaban una de aquellas familias.

Cuando las invitaciones empezaron a llegar a las grandes mansiones, informando acerca de la fiesta que el barón de Mowbray ofrecía para cerrar la temporada, pero sobre todo, para festejar la buena salud de su esposa, se esbozaron muchas sonrisas halagadas y se juzgó, por anticipado, que ese sería uno de los acontecimientos más memorables del año.

Y ciertamente lo fue, aunque pocos hubieran podido adivinar el porqué.

La noche del baile, para placer de los anfitriones, decenas de carruajes se detuvieron frente a la amplia escalinata principal y de ellos descendieron todos y cada uno de los miembros de la más alta sociedad londinense.

Cuando Charles llegó, se detuvo un momento en el umbral del salón para dar una mirada alrededor. Quien se hubiera encargado de organizar la fiesta merecía una felicitación; de no encontrarse tan nervioso, habría disfrutado observando cada detalle del decorado.

Procuró ser discreto, pero sus ojos iban de un lado a otro y tuvo que concentrarse para prestar parte de su atención a las personas que lo saludaban con entusiasmo.

«¿Dónde estás?».

En el momento en que decidió siquiera abrir el sobre con la invitación que llegó a sus habitaciones, supo que estaba perdido. Hacía mucho que había dejado la prudencia de lado en lo que a Lauren Mowbray se refería, pero ese fue un paso suicida. Si tuviera tan solo una pizca de sentido común, habría lanzado la invitación a la chimenea, pero no pudo. Era una oportunidad perfecta para verla sin tener que urdir algún ridículo ardid.

La extrañaba.

Su última conversación, en esa misma casa, fue quizá una de las más honestas que habían sostenido. Pudo sentir una complicidad nueva entre ambos, como si fueran del todo conscientes de sus sentimientos y al mismo tiempo supieran que no debían siquiera nombrarlos. Él, al menos, lo tenía muy claro. Tanto que cometió la estupidez de alentar a otro hombre a que le ofreciera matrimonio… ¿Quién, por todos los santos, hacía tal cosa? Un hombre desesperado y no muy brillante, obviamente.

Creyó atisbar una cabellera rubia muy familiar entre el gentío, pero pronto exhaló un suspiro decepcionado. Era la hermana mayor de Lauren, que caminaba del brazo de un caballero que reconoció como su esposo.

Entrecerró un poco los ojos, para observar con mayor atención a su alrededor, pero no encontró un solo rastro de la persona que deseaba ver. Debería sentirse aliviado. No verla era lo más sensato, pero ya tenía asumido que palabras como sensatez y Lauren no estaban relacionadas en su mente.

La súbita llegada de Daniel Ashcroft y la señorita Mascagni tan solo consiguió agriar su humor. No podía criticar el que ambos fueran invitados a la fiesta; después de todo, él pertenecía a una distinguida familia, mientras que la condición de artista que ella enarbolaba con tanto orgullo despertaba la admiración y curiosidad de la sociedad. Formaban una pareja tan poco usual en su desparpajo que, aunque nadie se atreviera a señalarlos, resultaba obvio que los encontraban poco menos que un espectáculo exótico; además, la temida lady Ashcroft era tan orgullosa respecto a los actos de su familia, que más de un miembro de la sociedad encontraba divertido ese abierto desafío.

Si se hubiera tratado de otras personas, Charles habría apoyado, e incluso elogiado esa provocación, pero no era un secreto que no toleraba a Ashcroft y solo celebraría el día que desapareciera de su entorno.

Dividió su atención entre ubicar a Lauren y vigilar estrictamente a Ashcroft, tan solo para asegurarse de que no planeara ninguna jugarreta que pudiera arruinar la noche de los Mowbray.

Al fin sus esfuerzos fueron recompensados, al menos en la primera de sus tareas, porque tan solo unos minutos después, se encontró cara a cara con la única persona a la que verdaderamente se alegraba de ver. Bueno, tal vez alegrar no fuera la palabra más correcta, no cuando su corazón empezó a latir tan fuerte que tuvo que inspirar profundamente para recuperar el aire. Lauren llevaba un vestido de un suave tono rosa con mangas de encaje y el cabello sujeto en lo alto, dejando que unos rizos dorados le enmarcaran el rostro.

¡Dios bendito! Estaba por completo perdido.

No dudó un instante en dar los pasos para acortar la distancia que los separaba, pero apenas logró abrir la boca antes de que ella hiciera una corta y rígida reverencia, saludando con un cortante «bienvenido», para luego dejarlo a solas una vez más.

–Lauren...

Su llamado hecho en voz queda no recibió respuesta y debió contentarse con observarla mientras se alejaba atravesando el salón hasta llegar al lugar en que se encontraban sus padres.

¿Qué había pasado? ¿Por qué lo trataba con esa frialdad? La expresión que se le quedó tuvo que ser de completo desconcierto, ya que una voz abiertamente burlona llegó a sus oídos, aunque tardó un momento en reconocer su fuente.

–No parece usted hombre acostumbrado a los desplantes, señor, y ciertamente no los merece.

Pestañeó un par de veces para recuperar el dominio de sí mismo y forzó una sonrisa cuando la señorita Mascagni hizo una reverencia.

–Señorita Mascagni, buenas noches.

–Buenas noches, señor, esperaba encontrarlo aquí.

–¿En verdad?

–Sí, por supuesto, creo haber oído que es usted un gran amigo de los dueños de esta hermosa mansión, ¿cierto?

Hubo algo en su tono que no le gustó; una inflexión sagaz que puso todos sus sentidos en alerta.

–Conozco a muchas personas, pero ciertamente no me atrevería a considerarme amigo de todos ellos.

–Un comentario muy interesante y poco común.

–Bueno, debe haber oído también que mis opiniones pocas veces lo son; comunes, quiero decir –miró en derredor, ¿dónde estaba Lauren?

–¿Busca a alguien?

Charles la miró, falsamente asombrado; lo mejor sería desviar su línea de pensamiento.

–¿Que le hace pensar que lo hago? –no le dio tiempo para responder y extendió una mano, atento al inicio de una nueva pieza de parte de la orquesta–. ¿Me permite esta pieza, señorita Mascagni?

Una doncella le habría dirigido una sonrisa tímida; ella, por el contrario, le dedicó una mirada calculadora.

—Será un honor, milord.

—Sabe que no soy un lord.

—Qué lástima, debería serlo, tiene todo para liderar una casa con orgullo.

—Tal vez no merezca ese halago, pero lo agradezco.

Ofreció su brazo y se encaminaron a la pista. Desde luego, no dejó de observar con mucha discreción, o tanta como pudo, los movimientos de cierta dama que parecía determinada a evitar su mirada.

—¿Quién ignora a quién ahora?

Su susurro no fue lo bastante discreto, porque su pareja de baile alzó una ceja en señal de desconcierto.

—Lo lamento, señorita Mascagni.

—No lo haga, no tiene nada por lo que disculparse, no es necesario ser un genio para comprender que su mente no se encuentra del todo aquí —esbozó una sonrisa maliciosa—. Y me atrevería a asegurar que tampoco su corazón.

Charles contrajo el gesto y cabeceó con fingida indiferencia.

—No sé a qué se refiere.

—¿En verdad?

Él decidió no responder a esa pregunta; Isabella Mascagni era una mujer muy astuta, quizá demasiado y distraerla no era sencillo, tal vez no debería siquiera intentarlo.

Bailaron en silencio unos minutos hasta que ella hizo un giro inesperado para acercarse a él de forma nada decorosa. De haberse visto en esa situación hacía unos meses, su reacción hubiera sido muy distinta.

La apartó con suavidad y endureció el gesto.

—No sea duro conmigo, señor Egremont, era solo una broma.

Charles suspiró y sacudió la cabeza, pero ella continuó.

—Debo confesar que me siento un poco decepcionada por su proceder.

—¿Qué quiere decir?

Ella se encogió de hombros.

—He oído tantas cosas acerca de usted. Lo señalan como un hombre chispeante, siempre divertido, desenfadado...

—Supongo que debo ofrecer disculpas por su desengaño.

Isabella elevó el rostro para mirarlo con atención, sin rastro de burla en sus facciones.

—No he querido decir que fuera usted un hombre desprovisto de esas virtudes, señor, pero me temo que estas se ven opacadas por ese aire de tristeza que encuentro siempre en su rostro —apretó los labios antes de continuar—. Es más que obvio que no es usted el único responsable de esto último.

Charles ladeó un poco la cabeza para observar lo que ella contemplaba con gesto endurecido y se sorprendió al encontrase con la mirada de Lauren, que tampoco parecía alegre. En realidad, pudo distinguir un atisbo de dolor en sus ojos antes de que girara y se alejara con paso apurado.

—Ustedes los ingleses son tan obcecados.

Fue terriblemente difícil para Charles volver su atención a lo que la señorita Mascagni decía; hubiera preferido mil veces ir tras Lauren, pero hizo un esfuerzo para controlar sus impulsos.

—No la comprendo.

—Es bastante sencillo. Usted sufre, ella sufre y solo puedo pensar que el motivo de esa infelicidad es que no se encuentran juntos.

—No deseo ser descortés, señorita Mascagni, pero le ruego que cuide sus palabras; podrían ser muy peligrosas de llegar a los oídos incorrectos.

La soprano recuperó su sonrisa sin dar muestras de sentirse ofendida por esa velada advertencia.

–No he dicho nada inapropiado, señor, solo me he permitido hacer un pequeño comentario que pensé podría serle de ayuda…

–Y agradezco su interés, pero preferiría que se abstuviera de ello.

–Como desee, no seré yo quien le procure un momento desagradable.

Charles asintió en señal de conformidad.

–Lo aprecio.

Ella hizo un gesto extraño, como si deseara insistir, pero pareció pensarlo mejor y guardó silencio. Continuaron con su danza hasta que la orquesta tocó la última nota.

–Gracias por el baile, señorita.

–Gracias a usted, señor. Soy lo bastante atrevida para pedirle que continúe a mi lado, pero supongo que deseará estar en otro lugar.

Charles contuvo los deseos de expresar su malestar por esa sugerencia pero, tras una larga pausa, asintió y acompañó a la señorita Mascagni hasta su lugar.

–Si me disculpa…

–Buena suerte, señor Egremont.

En tanto Charles caminaba por el salón, con el ceño fruncido por la preocupación, la señorita Mascagni se acercó con paso decidido hasta el lugar en el que un sonriente Daniel Ashcroft observaba todo lo que ocurría a su alrededor.

–Debes sentirte satisfecho.

–Mucho, gracias.

Ella hizo un mohín disgustado ante su tono divertido.

–No comprendo qué ganarás con esto.

–Creo que deberías preguntarte quién perderá.

–No puedo creer que te lastimaran de alguna forma

como para actuar de esta manera, les procurarás mucho daño y te arriesgas...

Él la miró sin asomo de calidez.

—No corro ningún riesgo, Isabella; ellos, en cambio... bueno, ya veremos.

Su acompañante chasqueó la lengua en señal de desaprobación, pero no dijo más. Tan solo miró tras ella, en dirección al lugar en el que Charles daba unos pasos inseguros. Cuando, tras dudar un instante, cruzó una pequeña puerta que suponía debía llevar al jardín, Isabella movió la cabeza de un lado a otro.

Esperaba que ese riesgo del que Daniel hablaba no conllevara las terribles consecuencias que empezaba a sospechar.

Capítulo 14

¡Tonta! ¡Era una completa tonta!

Lauren ignoró los guijarros que lastimaban sus pies a través del delicado calzado y caminó con rapidez hasta llegar a un arco de piedra, el lugar más discreto y retirado del jardín; suponía que allí podría disfrutar de un momento de paz.

Nunca había estado tan disgustada en toda su vida. Hasta ese momento, Charles le había inspirado muchas emociones, pero jamás ese instinto homicida.

¿Cómo podía comportarse de esa forma?

Luego de prácticamente enviar a lord Craven a que le propusiera matrimonio, tenía el descaro de presentarse en la fiesta de sus padres y flirtear con... esa mujer.

«No hay ser humano en el mundo, por cobarde que sea, que no pueda convertirse en héroe por amor».

¡Amor! Ahora estaba segura de la absoluta ligereza con que había tratado la frase. ¿Cómo había podido pensar en algún momento que él la amaba? Porque lo hizo, se permitió soñar con esa posibilidad y ahora se sentía muy avergonzada.

Y como si eso no fuera suficiente, se torturó al no comprender por qué él se comportaba de forma tan extraña. Pensó que podría existir un motivo oculto que explicara el porqué no se atrevía a hablar de sus sentimientos.

¡Tonta! ¡Mil veces tonta!

Si lo tuviera frente a ella...

Por lo general, Charles tenía un excelente sentido de la orientación, pero se sentía tan preocupado por Lauren que tuvo que desandar un par de veces el camino antes de dar con el jardín ubicado en la parte trasera de la mansión Mowbray; el que fuera un lugar enorme no le ayudó en absoluto.

Lauren se encontraba de pie bajo un arco de piedra, casi oculta entre los arbustos y no necesitó contemplarla con demasiada atención para descubrir sus mejillas pálidas y los ojos vidriosos.

Estaba tan abstraído mirándola que cometió el error de pisar una rama caída y el ruido bastó para atraer su atención. Ella giró apenas la cabeza, lo miró por el rabillo del ojo sin dar muestras de sobresalto, casi como si lo esperara y exhaló un suave suspiro antes de hablar.

—No comprendo por qué has venido.

—Recibí una invitación.

Lauren esbozó una media sonrisa que apenas llegó a sus ojos.

—¿Y sería acaso la primera que rechazaras? Pudiste ignorarla, es algo en lo que tienes mucha experiencia... ignorar lo que no te importa.

—Lauren, no, por favor.

¿Por qué decía eso? Si quería herirlo, no habría podido escoger mejores palabras. Sí, alguna vez la ignoró, pero Dios era testigo de lo mucho que le costó hacerlo.

—Lamento haber dicho eso, no es correcto que ofenda a un invitado de mi padre.

—Lauren...

Ella sacudió la cabeza y se cruzó de brazos, mirando a un punto muy lejos de su rostro.

—Habría sido descortés de tu parte no asistir, mi padre te aprecia y mostraste mucha preocupación por la salud de mi madre, de modo que ambos están muy satisfechos con tu presencia —cerró un momento los ojos y pudo ver cómo aspiraba con fuerza antes de abrirlos una vez más—. Sin embargo, creo que no tienes nada que hacer aquí, este es un lugar privado, vine porque necesitaba un momento de paz... a solas.

—Lo imaginé cuando te vi dejar el salón y sé que no he debido seguirte; aún menos, incomodarte, lo siento. Es solo que estaba preocupado por ti —y deseaba verla, claro, quería estar tan cerca de ella como en ese momento, pero no podía decírselo—. No me gusta verte sufrir y pensé que podría ayudarte de alguna forma.

Algo en lo que dijo, no sabía qué, hizo que Lauren perdiera la calma que obviamente le costaba tanto mantener, porque vio un chispazo en sus ojos y habría jurado que estuvo muy tentada a lanzarse a su cuello y no precisamente para abrazarlo.

—¡Desde luego que lo pensaste! Lo haces todo el tiempo, ¿cierto?

—¿A qué te refieres?

Ella empezó a caminar hacia él, dejando atrás el arco. Le pareció tan hermosa que de no estar tan preocupado por lo que fuera a decirle, se habría acercado sin medir las consecuencias.

—Estás preocupado por mí, dices y has venido aquí para ofrecer consuelo, pero no comprendo por qué decidiste hacerlo a solas. ¿No hay alguien a quien desees presentarme? ¿Un candidato que juzgues apropiado para mí? Quizá un buen matrimonio asegure mi absoluta felicidad.

Cada palabra estaba regada por el más afilado sarcasmo, pero no fue eso lo que más le impresionó. Fue su mirada. Había rencor e indignación en ella y algo más. Mucho dolor confundido con decepción.

—Lauren, no sé de qué hablas.

Claro que lo sabía y ella también, porque le dirigió una mirada desdeñosa.

—Tal vez debería invitar a lord Craven para que refresque tu memoria.

No, no podía creer que ese hombre, uno de los más honorables que conocía, hubiera sido capaz de revelarle su conversación, ¿había perdido el juicio?

—No sé lo que dijo...

—Oh, no fue mucho, es un caballero muy discreto, pero confía en las personas equivocadas. Creyó que hacía bien al seguir tu consejo y que obtendría una respuesta afirmativa a su propuesta. Como ves, ambos lo hemos defraudado.

El oír de sus propios labios que había rechazado la oferta matrimonial le produjo un alivio tan grande que por un instante perdió el hilo de la conversación. Desde luego, Lauren no permitió que se distrajera demasiado tiempo.

—¿Por qué sonríes? He rechazado a un buen hombre, un buen hombre al que manipulaste a tu antojo...

—No, eso no es verdad, Lauren, no hice tal cosa –carraspeó antes de continuar, no era fácil reconocer lo que estaba a punto de decir–. Los sentimientos de lord Craven son honestos, él te ama, quiere casarse contigo, yo solo... fui lo bastante estúpido como para alentarlo a dar el paso decisivo; eso es todo y te juro que desearía no haberlo hecho.

Ella se acercó aún más, hasta quedar a un palmo de distancia, con la mirada fija en su rostro, los brazos a los lados del cuerpo y una expresión que no logró descifrar.

—¿Te arrepientes de alentar a lord Craven para que me propusiera matrimonio?

Lo hacía, desde luego que lo hacía, y estaba seguro de que continuaría siendo así hasta el día de su muerte.

—Sí, lo hago —el fervor en su voz le sorprendió incluso a él—. Si hubieras aceptado...

Su expresión torturada fue más de lo que Lauren pudo soportar. Extendió una mano y la posó con suavidad sobre su mejilla.

—Charles, ¿por qué nos haces esto?

Él cerró los ojos, aspiró su perfume y levantó una mano temblorosa para colocarla sobre la suya.

—Solo quiero que seas feliz —abrió los ojos y su voz sonó como una súplica desesperada—. Pero no soporto que lo seas lejos de mí.

—Cuánto quisiera poder comprenderte; en verdad lo intento, pero...

—Lo siento tanto, Lauren, sé que no tengo ningún derecho a decir esto, debería intentar persuadirte de que aceptaras a Craven, que vivas como mereces a su lado, pero no puedo. Pensé que podría ser un héroe por ti y veo que no seré capaz de lograrlo, soy demasiado egoísta y cruel...

Lauren llevó una mano a sus labios, suavemente, pero con firmeza.

—No digas más, por favor, ¿no puedes ver cuánto me lastimas? Esa obsesión por deshacerte de mí...

Charles acusó esas palabras como si acabara de clavarle un puñal y soltó su mano.

—¿Deshacerme de ti? Lauren, nada podría hacerme más feliz que permanecer a tu lado para siempre.

La tomó por los hombros y la besó con tal ardor que le provocó un gemido de sorpresa al unir sus labios. No fue delicado ni cuidadoso, solo pensaba en lo que hubiera podido pasar si en ese momento ella le hubiera anunciado su matrimonio con otro hombre; la idea de que esa fiesta fuera una excusa para celebrar su compromiso lo aterraba tanto que plasmó todos sus miedos en ese beso.

Apenas podía respirar, pero no le importó. Soltar a Lauren... no, no podría hacerlo, no en ese momento. Y cuando ella respondió, pasando las manos tras su cuello, entregándose al abrazo con timidez, simplemente dejó de pensar. Rodeó su cintura, subiendo una mano hasta llegar a su cuello, en el que se enredaban unos rizos rebeldes que deslizó entre sus dedos.

–Esto es peligroso...

La alejó apenas, sin soltarla, en tanto exhalaba un suspiro.

–No me importa, Charles; por favor, no debe importarte tampoco a ti.

Él sonrió y continuó respirando sobre su mejilla, al tiempo que deslizaba una mano sobre su brazo, recorriéndolo del hombro a la delicada muñeca.

–Lauren, sé que debes estar cansada de oírlo, pero te juro que nunca fue mi intención lastimarte. Mi charla con Craven fue un error, no sé en qué pensaba, me comporté como un tonto...

Ella se irguió de puntillas y lo besó en la mejilla.

–No digas más, te creo; tal vez lo he sabido todo el tiempo, pero estaba tan disgustada... –esbozó una sonrisa triste–. ¿Por qué nos lastimamos el uno al otro de esta forma?

–No lo sé, quizá tengo tanto miedo que puedo hacer las cosas más estúpidas con el fin de salvarte.

–¿Tienes miedo?

–En realidad, estoy aterrorizado.

–¿Por qué?

Charles negó con una cabezada.

–Es complicado.

–No puedo creer que continúes con eso. Charles, en el nombre de Dios, no podemos seguir así.

–Lo sé, lo sé.

Lauren guardó silencio y bajó la vista a sus pies; aspiró con fuerza antes de mirarlo nuevamente; Charles nunca la había visto en ese estado de indecisión.

—Necesito hacerte una pregunta y es posible que muera de la vergüenza por ello, pero tengo que saberlo.

—¿Saber qué?

Ella se mordió el labio y cerró un instante los ojos antes de hablar, aunque cuando lo hizo, su voz fue muy segura.

—¿Cuáles son en verdad tus sentimientos hacia mí?

—¿Disculpa?

Lauren hizo ademán de soltarse, pero él lo impidió al acercarla a su pecho con firmeza.

—Está bien, lo comprendo, es solo que me has sorprendido, lo siento —Charles esbozó una sonrisa traviesa—. ¿Desde cuándo las damas hacen esas preguntas?

—¡Ahora insinúas que no soy una dama!

—Antes iría al infierno que insinuar tal cosa, lo juro —su gesto se volvió serio y pareció dudar antes de continuar—. ¿Estás segura de querer saberlo?

—Sí —respondió de inmediato, sin importarle parecer ansiosa—. Pero no sé si estás dispuesto a decirlo; en realidad, he debido preguntar si lo sabes siquiera.

Charles mostró una sonrisa a medias, cargada de tristeza.

—Tengo claros mis sentimientos hacia ti, Lauren, ha sido así desde hace un tiempo. A decir verdad, no lo esperaba, no sé exactamente cómo pasó, es lo más extraño que he sentido en mi vida...

—¡Charles!

—¿Qué?

Lauren exhaló un bufido nada digno de una dama e ignoró su expresión sorprendida.

—¿Podrías tan solo decirlo?

—¿No lo he hecho?

—¡No!

Él sonrió ante su indignación.

—Te amo, Lauren —su voz sonó ceremoniosa y cargada de ternura—. No diré que ha sido así desde el momento en que te vi, pero desde hace unos meses empecé a mirarte de forma distinta. Todo lo que he admirado en ti desde hace tanto tiempo... ahora esas virtudes son los mil motivos por los que te amo. Tu sonrisa, tu capacidad de encontrar lo mejor en cada persona, la ferocidad con la que defiendes a tus seres queridos; incluso el mal genio que aflora en ti cuando estás disgustada. Amo cada aspecto de ti.

—¿Es verdad lo que dices?

—Lauren, te lo he dicho antes, no te mentiría. Sinceramente, pensé que era obvio.

—¡Yo no lo sabía! —ella sacudió la cabeza de un lado a otro y sonrió—. Me lo he preguntado tantas veces, deseaba que fuera así, pero cuando casi me había convencido de ello, tú...

Charles exhaló un suspiro al verla dudar y asintió con pesar.

—Actuaba de forma extraña y me alejaba, lo sé y lo siento, pero Lauren, debes entender que eso no va a cambiar; lo que he dicho no debe hacer ninguna diferencia entre nosotros.

Pudo notar cómo Lauren tensaba su cuerpo y la sonrisa abandonaba su semblante.

—¿A qué te refieres?

—No puedo casarme contigo...

Su reacción fue la que esperaba.

—¡No recuerdo habértelo pedido!

—Lauren, necesito que me escuches.

Esta vez ella logró deshacer el abrazo y retrocedió unos pasos, con el ceño fruncido.

—¿Crees que he preguntado acerca de tus sentimientos para obtener una propuesta matrimonial?

—¡Desde luego que no! No pretendía insinuar...
—Porque no es verdad.
—¡Lo sé! Lauren, jamás pensaría tal cosa de ti, malinterpretas mis palabras.

Ella sonrió con amargura y lo miró con algo muy parecido al desprecio.

—¡Te malinterpreto! Me pregunto por qué haría algo así —se apresuró a continuar, ignorando las lágrimas que empezaban a rodar por sus mejillas—. Tal vez se deba a que no eres capaz de hablar con sinceridad, por lo que debo adivinar lo que pasa por tu mente y eso, Charles, es muy difícil.

Charles la tomó de la mano pese a sus protestas y no permitió que se soltara.

—He dicho que te amo y nunca había sido más sincero en mi vida.

—¿Y lo habrías confesado de no haberte visto en la necesidad de hacerlo? ¿Pensabas decirlo aun cuando no hubiera preguntado?

Él no supo que responder, ¿cuál era la verdad?

—No lo sé.

—Eso pensé —Lauren miró la mano que la sujetaba y habló con frialdad—. Déjame ir.

—No lo haré.

—Charles...

No la escuchó, o no quiso hacerlo; por el contrario, se inclinó hacia ella y acercó los labios a su oído.

—Te amo y nada cambiará eso, lo prometo, ni siquiera mis propios errores. No me odies, te lo ruego.

Lauren suspiró, se veía derrotada.

—No podría odiarte aunque así lo deseara, pero me pregunto si eso no sería lo mejor para ambos.

Charles tenía más de una frase en la punta de la lengua para rebatir esa afirmación, pero no tuvo tiempo para ello. Unas voces alteradas se oyeron a solo unos pasos de distancia, tan concentrados se encontraban el uno en el otro que no se percataron hasta ese momento y no pudieron hacer más que intercambiar una mirada alarmada.

–¿Qué es?

La pregunta de Lauren quedó suspendida en el aire al distinguir la figura de su padre, que se dirigía hacia ellos con la expresión más indignada que jamás había visto en él.

–Padre...

–¿Qué es esto?

Charles no fue lo bastante rápido para soltar su mano y el barón de Mowbray lo notó.

–¡Cómo se atreve!

–Padre, no es lo que piensas, permite que te explique.

–No quiero oír una sola palabra de tus labios en este momento, Lauren –levantó un dedo acusador–. Usted, Egremont, ¿cómo ha sido capaz de mancillar mi hogar?

¿Mancillar? Lauren sintió como sus rodillas empezaban a temblar.

–Sir Henry, está usted equivocado, Lauren y yo solo hablábamos... –las palabras sonaron ridículas aun a sus oídos.

–¿Hablar con una joven soltera a solas? ¿En el rincón más alejado de mi propiedad? ¿Por qué clase de tonto me toma?

–Padre, por favor.

–Lauren, no lo diré una vez más. Guarda silencio.

Ella habría querido gritar, pero sabía que no tendría sentido.

–¿Y bien? ¿Qué satisfacción me dará?

Oh, no. No, no, no.

Charles aspiró con fuerza y miró el semblante aterrado de Lauren. Comprendía perfectamente lo que sir Henry quería decir, claro. En circunstancias como aquella, solo había una formar de presentar una satisfacción honorable.

La idea de permitir que el padre de Lauren lo retara a duelo le pareció razonable, incluso práctica; desde luego que permitiría que ganara, nunca se atrevería a lastimarlo y si él no estuviera allí, entonces Lauren podría tener una vida feliz... Pensó en ello durante unos segundos, del todo dispuesto a decirle que era libre de escoger el lugar que mejor le pareciera, pero notó un movimiento en los arbustos próximos. Una cabellera rojiza resaltó en la oscuridad y unos ojos claros que observaban la escena.

Isabella Mascagni lo había visto todo; es más, hubiera podido asegurar que fue ella quien se las arregló para que sir Henry estuviera allí.

¡Maldita mujer!

No tuvo que pensar más. Obviamente, él y Lauren habían caído en una trampa y no era difícil adivinar quién era la mente que la urdió, pero ya arreglaría cuentas con Daniel Ashcroft; en ese momento solo podía pensar en lo que sería de Lauren si esa situación llegaba a oídos de los otros asistentes a la fiesta.

—Nos casaremos —dijo al fin con voz firme.

—¿Qué? ¿Has perdido el juicio? —Lauren miró Charles y a su padre alternativamente—. Padre, por favor, esto no puede ser.

El barón de Mowbray dio una cabezada en señal de conformidad, la misma que no estaba dirigida a ella.

—Bien, así se hará.

—Vendré a verlo mañana por la tarde, si está de acuerdo.

—Lo estaré esperando.

Lauren iba a intervenir una vez más, estupefacta por lo que estaba ocurriendo, pero Charles hizo un gesto para silenciarla y se dirigió a sir Henry.

—¿Tendría la amabilidad de concedernos unos minutos a solas? —el barón dudó, pero Charles insistió—. Necesitamos hablar, por favor, solo un momento.

Sir Henry asintió de mala gana.

—Cinco minutos —consultó su reloj de bolsillo—. Esperaré a Lauren en el recodo del camino; ni un segundo más o volveré a buscarla.

—Gracias.

Sir Henry se alejó con paso apresurado. No había rastros de Isabella Mascagni; debió marcharse en cuanto tuvo una oportunidad.

Charles esperó a estar seguro de que no había testigos antes de hablar, pero fue una consideración innecesaria, porque Lauren se adelantó.

—No lo haré, Charles, no nos casaremos.

—No hay alternativa. Lauren, es la única cosa correcta que podemos hacer en estas circunstancias.

Como imaginaba, ella no tenía una réplica que dar ante una sentencia tan categórica; conocía tan bien como él lo delicado de su situación.

—No es justo.

—Lo sé y lo lamento; te prometo que los responsables responderán por esto y me aseguraré de hacerles pagar, pero en lo que concierne a nosotros, es lo que debemos hacer.

Lauren hizo un gesto de frustración y empezó a jugar con sus manos que, notó, no dejaban de temblar y él deseó decirle que todo iría bien, que no debía temer, pero hubiera sido una mentira.

—No quieres casarte —dijo ella al cabo de un momento.

Fue una afirmación más que una pregunta.

—No, no quiero.

—Y mucho menos conmigo.

—Yo no he dicho eso —fue cauteloso.

—¿Dirás ahora que realmente deseas casarte conmigo?

¿Qué podía responder a eso? ¿Que la idea de ser su esposo le provocaba tanto emoción como miedo?

—Es complicado, Lauren.

—No puedo decir que esté sorprendida —su tono fue dolorosamente burlón—. Y lo más curioso es que acabas de afirmar que me amas.

—Lo hago, Lauren y nada lo cambiará.

—Esto parece una burla del destino. Dijiste claramente que nunca te casarías conmigo sin importar los sentimientos que te inspiro y ahora te ves obligado a hacer lo que más horror te causa.

—Nunca he dicho que la idea de casarme me provocara horror.

—Dices que no quieres hacerlo, no encuentro mayor diferencia.

—Estás equivocada.

—Es posible que tengas razón, Charles, pero de ser así, eres tú el responsable al continuar ocultándome lo que piensas y sientes.

—¡He dicho que te amo!

—¡Y yo a ti! Pero no creo que eso importe, ¿cierto?

Charles tardó un momento en reaccionar luego de oírla y, cuando lo hizo, no supo muy bien qué decir, más allá de lo obvio.

—¿Me amas?

Lauren lo miró con gesto sombrío.

—Sí y cuánto desearía en este momento no hacerlo.

—Lauren…

—Sinceramente, Charles, creo que podría replantearme esa idea respecto a odiarte; Dios sabe que te esfuerzas mucho para conseguirlo —se encogió de hombros con ademán cansado—. Debo reunirme con mi padre.

Hubiera deseado discutir, retenerla de alguna forma, pero sentía que cualquier cosa que pudiera decir solo empeoraría las cosas entre ellos. Necesitaba pensar y mucho.

—¿Me permites acompañarte?
—Preferiría que no lo hicieras, pero gracias.
—¿Te veré mañana?

Ella asintió con aire ausente y se alejó por el camino, dejándolo en medio del desolado jardín. Minutos después empezó a llover y Charles pensó que el clima no podía ser más oportuno.

Capítulo 15

El desayuno del día posterior al baile fue uno de los más tensos y desagradables que Lauren pudiera recordar.

Su madre no se unió a ellos ya que el ajetreo de la noche anterior la había dejado agotada, de modo que debió compartir la mesa con su padre, hermanas y cuñados. El primero le dirigía cada tanto miradas tan cargadas de reproche que debió controlar el impulso de salir corriendo.

Aún no había intercambiado una sola palabra con él y no estaba segura de querer hacerlo. Sabía lo decepcionado que debía sentirse y nada de lo que dijera sería de mucho consuelo.

El resto de la familia era muy consciente de que algo grave había ocurrido la noche anterior, pero nadie se atrevió a hacer preguntas. Sir Henry era un padre amoroso y hombre encantador, pero quienes lo conocían bien sabían que no era una buena idea importunarlo cuando estaba disgustado.

Dieron cuenta del copioso desayuno, o al menos sus hermanas y sus respectivos esposos se encargaron de ello y a la primera oportunidad dejaron el comedor. Según dijeron, habían prometido a sus hijos un paseo por el parque.

Lauren contempló a su padre en cuanto se quedaron solos, sin dejar de dar golpecitos sobre el mantel con ademán nervioso. El retirarse era una buena opción, pero juzgó que hubiera sido también un acto cobarde.

–He recibido una nota del señor Egremont, estará aquí a las tres.

El tono desapasionado de su padre fue la gota que colmó el vaso.

–Padre, no tienes que hacer esto.

–Es precisamente lo que debo hacer, Lauren, no vuelvas a contradecirme.

–Pero padre, te suplico que oigas lo que tengo que decir. Si me obligas a... –era tan difícil decirlo–. Si nos obligas a contraer matrimonio seremos muy infelices.

Su padre se puso de pie con un ademán brusco y la observó desde su altura con el ceño fruncido.

–Lauren, no pretendas culparme por las consecuencias de tu mala conducta. No hace falta decir lo decepcionado que me siento en este momento. Te has comportado siempre como la más sensata de mis hijas y de no haberlo visto con mis propios ojos, jamás habría creído que fueras capaz de verte envuelta en un hecho tan vergonzoso.

Eso no era justo en absoluto, su padre hablaba como si acabara de asesinar a alguien a traición.

–Reconozco que cometí un error, padre, pero tu reacción es... exagerada –elevó el mentón y cruzó las manos bajo la mesa para ocultar su temblor–. Al obligar a Charles a casarse conmigo...

–¿Y crees acaso que es eso lo que deseaba para ti? Siempre admiré tu resolución de no casarte si no encontrabas al hombre correcto y ahora me veo en la obligación de unirte para siempre al último hombre en el que hubiera podido pensar.

–¿El último hombre...?

Su padre suavizó el gesto al ver su expresión desconcertada y su voz fue más amable al continuar.

—Charles Egremont es un buen hombre, lo sé, mucho mejor de lo que aparenta y puedo decir que es también un caballero. Sin embargo, no es un secreto que su reputación no es la más adecuada y como si ello fuera poco, es tan solo el segundo hijo de un barón sin fortuna propia. Esperaba mucho más que *eso* para ti.

Lauren boqueó como un pez fuera del agua al oír a su padre expresarse de esa forma respecto a Charles. La confusión dio paso a la ira y se puso de pie sin importarle el ruido de la silla al ser arrastrada.

—Padre, no puedo creer que te expreses de esa forma. No me importa lo que la gente pueda decir acerca de la reputación de Charles, en lo que a mí respecta es una de las personas más honorables que conozco. En cuanto a su dinero, o la falta de él, puedo asegurarte que me tiene sin cuidado —elevó aún más el mentón, la voz más firme—. Lo amo y me casaría con él sin dudarlo un instante si ese deseo naciera de su corazón, pero no es así, solo se casará conmigo porque es lo más honorable, intenta protegerme.

Su padre pareció impresionado ante su declaración.

—¿Lo amas?

—Con todo mi corazón.

Sir Henry asintió y, solo entonces, Lauren notó que tras su gesto inflexible se ocultaba una gran pena.

—Me alegra oír eso y, al mismo tiempo, lamento que los acontecimientos se sucedieran de esta forma. No esperes que mi opinión respecto al señor Egremont cambie debido a esta declaración, pero si es merecedor de tu amor, debe haber algo muy especial en él.

—Así es.

—Entonces comprenderá, lo mismo que tú, que su conducta no me ha dejado otra alternativa. Confío en que ese gran amor del que hablas sea suficiente para empezar su vida juntos.

Lauren suspiró y dejó caer los hombros, un gesto de desaliento y tristeza.

—No cambiarás de opinión.

—Es necesario que comprendas, Lauren, esto no se trata tan solo de mí, es tu reputación la que se encuentra en juego; si esta se ve comprometida no quiero ni pensar lo que sería de ti, tu pobre madre no lo resistiría —se incorporó, dio unos pasos hasta llegar a su altura y le dio unos golpecitos torpes en el hombro—. Dices que él intenta protegerte; si lo amas, permite que lo haga. ¿Quién sabe? Es posible que este matrimonio te traiga una gran felicidad, al menos debes intentarlo.

Lauren asintió, pero no formuló ninguna respuesta y su padre se encaminó a la puerta, pero antes de salir se aclaró la garganta, un poco inseguro acerca de continuar.

—Cuando el señor Egremont y yo terminemos de hablar, les permitiré un momento a solas en el salón; espero que puedan llegar a un entendimiento por el bien de ambos.

Lo primero que Charles hizo el día que debía reunirse con el barón de Mowbray fue enviar una nota a su casa para indicarle la hora en que llegaría y luego se dirigió a la residencia de Isabella Mascagni.

Pasó toda la noche pensando en lo que debía hacer, tentado a presentarse en la mansión Ashcroft y darle a Daniel la paliza que merecía, pero con eso solo habría conseguido atraer la atención de toda la ciudad y temía lo que pudiera significar para la reputación de Lauren.

Le costaba creer que Daniel pudiera ser tan malicioso. Bueno, en verdad no le extrañaba tanto, quizá lo correcto sería decir que no entendía por qué había urdido un plan tan retorcido para perjudicarlo; sabía que no le agradaba, pero debió considerar que no solo iba a dañarlo sino que arrastraría a Lauren consigo. Era eso lo que no podía perdonarle.

Le atendió la misma criada que vio en su anterior visita y debió asustarle su expresión, porque no le hizo esperar en el recibidor en tanto anunciaba su presencia, sino que le acompañó directamente al salón.

Si la señorita Mascagni tuvo una impresión similar, no lo demostró; lo único que la traicionó fue la falsa sonrisa que le dirigió al verlo y aun así mostró un aplomo que en otras circunstancias habría encontrado admirable.

—Asumo que esta no es una visita de cortesía.

—No, señorita, no lo es —no fingió caballerosidad—. ¿Dónde está él?

—Si se refiere al señor Ashcroft, me temo que no puedo ayudarle.

—¿No puede o no desea hacerlo?

Ella se encogió de hombros y ocupó una silla.

—Un poco de ambos, a decir verdad —su tono era desafiante, aunque no parecía especialmente maliciosa—. Imagino que será perfectamente capaz de encontrarle sin mi ayuda.

—Tenía la esperanza de arreglar nuestras diferencias aquí, con discreción.

—¿Frente a una dama?

—Frente a su cómplice.

Al menos tuvo la decencia de abandonar su actitud altiva y asentir con semblante pensativo.

—Puedo adivinar que el plan de Daniel ha resultado exitoso.

—Depende de lo que entienda usted por éxito. Si se refiere a que ha conseguido poner en peligro la reputación de una joven inocente, sí, puede felicitarlo.

—Lamento oírlo.

Charles sonrió, burlón.

—No me diga que no sabía lo que la jugarreta de Ashcroft iba a desencadenar.

—Oh, no, desde luego que lo sabía, pero no por ello me siento menos culpable.

—Pero aun así lo ayudó —esa afirmación solo consiguió enfurecerlo más.

—Y volvería a hacerlo.

Charles se dirigió a la chimenea y tomó una miniatura, no porque tuviera interés en las piezas de arte de la señorita Mascagni, sino porque estaba tan furioso que necesitaba un momento para controlarse. Jamás lastimaría a una mujer, pero eso no significaba que no pudiera ser grosero si perdía la paciencia

—Está enamorada de él.

Tal vez no fuera muy correcto hacer ese comentario a una dama, pero la señorita Mascagni no había sido muy considerada con él.

—Eso no es asunto suyo —su tono fue glacial.

—¿Cómo puede amar a un hombre como Ashcroft?

Creyó que no contestaría, esperaba que no lo hiciera y por eso le sorprendieron tanto sus palabras.

—No espero que me crea, pero Daniel no es la terrible persona que parece pensar. Sé que sus actos lo dejan en evidencia, pero yo veo a un hombre joven que ha sido muy lastimado y aún tiene mucho por aprender.

¡Lo último que necesitaba! Las justificaciones de una mujer enamorada. No pudo contener una sonrisa burlona.

—Es usted muy cínico, señor Egremont y me sorprende. Pensé que alguien que sabe lo que es el amor mostraría piedad.

—Lamento su pena, señorita Mascagni y sí, sé lo que es el amor, pero sé también que este no tiene valor si no conlleva el sacrificio por la persona amada.

—¡Haría lo que fuera por Daniel!

Charles sintió como buena parte de su ira daba paso a una profunda compasión por esa hermosa mujer.

—Lo ha demostrado, señorita, pero él no parece ver las cosas del mismo modo, ni ha hecho gala de una consideración semejante; por el contrario, la ha arrastrado a una situación vergonzosa por el simple placer de causar daño.

Ella unió las manos sobre el regazo y esbozó una sonrisa cargada de tristeza.

—Lo sé, pero no espero un sacrificio en lo que a mí se refiere; no es a mí a quien Daniel ama, después de todo —Charles frunció el ceño al oír esas palabras—. No se sorprenda, señor, las mujeres sabemos esas cosas; así como su señorita Mowbray debe ser consciente de la devoción que siente usted por ella, yo sé que Daniel solo ve en mí a un sustituto conveniente.

—¿Y por qué sigue a su lado?

—Se lo he dicho, creo que es un hombre dañado que puede rehabilitarse, quiero ayudarlo. No sé si me amará algún día, pero estaré a su lado tanto como me sea posible.

Charles asintió de mala gana, dio un pequeño paseo por la habitación para ordenar sus ideas y no habló hasta que hubo tomado una decisión.

—Sabrá que pese a sus palabras mis intenciones no han cambiado.

—Sí, ya lo suponía y no pediré que le perdone, a él no le gustaría. Solo... le ruego que tenga en consideración lo que hemos hablado.

—Lo intentaré, le deseo suerte.

Charles dio una cabezada en señal de despedida y se dirigió a la puerta, pero Isabella se levantó de un salto y lo tomó del brazo, mirándolo con el semblante desencajado, muy diferente al rostro frío y arrogante tan habitual en ella.

—Cuando Daniel habló de su plan, pensé que era una locura e intenté disuadirlo, pero obviamente no lo conseguí. Aun así, decidí ayudarlo y lo único que me procuró algún consuelo fue la seguridad de que usted y la señorita Mowbray se aman y, tal vez, los actos de Daniel produzcan el efecto contrario al que él espera. Ustedes pueden ser felices, señor Egremont, que esta desagradable situación no frustre esa dicha, no lo permita.

—Me temo que la situación es más compleja de lo que usted cree, señorita Mascagni, pero aprecio sus palabras.

Ella lo soltó y dio un paso hacia atrás, recuperando el gesto impasible.

—Por favor, exprese a la señorita Mowbray mis disculpas, y... bien, estoy segura de que usted le hablará de esta conversación, solo espero que ella muestre más comprensión.

Charles exhibió una mueca que bien pudo ser una sonrisa.

—Lauren es una persona muy especial, si alguien puede disculparla es ella.

—¿Lo ve? Es esa clase de amor a la que me refiero; espero que ambos sepan cuán afortunados son.

Charles dejó la casa con muchas ideas dando vueltas por su mente; esa visita no había sido en absoluto lo que había pensado. Cierto que aún deseaba arreglar cuentas con Ashcroft, pero era consciente de que debía meditar también acerca de las consecuencias de sus actos; sería una verdadera lástima procurarle un mayor dolor a una mujer que solo actuaba impulsada por el amor. Estaba equivocada, desde luego, pero ella tendría que descubrirlo por sí misma.

Dudó acerca de pasar por su club con la esperanza de encontrar allí a Daniel, pero al consultar su reloj, vio que no tenía mucho tiempo. La mansión Mowbray se encontraba en una zona distante de la ciudad y no deseaba llegar tarde. De modo que buscó un coche de alquiler y procuró controlar la ansiedad que empezaba a embargarlo.

No sabía qué lo inquietaba más, la entrevista con el barón de Mowbray o lo que Lauren tuviera que decir.

Sir Henry Mowbray dio órdenes estrictas de escoltar al señor Egremont a su despacho tan pronto como arribara a la mansión, por lo que Charles no pudo siquiera pensar en solicitar una entrevista con Lauren, aunque suponía que su padre no vería su pedido con muy buenos ojos.

El barón ya había entregado a dos de sus hijas a hombres que en su momento le causaron una buena impresión y por fortuna esta no varió con los años. La situación de Lauren, sin embargo, era tan irregular...

No solo se trataba de la más querida de sus hijas, sino que además se había visto envuelta en una situación terrible y él, que la amaba profundamente, se veía de pronto como un severo juez que debía decidir su futuro.

Desde luego que resultaba más que predecible que culpara a Charles de todo ese enredo y así se lo hizo notar tan pronto como lo vio.

—Sir Henry.

Luego de que un sirviente cerrara la puerta tras de sí una vez que lo hubo escoltado a la presencia de su señor, Charles ocupó el sillón frente al escritorio por invitación de su anfitrión, aunque esta fuera apenas un gesto malhumorado.

—Creo que en las circunstancias actuales no será necesario conservar los formulismos.

—Es posible que sea lo mejor, sí.

Sir Henry se aclaró la garganta.

—La boda deberá realizarse lo antes posible, pero comprenderá que ciertos preparativos son inevitables...

Charles asintió en señal de conformidad.

—Estoy de acuerdo, pero preferiría que fuera Lauren quien tenga la oportunidad de expresar su opinión al respecto.

—Lauren aceptará lo que usted y yo acordemos.

—Insisto en que sus deseos deben ser escuchados.

El barón hizo un mohín de pesadumbre, pero dio una cabezada.

—Ya que insiste, le pediré a su madre que hable con ella al respecto, ¿está de acuerdo?

—Es más que suficiente, gracias.

—Bien —sir Henry carraspeó, mirando los papeles sobre su escritorio con interés antes de continuar—. Luego está el asunto de la dote...

Charles sintió cómo todos sus músculos se tensaban y debió hacer un esfuerzo para mantener la expresión neutral, pero sir Henry no lo advirtió y continuó.

—La dote de Lauren no es nada modesta. Recibirá cierta cantidad en cuanto contraiga matrimonio y una asignación anual.

—Bien.

—¿Bien?

El rostro de sir Henry reflejó su extrañeza, pero Charles lo ignoró.

—Deseo dejar en claro que el dinero que corresponda a Lauren será solo suyo y ella podrá disponer de él como mejor le parezca; agradecería dejar eso del todo claro en el contrato.

—Pero... —el barón se movió en su silla sin poder ocultar su incomodidad—. Egremont, no pretendo ofenderlo, pero debo hablar con franqueza. Es sabido que sus ingresos no son precisamente cuantiosos...

—No, no lo son, pero creo que podré encargarme de dar a Lauren una vida digna.

—Lauren está acostumbrada a algo más que una vida digna.

—Con todo respeto, sir Henry, seremos su hija y yo quienes decidiremos nuestra vida en común.

Sir Henry frunció el ceño.

—Señor Egremont, espero que no esté pensando en sacrificar la comodidad de mi hija en nombre de un orgullo desmedido.

—Nunca haría nada que pudiera perjudicar a Lauren.

—Esa no es una respuesta clara.

—Es la mejor que puedo darle.

Charles no varió su tono frío y enérgico en ningún momento, en tanto sir Henry lucía cada vez más desconcertado.

—Tal vez podamos tratar este tema en particular en un momento más oportuno.

—Si así lo desea, pero puedo asegurarle que mi postura será la misma.

Sir Henry exhaló un suspiro cargado de frustración, pero no insistió.

—Creo que hemos tratado los puntos más importantes respecto al matrimonio, mis abogados se encargarán de los detalles.

—Muy bien —Charles hizo amago de incorporarse.

—Espere un momento, por favor. Le prometí a Lauren que permitiría una breve reunión entre ustedes, ¿dispone de unos minutos?

Charles apenas pudo disimular su sorpresa y la emoción que provocaron esas palabras en él.

—Eso sería muy agradable, gracias.

El barón tiró de una campanilla y un criado acudió al cabo de unos minutos.

—Acompañe al señor Egremont al salón azul y que la señorita Lauren sea informada.

Charles hizo una rígida reverencia y se despidió de sir Henry para luego seguir al sirviente hasta el salón que recordaba con tanta claridad como el que visitara la última vez.

Una vez que se quedó a solas, se acercó a la ventana, pegó la frente al cristal y exhaló todo el aire contenido. La reunión con sir Henry había sido tan desagradable como imaginaba. Sabía que se tocarían ciertos temas incómodos para él, fue aún más difícil de lo que imaginó y aún no había hablado con Lauren.

Hubiera deseado recibirla con una sonrisa, decirle que estaba todo bien y que no habría nada por lo que preocuparse, pero no era posible.

Aunque las ideas no dejaban de dar vueltas en su mente, no tenía una línea de acción muy clara; prácticamente iba sobre la marcha y en algún momento tendría que llevar a la práctica todos los planes que empezaba a forjar, aunque no iba a resultar nada sencillo.

Fue así como lo encontró Lauren cuando se reunió con él.

Al franquear la puerta se quedó un momento de pie, sin hacer ruido y estudiando el reflejo de su rostro en la ventana.

Se veía tan preocupado, tan triste... Cuánto hubiera deseado acercarse y posar la cabeza en su hombro, asegurarle que ella lo ayudaría, que todo iba a estar bien; pero no se atrevió siquiera a dar un paso.

Él debió notar su presencia porque giró de improviso y la miró sin hablar por un momento. Cuando lo hizo, su voz fue queda e indecisa.

—Lauren...

Ella se replegó por instinto ante su tono, pero recuperó el aplomo y dio unos pasos hasta quedar a escasa distancia.

—Por favor, Charles, no te atrevas a disculparte o harás todo esto aún más difícil. No quiero que me recuerdes a cada instante cuánto lo odias.

Charles asintió e hizo amago de tocarla, pero se mantuvo en su lugar.

—Tienes razón, lo siento, te ofrezco disculpas.

—Disculpas aceptadas —Lauren ocupó una silla junto a la chimenea y cruzó las manos sobre la falda—. ¿Te gustaría tomar un poco de té?

—No, gracias, hay algunos asuntos que debo atender; cenaré en casa de mi padre, necesito informarlo acerca de nosotros.

—Sí, claro, comprendo.

Guardaron silencio por unos minutos hasta que Charles dio un vistazo a la puerta entreabierta y, tras dudar un instante, la cerró.

—¿Qué haces?

—Necesitamos un poco de privacidad.

—¿Para qué?

Charles esbozó la primera sonrisa sincera del día y la miró con ternura al tiempo que hincaba una rodilla frente a ella y tomaba sus manos.

—Lauren, no sé qué pasará en el futuro, quisiera poder asegurarte lo mejor, pero estaría mintiendo. Solo puedo jurarte que haré lo que sea para procurar que seas feliz. No tengo mucho que darte, pero mi amor te pertenece por completo, por poco que pueda valer.

—¡Oh, Charles!

—Te lo he dicho antes; mereces mucho más, a un hombre que pueda compartir la vida a la que estás acostumbrada, alguien a quien admirar y respetar... No soy ese hombre, Lauren, pero lucharé con todas mis fuerzas para ser merecedor de tu amor.

Ella sacudió la cabeza, incapaz de separar sus manos para limpiar las lágrimas que corrían por sus mejillas.

—Charles, solo podré ser en verdad feliz cuando destierres esa absurda idea de tu mente. Te amo por quien eres, no puedo imaginar a un hombre mejor que tú.

La sonrisa que él mostró fue más una mueca triste y un poco amarga, como si quisiera decirle con ella: ¿Por qué no lo entiendes?, pero guardó silencio y tras depositar un beso en cada mano, se incorporó.

—Estoy muy agradecido a tu padre por permitirnos sostener esta conversación, pero no quiero abusar de su hospitalidad.

Lauren comprendió que el momento entre ellos había terminado.

—Entiendo.

—Le dije a tu padre que es imperativo se te consulte acerca de las decisiones relacionadas con la boda. Si tuvieras algún problema, por favor no dudes en hablar conmigo.

—Así lo haré.

—Bien. Debo irme ahora. Yo... espero venir a visitarte en los próximos días.

—De acuerdo.

Charles hizo un gesto de frustración ante sus réplicas dichas en tono monótono y abstraído.

—Procuraré hacerte feliz, lo prometo.

Lauren lo escuchó, pero mantuvo su expresión distante, apenas le prestó atención cuando se marchó. Cuando se encontró a solas, dejó caer los hombros.

—¿Y por qué no puedes serlo tú también?

Desde luego, no obtuvo una respuesta.

Capítulo 16

—Lo siento, debo haber oído mal, ¿qué acabas de decir?

Sir Patrick Egremont empezaba a perder el oído, aunque ni un solo miembro de su familia se atrevía a mencionarlo, era muy sensible a ese tema. Incluso Charles, por lo general dispuesto a las bromas, se cuidaba mucho de hacer un comentario desafortunado.

—Dije que voy a casarme.

De no encontrarse tan preocupado por los últimos acontecimientos, Charles habría encontrado un poco ofensiva la expresión sorprendida de cada uno de sus familiares. No eran muchos, en realidad; en la mansión familiar solo se encontraban su padre, su hermano Arthur acompañado de su esposa Evelyn y una anciana tía de su madre que apenas decía unas cuantas frases al día.

—¿Con quién?

El tono de Arthur fue de cautela, como si tuviera una sospecha, pero no se atreviera a expresarla.

—Con Lauren Mowbray.

—¿La hija menor del barón de Mowbray?

Charles se limitó a asentir ante la pregunta de su cuñada, una joven mujer de cabellos castaños y ojos claros.

—Una joven agradable, aunque un poco más alta que la media...

Arthur se apresuró a dar un ligero puntapié bajo la mesa cuando notó la expresión ofendida de su hermano al escuchar el comentario de su tía. Buen momento escogía para empezar a hablar.

—Pero Charles es alto también, así que eso no tiene nada de malo.

—¿Y desde cuándo importa la altura de una joven para desposarla? Además, he hablado alguna vez con ella y es una muchacha encantadora.

Charles esbozó una sonrisa agradecida ante el comentario entusiasta de su cuñada.

—Desde luego, esto merece un brindis, ¿tenemos champán apropiado para estas ocasiones?

La pregunta de Arthur quedó suspendida en el aire cuando su padre dio un golpecito a su copa con la cuchara, a fin de obtener su atención.

—¿Desde cuándo la cortejas? ¿Por qué no has hablado antes de esto? Suponía que habías decidido permanecer soltero.

—Bueno, padre, obviamente he cambiado de parecer.

—¿Por qué?

—¿Perdón?

—¿Por qué has cambiado de parecer?

Charles contuvo un bufido y fijó la vista en el semblante enfurruñado de su padre. A los sesenta años, el barón de Egremont se conservaba fuerte y saludable, a excepción del pequeño problema auditivo, claro, y por lo general se le podía considerar un hombre simpático, pero en lo que a su hijo menor se refería, a veces se mostraba demasiado inquisitivo para su gusto.

—No lo sé.

—¿Qué clase de respuesta es esa?

—La mejor que puedo darte.

—Charles, no seas descarado.

—¿Estoy aún en edad para que me llames así?

Su padre murmuró por lo bajo algo referente a una mala crianza producto de ser demasiado consentido. De inmediato, Arthur hizo un gesto discreto en dirección a su esposa y esta se levantó de su asiento.

—Una cena deliciosa —miró a la anciana que prestaba una vaga atención a lo que ocurría a su alrededor—. Tía Violet, ¿me acompañas al salón para que los caballeros beban su oporto?

—Pero aún no han servido el postre.

—Ordenaré que lo lleven allí.

Tras insistir un momento, Evelyn consiguió convencerla y ambas se retiraron del comedor.

Charles sabía que su padre solo esperaba que los sirvientes los dejaran a solas para continuar con sus inquisiciones. Desde luego, sir Patrick no lo defraudó.

—No deseo que pienses que cuestiono tu elección, la chica Mowbray es una excelente candidata, tan solo digo que no pensaba estuvieras en la búsqueda de una esposa.

—No lo estaba.

—En ese caso, retomo mi pregunta original, ¿por qué has decidido casarte?

Su hijo menor dejó caer la cabeza contra el respaldar de la silla, con semblante abatido. Una vez más, su hermano fue en su ayuda.

—Padre, por favor, ¿por qué decide un hombre contraer matrimonio? Bueno, la razón por la que la mayoría de nosotros lo hacemos: sencillamente nos enamoramos.

—¿Dices que él está enamorado?

El tono incrédulo de su padre, además del hecho de que lo señalaba sin pizca de cortesía, agotó la paciencia de Charles, por lo que se irguió en su asiento, apoyó las manos sobre la mesa y le devolvió una mirada desafiante.

—Sí, padre, estoy enamorado, ¿pensabas acaso que no podría?

—Bien, a decir verdad creo que entregas tus afectos con demasiada veleidad.

—¡Por favor, padre! Creo que todos sabemos que son cosas completamente distintas, no puedes compararlas.

Arthur optó por hacer un comentario que llamara a la razón, pero su padre no pensaba desistir.

—Estoy de acuerdo, por supuesto, a lo que me refiero es a que no pensaba que tu hermano diera muestras de ello —le dirigió a su hijo menor una mirada escrutadora—. Tan solo me preocupa que tomes una decisión equivocada, no debe ofenderte que haga unas cuantas preguntas.

—¿Unas cuantas? Acabo de dejar al barón de Mowbray y él no me sometió a un interrogatorio.

—Pero él no es tu padre y no se preocupa por ti como yo.

Lo lógica esgrimida por sir Patrick no daba lugar a discusión y ello terminó por evaporar el enojo de Charles, que suavizó el gesto.

—Eso es lo más cercano a una declaración de afecto que te he oído decir en mi vida.

—Yo también —Arthur veía a su padre con franca sorpresa.

—¿Ahora estás celoso? —Charles no pudo resistir la tentación de burlarse de su hermano.

—¡Oh, cállate! Siempre fuiste el favorito.

—Dejen eso, ¿acaso son niños?

Charles rio con ganas al ver el rostro ofendido de su hermano ante las palabras de su padre. Para un hombre tan orgulloso de su seriedad y madurez, no había mayor afrenta.

—Una frase desafortunada...

—¿Qué estás rumiando, Arthur? —sir Patrick miró a su hijo con una ceja alzada—. No creo que este sea el mejor momento para bromear.

Charles decidió que bien podría ir en ayuda de su hermano, se había divertido ya bastante a su costa.

—Vamos, padre, no tienes que exagerar. En verdad agradezco tu preocupación, pero esperaba recibir una felicitación sincera.

—Y la tienes, desde luego, tan solo expreso mi extrañeza por una decisión tan precipitada.

—Quizá sea precipitada, pero no incorrecta. Lauren es una joven extraordinaria y yo soy muy afortunado.

—No lo dudo, Charles, pero debes reconocer que siempre has dejado en claro lo poco atractivo que encuentras al matrimonio.

—Yo no lo diría así...

El resoplido incrédulo de Arthur consiguió que su padre y hermano dejaran su pequeña discusión para mirarlo con idéntica reprobación.

—No he dicho nada —Arthur fingió indiferencia—. Sin embargo, padre, puedo decir en defensa de Charles que soy testigo del aprecio que siente por la señorita Mowbray.

—Interesante...

Arthur ignoró los gestos de su hermano para que callara.

—Sí, padre; aún más, esta noticia no me toma por sorpresa, la esperaba en cualquier momento —se dirigió a su hermano—. Asumo, Charles, que ya has olvidado esas ridículas ideas de no ser lo suficientemente bueno para ella.

Charles fijó la vista en su copa, listo para la reprimenda de su padre. ¿Cómo podía ser su hermano tan inteligente y estúpido al mismo tiempo?

—¿Tú dijiste eso?

Allí estaba.

—No tiene importancia, padre.

Su padre lo ignoró.

—¿Qué te haría pensar algo tan absurdo? Dios sabe que la historia de los Egremont es tan distinguida como la de los Mowbray, ¡e incluso más antigua! —sir Patrick elevó la voz al continuar—. ¿Acaso sir Henry ha insinuado algo al respecto?

—Repito que nuestra familia no tiene nada que ver con esto.

—En ese caso, ¿podrías explicar a qué te referías con esas palabras?

Charles se encogió de hombros, sin responder, por lo que su padre miró a Arthur.

—¿Y bien?

Su hijo mayor miró de uno a otro, indeciso. No tardó en comprender que acababa de cometer una indiscreción al revelar lo que Charles le comentara en confidencia. Y de todas las personas en el mundo, había tenido que contárselo precisamente a su padre. No le extrañaría que su hermano decidiera retirarle su confianza y se sintió mal por ello, pero decidió que al menos intentaría remediar su error.

—Padre, por favor, debes confiar en el buen juicio de Charles. La señorita Mowbray es una joven encantadora y no dudo de que los sentimientos de Charles sean correspondidos. He sido muy negligente al mencionar con tanta ligereza un tema tan sensible para mi hermano y le ofrezco disculpas.

—Y yo las acepto —Charles forzó una sonrisa—. ¿Lo ves? Ha sido todo un malentendido.

Su padre arrugó el ceño y lo miró con desconfianza.

—Me resulta difícil creerlo.

—Lamento escuchar eso, pero confío en que con el

tiempo logres comprender que estás equivocado. Ahora, por favor, ¿estás dispuesto a brindar por la felicidad de tu hijo?

Sir Patrick asintió al cabo de un momento y tanto Charles como Arthur suspiraron de alivio al verlo.

—¡Perfecto! Ordenaré que lleven una botella del mejor champán al salón. Las damas querrán participar del brindis.

Arthur dejó el comedor con el entusiasmo pintado en el rostro y Charles observó a su padre con cierta aprehensión. Suponía que ahora que se encontraban solos retomaría sus pesquisas. Sin embargo, para su sorpresa, no fue así.

Sir Patrick centró su atención en el candelabro sobre la mesa y no habló hasta pasados unos minutos. Cuando lo hizo, su tono fue conciliador.

—Ya que no te inspiro la suficiente confianza para compartir tus preocupaciones...

—Padre, estás equivocado.

Sir Patrick lo ignoró. De nuevo.

—Creo justo decir un par de cosas y apreciaría que me escucharas. Nunca has dado la impresión de considerarte menos que nadie, por el contrario, siempre he pensado que te vendría bien una cuota de humildad. Sin embargo, debo reconocer que no te faltan motivos para estar orgulloso de ti mismo. Eres un hombre inteligente, muy superior en intelecto a la mayoría de tus contemporáneos y no lo señalo porque seas mi hijo. A pesar de tus errores, nadie se atrevería a discutir el hecho de que eres un caballero y si alguien lo hiciera, bien, no valdría la pena siquiera prestarle atención.

Charles procuró no delatar lo conmovido que se sentía según escuchaba a su padre, solo lo observó con mirada atenta.

—No sé con seguridad cuál es la razón por la que te

sientes poco digno de la señorita Mowbray, aunque es posible que se deba a tus escasos ingresos y, si así fuera, solo puedo decirte que lamento profundamente no poder ser de utilidad en ese sentido.

—Padre...

—Debes recordar, Charles, que en nuestro mundo el dinero es importante, quizá demasiado, pero hay otros aspectos a considerar. El que seas un buen hombre y por lo que veo, uno enamorado profundamente de su prometida, debe significar algo.

Charles esbozó una mueca irónica.

—Y así es, pero quizá no sea suficiente. No solo se trata del dinero, padre, sino de la clase de persona que soy. Nunca he tenido una meta en mi vida, no he conocido un triunfo personal ni hay nada en mí que me haga destacar. Lauren es una mujer maravillosa y yo...

Sir Patrick hizo un gesto con la mano en señal de fastidio.

—Charles, no has hecho más que recalcar las virtudes de la joven con la que te vas a casar y eso está muy bien, pero tal vez deberías dedicar un momento a pensar en lo mucho que tienes para ofrecer a ese matrimonio y no me refiero al dinero —sonrió con una mueca burlona muy parecida a la de su hijo—. Tú también tienes una virtud o dos, ¿sabes? Piensa en ello.

Charles no tuvo oportunidad de responder, porque Arthur regresó al comedor.

—La bebida se enfría en el salón, ¿nos reunimos con las damas?

Su padre asintió y se levantó con un movimiento enérgico. Charles lo siguió, no sin antes ceder al impulso de posar un instante la mano sobre su hombro y sonreírle, agradecido. No recordaba cuándo fue la última vez que tocó a su padre o le sonrió sin pizca de malicia.

Si sir Patrick encontró algo extraño en sus actos, se cuidó mucho de decirlo.

Apenas dos días después de que sir Henry Mowbray recibiera la visita de Charles para acordar los detalles de la boda, su esposa e hijas mayores habían decidido, luego de recibir la noticia, que Lauren debía contar con un ajuar apropiado, sin importar el poco tiempo del que disponían para encargarse de ello.

La madre de Lauren acusó con gracia la sorpresa de enterarse del compromiso de su hija por medio de su esposo y se volcó a los preparativos de la boda con tal ímpetu que los miembros de su familia debieron rogarle que no se esforzara demasiado en atención a su reciente enfermedad.

Las hermanas de Lauren, por su parte, mostraron un entusiasmo más medido, ellas sí que recibieron la noticia con cierta inquietud. Según dijeron, apreciaban al señor Egremont, pero un compromiso tan repentino no dejaba de resultar extraño. Sin embargo, a pesar de sus constantes preguntas, no consiguieron que Lauren aceptara hacer alguna confidencia al respecto.

Una decisión tan apresurada, por supuesto, causó sorpresa entre sus conocidos, si bien la inclinación que mostrara Charles por compartir con la menor de las hijas del barón de Mowbray no pasó desapercibida a los miembros más observadores de la sociedad. Cuando se conoció la noticia, más de uno se mostró sorprendido y también más de uno sonrió satisfecho. Quizá Charles no fuera el partido soñado por las debutantes y mucho menos por sus madres, pero era un caballero muy estimado.

Se fijó la fecha de la boda para cuatro semanas a partir del anuncio y aunque era muy poco tiempo para encargarse de todos los preparativos, la baronesa Mowbray y sus hijas mayores tomaron el reto como una cruzada personal.

Por ello, Lauren tuvo que resignarse a pasar todos los días yendo de un lugar a otro con el fin de probarse vestidos, encargar ajustes a los que no le entallaban de forma perfecta y acumular una prenda tras otra, tantas que no creyó que fuera a vivir lo suficiente para usarlas todas, pero no creyó que tuviera sentido discutir por ello. Lamentablemente, no disfrutaba del frenesí de los preparativos tal y como hubiera deseado. Siempre soñó con un matrimonio tan perfecto como fuera posible, atenta al mínimo detalle para unir su vida al hombre amado…

Ahora, cada vez que pensaba en ello, sentía tantos deseos de llorar que con frecuencia se veía en la necesidad de buscar un momento a solas y borrar al menos por un instante la falsa sonrisa de su rostro.

Había soñado con casarse y lo haría. Había esperado contar con un hermoso ajuar y lo tendría. Lo más importante, siempre soñó con amar profundamente al hombre con el que compartiría su vida y Dios era testigo de que así era. Infortunadamente, nunca se detuvo a pensar en que su futuro esposo no aguardaría su enlace con la misma ilusión.

Solo había visto una vez a Charles desde el día en que habló con su padre, pero apenas si pudieron compartir un momento a solas y este fue tan tenso que solo intercambiaron unas cuantas frases amigables. Lauren empezaba a desesperar. ¿Cómo lograba Charles fingir tanta calma mientras ella solo deseaba gritar? Con gusto le habría pedido que cancelara el compromiso si odiaba tanto la idea de casarse, pero no encontró el valor. En parte, por miedo a la ira de su padre y al disgusto que significaría para su madre; pero en gran medida también porque conservaba la secreta esperanza de que las cosas cambiaran, de que él llegara un día y le dijera que no deseaba más que compartir su vida con ella. Eso, lamentablemente, distaba mucho de ocurrir.

Cuando restaban pocos días para su boda y, según la rutina que había adoptado, pasaba la tarde en su habitación, su doncella anunció una visita que le provocó tanta alegría que por un momento logró olvidar sus preocupaciones.

La última vez que vio a su amiga Juliet había sido durante una corta visita que realizó con su madre a Rosenthal, la propiedad que el esposo de Juliet tenía en Devon. Sintió un pequeño aguijón en el pecho al recordar que Charles también se encontraba allí en esa ocasión.

Juliet siempre fue muy hermosa, la joven más bella de su generación, pero a los ojos de Lauren nunca la encontró tan encantadora como en ese momento, mientras la observaba con atención al llegar al salón; se veía tan feliz y en paz consigo misma que era imposible no sonreír al verla.

—¡Lauren!

Se abrazaron con entusiasmo y empezaron a hablar al mismo tiempo, por lo que llegado un momento ambas se miraron y rompieron a reír.

—¡Dios! No he entendido la mitad de lo que has dicho y apuesto que a ti te ha ocurrido lo mismo —Juliet apuró a Lauren para que se sentara a su lado en el sillón—. Bien, creo que tienes noticias mucho más importantes que compartir.

La alegría de Lauren decayó y esbozó una sonrisa triste.

—¿Lo sabes?

—Desde luego que lo sé, ¿por qué crees que estoy aquí? —Juliet endureció un poco el rostro y sus ojos azules relampaguearon–. ¿Por qué no me escribiste para contármelo? Fue tu hermana quien se encargó de enviarnos una invitación. ¡Casi me desmayo cuando me enteré!

Lauren suspiró.

–Juliet, por favor, no tienes que exagerar.

–Hablas como Robert –puso los ojos en blanco al referirse a su esposo, pero Lauren percibió como su voz se dulcificaba al pronunciar su nombre–. ¿Te puedes creer que él asegura que no le sorprende? Dice que le parece todo muy *natural*.

–¿Natural?

–Oh, sí, pero no esperes que te lo explique porque aún no lo comprendo.

Su amiga se encogió de hombros.

–¡Hombres!

–Una expresión muy apropiada –Juliet recuperó la sonrisa–. Pero no hablemos de sus misterios ahora, preferiría oír lo que tienes que decir *tú*.

–Podría tardar horas.

Juliet hizo una mueca graciosa y se arrellanó mejor en el sillón.

–Puedo asegurarte que no tengo prisa.

Lauren aspiró con fuerza y enlazó las manos sobre el regazo.

–Supongo que lo mejor será que te explique todo desde el principio...

Juliet era de esas personas que escuchan con atención, aunque tenía cierta tendencia a interrumpir en los momentos más emocionantes del relato, por lo que Lauren debió pedirle más de una vez que guardara silencio y le permitiera continuar.

Le habló acerca de cómo ella y Charles empezaron a verse con cierta frecuencia al empezar la temporada y cómo la presencia de Daniel influyó para que forjaran lazos más estrechos. Confesó la atracción que empezó a sentir hacia él, e incluso se atrevió a contarle acerca de lo poco decoroso de su conducta, como ella lo llamaba, si bien se cuidó de no profundizar demasiado en ese tema.

Juliet escuchaba con atención y asentía en los momentos indicados. Hizo un gran esfuerzo para no comentar cada hecho que Lauren compartía, pero su escasa paciencia se agotó cuando su amiga le habló de Daniel y la trampa que les tendió.

—¡Lo mataría! ¿Cómo ha podido?

—Preferiría que no te expreses de esa forma, recuerda que hablamos de tu primo.

—Te aseguro que esa es la única razón por la que en verdad no lo mataría, pero sí que estoy dispuesta a decirle unas cuantas cosas. ¿Sabes dónde está?

—No estoy segura, supongo que se hospeda en casa de su padre.

—Y nuestra abuela, por supuesto, se encargará de protegerlo para evitar un escándalo —Juliet frunció la nariz al referirse a lady Ashcroft; ambas sabían lo poco que le agradaba—. No puedo creer que fuera capaz de hacer algo tan terrible.

—No ha sido la primera vez.

Lauren y Juliet intercambiaron una mirada sombría. Aún tenían fresco en la memoria el recuerdo de un hecho similar provocado por Daniel, el mismo que en su momento le provocara a su prima un gran dolor.

—Daniel me odia; ahora que puedo pensar en ello con más calma, no debería sorprenderme lo que hizo, pero Charles y tú...

—Juliet, no creo que tu primo te odie, me temo que sus motivos para actuar como lo hizo son muy diferentes —ante el gesto incómodo de Juliet, su amiga decidió no profundizar más en el tema—. En lo que respecta a nosotros, creo que siente mucho rencor hacia Charles por su cercanía con Robert y dudo de que le importara demasiado el daño que me pudiera provocar a mí al perjudicarlo a él.

—Eso solo hace que parezca más ruin a mis ojos, puedo asegurártelo, pero confío en que reciba un buen escarmiento.

Lauren guardó silencio ante el tono resuelto de su amiga. Juliet era una persona muy apasionada, entregaba sus afectos con el mismo ímpetu con el que demostraba su desagrado y Daniel, con su conducta, había conseguido que ella no dudara en afirmar que todo el cariño que alguna vez sintiera por él había desaparecido dejando tan solo un penoso rastro de nostalgia por los años compartidos.

—No hablemos más de él, aunque sé que en algún momento tendremos que hacerlo —Juliet hizo un esfuerzo para calmarse y continuó—. Me gustaría que me explicaras con más detalle lo que ocurre entre Charles y tú, porque me cuesta comprender la situación.

Lauren se encogió de hombros y mostró una expresión tan triste que Juliet posó una mano sobre la suya.

—He compartido todo lo que puedo decirte.

—Lauren, por favor, no espero detalles, pero creo que puedes explicarme mejor qué es lo que ocurre entre ustedes.

—¡No lo sé!

Juliet se envaró en el asiento y mostró una expresión confundida.

—¿No lo sabes?

—Sí, en realidad sí lo sé, o en gran parte.

Su amiga ahogó un suspiro.

—¡Dios mío! Esto es peor de lo que pensaba. Lauren, dime una cosa, ¿lo amas? Porque por la forma en que hablas de él apostaría a que así es.

Lauren asintió en señal de respuesta.

—Ya lo imaginaba. ¿Y Charles? ¿Ha dicho algo al respecto?

—Él asegura que sí y yo... sé que es verdad, puedo sentirlo.

Juliet elevó una ceja ante las apasionadas palabras de su amiga y esbozó una amplia sonrisa.

—Eso es bueno, es perfecto. Comprendo que no desearan verse comprometidos por culpa de la horrible trampa de Daniel, pero no debe importarte como para que te muestres tan desolada.

Lauren se incorporó con un movimiento brusco y empezó a recorrer la habitación.

—Hay algo más.

—¿Qué?

—Creo que existe un poderoso motivo por el que Charles no desea casarse conmigo.

—¿Y qué motivo es ese?

—No ha querido decírmelo, pero creo que está relacionado con el hecho de que no dispone de muchos recursos.

Juliet hizo ademán de empezar a hablar, pero pareció pensarlo mejor, por lo que se limitó a asentir y a hacer una seña para que continuara.

—He pensado mucho en esto y en un principio lo descarté porque creo que es absurdo, no me importa si Charles tiene o no dinero, pero mis hermanas hicieron algunos comentarios al respecto y mi prima Margaret, a quien conoces, fue muy tajante al afirmar que Charles no era un candidato apropiado por la misma razón. Juliet, ¿y si él piensa lo mismo? Si cree que a mí me importa...

—Bueno, eso sí que tiene sentido.

—¿Lo crees así?

—No creo que Charles pueda realmente pensar que tú

le das alguna importancia a eso, te conozco y sé que no es así y si él te ama como piensas, debe saberlo también. Pero quizá sí le importe a él.

—¿A qué te refieres?

Juliet se encogió de hombros antes de responder.

—Charles es un hombre encantador y admiro que sea tan honesto y no tema decir lo que piensa la mayor parte del tiempo, pero no deja de ser un hombre y tiene tantos prejuicios como cualquier otro. Bien, tal vez no tantos, lo mismo que Robert, pero estoy segura de que ese tema debe afectarle y sé que tú eres mucho mejor persona que yo, pero no te atrevas a decir que no has pensado al respecto.

—Desde luego que lo he hecho, acabo de decírtelo, pero es ridículo; lo amo y él a mí, ¿qué importancia tiene eso?

—No discutiré ese argumento, pero debes entender que a veces el amor no es suficiente —Juliet sonrió con cierta burla al ver la expresión sorprendida de su amiga—. Lauren, amaría a Robert aun cuando fuera el encargado de podar los jardines de Rosenthal y con gusto sería su ayudante; no es el dinero a lo que me refiero.

—¿Y a qué te refieres entonces?

Su amiga fijó la vista en un cuadro sobre la chimenea, aun cuando en realidad no parecía estar prestándole mucha atención.

—Es difícil de explicar. Verás, amar a la persona con la que vas a compartir tu vida es maravilloso, pero ese mismo amor puede volverte muy egoísta y a veces nos ciega frente a todo lo que pueda poner en riesgo nuestra felicidad, sin pensar en que jamás podríamos ser realmente felices si la persona a quien amamos no lo es también —Juliet hizo un gesto al poner los ojos en blanco—. Por favor, di que has entendido, porque soy incapaz de repetirlo.

Lauren asintió.

—Dices que debo intentar comprender a Charles, no dudar de su amor, sino procurar entender qué es lo que lo angustia y ayudarlo sin pensar solo en lo que deseo o espero.

Su amiga exhaló un suspiro aliviado y dejó caer la cabeza sobre el respaldo del sillón con un gesto dramático.

—En verdad eres muy parecida a Robert, ¿estás segura de que no son familiares?

Lauren rio.

—No lo creo, aunque no me molestaría que así fuera, así seríamos parientes tú y yo también.

—Robert considera a Charles un hermano, así que de una u otra forma, lo seremos. Solo piénsalo; algún día el pequeño George tendrá un buen amigo con quien jugar y espero que ese día no esté muy lejano.

La insinuación de Juliet consiguió que Lauren sintiera cómo el rubor subía a su rostro, pero se repuso y, tras dirigirle una mirada reprobadora, se apuró a sentarse a su lado y miró de un lado a otro antes de decidirse a hablar.

—Juliet, necesito pedirte un favor; es muy delicado y es posible que no estés de acuerdo con lo que deseo hacer.

—¿Está relacionado con resolver este confuso asunto con Charles?

Lauren asintió.

—En ese caso, querida, cuenta conmigo para lo que desees.

—¿Aunque eso signifique urdir un plan muy peligroso?

Juliet fingió meditar un segundo y luego sonrió.

—Esos son precisamente mis planes favoritos.

Según las pesquisas realizadas por Charles, Daniel continuaba en Londres, pero luego de la fiesta en casa de los Mowbray, no se le había visto en los lugares que acostumbraba frecuentar. La idea de visitar nuevamente a Isabella Mascagni fue desechada tan pronto como pensó en ello. Esa mujer no lo escucharía.

A primera hora de la tarde optó por intentarlo nuevamente en el club donde lo encontrara por última vez, pero tras hacer algunas discretas preguntas se vio una vez más con las manos vacías, cuando lo que más deseaba tener entre ellas era el cuello de Ashcroft.

Aceptó un par de comentarios supuestamente graciosos relacionados con su próxima boda de antiguos compañeros de Eton, pero logró escabullirse y aprovechó su amistad con el administrador del club para conseguir una habitación privada. Necesitaba estar a solas. Sin embargo, no llevaba ni diez minutos allí y apenas saboreaba un poco de brandy, cuando se vio interrumpido por una presencia inesperada.

—¡Vaya, vaya! Pero si es el futuro novio. ¿Por qué no estás con tu prometida, grandísimo tonto?

Solo una persona en el mundo podría hablarle de esa forma, con un deje de burla afectuosa que aseguraba una sonrisa en respuesta.

—¿Robert? ¿Cuándo has llegado?

El conde de Arlington era la imagen de la serenidad, en especial cuando su esposa se encontraba presente, según Charles había podido comprobar. Su mejor amigo se caracterizaba por poseer un carácter reposado y divertido, si bien quienes lo conocían un poco mejor sabían perfectamente que tras ese exterior tan apacible se escondía una personalidad férrea, de principios claros y una devoción conmovedora para con sus seres queridos. En ese momento, mientras ocupaba una silla disponible, se percató de que también parecía un poco inquieto.

—Juliet y yo llegamos esta mañana muy temprano.

—Me alegra verte.

—¿En verdad?

—¿Noto un leve tono de reproche?

Robert cambió la inflexión burlona en su voz para responder por una de sincera preocupación.

—Charles, ¿qué estás haciendo aquí?

Su amigo se encogió de hombros.

—Busco a Daniel Ashcroft.

—¿Para qué?

—Para matarlo, claro, o al menos infligirle tanto daño como sea posible.

Robert elevó una ceja ante la exaltada declaración.

—¿Insinúas que Ashcroft tiene algo que ver con todo este asunto de la boda?

—Te diré un par de cosas acerca de Ashcroft...

El conde de Arlington escuchó en silencio y sin interrumpir una sola vez la narración de su amigo, pero según le revelaba los acontecimientos acaecidos en los últimos meses, su semblante se iba ensombreciendo. Para cuando Charles terminó de hablar, lucía tan disgustado como si acabaran de ofenderlo personalmente.

—Ya veo, haremos lo siguiente: cuando Ashcroft se decida a dar la cara, porque tendrá que hacerlo en algún momento, prometo sujetarlo mientras tú lo golpeas.

—¿Dos contra uno? Eso no es muy caballeroso —la idea no pareció disgustar a Charles en absoluto—. Aunque ¿qué sabe esa escoria de caballerosidad?

Robert asintió con gesto solemne.

—Cruzaremos ese puente cuando lleguemos a él. Mientras tanto, insisto en que debes hablar con Lauren; tengo la impresión de que las cosas entre ustedes no van muy bien.

—¿Y te sorprende? ¿No has oído lo que acabo de decir? Nada de esto habría pasado de no ser por Ashcroft.

El conde dio una cabezada en señal de asentimiento.

—Desde luego, concuerdo en que no es la mejor manera de iniciar un matrimonio, pero confío en que Lauren y tú lograrán superarlo. Después de todo, se habrían casado tarde o temprano.

Charles tosió con muy poca elegancia al atragantarse con un sorbo de coñac y miró a su amigo como si acabara de perder el juicio.

—¿Qué estás diciendo?

La expresión de Robert no varió; se veía incluso un poco divertido.

—Charles, debes reconocer que todo esto, si descartamos la jugarreta de ese despreciable de Ashcroft, era bastante predecible, casi natural.

—¿Natural?

—Luces tan sorprendido como Juliet cuando le hablé al respecto.

—No me extraña que así sea, ¿qué tiene de natural el hecho de que me case con Lauren?

Robert cruzó las manos sobre la mesa y por un momento a Charles le recordó a uno de sus preceptores en Eton a punto de explicar una lección particularmente sencilla a un alumno no muy listo.

—Charles, sé que nunca te has planteado el matrimonio como una posibilidad seria, pero también sé que un hombre como tú no podría escapar del amor y sabes a qué clase de amor me refiero. Algún día tenía que pasar y no hace falta ser un genio para suponer que cuando ello ocurriera escogerías a una joven como Lauren. Ella es extremadamente virtuosa, inteligente y con una propensión admirable a ver lo mejor en quienes la rodean; ¿quién mejor que ella para apreciar al hombre que eres? Entonces, era lógico suponer que si ambos tenían la oportunidad de conocerse un poco mejor, terminarían enamorados. Y cuando un hombre y una mujer se enamoran, lo usual es que contraigan matrimonio. Como ves, todo muy natural.

Charles se obligó a cerrar la boca, porque seguro que tenía cara de tonto, pero no podía creer que Robert sintetizara de esa forma algo que para él era tan complicado. ¡Y ni siquiera había mencionado lo que más le preocupaba!

–Las cosas son un poco más complejas de lo que pareces creer –procuró mantener un tono agradable, su amigo no tenía la culpa de lo que ocurría–. No discutiré las virtudes de Lauren, ella es magnífica y tienes razón al decir que hubiera resultado imposible no amarla en cuanto empecé a conocerla un poco mejor, pero ese fue mi error. Nunca debí exponerme a ello, he debido mantener las distancias; en realidad, lo intenté, pero ya era tarde.

–¿Y por qué harías algo así?

–Yo...

Nunca se había atrevido a tocar ese tema abiertamente con Robert por la sencilla razón de que nunca le había parecido importante. Era un buen amigo, el mejor, pero había ciertas cosas que era mejor no mencionar.

–Tengo mis razones.

–¿Y son?

–Pensarás que es una tontería.

–No lo sé, tendría que conocerlas para emitir una opinión.

Charles exhaló un suspiro. Al parecer, no tenía alternativa.

–No quiero que piensen que soy un hombre que no ha hecho nada útil en su vida y que se casa con una heredera por conveniencia.

Su amigo no mostró mayor sorpresa al oírlo, tan solo se llevó una mano al mentón y lo miró con expresión pensativa, los ojos grises faltos de emoción.

—Tienes toda la razón —su tono fue frío—. Es una tontería. No, espera, debo ser más claro; es lo más absurdo que he oído en mi vida.

Charles dejó caer un puño sobre la mesa.

—Robert, no espero que lo comprendas, pero sabes lo que es estar enamorado y encontrarte dispuesto a hacer cualquier cosa por la mujer que amas. ¡Y no te atrevas a negarlo!

—No lo haré, pero estás equivocado si piensas que alejarte de Lauren la hará feliz. Si te ama, y por lo que comprendo así es, deseará estar a tu lado. ¿A quién le importa lo que piensen unos cuantos idiotas? Siempre te ha tenido sin cuidado la opinión de esa clase de personas.

—Y así es, pero no se trata de ellos, sino de mí. Tal vez a mí sí me importe.

El conde emitió un bufido de disgusto y miró a su amigo con el ceño fruncido.

—En ese caso, haz las paces con tu conciencia y no castigues a Lauren por tu ridículo complejo de inferioridad. Si dejaras de lamentarte, te darías cuenta de que vales mucho más de lo que piensas, en especial cuando no te comportas como un idiota.

A medida que hablaba, Robert fue elevando la voz y para cuando terminó, un sepulcral silencio se alzó entre ellos. Era una suerte que se encontraran en una habitación reservada, o todos los otros asistentes se habrían encontrado en una situación bochornosa.

—Sabes que si fueras otro hombre te golpearía por hablarme de esa forma, ¿verdad?

—Por supuesto y yo respondería, así que puedes considerarte afortunado.

Charles esbozó una sonrisa sarcástica, más calmado. Tal vez el poner en palabras tan claras lo que lo atormentaba lo había ayudado más de lo que en un momento pensó. Su amigo, por su parte, decidió insistir con sus consejos.

—Escucha, ¿por qué no dedicas tu tiempo a hablar con Lauren? Ambos sabemos que por loable que sea tu interés en romper la nariz de Ashcroft, eso puede esperar. Aún más, prometo estar pendiente de cualquier información que sea de utilidad y si me entero de algo te haré llegar una nota —Robert habló con tono amable—. Te doy mi palabra de que te dejaré dar el primer golpe.

—¿No se disgustará Juliet? Después de todo, es su primo.

Su amigo soltó una alegre carcajada y sacudió la cabeza.

—Mi adorable esposa debe estar ya enterada de lo que hizo —dijo—. Creo que lo mejor que le puede pasar a Ashcroft es que nosotros lo encontremos antes que ella. Charles, ve con Lauren, no te atrevas a perderla.

Charles asintió tras dudar un instante.

—¿Sabes lo difícil que es reconocer tus más grandes dudas respecto a ti mismo frente a la persona que amas?

Robert dio una cabezada y le dirigió una mirada entendida.

—Amigo mío, lamento ser yo quien te lo diga, pero ese es uno de los pilares del matrimonio. Si puedes confiar en Lauren a tal extremo, les auguro una vida muy feliz.

Charles calló por un momento mientras daba vueltas al líquido en su copa con movimientos ondulantes. Cuando habló, su voz fue firme.

—No quiero perderla.

—Bien. No lo hagas —Robert se inclinó un poco sobre la mesa—. Eres un tipo simpático, pero no creo que encuentres muchas mujeres dispuestas a tolerarte.

—¿En verdad lo crees? —su amigo lo miró con una ceja alzada.
—Naturalmente.
Charles sonrió sin pizca de malicia y Robert notó que su amigo parecía más calmado.
—Naturalmente —repitió con una entonación burlona.

Capítulo 17

En el momento en que Lauren dejó caer la aldaba sobre la puerta de roble, supo que estaba a punto de involucrarse en un serio problema, pero no estaba dispuesta a dar media vuelta y correr, como su instinto le aconsejaba.

Acomodó mejor un rizo de su cabello al oír los pasos acercándose para abrir y adoptó una expresión tan calmada como le fue posible.

Si el ayuda de cámara de Charles encontró extraño que una dama visitara las habitaciones de su señor en medio de la noche, se cuidó bien de revelarlo; a decir verdad, mostró un rostro impasible y digno que Lauren habría admirado en mejores circunstancias.

–Señorita…

El tono del ayuda de cámara decayó una octava al usar el tratamiento que creyó apropiado.

–Busco al señor Egremont.

–Comprendo.

Dudaba que lo hiciera, pero agradecía que se abstuviera de hacer preguntas.

–¿Se…? –Lauren carraspeó al notar su voz aflautada por los nervios–. ¿Se encuentra en casa? ¿Puede informarle que la señorita Mowbray necesita hablar con él?

Lauren estuvo a punto de golpearse allí mismo. ¡Juliet le aconsejó claramente que no diera su nombre a los sirvientes! Pudo ver que al rostro del ayuda de cámara afloró una expresión de reconocimiento antes de recuperar el semblante pétreo.

—El señor no se encuentra en casa, señorita, pero si lo desea puedo transmitirle un mensaje.

¿No estaba en casa? ¡Pero si se había atrevido a ir hasta allí a esa hora precisamente con la seguridad de que lograría encontrarlo! Lauren empezó a mordisquearse el labio inferior, un poco insegura de qué hacer a continuación. ¿Y si le dejaba un recado? Podría indicarle al ayuda de cámara que le dijera algo en su nombre, ¿cierto? Que la visitara en casa a la brevedad posible. ¡No! Le había costado mucho llegar hasta allí; incluso se había atrevido a involucrar a Juliet en todo ese enredo. Debía hablar con Charles y lo haría esa misma noche.

Se irguió en toda su altura y procuró mantenerse tan digna como le fue posible.

—¿Puedo esperarlo un momento?

Tendría que felicitar a Charles por haber conseguido emplear a un sirviente tan discreto, porque el ayuda de cámara apenas si exhaló un suspiro ante su insólita petición.

—Desde luego, señorita.

La guio hasta el pequeño salón y, una vez que ocupó una cómoda silla de alto respaldar, se concentró en observar lo que la rodeaba. La decoración era obviamente masculina y de buen gusto, con algunas pinturas que identificó como excelentes reproducciones, todas de temática clásica y que le parecieron apropiadas al carácter de Charles.

—¿Puedo ofrecerle un té?

Ya que no sabía cuánto tiempo tendría que esperar, Lauren asintió con una sonrisa y observó al ayuda de cámara alejarse. Cuando se encontró a solas, dejó caer los hombros y exhaló un suspiro aliviado. No podía creer que hubiera sido capaz de cometer semejante temeridad. No quería pensar en lo que sus padres pensarían de su comportamiento, pero estaba decidida a no arrepentirse.

El ayuda de cámara regresó pronto con el té y unas pastas que habría probado de no encontrarse tan nerviosa y una vez más se retiró, instándola antes a llamarlo si necesitaba de sus servicios.

Tras beber unos sorbos de té, Lauren miró el reloj sobre la chimenea y comprobó que no había pasado mucho tiempo desde su llegada. Se puso de pie y empezó a observar con más atención los detalles en la habitación. Lamentablemente, los minutos pasaban con lentitud y el lugar era pequeño, así que lo había visto todo en muy poco tiempo.

Una pequeña puerta cerrada llamó su atención y se acercó con paso sigiloso. Dudó antes de girar el picaporte, pero algo la obligó a hacerlo. Si su madre la viera…

Al otro lado encontró una habitación aún más reducida que el salón, pero exquisitamente amueblada y con una decoración tan agradable que no pudo contener el impulso de dar unos pasos hasta que se vio dentro de ella. Obviamente, se encontraba en un despacho, el de Charles, y se encaminó hasta llegar al escritorio de roble que dominaba el lugar.

El orden que imperaba en el estudio no estaba presente en ese mueble tan personal. Trozos de pergamino aquí y allá, unas cuantas plumas y varios libros se mezclaban de forma caótica. Lauren sabía que lo mejor que podía hacer era dar media vuelta y regresar a su asiento en el salón; aun mejor, quizá fuera buena idea dejar la casa, pero no logró encontrar la voluntad para hacerlo. Por el contrario, llevada por la curiosidad estiró una mano temblorosa para tomar el primer volumen que encontró y frunció un poco el ceño al leer el título; era una recopilación de poemas isabelinos que su madre le leyó alguna vez cuando era pequeña. Los otros libros tenían una temática similar, eran todos de poesía y se preguntó por qué Charles nunca había mencionado que le gustaba tanto ese género en particular.

Estaba a punto de dejar todo en su lugar, temerosa de ser descubierta por si el ayuda de cámara regresaba al salón, pero al intentar ordenar los libros tal y como los encontrara, su mano dio con una pesada libreta encuadernada en cuero que no había advertido antes. La abrió con timidez y le sorprendió lo gastada que se veía, como si sus páginas hubieran sido revisadas una y otra vez. Había borrones de tinta y la letra en la que escribieran en ella era fluida, aunque las palabras iban tan pegadas la una a la otra que le resultó un poco complicado leer su contenido, pero una vez que su vista se acostumbró al estilo, le fue mucho más sencillo.

Los ojos of Lauren iban de un lado a otro, saltando renglones con rapidez. Sin darse cuenta, ocupó el sillón del escritorio y se enfrascó de tal forma en la lectura que no sintió el tiempo pasar.

La visita a casa de Lauren resultó un completo desastre y, para cuando llegó a la casa en la que se ubicaban sus habitaciones, Charles solo deseaba tomar un baño e intentar dormir; dudaba de que le resultara sencillo, pero al menos deseaba intentarlo.

Confiaba que Coulson lo estaría esperando en el salón, como siempre, de allí que casi diera un brinco de sorpresa al encontrarlo en el rellano de las escaleras. Su ayuda de cámara tenía la extraordinaria virtud de mostrarse impertérrito aun en las situaciones más extrañas, por lo que verlo incómodo era casi insólito.

—Coulson, ¿qué…?

—Buenas noches, señor —saludó tan ceremonioso como siempre—. Una dama lo espera.

Por supuesto, era discreto, pero cuando debía decir algo no se andaba con rodeos.

—¿Qué estás diciendo?

—La señorita Mowbray llegó hace menos de una hora, señor; le expliqué que usted no se encontraba, pero insistió en esperarlo. La dejé en el salón y vine aquí para informarle en cuanto llegara —el ayuda de cámara pareció aliviado al compartir las novedades y recuperó su expresión impasible.

Charles, por su parte, debió sacudir la cabeza varias veces para asegurarse de que no había entendido mal. ¿Lauren allí? ¿Casi a medianoche? Si no fuera porque en todos los años que hacía que conocía a Coulson jamás le había gastado una broma, habría pensado que se trataba de una. Aspiró con fuerza para recuperarse de la impresión y dio una cabezada en señal de que había comprendido.

—Dices que se encuentra en el salón.

—Allí la dejé, señor.

—Bien, ¿podrías…?

El ayuda de cámara asintió.

—Pensaba hacer un pequeño recado personal si usted lo permite, señor.

Charles esbozó una sonrisa agradecida.

—Perfecto. Y Coulson…

—Ni una palabra de esto, señor.

—Gracias.

Charles se apresuró a subir el tramo de escalones hasta llegar a la entrada a sus habitaciones y abrió la puerta con suavidad, esperando encontrar a Lauren en el salón, tal y como Coulson le indicara, pero la habitación se encontraba vacía. Por un instante, la idea de ser blanco de una broma cruzó su mente una vez más, pero la descartó al percibir un aroma familiar. ¡Si ese no era el perfume de Lauren podía considerar que sufría serias alucinaciones!

Tras dar una mirada al salón notó la puerta de su estudio entreabierta y se le erizó el vello de la nuca. Caminó con paso rápido hasta llegar al umbral y lo que vio lo dejó sin aliento.

Lauren ocupaba su sillón favorito, los codos sobre el escritorio y la cabeza caída, muy concentrada en su lectura como para advertir su presencia. Rogó porque se hubiera entretenido con uno de los muchos libros que allí tenía, pero no, no era un libro lo que identificó entre sus manos.

—¿Qué diablos estás haciendo?

Al oír esa voz familiar, Lauren levantó la cabeza con un movimiento brusco y la vergüenza pintada en el rostro, pero esta dio paso pronto a la alarma al observar la mirada de Charles. Desde que lo conocía, nunca lo había visto tan obviamente disgustado y mucho menos con ella.

—Charles.

—No has respondido a mi pregunta.

—Lo siento, no tenía derecho, lo vi y...

No pudo continuar porque no encontró una sola palabra que excusara su comportamiento.

—De modo que no solo cometes la imprudencia de visitar las habitaciones de un hombre en medio de la noche, sino que además decides husmear entre sus cosas para pasar el rato.

Tal vez hubiera mucho de verdad en sus palabras, pero le habló con tanta dureza y obvia decepción que no pudo evitar mostrarse a la defensiva.

—No ha sido precisamente así y no tienes por qué ser tan grosero.

La carcajada que él emitió en respuesta fue casi un insulto.

—¿Grosero? Tal vez deberías tener la gentileza de dejar mis objetos personales en su sitio antes de acusarme de tal cosa.

Lauren soltó la libreta como si le quemara y la apartó tanto como le fue posible, sin disimular su vergüenza.

—Imagina mi sorpresa al visitar tu casa y ser informado de que habías atendido la invitación de una amiga cercana para pasar la noche en su residencia...

Lauren no pudo frenar las palabras que brotaron de sus labios.

—¿Fuiste a buscarme?

Charles ignoró su interrupción.

—No solo es del todo inusual que una dama joven haga tal cosa, sino que además, con la boda a escasos días, resulta del todo irregular; pero como tu madre tuvo a bien mencionar, quizá fuera bueno para ti «cambiar de aires», al menos por un día.

Lauren se humedeció los labios.

—Yo... lamento haber mentido, pero era la única forma que se me ocurrió para venir a verte. Mi amiga fue muy generosa al ayudarme.

—Supongo que la amiga a la que te refieres es Juliet y asumo también que fue ella quien contribuyó con esta brillante idea.

—No, desde luego que no —Lauren se apresuró a defender a su amiga—. Fue todo idea mía, lo hubiera hecho por mi cuenta de haber sido necesario.

Charles dio unos pasos en su dirección y ella se forzó a mantener su mirada.

—Ni siquiera empezaré a enumerar cada una de las faltas que has cometido al hacer esta locura.

—¿Crees que no era consciente de todos los riesgos que corría? Pero necesitaba hablar contigo y no se me ocurrió nada mejor.

—¿Y también era parte de tu brillante plan vulnerar de esta forma mi intimidad? ¿Tenías curiosidad por conocer todos mis secretos?

Su voz destilaba sarcasmo y le resultó tan doloroso oírlo que debió cerrar un momento los ojos para recuperar el aplomo.

—Sé que no he debido, Charles, no puedo expresar cuánto lo siento, no tengo excusa; pero... —se llevó las manos al regazo, señaló la libreta con una cabezada y suavizó la voz—. Es hermoso.

—¡No te atrevas a mencionarlo!

—¿Por qué no?

—¡Porque no tienes derecho!

Lauren contuvo el aliento y se incorporó con pesadez. Dio un pequeño rodeo alrededor del escritorio y se detuvo a escasos pasos de Charles.

—No pretendo halagarte para obtener tu perdón, solo digo lo que pienso; comprendo que estés disgustado, pero no digas nada de lo que puedas arrepentirte luego.

Él se llevó una mano a la cabeza y soltó una maldición entre dientes.

—¿Por qué demonios tuviste que hacer esto?

—No hay necesidad de maldecir —Lauren frunció el ceño—. No ha sido mi intención, Charles, lo juro.

—Como tampoco lo fue que te amara, pero eso da lo mismo.

Ella se envaró como si acabara de recibir una bofetada, pero Charles no pareció notarlo; no la miraba de frente, tenía la mirada perdida, casi como si hablara consigo mismo.

—Todo esto es ridículo —hizo una mueca amarga—. Con tu presencia aquí, viendo... se ha cerrado el círculo del absurdo. ¿Puedes verlo ahora? ¿Lo comprendes al fin? No solo soy un inútil, ahora puedes ver en mí también a un bufón.

—¡Charles, no! ¿Qué estás diciendo? No hay nada de absurdo en esto —Lauren tomó la libreta del escritorio y la enarboló frente a sí—. Te gusta escribir y eres muy bueno, deberías sentirte orgulloso, yo lo estoy.

La última frase, dicha con timidez, pareció conseguir que Charles recuperara la concentración.

—Lauren, eres muy noble y, por algún motivo que no alcanzo a comprender aún, me demuestras un cariño que no merezco —la ira había desaparecido de su voz, sustituida por un profundo cansancio—. No hay nada por lo que debas enorgullecerte.

—Pero esto...

Charles tomó la libreta de sus manos y la dejó sobre el escritorio con un golpe sordo.

—Olvídalo, no tiene importancia.

—¿Cómo puedes decir tal cosa?

—Porque es la verdad.

—¡No lo es!

Lauren soltó un bufido impaciente y se cruzó de brazos.

—Eres la persona más exasperante... no sé por qué me molesto en intentar comprenderte. Cada vez que creo haber llegado a un punto en el que pienso puedo comprender lo que pasa por tu mente, tus miedos y preocupaciones, te escondes tras esa horrible actitud de «no tiene importancia» —imitó su voz sin pizca de gracia—. ¿Qué te hace pensar que no importa lo que sientes? ¿Por qué te cierras a la posibilidad de compartir tus sueños con quienes te amamos? Si lo que deseas es escribir, yo te acompañaría, te apoyaría siempre, pero nada de lo que diga tiene sentido porque al parecer nunca serás capaz de confiar en nadie si no puedes antes confiar en ti mismo.

Tras terminar, Lauren respiró agitada y se limpió una lágrima con ademán furioso.

—Debo irme ahora.

Charles la detuvo del brazo y la acercó a su cuerpo, pero ella se separó y sacudió la cabeza.

—Debo irme —repitió.

—No has dicho por qué has venido a verme.

—Ni tú por qué fuiste a casa a buscarme —Lauren se encogió de hombros—; aunque es posible que ahora, en verdad, no tenga ninguna importancia.

—Lauren...

Ella suspiró.

—No me siento capaz de decir nada más, en especial si, como parece, siempre terminamos discutiendo.

—Tendremos que hablar en algún momento.

—Lo sé, lo sé —Lauren asintió—, pero no ahora.

—Está bien. Iré a verte mañana, ¿estás de acuerdo?

—Sí.

Charles dudó un momento y, antes de que ella dejara el despacho, la abrazó. No intentó besarla, solo la atrajo hacia sí y descansó el mentón sobre su cabeza, con los ojos cerrados. Su calor y aroma le inspiraban tanta paz que hubiera deseado quedarse así por siempre, pero tras unos minutos la soltó y le acarició el rostro.

—¿Cuál es el siguiente paso de tu ingenioso plan? ¿Te escabulles de vuelta a casa?

Lauren dio una cabezada en señal de negación.

—Un carruaje me espera para llevarme a la Casa Arlington y volverá a la mía por la mañana.

—Un plan admirable, debo reconocerlo.

—Pero no muy efectivo.

Charles no supo qué responder, de modo que asintió.

—Permite que te acompañe.

—No es necesario.

—Insisto.

Ante su tono tajante, Lauren se encogió de hombros y permitió que la escoltara hasta una puerta lateral, lo bastante discreta para que el carruaje pudiera esperarla y pasar inadvertido.

—Te veré mañana.

—Allí estaré.

Charles esperó a que el carruaje se alejara y una vez que lo hubo perdido de vista, anduvo el camino de regreso. Al llegar a sus habitaciones, comprobó que Coulson aún no había llegado y, conociendo su natural discreción y tacto, calculó que no volvería pronto. Se dirigió a su despacho y cerró la puerta tras de sí.

Se detuvo un momento en medio de la habitación y tomó la pesada libreta del escritorio, sosteniéndola en lo alto con ademán pensativo. Pasados unos momentos, la lanzó contra el suelo, pero no pasó mucho antes de que se agachara a recogerla.

—Si pudiera enmendar todos mis errores con la misma facilidad.

Se sentó frente al escritorio y tomó una pluma.

—Lo siento, debo de haber oído mal, porque entendí que ayudaste a una joven a escapar de su casa para visitar a un hombre en medio de la noche.

—No es tan malo como parece; después de todo, es su prometido.

Robert Arlington amaba a su esposa de forma tan devota y apasionada que a veces se preguntaba si sería capaz de resistir la vida sin ella. Por fortuna, se sabía correspondido y estaba tan seguro de su amor que desterraba esos pensamientos con facilidad. Sin embargo, la capacidad de Juliet para inspirarle un amor absoluto era proporcional a su destreza para sacarlo de sus casillas cuando hacía gala de su magnífica terquedad.

—Por supuesto, eso hace que todo tenga sentido.

Juliet sonrió sin pizca de arrepentimiento y dejó de cepillarse el cabello frente al espejo. Se encontraban en la habitación que compartían en la Casa Arlington, un lugar amplio y decorado con calidez.

—Sé que comprendes.

—Oh, no, jamás pretendería suponer que entiendo siquiera lo que pasa por esa cabeza tuya cuando decides que puedes ir contra el mundo.

—Pero no deseo hacer tal cosa, solo quiero ayudar a una buena amiga.

—Temo que hayas conseguido todo lo contrario.

—¿Qué quieres decir?

Robert le habló acerca de su encuentro con Charles esa tarde, aunque en consideración a su amigo fue muy discreto respecto a lo que le revelara.

—Como ves, Charles pensaba hablar con ella de cualquier forma, pero no sé cómo habrá reaccionado a la presencia de Lauren en su casa. Quizá se sienta un poco abrumado.

—Pero eso no tiene sentido, debería sentirse halagado.

Robert elevó una ceja y rio entre dientes.

—¿Halagado?

—Por supuesto; ¿no te sentirías así si fuera a verte la mujer que amas?

—Y supongo que esa serías tú.

Juliet correspondió a su sonrisa y se sentó a su lado sobre la cama.

—¿Quién si no?

Su esposo pasó una mano sobre sus hombros y la atrajo hacia sí.

—Nadie que me interese.

—Excelente respuesta —Juliet lo besó y recostó la cabeza en su pecho.

Tras unos minutos en silencio, Robert retomó la conversación.

—¿Qué crees que habrá ocurrido? ¿Habrán resuelto sus diferencias?

—Eso espero, se casan dentro de dos días.

El conde asintió ante la expresión preocupada de su esposa y le sonrió a fin de tranquilizarla.

—Todo saldrá bien; Charles puede ser un poco difícil, pero estoy seguro de que Lauren sabrá comprenderlo.

—¿Por qué tiene que ser tan obcecado?

A Robert le costó contener una carcajada, aunque, a decir verdad, tampoco se esforzó demasiado en hacerlo.

—¿En verdad has dicho eso?

—¿Qué?

—¿Llamar a alguien *obcecado*? ¿Tú?

—Deja de reír.

—Imposible.

—Robert...

Él calló ante su mirada un poco dolida y sonrió con dulzura.

—Eres la persona más obcecada sobre la tierra —afirmó con seguridad, para luego acariciarle la mejilla—. Y como amo cada aspecto de ti, amo también eso.

—Una vez dijiste que era terca como una mula.

Robert se las arregló para sentarla sobre su regazo.

—Y aún lo creo —besó la punta de su nariz—. Pero nunca dije que tuviera nada contra ello.

Juliet pasó los brazos alrededor de su cuello y su expresión se suavizó.

—Nadie te acusaría de no saber utilizar las palabras.

—Una de mis muchas virtudes, ¿pero sabes qué? No tengo muchas ganas de hablar en este momento.

Ella correspondió a su sonrisa traviesa.

—Es curioso, yo tampoco.

Capítulo 18

Para fortuna de Lauren, su familia estaba muy preocupada con los preparativos ante la inminente boda como para hacer muchas preguntas acerca de cómo había pasado el día anterior con su amiga. Su padre hizo algunos comentarios bastante ambiguos al respecto, pero fue sencillo desviarlo del tema. Odiaba mentir, pero en ese caso no tenía otra opción.

Su madre y hermanas la invitaron a que las acompañara para encargarse de los últimos detalles, pero tras obtener la autorización de su padre para recibir a Charles en el transcurso del día, prefirió permanecer en casa; odiaría no estar allí cuando él llegara.

Aún daba vueltas en su cabeza al descubrimiento de la noche anterior, un poco sorprendida y con muchas preguntas, aunque sabía que tendría que ser muy cauta al hablar con Charles. A pesar de que él había confesado que la amaba, estaba segura de que reprimía muchas emociones y deseaba que sintiera suficiente seguridad y confianza para compartirlas.

Cuando leyó los poemas que él escribiera durante lo que suponía debieron ser años, una llama de esperanza se encendió en su corazón. Un hombre que podía expresar de forma tan clara sus sentimientos sobre un papel, debía encontrarse desesperado por ponerlos en palabras, por decir sinceramente lo que sentía. Y ella confiaba en que así fuera.

Estaba dispuesta a echar mano de toda su paciencia. Si él veía cuánto lo amaba, lo dispuesta que estaba a apoyarlo y acompañarlo en la búsqueda de sus sueños...

Al escuchar la aldaba golpear la puerta, contuvo el deseo de correr a su encuentro y se dirigió con paso firme al salón que había dispuesto horas antes para recibirlo. Alisó una arruga imaginaria de su vestido de seda azul y esperó, procurando disimular su ansiedad.

El mayordomo hizo su aparición seguido por una figura masculina, pero al ver de quién se trataba sintió que su nerviosismo y entusiasmo se disolvían, dando paso a una profunda confusión.

—¡Lord Craven! No lo esperaba...

La última vez que hablaron, él confesó sus sentimientos y le propuso matrimonio, lo que era algo digno de recordar, pero lo que acudió a su memoria con mayor fuerza fue el hecho de que entonces se comportó de forma un tanto brusca con él. Al verlo allí, de pie, obviamente nervioso, no pudo reprimir un profundo arrepentimiento.

—Lamento no haber avisado de mi visita, señorita Mowbray, pero no dispongo de mucho tiempo, debo regresar al campo pronto; ¿podría concederme unos minutos?

Lauren asintió y dio órdenes al mayordomo para que les trajera té. Una vez que estuvieron a solas, señaló un cómodo sillón frente al que ella ocupaba.

—La he sorprendido con mi intrusión, lo siento mucho.

Ella sonrió a fin de darle confianza, un poco insegura de cómo actuar frente a su nervioso visitante.

—No esperaba verle, es verdad, pero puedo asegurarle que es siempre bienvenido en esta casa.

—Gracias.

Otro silencio incómodo se instaló entre ellos, por lo que recibieron la llegada del sirviente con alivio. A solas una vez más, lord Craven se aclaró la garganta y se pasó una mano por el cabello rojizo con ademán inquieto.

—Señorita Mowbray, sé que mi visita es del todo inapropiada, pero no quería dejar la ciudad sin hablar antes con usted.

—Aprecio su interés, milord, pero no comprendo sus razones...

—Verá, sé que la última vez que nos vimos usted se encontraba muy disgustada por cierta indiscreción.

No tuvo que decir más; Lauren recordaba perfectamente esa ocasión. Fue un golpe terrible descubrir que Charles había cometido la locura de alentarlo para que le propusiera matrimonio.

—Lo recuerdo y desde entonces he pensado con frecuencia que fui muy injusta con usted.

—No, señorita Mowbray, tenía razón al disgustarse; fui indiscreto, soberbio y un poco tonto. Asumí que usted me aceptaría sin pensar en sus sentimientos, aun cuando sabía que era demasiado honesta para engañarme o engañarse a sí misma.

Lauren suspiró, un poco incómoda por esa conversación.

—Lord Craven, aprecio sus palabras, pero insisto en que no era necesario que viniera hasta aquí a decirlo, le aseguro que solo guardo gratos recuerdos de su amistad.

Le conmovió ver la expresión triste en su rostro.

—Lo agradezco, es muy amable. Pero esa no es la única razón de mi visita. También quería... —se aclaró la garganta una vez más y bajó la mirada a sus pies— quería felicitarla por su boda y desearle mucha felicidad.

¡Oh, Dios! Qué situación más terrible y no encontraba una sola palabra apropiada que decir.

−Milord…

Él continuó, sin atender a su interrupción.

−El señor Egremont es un hombre muy afortunado, espero que sepa valorarla como merece. Tal y como le dije, me marcharé en los próximos días para ayudar a mi padre en la administración de nuestra propiedad; sé que cuando regrese estará ya casada y es posible que a su esposo no le agrade que la visite entonces.

Esa era una suposición más que lógica, desde luego, pero no quiso mencionarlo para evitarle un momento aún más desagradable.

−Bueno…

−En lo personal, preferiría que no lo hiciera, gracias por la consideración.

Lauren estuvo a punto de dejar caer la taza que sostenía al escuchar esa voz burlona. Si ya se encontraba incómoda ante las palabras de lord Craven, al ver a Charles de pie en el dintel de la puerta con un azorado mayordomo a tan solo unos pasos, hubiera deseado que la tierra la tragase.

−Milord, buen día, qué inesperada sorpresa.

Charles se adelantó para saludar a lord Craven como si el encontrarle allí no fuera en verdad tan inesperado y este, tras superar su confusión, dio una cabezada en señal de saludo.

−Señor Egremont.

Lauren exhaló un pequeño suspiro de alivio al ver que el mayordomo se retiraba; no necesitaban testigos de una escena que debía ser cualquier cosa menos agradable.

−Querida.

¿Querida? El que Charles la llamara de esa forma era suficiente para desconcertarla, nunca lo había hecho antes, pero que además se sentara a su lado, buscara su mano y se negara a soltarla era una locura y una muy poco apropiada en cualquier circunstancia.

—Creo haber oído que regresa al campo.

Si lord Craven encontró poco cortés que Charles reconociera abiertamente haber escuchado su conversación, se abstuvo de demostrarlo.

—Sí, solo por unos meses.

—Ya veo. Es una lástima que no pueda estar presente en la boda; le guardaremos un trozo de pastel.

Lauren abrió mucho los ojos e intentó una vez más soltar su mano, pero aunque Charles mantenía la vista fija en el hombre frente a sí, su mano se aferró aún más a la suya.

—No será necesario —la voz de lord Craven fue fría.

—Por favor, insistimos; ¿de qué otra forma podemos agradecer que se tomara la molestia de venir hasta aquí para desearnos lo mejor? —Charles mantuvo el tono sarcástico—. Desde luego, esperamos corresponder a su amabilidad cuando encuentre a la futura lady Craven.

Al parecer, la paciencia de lord Craven se vio desbordada tras ese último comentario, porque endureció el gesto y se puso de pie con un movimiento cargado de tensión.

—Creo que debería marcharme.

—Bien.

Lauren ignoró la cruda réplica de Charles y prestó toda su atención a lord Craven, con el arrepentimiento pintado en el rostro.

—Milord, gracias por su visita y sus buenos deseos.

Él tan solo hizo un gesto de despedida y salió del salón sin esperar a que Lauren llamara a un lacayo para que lo escoltara.

Cuando se quedaron a solas, sacudió la mano para liberarse de Charles y se puso de pie.

—¿A qué ha venido eso?
Él no fingió que no le entendía.
—No ha debido venir aquí y lo sabes.
—¡Él solo intentaba ser amable!
—Sí, por supuesto; se veía muy amable contemplándote como un cachorro apaleado.

Lauren se cruzó de brazos y le dirigió una mirada furiosa.

—Es curioso que lo llames de esa forma cuando tú te has comportado como un mastín que marcaba su territorio. ¡Debería darte vergüenza!

Él se levantó también, tan indignado o más que ella.

—No veo por qué; obviamente necesitaba que le dejaran algunas cosas en claro. En realidad, hubiera sido mejor que fueras tú quien se encargara de ello, pero parecías encontrar irresistible el ser blanco de tanta adoración. Dime algo, ¿te has arrepentido ya de haberlo rechazado?

Lauren no perdía el temperamento con facilidad, por lo que se horrorizó consigo misma al sentir el fuerte impulso de gritar y lanzar la tetera contra la pared del salón. En lugar de eso, cerró las manos en puños hasta que sintió las uñas clavarse en su piel.

—Ni siquiera honraré esa espantosa pregunta con una respuesta.

Charles sostuvo su mirada, hasta que rompió el silencio.

—Lo lamento —dijo—; no he debido comportarme de esa forma, lo sé, pero cuando llegué aquí y vi a Craven con ese estúpido rostro de enamorado en penitencia... fui grosero, pero sé que de ocurrir otra vez, haría exactamente lo mismo.

—¿Te comportarías como un tonto?
—Sí, lo haría mil veces, porque cuando se trata de ti, la razón no es precisamente lo que domina mis acciones.

Lauren frunció el ceño y golpeó la alfombra con la punta de la zapatilla.

—¿Y qué lo hace? —preguntó al fin.

—Un tonto corazón enamorado —Charles puso los ojos en blanco y rio sin gracia—. Lo sé, nada muy original.

Lauren sintió como si acabara de recibir un inesperado abrazo, uno cálido, que extendió un agradable cosquilleo por su espalda.

—¿Es el poeta quien habla?

Fue un comentario arriesgado; esperaba que Charles recobrara el gesto amargo, pero no fue así, solo amplió su sonrisa, un poco triste, pero sonrisa al fin.

—Debí suponer que no lo dejarías.

—Claro que no, no puedo hacerlo y tampoco lo deseo; esto es importante para ti, así que lo es también para mí.

Charles deslizó una mano en el bolsillo de la chaqueta, consultó la hora y caminó hasta llegar a la chimenea, donde apoyó un brazo. Se veía relajado, incluso en paz, aunque Lauren pudo notar cierta tensión en su postura.

—Lamento haberte tratado de forma tan reprochable anoche, no tengo excusa, merecía una bofetada.

Ella dio una cabezada y ladeó el rostro.

—A decir verdad, lo consideré.

—¿Y qué te detuvo?

—Parecías estar sufriendo demasiado.

La frase dicha con simpleza y un leve encogimiento de hombros pareció terminar de disolver sus dudas.

—¿Quieres saber por qué escribo?

—Me gustaría —respondió ella con seguridad.

—¿Puedo...?

Lauren hizo un gesto para que ocupara el sillón y, tras dudar un instante, se sentó a su lado.

—Creo que nunca te he hablado de mi madre.

—No, sé muy poco acerca de ella.

—Es lógico, no acostumbro mencionarla, pero no es

porque me disguste de alguna forma, es solo que murió hace muchos años.

–Lo lamento.

–Gracias, pero no debes sentirte mal por eso; era un niño cuando sucedió y, aunque la extraño, tengo buenos recuerdos de ella.

–Me alegra oírlo.

Charles asintió y continuó.

–Mi madre creía en mí de una forma que nadie más ha mostrado... –la miró con calidez– nadie excepto tú. Como sabes, tengo un hermano mayor y él es el primogénito perfecto; no lo digo con recelo o envidia, es un buen hombre y hará un excelente papel. Lo que quiero decir es que él ha cubierto las expectativas desde su nacimiento de tal forma que nadie ha esperado jamás nada de mí y yo no he hecho más que darles la razón con los años y mi comportamiento.

Lauren se inclinó hacia delante, intrigada por sus confidencias; era la primera vez que veía a Charles tan serio y reflexivo, como si hubiera decidido abrir su corazón y lo hacía por ella.

–No pretendo excusarme por mi negligencia basándome en que las personas esperan poco o nada del segundo hijo de un barón; conozco a hombres admirables sin una gota de sangre noble en las venas, lo que me avergüenza aún más.

–No creo que debas avergonzarte, el hecho de que pienses en ello significa que deseas hacer algo más con tu vida, no muchos hombres de tu posición lo reconocerían abiertamente.

Él no pareció estar del todo de acuerdo, pero asintió en señal de agradecimiento.

–Nunca he hecho nada que me haga sentir particularmente orgulloso. Cuando era niño me gustaba bromear, hacer reír a las personas; se me daba bastante bien...

Lauren sonrió.

—Puedo atestiguar que no has perdido esa habilidad.

—Eso es todo un halago, gracias —Charles correspondió con una sonrisa un tanto irónica—. La verdad es que me gusta divertirme y pasarlo bien con las personas que me importan, es parte de lo que soy, pero no es algo que me haga sentir tan especial como...

—¿Escribir? —no fue difícil para ella encontrar la palabra que buscaba.

—Sí. Cuando tenía tres o cuatro años, creo que esa era mi edad, no estoy del todo seguro, mi madre acostumbraba a leer para mí. Te hubiera agradado, Lauren, era una gran dama.

Ella tomó su mano sobre el sillón y asintió.

—Me hubiera gustado conocerla.

—Te habría adorado, estoy seguro. Bueno, decía que ella me leía con frecuencia, un poco de todo, pero en especial poesía. Recuerdo que incluso antes de asistir a un baile iba a mi habitación, para horror de la niñera y pasaba unos minutos conmigo. Ella me enseñó a leer a una edad en que debería dar vueltas por nuestra casa haciendo lo que fuera que hagan los niños de cuatro años, sin importarle que a mi padre no le hiciera mucha gracia. Decía que hablaba demasiado para ser un niño, que no necesitaba que me enseñaran todas esas palabras tan pronto.

Charles rio al recordar esas discusiones entre sus padres como un acontecimiento lejano.

—¿Fue entonces cuando tu madre murió?

—Sí —respondió él—. Un accidente, todo fue muy rápido, no puedo recordarlo bien, o tal vez prefiera no hacerlo. En esa época continué leyendo porque era una forma de permanecer en contacto con ella, pero luego lo hice simplemente porque lo disfrutaba. Con el tiempo pensé que podría ser divertido hacer algo más; me pregunté si sería capaz de crear algo tan bueno como lo que me gustaba leer. Una idea bastante presuntuosa, claro.

Lauren chasqueó la lengua y frunció el ceño, sin importarle lo poco femeninos que fueran esos gestos.

—No veo por qué lo sería; esos autores a los que tanto admiras debieron pensar lo mismo que tú alguna vez; imagina lo que habría ocurrido si hubieran abandonado lo que tanto amaban hacer tan solo por miedo a lo que dirían los demás.

—Sé lo que quieres decir y es muy posible que tengas razón, pero debes considerar que hubo también muchos otros que hicieron lo correcto al dejarlo. De cualquier forma, no espero tener éxito, es algo que hago por placer y muy pocas personas saben acerca de ello.

Lauren soltó su mano de pronto y lo miró con curiosidad; había algo que aún no lograba comprender.

—Te veías tan lastimado cuando me encontraste leyendo tus escritos. Sé que no debe ser agradable que violenten de esa forma tu intimidad y lo lamento, pero... ¿por qué te enfureciste conmigo hasta ese extremo? ¿Por qué te molesta que conozca un aspecto tan importante de ti?

Él recuperó su mano y la sostuvo entre las suyas, sin dejar de observarla.

—No estaba enfadado contigo, no creo que eso sea siquiera posible —acarició sus nudillos con movimientos delicados—. Temo decepcionarte, que pienses que no solo no soy lo bastante bueno para ti, sino que además tengo por mayor aspiración hacer algo en lo que es casi seguro que nunca tendré ningún éxito.

—No puedes asegurar tal cosa, Charles, y aun cuando así fuera, ¿qué importancia tiene si has luchado por lo que deseas? En cuanto a decepcionarme, puedo jurarte que estás equivocado si piensas tal cosa; eres perfecto para mí y deseo serlo también para ti, ¿por qué te resulta tan difícil aceptarlo?

Charles se acercó a ella y tomó su rostro entre las manos, con ademán reverente.

—No lo sé, tal vez se deba a que no creo ser perfecto en ningún sentido, pero me gustaría intentar serlo... al menos para ti.

—¿Crees que podríamos ir poco a poco?

Él recostó la mejilla junto a la suya y exhaló un suspiro en su oído que la hizo estremecer.

—Eso suena muy bien.

—Así lo haremos, entonces —Lauren cerró los ojos y contuvo la respiración al sentir que Charles recorría su rostro con los labios—. Mi padre podría llegar en cualquier momento.

—¿Sí? Es una suerte que estemos comprometidos o podría llevarse una mala impresión —rozó apenas sus labios y sonrió ante su mirada asustada—. Creí que habías dicho que no había perdido mi capacidad para hacer reír.

Lauren bajó las pestañas y contuvo el deseo de decir que lo último que anhelaba en ese momento era reír.

—Deberías marcharte.

—¿Es lo que quieres? —la separó un poco tomándola por los hombros y la contempló con curiosidad.

—No en realidad —reconoció de mala gana y un poco avergonzada—, pero...

Charles asintió y, tras besar su frente, sonrió.

—No queremos que tu padre se enfurezca una vez más, ¿cierto? Creo que ya ha tenido bastantes sorpresas en lo que a nosotros se refiere.

—Sí, estoy de acuerdo.

Él hizo amago de ponerse en pie, pero, antes de hacerlo, se inclinó para besarla una vez más y sonrió contra sus labios.

—¡Charles!

—No podía desaprovechar semejante oportunidad.

Aún con las débiles protestas de Lauren resonando en sus oídos, Charles se encaminó a la puerta y, antes de cruzarla, miró sobre su hombro con una amplia sonrisa.

–¿Poco a poco?

Ella asintió con fervor.

–Poco a poco.

Capítulo 19

Cuando la baronesa Mowbray y sus hijas mayores regresaron a casa, agotadas aunque entusiasmadas de haber completado casi todos los preparativos de la boda, se sorprendieron al encontrar a una muy sonriente Lauren dispuesta a escuchar todas las novedades que traían para comentar. Desde luego, su conducta les pareció de lo más extraña, pero lograron controlar su curiosidad, temerosas de que si hacían preguntas al respecto podrían incomodarla de alguna forma y disolver su alegría.

Lauren pasó buena parte de los dos días siguientes en una maraña de ajetreos, visitas de la modista y unos cuantos sobresaltos provocados por su hermana Anne, que no parecía haber superado su costumbre de mostrarse un poco fatalista ante los acontecimientos inesperados.

Y antes de que pudiera darse cuenta de ello, se encontró la noche antes de su boda, con la vista fija en el dosel de su cama y pensando en cómo transcurriría el día siguiente. Por una tradición de su familia, se vio en la necesidad de pedirle a Charles que no la visitara ese día y si bien su carácter parecía no haber cambiado desde su última conversación, aún se encontraba un poco preocupada.

Sabía que no iba a ser sencillo ayudarlo a despejar todas sus dudas, pero si estaba dispuesto a intentarlo, contaría con ella. Aun así, las ideas de todo lo que podría salir mal no dejaban de rondarla. Tenía miedo de no ser lo bastante buena para él, de enfrentarse a un futuro incierto guiada tan solo por la seguridad de su amor...

Se preguntaba si las ideas que la atormentaban no serían las mismas para todas las novias y hubiera deseado hablar al respecto con sus hermanas, pero no se atrevió; eso habría significado compartir los secretos de Charles y no pensaba defraudar su confianza. Lamentablemente, ellas sí que estaban dispuestas a compartir sus experiencias, aunque no fueran aquellas en las que Lauren estaba interesada, o al menos no tanto como parecían pensar.

De modo que cuando escuchó el golpeteo en la puerta, estuvo tentada a no responder, pero consideró que eso hubiera sido un poco injusto de su parte, por lo que exhaló un suspiro cargado de resignación y las invitó a entrar.

—¿Cómo supiste que éramos nosotras?

Lauren sonrió en tanto se recostaba sobre los almohadones y veía que Anne fijaba sus ojos azules en la alfombra; Emily, en cambio, sí que parecía del todo encantada con su presencia allí.

—Han dedicado buena parte del día a intentar arrinconarme en cada esquina de la casa; no es difícil suponer que desean hablar conmigo.

—Agradecería que no creyeras que tengo algo que ver con todo esto —Anne miró a su hermana menor como acusándola de un horrible crimen—. Ha sido idea suya.

—Ya sabemos quién es el miembro más digno de confianza en la familia —Emily enarcó una ceja con cierto desdén.

Lauren sacudió la cabeza al escucharlas. Era obvio que sentían mucho efecto la una por la otra, lo que no era de extrañar considerando que tan solo había dos años de diferencia entre ellas.

—Esperaba dormir algo más temprano esta noche... —no deseaba ser descortés, pero en verdad necesitaba ese tiempo a solas.

Su hermana, sin embargo, hizo un gesto para restarle importancia a sus palabras.

—Créeme, tendrás serios problemas para conciliar el sueño.

—Pero si deseas un poco de privacidad, creo que es justo respetar tu decisión —Anne se veía tan insegura como cuando llegó.

Lauren exhaló un suspiro en señal de rendición y bajó los pies de la cama.

—Tal vez deberían saber que mamá ya habló conmigo.

Anne abrió mucho los ojos y dio una cabezada en dirección a su hermana.

—¿Lo ves? —dirigió a Lauren una sonrisa avergonzada—. Se lo dije antes de venir aquí, dije claramente que no hacía falta molestarte, que mamá se habría encargado ya.

Emily se encogió de hombros y esbozó una mueca sardónica.

—Mamá es encantadora, pero debes reconocer que no comparte mucha información.

—Lo sé, lo sé, pero lo hace tan bien como puede. A mí me ayudó...

—No deseo ser entrometida, pero me encantaría saber cómo lo hizo.

En lugar de ir en auxilio de su hermana, Lauren no pudo resistir la curiosidad; frunció el ceño ante los comentarios de Emily y miró a Anne sin disimular su interés.

—Sí, yo también quisiera saberlo —se sonrojó un poco al inclinarse hacia adelante—. ¿Es verdad lo que dijo?

Cuando su madre la buscó para sostener una conversación privada luego del desayuno esa mañana, Lauren fingió una sorpresa que en verdad no sentía, ya que estaba muy interesada en oír lo que tenía que decirle y había esperado ese momento con ansias. Para su decepción, no compartió ninguna información que no conociera ya. Suponía que eso pasaba cuando una persona tan discreta como su madre se veía en la necesidad de abordar un tema que hubiera preferido no tocar siquiera.

—Bueno, Lauren, eso depende de lo que haya dicho, pero según mi experiencia me atrevo a suponer que ha sido un poco… críptica.

Lauren volvió al presente al escuchar las palabras de Anne, mientras que Emily asintió con aire entendido.

—Qué amable de tu parte asumir que ese es el mayor problema, Anne, porque después de todo, un mensaje bien expresado, por críptico que sea, puede ser descifrado, pero nuestra madre tiene una capacidad de síntesis admirable… y aterradora —sonrió con ironía—. Si no estoy equivocada, su profunda charla duró tanto como la que sostuvo conmigo; es decir, unos tres minutos a lo sumo.

—Creo que fueron cuatro, para ser exacta —Anne elevó los ojos al cielo y suspiró—. ¿Y tú, Lauren? ¿Durante cuánto tiempo habló mamá contigo?

Ella se miró las manos y contestó al cabo de un momento.

—Quizá unos cinco minutos…

—Ha mostrado especial consideración por el hecho de que eres la menor, obviamente —Emily se llevó una mano a la barbilla con semblante pensativo—. ¿Y te ha sido útil?

—Eso creo —Lauren no dudó al responder, era leal por

naturaleza, pero su tono no dejó de revelar cierta inseguridad–. Al menos espero que así sea.

Anne y Emily intercambiaron una rápida mirada y la primera hizo un gesto de incomodidad.

–Está bien, supongo que podríamos ayudar un poco, pero recuerda que no debes conceder tanta importancia a un asunto que es en verdad bastante sencillo.

–¿Lo es? –Lauren alzó las cejas ante la afirmación de su hermana.

–Sí, por supuesto, ¿por qué no iba a serlo?

–No pareces muy convencida.

–¿Por qué lo dices?

Emily siguió ese intercambio con una sonrisa en los labios y dirigió una mirada divertida a sus hermanas.

–Oh, Dios, creo que esto va a resultar un poco más complicado de lo que pensé.

Unos cuantos minutos después, Lauren habría deseado que sus hermanas fueran un poco más discretas, o aún más, que se explicaran con mayor claridad, porque habría preferido quedarse con la charla de su madre, que tal vez no fuera muy esclarecedora, pero al menos tuvo algún sentido.

Charles tenía serios problemas para concentrarse en el mejor modo de anudar su corbata de forma eficiente, lo que era curioso, ya que hasta ese día conseguía hacerlo con los ojos cerrados.

–¿Estás nervioso?

La voz sardónica de Robert no lo ayudaba en absoluto y aún menos el notar que lo estaba pasando muy bien con su inquietud. No era que pudiera culparlo, por supuesto, se había encargado de hacerle pasar un mal rato el día de su boda solo por diversión; era justo que él hiciera algo similar el día de la suya.

–Desde luego que no, es solo este maldito nudo…

–Curioso, si no recuerdo mal nunca has tenido problemas para prepararte de forma decente; algunos dirían que eres un poco melindroso, incluso –Robert se cruzó de brazos, fingiendo preocupación–. ¿Llamo a Coulson? Estará encantado de ayudar.

–¡Solo deja de hablar!

Su amigo se encogió de hombros y dio una mirada alrededor. Se encontraban en las habitaciones de Charles y apenas faltaban un par de horas para la ceremonia. Tras discutirlo con Juliet, decidieron que él se encargaría de acompañar a Charles, en tanto ella hacía lo propio con Lauren; ambos iban a necesitar tanto apoyo moral como pudieran ofrecerles.

–Estoy listo.

Tras dedicarle una mirada analítica y comprobar que el nudo, milagrosamente, estaba en su lugar, Robert asintió con entusiasmo, aunque estaba más interesado en intentar advertir lo que no era tan obvio a simple vista. No dudaba en absoluto de los sentimientos de Charles, su amigo no era un hombre que se dejara llevar por impulsos o el cumplimiento del honor; quizá él no lo supiera en ese momento, pero si había decidido casarse con Lauren, era porque la amaba profundamente, incluso más de lo que pensaba. Solo era necesario que él se diera cuenta de ello.

–¿Y bien?

–Apropiado –Robert no abandonó su sonrisa–. ¿Tienes el anillo?

Charles puso los ojos en blanco y dio una cabezada.

–Desde luego que tengo el anillo.

–Lo siento, pero necesitaba preguntar; soy el padrino, no puedo permitir que lo olvides.

–¿Podrías fingir que no te estás divirtiendo tanto? Apreciaría que mostraras un poco de consideración.

Robert soltó una carcajada incrédula.

—¿La misma que mostraste tú el día de mi boda? —sacudió la cabeza en señal de negación—. Pensé que la venganza nunca llegaría.

Charles le dirigió una mirada furiosa, incrédulo ante esa dedicación rencorosa. En el futuro, procuraría mostrarse un poco más considerado ante las tribulaciones ajenas; para empezar, decidió que sería lo bastante educado como para no mencionar a Robert que su corbata se encontraba torcida.

Mientras la baronesa de Mowbray y sus hijas mayores revoloteaban alrededor de Lauren con el nerviosismo pintado en los rostros, ella se mantenía tan serena como le era posible, aun cuando fuera solo en apariencia. En su interior, sentía que millares de mariposas estaban batiendo sus alas a la altura de su pecho. Por suerte, contaba con el apoyo de su familia, aun cuando este fuera un poco caótico.

—¿Cómo te sientes?

El tono amable de Juliet, que había conseguido adentrarse en su habitación, le confirió cierta tranquilidad. Miró a su amiga y sonrió agradecida al verla tan interesada en su bienestar.

—Aterrada.

—Bueno, eso es muy natural, no tienes por qué preocuparte —Juliet frunció un poco el ceño como si acabara de asaltarla una idea inesperada—. ¿Has pensado en huir?

Lauren escuchó la pregunta hecha en voz baja, tanto que apenas se oyó por encima del parloteo de sus familiares.

—Desde luego que no, ¿por qué haría algo tan terrible?

—Yo lo pensé, tan solo por un instante, pero la idea cruzó mi mente.

—¿En verdad? —su amiga abrió mucho los ojos ante su revelación—. ¿Lo sabe Robert?

Juliet se encogió de hombros y sonrió.

—Sí, por supuesto y lo encontró muy divertido, aunque no deja de recordármelo cuando le es conveniente, claro.

—Puedo imaginarlo.

Guardaron silencio por unos minutos, en tanto una eficiente modista se encargaba de colocar el velo sobre el cabello de Lauren con unos delicados broches en forma de flores. Cuando estuvo lista, retrocedió unos pasos ante la petición de su madre y sonrió cuando tanto ella como sus hermanas se deshicieron en elogios.

—Te ves bellísima, Charles quedará maravillado —dijo Juliet en voz baja acercándose y mirándola sobre su hombro a fin de escapar de oídos indiscretos—. Me preguntaba si... ¿hay algo que necesites saber? Tal vez he debido preocuparme antes...

Lauren frunció un poco el ceño, aún detrás del velo logró interpretar la mirada de su amiga y fue suficiente para que negara con fervor.

—Te aseguro, Juliet, que sé menos de lo que desearía, pero, por contradictorio que pueda parecer, es más que suficiente.

Juliet enarcó una ceja y esbozó una sonrisa divertida.

—Comprendo —dijo al fin—. Tal vez sea mejor que lo descubras por ti misma.

La ceremonia transcurrió sin sobresaltos; incluso hubiera podido catalogarse como muy sencilla y poco apegada a las tradiciones, lo que tanto para Charles como para Lauren fue un verdadero alivio. Asistieron sus familias, por supuesto, y sus amigos más cercanos, que eran contados con los dedos de una mano, como ambos se encargaron de señalar en su momento. Se optó por realizar la recepción en la mansión Mowbray, a insistencia del barón y esta se desarrolló sin mayores sobresaltos.

Era costumbre que se ofreciera un sencillo refrigerio a los invitados, pero ya que la boda se realizó a mediodía, consideraron más apropiado agasajarlos con un banquete informal. Luego de recibir las felicitaciones de rigor, Charles y Lauren pudieron intercambiar algunas palabras con sus allegados, lo que fue al mismo tiempo un alivio y una decepción. Por un lado, ambos deseaban poder pasar un tiempo a solas, pero al mismo tiempo, al menos en el caso de Lauren, se encontraba aún muy nerviosa como para saber qué decir.

Tras recibir los saludos afectuosos de sus tías más queridas, Lauren se vio casi arrastrada por una mano firme hacia el rincón más alejado del salón.

—¡Y decías que estaba equivocada!

Lauren suspiró al encontrarse con la expresión reprobadora de su prima Margaret. Parecía haber pasado mucho tiempo desde que se vieran por última vez, aun cuando en verdad apenas si habían transcurrido unos meses. No olvidaba sus reservas respecto a lo poco conveniente que pensaba podría ser un matrimonio con Charles, así como los fervorosos ruegos de que aceptara a lord Craven. A pesar de ello, sabía con seguridad que ella solo se preocupaba porque fuera feliz y eso le permitía mostrar una tolerancia especial.

—Estoy muy feliz de que pudieras asistir.

Su prima sacudió la cabeza y unos cuantos rizos rubios danzaron sobre su cuello.

—Desde luego que debía estar aquí —tuvo la gentileza de mostrar una pequeña sonrisa—. ¿Cómo podría perderme tu boda?

—Gracias —Lauren correspondió a su sonrisa—. ¿Te gustó la ceremonia?

—Fue hermosa, aunque el cura podía haberla hecho un poco más breve... —Margaret asintió para luego endurecer el gesto y mirarla con los ojos entrecerrados—. Ya veo lo que pretendes.

Lauren suspiró y se encogió de hombros.

—Estaba del todo convencida cuando aseguraste que no tenías interés en el señor Egremont y tan solo unos meses después, aquí estamos, en tu boda —su prima retomó el tono acusador y se cruzó de brazos sin importarle arrugar su espléndido vestido azul—. ¿Qué ha ocurrido? ¿Cambiaste de opinión? ¿O mentiste entonces? ¿Qué ha sucedido con lord Craven?

—Esas son demasiadas preguntas, Margaret, y lo siento, pero me temo que no puedo responderlas como desearías —Lauren aspiró con fuerza y se irguió tan alta como era—. Puedo asegurarte, sí, que mis sentimientos por Charles son honestos, que esperamos ser muy felices y que nunca te mentiría con el fin de ocultar algo de lo que no tengo por qué avergonzarme.

Lamentablemente, eso no pareció ser suficiente para ella.

—Pero no comprendo... pensé que harías caso a mis consejos. Recuerdo haber hablado muy claro respecto a lo que podría pasar —Margaret tenía la expresión de quien acaba de recibir una terrible noticia—. Cuando te rogué que dieras una oportunidad a lord Craven estaba segura de que comprenderías que lo hacía con la mejor de las intenciones.

—Lo sé, jamás he dudado de que solo deseas lo mejor para mí, pero no amo a lord Craven y nunca podría hacerlo —Lauren empezaba a impacientarse—. Charles es un hombre maravilloso...

Su prima chasqueó la lengua e hizo un mohín.

—No lo pongo en duda, jamás lo hice, pero no se trata de lo maravilloso que sea él, sino de lo bueno que pueda resultar para ti y lamento mucho decirlo, Lauren, pero creo que has cometido un terrible error —de haber reparado en la mirada lastimada de Lauren tal vez habría callado, pero estaba demasiado ocupada expresando sus opiniones, que pensaba eran las únicas que importaban—. No puedo imaginar cómo podréis ser felices, él no es un hombre al que puedas confiar tu futuro; lo siento, pero es lo que pienso.

Lauren dio un paso hacia atrás, incapaz de creer lo que escuchaba, ¿cómo podía Margaret decir algo tan horrible? Estrujó el abanico que llevaba en la mano con todas sus fuerzas para reprimir el deseo de dar una réplica apropiada, o al menos la que pensaba que merecía, y esta no sería nada amable.

—Amo a Charles y no imagino una situación en la que deje de hacerlo, por lo que me considero muy afortunada de haberme casado con él —espetó al fin, sin preocuparse por endulzar su tono. Estaba demasiado disgustada—. Respecto a confiarle mi futuro, no hay necesidad de ello ya que él *es* mi futuro, tal y como yo espero ser el suyo y estoy segura de que seremos muy felices, porque estaremos juntos. En lo que a ti respecta, quiero pensar que has formulado todas esas expresiones infortunadas llevada por tu preocupación hacia mí, pero te ruego recapacites y ofrezcas disculpas cuando lo sientas de corazón si es que estás interesada en que continúe considerándote un miembro de mi familia.

Margaret abrió tanto los ojos que por un instante su prima pensó que se estaba ahogando, pero luego comprendió que se debía a la sorpresa por sus palabras, lo que en cierta medida le resultó extraño. ¿Acaso pensó que permitiría se expresara de esa forma de Charles?

—Lauren...

—No deseo seguir hablando contigo en este momento, lo siento —sentía la espalda tan rígida que pensó podría quebrarse si continuaba conteniendo la ira–. Lamento no poder hacer llegar a Charles tus felicitaciones.

Cuando giró para marcharse, ignoró deliberadamente la llamada de su prima y se encaminó de vuelta al centro del salón, buscando a Charles con la mirada; necesitaba estar a su lado en ese momento, pero no pudo encontrarlo y empezó a sentir una opresión en el pecho. Estaba a punto de acercarse a lord Arlington para preguntarle por él, pero entonces percibió su presencia y miró tras su hombro con una sonrisa que murió tan pronto como lo vio.

Algo iba mal.

Cuando Charles era un niño, una de sus más queridas niñeras le dio un gran consejo: «Nunca espíes una conversación ajena, podrías llevarte una desagradable sorpresa». Por supuesto, no prestó tanta atención como merecía y ahora podía asegurar que fue un terrible error.

Según avanzaba la ceremonia de boda, fue sintiéndose cada vez más a gusto; no lo esperaba, no sabía si lo deseaba, pero así fue. Se concentró por completo en Lauren, en lo hermosa, feliz y nerviosa que parecía; hubiera deseado tomar su rostro entre las manos y borrar ese ceño de preocupación que se formaba en su frente, no permitir que nada velara su sonrisa, pero no dispusieron de un solo minuto a solas.

Pensó que podría arreglárselas para hablar con ella una vez que hubieran recibido las felicitaciones de los invitados, pero se vio de pronto en medio de una charla con el barón de Mowbray, su hermano y otras personas que parecían muy interesadas en conocer su opinión respecto a temas en los que no tenía mayor interés discutir en ese momento. Cuando logró encontrar una excusa creíble para marcharse y buscó a Lauren, no pudo encontrarla. Tras dar una vuelta alrededor del salón distinguió su silueta en una esquina y no fue difícil adivinar, aun desde lejos y viéndola de espaldas, que no se encontraba muy feliz.

Había algo en la rigidez de su postura que le provocó un mal presentimiento. Al acercarse y ver con quién parecía discutir, enarcó una ceja, intrigado. Siempre tuvo la impresión de que su prima y ella se llevaban muy bien, y no tenía una sola queja respecto a lady Galloway en su comportamiento para con él. Dudó, inseguro acerca de si debía marcharse, después de todo se trataba de una conversación entre damas, pero tras una nueva mirada al perfil tenso de Lauren algo lo impulsó a dar unos pasos más y lo que oyó no fue nada agradable.

Al parecer, lady Galloway se había cuidado muy bien de expresar abiertamente sus reservas en lo que a él se refería, o tal vez nunca creyó que debiera hacerlo; pero sí que se encargó de hablar al respecto con Lauren y todo lo llevaba a pensar que había sido más que locuaz. No se sintió ofendido por sus palabras, pero no le gustó que le hablara de esa forma; hubiera preferido que se acercara a él, que le dijera todo lo que pensaba, pero nunca que hiciera pasar un momento desagradable a su prima, no ese día. Maldita arpía.

¿Y si tenía razón? Era posible, sí, no iba a negarlo. Él no era lo bastante bueno para Lauren, no podía asegurar su futuro y mucho menos que fuera tan feliz como merecía. Pero ella lo defendió con una fiereza tan conmovedora que estuvo tentado de abrazarla; ¿cómo podía mostrar tanta fe en él cuando no le había dado razones para ello? No merecía su devoción y mucho menos su amor.

Acababa de darse de bruces con una contradicción que no lo dejaba en paz y sentía como si acabaran de pegarle un golpe en la cara. El amar a Lauren no era suficiente, no cuando tenía mil motivos por los que estaba seguro de que su unión no tenía futuro; lo sabía y al mismo tiempo solo deseaba mandar todo al diablo, tomar a su esposa y escapar de esa absurda situación.

Se detuvo como si una mano invisible lo hubiera inmovilizado al darse cuenta de que acababa de pensar en Lauren como su esposa. Lo era, claro, pero hasta ese momento no lo había asimilado del todo.

Debía parecer un completo idiota, tan perturbado se sentía, porque cuando logró volver al centro del salón y retomar sus conversaciones, se ganó más de una mirada intrigada. Al ver que Lauren le sonreía al ir a su encuentro, no logró devolver el gesto y al contemplar su expresión, supo que de alguna forma ella lo sabía. Esperó que hiciera alguna pregunta, pero tan solo se acercó hasta llegar a su lado, deslizó con delicadeza una mano en la suya sin importarle lo que esa muestra de afecto en público pudiera significar y se mantuvo en silencio hasta que la recepción terminó.

La dejó marchar para prepararse y disponer los últimos preparativos y no volvió a verla hasta que no se hubo despedido de sus familiares y se reunió con él en el carruaje que los llevaría a su destino. No tuvieron mucho tiempo para hablar respecto a si tendrían una luna de miel, por lo que decidieron pasar unos días a solas y luego actuar según acordaran. Sin embargo, por consideración a su reciente matrimonio, su padre insistió en que ocuparan una pequeña casa a las afueras de Londres, un lugar íntimo y encantador que los miembros más cercanos de la familia Egremont visitaban con frecuencia.

El carruaje que transportaba a la doncella de Lauren, que cuidaba además del equipaje, se adelantó un poco, por lo que ellos aminoraron la marcha. Mientras el vehículo se movía con cierta lentitud, observó a su esposa sentada frente a él con discreción e hizo un gesto de arrepentimiento al notar lo ensimismada que se veía.

–Lauren...

Ella le devolvió la mirada de inmediato, como si su distracción no le impidiera estar pendiente de sus palabras.

–¿Sí?

–¿Te encuentras bien?

–Sí, eso creo –cruzó las manos sobre su falda y lo miró con mayor atención–. ¿Y tú?

Charles cabeceó tras dudar un instante.

–Estoy bien –sonrió a medias al ver su expresión–. ¿Por qué sospecho que no me crees?

–Porque no lo hago –Lauren contestó al cabo de un momento, hablando muy rápido como si fuera a arrepentirse si callaba–. Sé que escuchaste a Margaret.

Así que tenía razón al suponer que de alguna u otra forma ella se había enterado de su intromisión.

–Eso es muy honesto.

–¿No es así como debe iniciarse un matrimonio?

–Sí, al menos uno con una mujer como tú –respondió él.

Lauren se sonrojó al oírlo, aunque de inmediato frunció el ceño.

–¿Debo tomar eso como un halago o...?

–Lo es, aunque también puedo asegurarte que es solo la verdad, no mereces nada menos.

Guardaron silencio por unos minutos, con el ruido de la lluvia que empezaba a caer como único sonido de fondo, hasta que Lauren se adelantó en el asiento y posó una mano sobre la suya.

–Está equivocada.

Charles dio vuelta a su mano y jugueteó con sus dedos, sin mirarla a los ojos.

–No, no lo está. Todo lo que dijo... odio que lo hiciera, no necesitabas esto hoy, pero no negaré que estaba en lo cierto –elevó una mano cuando ella hizo amago de interrumpir–. Por favor, Lauren, ¿qué sentido tiene engañarnos? Acabo de decir que no podría mentirte y no empezaré ahora.

Ella liberó sus dedos con un rápido movimiento.

–¿Quieres decir que continúas con esas absurdas ideas? ¡Y no te atrevas a usar a mi tonta prima como excusa!

Charles se sentó a su lado, ignorando el movimiento del carruaje y recuperó su mano, sin variar el tono calmado de su voz.

–No vamos a discutir, no ahora y no por esto –le acarició la mejilla con un dedo–. Me atrevo a decir que podríamos pasar horas hablando acerca del tema y solo lograríamos ponernos de acuerdo en una cosa.

Lauren sacudió la cabeza y sonrió de mala gana, como si se diera por vencida respecto a contradecir sus palabras, pero la cuestión quedó en el aire, en espera de ser retomada en cualquier momento. Al cabo de unos minutos, cuando el balanceo del carruaje y el rítmico sonido de la lluvia al caer la adormecieron, apoyó la frente en su hombro y cerró los ojos; solo entonces recordó algo.

–¿Y qué es eso en lo que estaremos de acuerdo?

Charles respondió tras acercarla a su pecho y besar su cabello.

–Tu prima es una tonta –dijo.

Ella empezó a reír y no dejó de hacerlo ni siquiera cuando escuchó un rayo a lo lejos.

Capítulo 20

—Creo que es un buen momento para alabar al inoportuno clima inglés –la intención de Charles al hacer esa broma fue conseguir que Lauren riera, pero no tuvo mucho éxito.

El viaje duró más de lo previsto por culpa de la lluvia que pronto se convirtió en un aguacero, por lo que cuando llegaron a la pequeña casa el camino era un desastre y los caballos estaban agotados. Charles ayudó a Lauren a bajar del carruaje y la guio hacia la entrada.

La casa se veía tal y como recordaba, un edificio sencillo con dos pisos y una decoración, a su parecer, bastante anticuada. Se había convertido en una broma común en su familia el mencionar que el barón era demasiado tacaño para renovarla, aunque todos sabían que no se trataba de eso, sino que era un hombre demasiado apegado a las tradiciones y al legado de sus ancestros como para hacer esas reformas.

—Es muy… bonita.

Charles sonrió ante el tono indeciso de Lauren, que dio una mirada alrededor desde el umbral del salón al tiempo que se adentraba en la habitación.

—Eres un alma muy piadosa, pero no tienes que mentir, es deprimente.

—No, no lo es —suspiró ante la ceja alzada de Charles antes de continuar—. Está bien, podría ser un poco más alegre.

—No se lo digas a mi padre, le romperías el corazón —su tono divertido revelaba que en verdad no le daba demasiada importancia al tema—. Pero puedo asegurarte que es muy cómoda y, lo creas o no, tiene una o dos ventajas respecto a casas más grandes.

Lauren se encogió de hombros y sonrió al fin.

—Supongo que las descubriré pronto —se detuvo al pie de las escaleras—. Creo que iré a mi habitación.

—Claro, te acompañaré.

—¡No! No es necesario, podré encontrarla sin ayuda.

—¿Estás segura? —la miró con el ceño fruncido, un poco preocupado—. Porque no me molesta...

No pudo terminar la frase, porque cuando reaccionó al hecho de que era admirable que pudiera moverse con tanta agilidad usando un vestido que era obviamente tan incómodo, ella ya estaba en lo alto de la escalera. La observó perderse en el corredor y tardó un momento en darse cuenta de lo que acababa de pasar.

—¡Perfecto!

¿Qué hacer ahora? Había estado tan preocupado por la boda y lo que significaría para ambos que olvidó por completo otros aspectos igual de importantes. Sinceramente, no los había olvidado del todo, pero no había pensado demasiado en ello. ¿A quién quería engañar? Desde luego que había pensado mucho en ello, pero no consideró la posibilidad de que debía discutirlo con Lauren; tal vez pecó de arrogante al suponer que ella desearía lo mismo.

Se acercó a la chimenea encendida y extendió las manos para calentarse en tanto evaluaba su siguiente movimiento. Podía quedarse allí y continuar dando vueltas como un león enjaulado de muy mal humor, o subir y hacer frente a la situación. Respetaría la decisión de

Lauren, cualquiera que fuera, pero necesitaba hablar con ella; le había prometido que serían honestos el uno con el otro y Dios sabía que la noche de bodas no era el mejor momento para empezar a evitarse como si temieran decir lo que sentían.

Exhaló un suspiro, mezcla de inquietud y expectación y subió las escaleras con paso tranquilo, o tanto como logró aparentar. Al llegar a la puerta de la que sabía era la habitación dispuesta para Lauren, golpeó con suavidad y permaneció allí hasta que oyó una suave invitación a entrar.

Ella se encontraba frente al tocador, con un cepillo de plata sujeto muy fuerte entre las manos. Tan solo se había deshecho de algunas horquillas, tenía el cabello un poco revuelto y aún llevaba puesto el traje de bodas.

De no encontrarse tan ansioso, Charles habría formulado alguna broma respecto al curioso buen gusto que sus antepasados mostraron al decorar la habitación principal cuando todos los otros ambientes de la casa se veían tan anticuados; pero sabía que no era el mejor momento para hacer un comentario de esa naturaleza, no cuando Lauren se veía al borde de un ataque de nervios.

—La encontraste.

Fue lo primero que se le ocurrió decir y tal vez fuera muy tonto, pero necesitaba aligerar la tensión entre ambos.

—Tengo un excelente sentido de la orientación —le alegró que procurara seguir su juego—. No tenías que preocuparte.

—Sí, bueno, quería verte, así que en verdad no estoy aquí tan solo llevado por la preocupación.

Ella abrió la boca, pero la cerró de inmediato y se puso de pie como si necesitara mantenerse en movimiento.

—No he debido retirarme así, lo siento, es solo que

no sabía qué hacer o decir y pensé que era todo tan extraño...

Charles cabeceó en señal de asentimiento e hizo amago de acercarse, pero se detuvo.

—Comprendo, ha sido toda culpa mía, debí hablar de esto contigo; no sé lo que esperas o lo que deseas, y solo quiero respetar tu decisión, pero necesitaba venir y preguntar.

Lauren se detuvo un momento y lo miró a los ojos, al tiempo que se mordía un labio con nerviosismo.

—¿Y qué deseas tú? Porque yo no lo sé.

Su honesta candidez terminó por desarmarlo y se acercó para tomar una mano entre las suyas.

—Lo que desee no es importante, pero si estás tan confusa quizá necesites un poco de tiempo para pensar en ello —llevó sus manos a los labios y habló sobre sus nudillos—. Puedo esperar.

—¿Puedes? —ella frunció el ceño y sus manos se enfriaron—. Supongo que está bien; si no es tan importante para ti, podemos olvidarlo, quizá sea lo mejor...

—Lauren, ¿qué dices?

Ella soltó sus manos y las dejó caer a ambos lados de su cuerpo, con una sonrisa triste asomando a sus labios. Él la deseaba tan poco que parecía sentir la necesidad de salir corriendo de allí tan pronto como fuera posible.

Charles la miró con una horrible sensación de angustia en el pecho, ¿por qué no decía nada? ¿Por qué de pronto se veía tan herida e indiferente al mismo tiempo? Dio un paso hacia atrás, dispuesto a dejar de presionarla para que pusiera en palabras algo que era obvio no deseaba compartir, no aún.

—¿Necesitas algo? ¿Quieres que vaya en busca de tu doncella? Puedo pedirle que venga... —su voz sonó un poco vacía.

Esperó un momento su respuesta; para ser más exacto, debió permanecer en su lugar durante unos cuantos minutos en tanto ella iba de un lado a otro de la habitación, con su vaporoso vestido oscilando tras ella.

—No es necesario, creo que podré arreglármelas sola, gracias.

—¿Seguro? —sabía que preguntaba para tener una excusa que le permitiera quedarse un momento más, lo que era patético, pero no le importó—. Porque no me molesta en absoluto, pensaba bajar de cualquier forma.

Ella al fin detuvo su caminar y giró para verlo con atención.

—¿En verdad?

—Sí, claro.

—Oh, está bien.

Charles frunció el ceño, un poco desconcertado.

—¿Te parece bien que baje o que llame a tu doncella?

—No tiene importancia.

Su falso tono indiferente no le engañó; alguna vez le dijo que leía en ella como en un libro abierto y esa no era la excepción.

—Lauren, tal vez esta sea una pregunta absurda considerando las circunstancias, pero tengo que insistir... ¿te encuentras bien?

—Sí, claro, ya te lo he dicho en el carruaje, estoy perfectamente.

Una respuesta demasiado rápida como para creerla.

—Lauren...

Ella suspiró y se dejó caer sobre un pequeño sillón, sin preocuparse demasiado por su vestido.

—Esto no debió ser así.

—¿Esto?

—¡Todo esto! Es una locura.

—¿Te refieres a la boda?

—¡Sí! —se retractó de inmediato al ver su rostro dolido—. No, no era eso lo que quise decir...

Charles asintió, sin prestarle atención a sus últimas palabras.

—Lo siento mucho.

Dio media vuelta para marcharse, pero no había dado más que unos pasos cuando sintió una mano que sujetaba su brazo.

—No, no comprendes.

—Pienso que sí lo hago.

—Charles, creo saber lo que estás pensando y te aseguro que no puedes estar más equivocado, no estoy arrepentida de haberme casado contigo, lo juro y sabes que jamás te mentiría —se mordió el labio con nerviosismo y vio una sombra de duda en sus ojos—. Porque lo sabes, ¿verdad?

Él suspiró antes de responder.

—Sí, lo sé —reconoció de mala gana—, así como estoy seguro de que te sientes decepcionada y triste porque esto no es con lo que soñabas. Sé que habrías deseado un compromiso convencional, con el cortejo que merecías recibir. Tienes razón, todo es una locura y lamento mucho ser responsable de tu infelicidad; si hubiera alguna forma de reparar mi error, lo haría.

No estaba seguro de qué era lo que esperaba al pronunciar esas palabras. ¿Agradecimiento? ¿Condescendencia? ¿Ira? Cualquier cosa hubiera tenido más sentido que ver a Lauren taparse el rostro con las manos y empezar a... llorar.

—Lauren, no, por favor, no llores —tomó sus manos y se las retiró del rostro, con una punzada en el corazón—. ¿Qué puedo hacer?

—Empieza por dejar de referirte a nuestro matrimonio como un error, eso realmente ayudaría.

Charles se echó hacia atrás, como si ella lo hubiera abofeteado y, en cierta medida, lo sintió así. Y no porque no encontrara razón en sus palabras, sino porque fueron dichas con un tono de sufrimiento tan desgarrador que le provocó un agudo dolor en el pecho.

—Lauren, no quise decir eso, no entiendes...

—No, no lo hago y estoy tan cansada de intentarlo que no me molestaré en preguntar más. Puedes hacer lo que prefieras, bajar si así lo deseas, llamar a mi doncella, no me importa. Solo... creo que lo mejor es que te vayas, estoy cansada y quiero dormir —Lauren retiró sus manos y dio media vuelta para sentarse una vez más frente al pequeño tocador.

Charles la observó en silencio, mientras se deshacía de las joyas que llevaba, listo para dar media vuelta y marcharse, pero cuando vio que se quitaba el anillo que él le colocó durante la ceremonia, junto con el de compromiso, sintió el imperioso deseo de ponerlos de vuelta en sus dedos, donde debían estar. Eran sus anillos, lo que los unía y verla dejarlos de lado como si no valieran nada, le dolió lo suficiente para tomar una determinación.

Se acercó con paso seguro y al llegar hasta ella, se hincó de rodillas, tomó su mano y la besó con delicadeza, en tanto recogía los anillos y los deslizaba en sus dedos, uno por uno.

—No te los quites, no esta noche.

Ella no lo detuvo, aunque esbozó una sonrisa de irónica tristeza.

—¿Y qué tiene de especial esta noche, Charles?

—Si me aceptas, todo.

Acunó su rostro entre las manos y la besó con pasión, pensando solo en ese momento; ya habría tiempo para torturarse por su nulo sentido común. Esa era su noche, de ambos y no iba a arruinarla también. La deseaba tanto como ella a él, una de las pocas cosas de las que estaba por completo seguro y, pasara lo que pasara en el futuro, merecían tenerse el uno al otro, al menos una vez.

Tardó un momento en darse cuenta de que Lauren no correspondía a sus besos y la alejó un poco para observarla con atención.

—Déjame amarte, por favor —deslizó un dedo sobre sus labios, sus mejillas, en tanto hablaba—. Sin preguntas, sin dudas.

Ella recostó la mejilla sobre su mano y cerró los ojos.

—¿Sin arrepentimientos?

—Sin arrepentimientos, lo juro —Charles no dudó al responder.

Lauren giró la cabeza para besar la palma de su mano y asintió.

—Entonces hazlo.

Él no necesitó oír más. La abrazó con fuerza y la mantuvo contra su pecho en tanto exhalaba un suspiro de alivio; solo entonces comprendió el miedo que le había producido la idea de que lo rechazara.

Ella se alejó un poco y lo miró con una sonrisa curiosa, como si intentara descifrar lo que pasaba por su mente.

—No sé mucho acerca de esto, intenté averiguar al respecto, pero no tuve mucho éxito... ¿Me dirás qué debo hacer?

—Prefiero mostrártelo, si no te molesta.

Lauren dejó escapar una risa y se mordió los labios con nerviosismo. Ese era Charles, el hombre que podía llevarla de las lágrimas a las risas en un instante.

—No te burles de mí.

—No lo hago, lo juro —se inclinó, sin soltarla, para besar su cuello y provocarle un delicioso cosquilleo—. ¿Te he dicho que me encanta cómo hueles?

Eso debía ser lo más extraño y halagador que Lauren había oído en su vida, aunque era justo reconocer que Charles había dicho cosas aún más románticas, si bien nunca tan explícitas; ella las intuía y no era lo mismo.

—No, no lo creo; a decir verdad, es lo más bonito que me has dicho.

Charles la tomó por los hombros y la alejó un poco más, mirándola con expresión sorprendida.

—¿En verdad?

Ella asintió, aún más sonrojada.

—Sí, eso creo, pero no debes pensar que lo digo con el fin de recibir halagos, nunca haría tal cosa, era solo una observación y no pretendo...

No pudo continuar porque él la besó una vez más y cuando al fin pudo tomar aire, no estuvo segura de que eso fuera a hacer que la habitación dejara de dar vueltas. Se abrazó a Charles con más fuerza, las piernas temblando y la respiración agitada.

—He sido muy negligente —él habló sobre sus labios, con voz queda—. No tengo perdón. ¿Cómo es posible que no te dijera nunca lo bellos que son tus ojos? ¿Sabes que puedes iluminar una habitación con tu sonrisa? Y tu cabello, podría acariciarlo durante toda mi vida.

Según hablaba, empezó a besar sus ojos, mordisqueó sus labios con delicadeza y llenó de besos su cabello.

—Y tus manos, tus hermosas manos —tomó una de ellas y la entrelazó con la suya, sosteniéndola en lo alto—. Son dignas de admirar, tan suaves...

—Charles, por favor.

—¿Por favor... qué? —preguntó con una sonrisa sugerente.

Lauren aspiró con fuerza, tan insegura acerca de qué hacer con todo lo que sentía que hubiera podido llorar de frustración. Si tan solo su madre y hermanas hubieran logrado explicarse mejor...

—No tengo idea.

Charles pensó que ya había bromeado bastante; en realidad, su intención había sido ayudarla a relajarse, pero en cuanto vio sus ojos resplandecientes, la sonrisa abandonó su rostro. No, no era momento de comentarios graciosos, nada más lejos de su pensamiento; tenía una idea muy clara de lo que deseaba hacer y definitivamente no era bromear.

—Vamos a solucionar eso —su voz enronqueció un poco, en tanto la levantaba y la llevaba hasta la cama—. Pero primero...

Ella pestañeó una y otra vez; debía parecer un búho, pero no podía hacer otra cosa, tan solo atinó a sostenerse de sus hombros cuando él la dejó caer con delicadeza en el borde de la cama.

—No queremos arruinar este precioso vestido, ¿cierto?

En verdad no estaba segura de que le importara el vestido en ese momento, pero debía contestar algo y dijo lo primero que se le ocurrió.

—No, creo que no.

Charles rio cerca de su oído mientras deslizaba las manos por su espalda, deshacía lazos y, antes de que se diera cuenta, bajaba el vestido desde sus hombros hasta su cintura, recorriendo su cuerpo al tiempo.

—Puedes tocarme si quieres.

Lauren no recordaba que su madre dijera nada acerca de tocar a su esposo en su noche de bodas, aunque tampoco mencionó el hecho de que Charles pudiera ser capaz de hacerle experimentar tantas cosas. En parte lo agradecía, porque no hubiera podido soportar que ahondara demasiado en el tema.

Extendió una mano con nerviosismo y la posó sobre su pecho, a la altura del corazón y le dirigió una mirada de asombro al comprobar lo rápido que latía.

—¿Eso es por mí?

Charles asintió de buena gana, mientras jugaba con los tirantes del ligero camisón que llevaba.

—Solo por ti —con un movimiento delicado, pero seguro, la tendió sobre la cama y se deshizo del vestido, mientras Lauren exhalaba un gemido por el sobresalto–. Te sorprendería saber todo lo que provocas en mí.

–¿En verdad? –le resultaba un poco difícil creer que ella pudiera inspirar esos sentimientos, no era posible que Charles experimentara lo mismo que sentía ella en ese momento, ¿o sí?

–¿Por qué siento que dudas de mis palabras? Una vez más, creo que será más divertido si te lo demuestro.

Lauren dejó escapar una sonrisa cuando él exhaló un falso suspiro dramático, pero la seriedad volvió a su rostro al ver que empezaba a deshacerse de su propia ropa.

–Te tiemblan las manos –creyó que señalar lo evidente sería un comentario tan bueno como cualquier otro.

–Ese es uno de los puntos que deseaba dejar en claro –alzó una ceja con expresión burlona y subió a la cama, hasta recostarse a su lado, mirándola con atención–. Me haces temblar, Lauren, apenas puedo creer que no te des cuenta del efecto que tienes en mí; me siento un poco tonto solo por decirlo.

Ella frunció el ceño ante esas palabras y olvidó en parte su nerviosismo.

–Tú nunca podrías ser tonto, no digas eso, eres brillante.

–¿Lo soy? –deslizó una mano por sus piernas en tanto hablaba, subiendo el camisón hasta deshacerse de él y cuando Lauren hizo ademán de cubrirse, se recostó sobre ella, hablándole al oído–. Cuando tú lo dices, creo que puedo ser el mejor de los hombres.

–Lo eres.

–¿Lo ves? Casi te creo.

No le dio tiempo a negar esa afirmación, porque la besó con tal ímpetu que simplemente dejó de pensar. En algún momento, mientras él recorría su cuerpo con avidez, ella empezó a hacer otro tanto. No tenía idea de que fuera capaz de mostrar ese atrevimiento, pero cuando sintió la forma en que Charles reaccionaba a sus caricias, algo se apoderó de ella; la sensación de saber que ambos tenían el mismo poder sobre el otro era asombrosa. ¿Quién hubiera pensado que tal cosa fuera posible?

Aun así, no estaba preparada para las sensaciones que despertaba el tacto de Charles sobre su piel, se avergonzó un poco de sí misma al reconocer esos jadeos como suyos y ocultó el rostro en su cuello para ahogar un gemido.

Charles, en tanto, la observaba fascinado, no deseaba perderse un solo gesto y cuando pretendió ocultar su mirada, tomó su rostro entre las manos, besó sus mejillas y habló sobre sus labios.

—No te escondas de mí, déjame mirarte.

Lauren entreabrió los labios para exhalar un suspiro y él aprovechó ese momento para besarla, trazando círculos sobre su vientre y caderas, que ella elevó por instinto.

—Nunca, nunca te avergüences de lo que sientes. Eres una mujer hermosa y apasionada —sintió cómo ella se tensaba ante esas palabras y fue aún más atrevido con sus caricias—. Eres *mi* mujer hermosa y apasionada, ¿de acuerdo?

Lauren asintió y esbozó una pequeña sonrisa de la que no fue del todo consciente, hipnotizada por la fiereza con que se expresó.

Charles, al verla, perdió el poco autocontrol del que disponía y se entregó a la deliciosa tarea de besar cada parte de su cuerpo hasta que estuvo seguro de que ella se encontraba por completo dispuesta para él; lo aterraba la idea de causarle algún daño. Sin embargo, por sus gemidos y la forma en que se movía bajo sus caricias, supo que estaba tan lista como él.

Lauren no podía saberlo, pero, en ese momento, él

era tan ignorante como ella. Ni en sus más vívidas fantasías hubiera podido siquiera soñar lo que sintió al unir sus cuerpos, el estremecimiento que recorría su espina dorsal, esas ridículas ganas de abrazarla y no soltarla jamás. Detener ese momento en el tiempo y revivirlo una y otra vez. Se oyó a sí mismo murmurar palabras sin sentido y no le importó. Tal vez dijera las cosas menos apropiadas, quizá su mente lo traicionara y lo pusiera en evidencia respecto a sus verdaderos sentimientos, pero no hizo caso.

En ese instante en el tiempo solo existían ambos y aun cuando hubiera podido formular una sola frase coherente, cualquiera se le habría antojado estúpida. Amaba a esa mujer que se retorcía bajo él, que recorría su espalda sin rastros de timidez y se entregaba por completo. Era tan suya como él de ella y nada le haría cambiar de opinión. No esa noche.

Cuando Lauren pronunció su nombre, la besó como si de alguna forma pudiera absorberla, tomar su alma y unirla a la suya y por una milésima de segundo tuvo la seguridad de que eran solo uno.

Capítulo 21

Lauren soñaba que recorría una pequeña cueva en algún lugar montañoso, un espacio en el que la rodeaban las sombras y era al mismo tiempo bañada por una luz brillante que parecía envolverla. Era extraño y un poco perturbador, pero se sentía tan cómoda como si se encontrara en su propio hogar. La calidez que se extendía desde las plantas de sus pies, subiendo por sus piernas, era tan agradable que alargó una mano para tocar esa fuente de calor, pero se sobresaltó al oír un lamento surgido de la nada.

Tal vez no se tratara precisamente de un sueño...

Abrió los ojos y se encontró con la mirada de un muy despierto y perfectamente vestido Charles que a su vez la observaba con una mueca divertida.

—Había olvidado lo peligroso que es despertarte.

Su mente registró varias cosas al mismo tiempo. Estaba recostada en la cama, con una sábana que no la cubría tanto como hubiera deseado, su esposo se frotaba la nariz como si acabara de recibir un golpe en ella y no hacía falta ser un genio para saber quién era la responsable.

—Oh, Charles, ¿te he golpeado? Lo siento tanto, no ha sido mi intención, pensé que soñaba, sentí algo en los pies... –la preocupación dio paso al desconcierto al recordarlo–. ¿Eras tú?

–¿Qué puedo decir? Es difícil no tocarte.

Lauren sintió cómo el rubor ascendía por su cuello.

–Lo siento mucho.

–Yo no, me encanta tocarte.

–Sabes que me refiero a tu nariz –ella sacudió la cabeza y una sonrisa empezó a formarse en sus labios–. Me has sorprendido, estaba soñando.

–¿Puedo preguntar de qué trataba ese sueño?

Lauren negó con la cabeza y subió la sábana hasta la barbilla.

–¿Está relacionado conmigo? –él insistió.

–En realidad, no recuerdo haberte visto en ningún momento –le pareció divertido molestarlo un poco y sonrió aún más ante su falsa expresión ultrajada–. Aunque estoy segura de que si hubiera continuado durmiendo, habrías aparecido tarde o temprano.

Charles se recostó contra uno de los postes de la cama y le dirigió una mirada calculadora.

–¿Eventualmente? Supongo que mi ego tendrá que vivir con ello.

–Confío en que así será.

Lauren se encogió contra las almohadas al ver cómo Charles avanzaba hacia ella sin dejar de observarla.

–Tengo hambre –dijo lo primero que pasó por su mente.

–Yo también.

Por alguna razón, hubiera podido asegurar que no se refería a la comida y cuando su mente empezó a divagar, el sonrojo volvió a su rostro.

–Olvidé cenar anoche.

–¿Y tengo yo la culpa? –él siguió acercándose y no se detuvo hasta que logró pegar su rostro al de ella, las manos apoyadas a cada lado de su cuerpo–. Empezaré a pensar que soy un terrible esposo.

Esa afirmación, aun hecha en tono gracioso y por el afán de provocarla, produjo en Lauren un efecto curioso; sintió que no podía permitir que él mencionara tal cosa ni siquiera en broma. Elevó una mano y la posó sobre su mejilla.

—Eres un excelente esposo.

—No ha pasado un día desde que nos casamos, ¿cómo puedes saberlo?

—No estoy segura, pero lo sé —suspiró cuando él se agachó para depositar un beso en su sien—. Soy feliz a tu lado, Charles, me haces reír y cuando estoy contigo no puedo dejar de pensar en cosas hermosas... Te amo.

Él la besó con pasión, sin dejar de mirarla fijamente.

—También te amo y no sé lo que ocurrirá de ahora en adelante, pero no cambiaría este momento por nada en el mundo.

—Todo estará bien.

—Si lo crees, tal vez sea verdad.

—Lo es —Lauren asintió con entusiasmo e hizo una mueca al oír a su estómago crujir—. ¡Oh, Dios!

Charles rio, hizo un gesto resignado y se separó como si fuera lo último que deseaba hacer.

—Será mejor que me encargue de que comas algo si quiero ganar ese título de buen esposo...

—Excelente esposo —ella lo corrigió con rapidez.

—Lo que tú digas —bajó de la cama y se dirigió a la puerta—. ¿Quieres que ordene te preparen algo en especial?

Lauren lo pensó un momento, pero luego hizo un gesto de negación.

—Sorpréndeme.

Él sonrió sobre su hombro.

—Eso es precisamente lo que planeo hacer...

–¿Por qué creo que no estás hablando solo del desayuno?

No recibió una respuesta porque Charles salió y cerró la puerta tras de sí, aunque por la forma en que la miró, sospechaba que pronto tendría algo que decir al respecto. Con un profundo suspiro, se recostó sobre las almohadas.

Todo saldría bien, tenía que ser así.

Tras hablar seriamente, Charles y Lauren decidieron que esperarían un tiempo para disfrutar de su luna de miel. Ella aseguró que prefería permanecer en Londres cerca de su familia ya que su madre no se encontraba del todo recuperada y él estuvo de acuerdo; aunque ninguno lo dijo, se sentían tan a gusto en la casita en las afueras de la ciudad que la idea de emprender un viaje no los tentaba en absoluto.

Entre los pocos prácticos consejos que la madre de Lauren y sus hermanas compartieron con ella, hubo algunos que, a pesar de todo, le fueron de utilidad. Todas coincidieron en que, sin importar lo mucho que pudiera amar a su esposo, llevar una vida en común no era nada sencillo y si bien estaba de acuerdo en gran parte, era justo reconocer que Charles debía ser uno de los hombres más agradables con los cuales se podría vivir.

Era maravilloso despertar por las mañanas y encontrarse con su mirada porque tenía la extraña habilidad para abrir los ojos antes de que ella lo hiciera y parecía encontrar muy interesante observarla. Cuando le preguntó sus razones, se abstuvo de dar muchas explicaciones, tan solo dijo que el que fuera lo primero que veía por la mañana de alguna forma le aseguraba un buen día.

Quizá fuera ese uno de los aspectos que más le gustaban de su personalidad; decía las cosas con una sencillez y honestidad que podía resultar desconcertante para quienes no lo conocían tan bien como ella. Entre bromas podía expresar mucho de lo que compartiría otra persona con palabras más elaboradas, aunque si deseaba usarlas, lo hacía tan bien como cualquiera.

Estaba segura de que para él tampoco debía resultar sencillo compartir su espacio personal con ella, pero en ningún momento hizo un comentario al respecto, actuaba como si estar a su lado fuera lo más natural del mundo. Pasaban mucho tiempo juntos y a solas, pero se preocupaba por que tuviera un poco de tiempo para usarlo como mejor le pareciera y cuando se reunían se mostraba muy interesado por saber qué había hecho. Compartían ideas, bromeaban y adoptaron la costumbre de dar largos paseos por los alrededores.

Los días transcurrieron con rapidez y antes de que se diera cuenta de ello, se encontró de pronto en la noche previa a su regreso, con algunos miedos e inquietudes que no se atrevía a tratar con Charles. Él, por supuesto, lo notó y, aunque no hizo una pregunta directa durante la cena, se mostró más observador y atento que de costumbre.

Una vez que terminaron de cenar, pasaron al salón y tras ocupar su sillón favorito, Charles se sentó a su lado.

–Puedes decírmelo.

–¿A qué te refieres?

–Lauren…

Ella suspiró y esbozó una amplia sonrisa; debió suponer que no se abstendría de preguntar.

–¿Cómo crees que será todo… ahora? –respondió al fin, segura de que lo mejor era ser sincera.

–¿Estás preocupada por lo que significará nuestro regreso?

—No debes malinterpretar mis palabras, me hace feliz estar a tu lado —se acercó a él y apoyó la cabeza sobre su pecho—. Pero me pregunto si todo continuará como hasta ahora.

Charles frunció el ceño y la observó con interés; una mano descansaba sobre su cabello.

—¿Por qué cambiaría?

—No lo sé, es todo tan desconocido, no sé qué esperar.

Él deslizó la mano por su rostro y cuello con una sugerente sonrisa.

—Bueno, puedo dar fe de que te acostumbras muy pronto a lo desconocido y de forma magnífica.

—¡Charles!

—Es más, muestras una iniciativa sorprendente; desde luego, no me quejo...

Lauren intentó apartarse, pero él la sostuvo con mano firme.

—Es solo una broma... en parte —retomó sus caricias sin abandonar la sonrisa—. ¿Recuerdas lo que acordamos? Iremos poco a poco.

—Claro que lo recuerdo, solo me pregunto cuál es el siguiente paso.

Su tono sonó casi infantil, indefenso, como si temiera al futuro, por lo que Charles se puso serio y elevó su rostro para que pudiera verlo a los ojos.

—Lauren, no tengas miedo, nunca temas por nosotros. Eres fuerte y escondes una seguridad admirable; no me atrevería a seguir adelante si no fuera por tu fe.

—Claro que tengo fe en nosotros, lo juro —sacudió la cabeza para que sus palabras sonaran más seguras—. Es solo... no debes prestarme atención, es una tontería por mi parte; quizá solo esté siendo egoísta, he sido tan feliz aquí que no deseo marcharme nunca.

—A mí tampoco me gustaría.

—¿En verdad?

—Claro. ¿Tan difícil te resulta creer que no preferiría quedarme aquí para siempre? —la besó y ella correspondió, por lo que no volvió a hablar hasta pasados unos minutos y con la respiración agitada—. Pero también puedo asegurarte que eso no tendría sentido si no estuviésemos juntos. Aquí, en la ciudad, no tiene importancia; seré feliz en cualquier lugar en que pueda sostenerte en mis brazos, besarte...

Fue Lauren esta vez quien acercó el rostro al suyo y juntó sus labios.

—Tienes razón, he sido muy tonta.

—Tú nunca podrías ser tonta, Lauren, jamás, eres perfecta.

Se quedaron así unos minutos, en total silencio, con las respiraciones acompasadas como único sonido. Cuando Charles estaba a punto de sugerir que subieran a su dormitorio, Lauren se arrellanó más en el sillón y tomó su mano.

—¿Puedo pedirte algo?

—Lo que quieras.

Ella dudó antes de continuar, un poco temerosa acerca de cómo tomaría él su petición.

—¿Leerías para mí?

Sintió cómo Charles tensaba todo su cuerpo, pero no dejó que eso la intimidara. Posó una mano en su pecho, sobre su corazón.

—No me gusta leer en voz alta —su voz se oyó un poco ronca—. No soy un buen lector.

—Tienes una hermosa voz, es cadenciosa y profunda, no puedo imaginar que no seas un buen lector. ¿Podrías hacerlo, por favor?

—¿Es muy importante para ti?

—Sí, lo es.

Sintió el mentón de Charles golpear suavemente contra su cabello al asentir y ella no necesitó más. Se puso en pie de un salto y corrió al pequeño escritorio situado en un rincón del salón; tomó un objeto del cajón y corrió de vuelta a su lugar, subiendo los pies sobre el sillón y entregando su carga. Cuando su esposo vio de qué se trataba, estuvo a punto de protestar una vez más, pero ella no lo permitió.

–Me gustaría mucho oírlos recitados por ti.

–Pero...

Charles sostuvo su libreta frente a sí, con el entrecejo fruncido. Se sintió un tanto incómodo ante la petición de Lauren; por lo general no acostumbraba a leer en voz alta, le resultaba un poco extraño, pero el que ella deseara además que leyera sus propios poemas solo consiguió que la sangre se helara en sus venas. Eran sus escritos, no los compartía con nadie y jamás pensó siquiera que los leería a otro ser humano; eran muy personales y el acto de compartirlos le parecía demasiado íntimo... Miró a Lauren, aún con el pesado cuaderno cerrado entre las manos y se sorprendió al ver su expresión anhelante.

Sí, leer sus propios poemas, en los que había volcado su alma, no era nada sencillo, pero si iba a compartirlos alguna vez con alguien, ella era la única persona con la que estaría dispuesto a hacerlo.

–Pueden ser un poco aburridos, ¿sabes? Me sentiré muy ofendido si te duermes o bostezas...

Al ver que estaba dispuesto a cumplir su petición, una sonrisa enorme se dibujó en el rostro de Lauren.

–Juro que no lo haré –negó con la cabeza, fervorosa–. No podría, nunca.

–Está bien –Charles suspiró en señal de rendición y abrió la libreta, buscando una página en particular–. ¿Lista?

–Espera un momento.

Lauren subió los pies al sofá, se recostó una vez más

contra su pecho, con cuidado de permitirle libertad de movimiento para cambiar las páginas y cerró los ojos.

–Puedes empezar ahora.

Charles sonrió ante sus movimientos y mantuvo el libro en alto con la mano derecha, mientras apoyaba la otra sobre su cintura.

–Esto va a ser interesante…

Capítulo 22

Las habitaciones de Charles eran relativamente pequeñas, pero cómodas y muy funcionales. Durante su primera semana allí, Lauren se encargó de darle un aire más femenino, para horror muy bien disimulado de Coulson, el ayuda de cámara, que fungía también de mayordomo, lacayo y todo lo que hiciera falta; cada una de sus funciones desarrolladas de forma precisa. Sin embargo, una vez que comprendió que su nueva señora no tenía intenciones de poner todo de cabeza, como temió en un primer momento, se ofreció con gusto para ayudarla en lo que pudiera necesitar.

Charles no estuvo del todo de acuerdo en un principio, había pensado que su estancia allí sería corta, porque no podían seguir ocupando unas habitaciones de soltero, necesitaban un lugar algo más amplio, una casa pequeña, al menos, pero Lauren le aseguró que no tenía ninguna prisa por mudarse y que mientras viviera allí deseaba que todo se viera tan acogedor y agradable como fuera posible.

Se encargó de tener flores frescas cada día, de diseñar junto a Coulson un menú algo más variado una vez que lograron contratar a una cocinera tan necesitada de empleo como ellos de una trabajadora que aceptara laborar por un salario justo y además empezó a mostrar una preocupación conmovedora por todo lo relacionado con el gusto de Charles por la escritura.

Cuando Charles buscaba una excusa para pasar unas cuantas horas en su estudio, ella jamás le hacía preguntas, aunque estaba siempre muy pendiente de lo que podría necesitar. Él, por su parte, tuvo un gesto encantador para con ella que le tomó por sorpresa y no esperó en absoluto.

Una mañana, tras dejar el dormitorio y lista para pasar el día con algún libro o labor que pudiera entretenerla, se encontró tomada por la cintura por una mano conocida, lo que desde luego no le molestó en absoluto, pero el que su esposo le cubriera también los ojos sí que resultó desconcertante.

No tenía idea de qué esperar, pero pronto se vio en medio del pequeño salón y tras un par de tropiezos nada dignos, logró sentarse en lo que parecía un taburete frente al que Charles la guio. Al descubrir sus ojos se encontró con un hermoso piano y la sorpresa fue tal que sintió como si acabara de quedarse sin aliento.

En ningún momento mencionó que extrañara tocar, o que recordara con melancolía el piano en casa de sus padres. Y de pronto, tenía frente a sí un maravilloso instrumento, pequeño y delicado, con el que sabía iba a poder tocar sus melodías favoritas. Al pensar en ello, sus ojos se llenaron de lágrimas y abrazó a Charles como si la vida se le fuera en ello; quizá en ese momento lo amó más que nunca. No por el hecho de que le hiciera un obsequio tan valioso que estaba segura le significaría un fuerte gasto para su menguado presupuesto, sino porque significaba que estaba tan al pendiente de ella y le importaba tanto que estaba dispuesto a hacer ese sacrificio para verla feliz.

Ese gesto, de alguna forma, consiguió que todo rastro de duda o inquietud por el futuro desaparecieran de su mente y se dedicó por completo a iniciar su vida de casados propiamente dicha con entusiasmo.

Visitaba a su familia con cierta frecuencia y tan pronto como estuvo satisfecha con los cambios en su nuevo hogar, invitó a Juliet a que fuera a visitarla. Ella, obedeciendo a su impetuosa personalidad, apareció una mañana con su hijo pequeño, la diligente nana y unos cuantos obsequios que pensó podrían ser de utilidad, o al menos así lo dijo ella.

—Juliet, agradezco tu generosidad, pero ¿no crees que has exagerado?

Una vez que se saludaron y la niñera se instaló en una cómoda silla con el pequeño George, jugando a sus pies, pudieron sentarse y conversar a gusto.

—Yo nunca exagero —Juliet se encogió de hombros—. Robert dice que soy un poco vehemente, eso es todo.

—Robert te adora.

—¿Y crees que por eso es tan magnánimo con mis defectos? —su amiga no pareció ofendida ante la certera observación—. Es posible que tengas razón, claro, pero prefiero continuar creyendo lo primero.

—Eso es muy inteligente de tu parte.

Juliet sonrió y elevó la mirada a donde su hijo se entretenía dibujando con un dedo el diseño de la alfombra.

—Es muy listo, ¿no lo crees? Lady Elizabeth dice que Robert era igual a su edad —como cada vez que se refería a su suegra, el tono de Juliet dejó entrever el profundo cariño que sentía por ella.

—Es un niño hermoso —Lauren lo vio también con ternura y dirigió luego una mirada un poco divertida en dirección a su amiga—. Sabes que no es muy usual que una dama lleve a su hijo en sus visitas, ¿cierto?

—Una costumbre incomprensible, si me lo preguntas; después de todo, si una dama pasa buena parte de su día precisamente haciendo visitas ¿cuándo vería a sus hijos? —la observó con atención—. No puedo creer que estés de acuerdo con una idea tan arcaica.

Lauren sacudió la cabeza sin dejar de sonreír.

—Claro que no; en realidad, es un tema en el que estoy por completo de acuerdo contigo. Si tengo hijos, también me gustaría tenerlos a mi lado tanto como fuera posible.

—¿A qué te refieres con *si*? Desde luego que tendrás hijos.

Su amiga se ruborizó y bajó la voz para evitar ser oída por la niñera, aun cuando esta parecía muy entretenida con sus labores.

—No lo sé... es posible, claro.

—Yo diría que es más que posible —Juliet rodó los ojos ante su tono inseguro—. ¿No has hablado al respecto con Charles?

—¡Desde luego que no!

—¿Por qué no? —Juliet ignoró la mirada de advertencia que su amiga le dirigió y continuó—. Debo reconocer que tampoco hablé del tema con Robert, pero estaba implícito; es decir, ambos deseábamos una familia, ¿no ocurre lo mismo con ustedes?

Lauren se miró las manos y guardó silencio. No tenía una respuesta sensata a las preguntas de Juliet por la sencilla razón de que no había pensado en ello. Su mayor preocupación hasta ese momento era consolidar su matrimonio y procurar que todas las dudas que tanto ella como Charles pudieran tener respecto a su vida en común fueran resueltas. La curiosidad de Juliet, sin embargo, era muy lógica y sabía que estaba basada en la preocupación por saberla feliz, pero no deseaba hablar al respecto, no aún.

—Creo que te estás apresurando, aunque podemos atribuirlo a ese carácter vehemente del que habla tu esposo —Lauren sonrió con calidez, para mostrar que no había malicia en sus palabras–. Aún no ha pasado un mes desde la boda.

Juliet frunció un poco el ceño y la miró con atención, como si intentara comprender lo que en verdad pasaba por su mente, pero al percibir que sus preguntas la incomodaban, decidió abstenerse de insistir.

–Tienes razón, soy una entrometida, lo siento.

–No lo eres, sé que tienes las mejores intenciones, ¿por qué no lo olvidamos por ahora? –su tono fue amable, pero firme–. ¿Lady Elizabeth llegará pronto a Londres? Hace mucho que no la veo.

Su amiga asintió con entusiasmo, agradecida de que Lauren fuera tan amable de no mostrarse disgustada por su indiscreción.

–La esperamos la próxima semana, estará feliz de verte y también a Charles, claro, sabes cuánto lo aprecia. Lo que me recuerda que mencionó en una de sus cartas una anécdota de lo más curiosa. ¿Sabías que el administrador de Rosenthal, el señor Richards, ha decidido retirarse de improviso? –esperó a ver el gesto de negación de su amiga y continuó–. Bien, pues así fue y en tanto Robert encuentra a un sustituto, lady Elizabeth se ofreció a ayudar, pero me temo que la organización de una propiedad tan extensa la supera. Hace unas semanas sostuvo una absurda discusión con un arrendatario...

Lauren se recostó en el asiento y escuchó con atención el relato detallado de Juliet, el mismo que consiguió provocarle más de una sonrisa y le recordó por qué apreciaba tanto a esa amiga efusiva de buen corazón.

La vida de casado no había resultado como Charles pensó que sería y no se quejaba, en absoluto. Para su buena suerte, no había mujer más maravillosa que Lauren sobre la faz de la tierra y la convivencia a su lado era poco menos que perfecta. Como un hombre acostumbrado a defender y apreciar su independencia por sobre todas las cosas, habría sido hipócrita de su parte no reconocer que la idea de compartir su vida con alguien le tenía un poco aprehensivo. Sin embargo, pronto descubrió que cuando dos personas se preocupan tanto el uno por el otro, es muy sencillo encontrar un punto de balance a fin de conseguir que su vida en común transcurra con tranquilidad.

Si en un principio el solo hecho de despertar al lado de una mujer en su cama, sabiéndola su esposa, le pareció extraña, bastaron solo unos días para tener seguro que Lauren era la única con la que desearía compartir esa experiencia. El verla dormir le hacía tan feliz que le asustaba. ¿Cómo se podía amar y desear tanto a una persona sin perder la cordura?

Observaba con atención cada uno de los cambios que llevaba a cabo en sus habitaciones y sonreía al comprobar que era tan discreta y considerada que solo un ojo atento habría notado las diferencias. Se acostumbró tan pronto a su presencia que podía percibir cuando estaba cerca y su ausencia era casi tangible; Lauren era una de esas personas que se convertían en imprescindibles sin mayor dificultad. Dios sabía que lo era para él.

Sus noches juntos podían contarse entre los momentos más felices de su vida y cada charla que compartían era un recuerdo que atesoraba. Por más que lo intentaba, aunque sabía que no era posible y no tenía sentido, le resultaba imposible pensar en un momento en que ella no fuera indispensable en su vida. Todo lo que era y quería ser giraba a su alrededor y sin ella, simplemente, no tenía sentido.

Alguna vez se dijo que el amarla significaba un problema, pero ahora, en cambio, estaba seguro de que no era más que una dicha.

−¿Qué te puedo dar a cambio de tus pensamientos?

Sonrió al oír la voz tan familiar y elevó la mirada para contemplar a la razón de los pensamientos que tanta curiosidad despertaban en ella. Se veía hermosa, radiante, los rizos rubios un poco alborotados, lo que le indicó que continuaba con las discretas mejoras en la casa.

−Un beso −extendió una mano en señal de invitación para que se acercara a él−. O dos, o tres, lo que creas conveniente.

Ella esbozó una sonrisa divertida y se sentó a su lado, permitiendo que pasara una mano sobre sus hombros.

−¿Puedo fijar el precio?

−En lo que a mí concierne, eres libre de hacer lo que desees.

−Eso puede ser peligroso, podría aprovecharme.

−Y yo estaré gustoso de que lo hagas.

Lauren miró sobre su hombro con timidez y al ver que se encontraban del todo a solas, deslizó una mano sobre su cuello y acercó los labios a los suyos, un tanto insegura. Hasta entonces nunca había tomado la iniciativa de forma tan atrevida y se sentía un tanto extraña, pero pronto dejó sus reservas y cuando Charles correspondió al beso, cerró los ojos y lo olvidó todo.

Fueron interrumpidos por el discreto carraspeo de un impasible Coulson, que se acercó con un sobre y lo extendió hacia Charles. Él rio apenas al notar que Lauren se ruborizaba y se llevaba una mano al cabello con expresión avergonzada.

−Un mensajero acaba de traerlo, señor −indicó−. Es del conde de Arlington.

Charles frunció un poco el ceño al escucharlo, pero asintió en señal de agradecimiento y lo despidió. Hacía tan solo una semana que había hablado con Robert y él no acostumbraba a comunicarse por medio de notas.

Según leía el mensaje, su ceño se fue haciendo más pronunciado y una expresión fría reemplazó a su sonrisa.

—¿Ocurre algo malo?

La preocupación en el tono de Lauren era más que evidente, pero él tardó un momento en responder. Cuando lo hizo, la inflexión en su voz fue estudiada, casi imperceptible.

—No, todo está bien, no te preocupes, es solo que Robert me recuerda un pequeño favor que le pedí hace unas semanas.

—¿Un favor?

—Sí, nada importante —sonrió sin que la alegría llegara a sus ojos y se puso de pie con un movimiento enérgico—. Tengo que salir.

—¿Ahora? —Lauren lo imitó y se puso en su camino—. Charles, ¿qué está pasando? Y no me mientas.

Él negó con la cabeza y se guardó la nota en el bolsillo de la chaqueta.

—No quiero hacerlo, así que no preguntes más.

—Desde luego que lo haré, ¿qué ha escrito Robert? —Lauren se cruzó de brazos sin variar su expresión obstinada.

—Lauren, por favor… —Charles resopló y la tomó de los brazos—. Te juro que no es nada por lo que debas preocuparte, se trata de un asunto personal que debo tratar, algo que de ninguna manera puedo eludir, ¿comprendes?

Ella entornó los ojos.

—Lo haría si fueras más claro.

—No puedo, lo siento —esquivó su mirada y depositó un beso sobre su frente—. Volveré pronto, te lo prometo.

Lauren estuvo muy tentada a detenerlo, sabía que podría encontrar las palabras para hacerlo, pero algo hizo que mantuviera los labios firmemente sellados. Cuando se fue, se acercó a la ventana y procuró deshacerse de esa desagradable sensación en el pecho que amenazaba con ahogarla.

–¿Estás seguro de que se encuentra allí?

Charles se sentía casi como un delincuente en medio de la oscuridad y agradeció cuando Robert lo guio hacia una zona iluminada cerca de una sencilla taberna en los barrios más bajos de la ciudad.

–Sí y solo; al parecer su... amante o lo que fuera esa cantante italiana, abandonó Londres hace unos días y, obviamente, él no se ha ido con ella. Según mis informantes llegó a la taberna hace unas horas y no lo han visto salir.

–¿Tus informantes? –Charles se permitió una mueca burlona–. Dios, Robert, ¿desde cuándo vas por ahí recibiendo información de espías?

Su amigo se encogió de hombros, con expresión digna.

–En ocasiones, cuando tratas con cierto tipo de individuos, debes hacer algunas concesiones.

–Si vieran al caballeroso conde de Arlington ahora...

–Te recuerdo, Charles, que esta no ha sido idea mía –Robert no disimuló su disgusto–. Sinceramente, mi intención es disuadirte de esto. La idea es más que estimulante, no lo negaré, pero creo que no vale la pena.

Charles se hizo a un lado cuando un grupo de borrachos pasó por su lado y elevó una ceja con expresión irónica.

–Creo que es un poco tarde para arrepentirse y de cualquier forma, no estoy dispuesto a dejar pasar lo que hizo.

–No digo que lo hagas, pero debes pensar en Lauren.

–Lo hago a cada instante, Robert, y es en gran medida por ella que necesito arreglar esto.

El conde asintió tras dudar un instante y lo escoltó dentro del local. De encontrarse en otras circunstancias, Charles se habría burlado de sí mismo y de su amigo por el espectáculo que debían presentar. El dignísimo conde de Arlington, todo buenos modales, se veía del todo fuera de lugar en ese bar con una serie de mesas destartaladas, sillas ocupadas por hombres aún más descuidados y maldiciones vociferadas de una esquina a otra sin ton ni son. Él, aunque tenía más experiencia para desenvolverse en terrenos como ese, se sintió un poco ridículo. Por suerte, encontró su objetivo muy pronto y todo sentimiento de incomodidad fue reemplazado por la ira.

Daniel Ashcroft no debía ser un bebedor muy entusiasta, porque permanecía en una mesa del centro, con una botella a medio llenar frente a él y una copa vacía entre las manos, la cual no parecía tener ninguna intención de rellenar.

—Ashcroft, vaya que eres una escoria escurridiza.

Al oír su voz, se envaró en el asiento y elevó la mirada, pero además de esos gestos, no dio la impresión de encontrar muy sorpresiva su presencia.

—Egremont, qué poco agradable sorpresa —dijo mirando alternativamente a Charles y a Robert, que permanecía unos pasos detrás—. Milord, otro tanto podría decir de usted, ha pasado mucho tiempo.

—No el suficiente —Robert habló con los labios apretados y le dirigió una mirada de profundo desprecio.

Charles dio un paso hacia adelante, resguardando en parte a su amigo de la malévola expresión de Ashcroft. ¡Diablos! Vaya que se odiaban.

—¿Cuán borracho estás? —preguntó a Daniel.

—No tanto como me gustaría —elevó su copa con una mueca burlona.

—Bien, no deseo golpear a un hombre ebrio.

Daniel soltó una carcajada nada alegre y lo miró con los ojos entrecerrados.

—¡Por supuesto! Debí suponer que no lo olvidaría, es un hombre rencoroso, ¿cierto? —dejó la copa sobre la mesa y se puso de pie—. Lo curioso es que quizá debería agradecérmelo.

—¿Agradecerte a ti algo? Debes estar loco.

Él se encogió de hombros como si la idea en verdad no pudiera ser tomada como un insulto.

—¿Por qué? Me he enterado de su matrimonio, todo un evento muy celebrado por lo que cuentan, ¿no está satisfecho? —avanzó hasta llegar a solo unos pasos de distancia y bajó la voz, que destilaba resentimiento—. Se ha casado con una hermosa joven de sociedad, con suficiente dinero para ambos y, por lo que dicen, ella está perdidamente enamorada. ¿Quién hubiera pensado que un hombre como usted conseguiría algo así en su vida? De no ser por mí, aún estaría lamentándose en las esquinas por un amor imposible.

Charles aspiró con fuerza y sintió la bilis subir por su garganta, pero hizo un esfuerzo sobrehumano para no perder el control, no aún.

—Voy a matarte —siseó entre dientes.

—Quizá no debería; si lo hace, lo encarcelarán, quizá lo ejecuten, aunque puede ser un gesto amable visto a la larga, de esa forma dejará a una joven viuda en un momento espléndido —le sonrió con burla—. Lauren es hermosa, puede conseguir algo mejor e imagino que al menos habrá acumulado ya algo de experiencia.

Eso fue suficiente para que Charles mandara todo al diablo y se lanzara sobre él con tanto ímpetu que cayeron sobre la mesa. Lo retuvo del cuello con una mano y usó la otra para pegarle un puñetazo con tanta fuerza que su cabeza golpeó contra la madera. Creyó oír la voz de Robert, pero sonó como si se encontrara a muchos kilómetros y nunca hubiera podido descifrar lo que dijo. Daniel aprovechó su desconcierto para sujetarse de su chaqueta y darle vuelta haciendo que cayera sobre el suelo con un golpe seco.

Charles recuperó pronto el dominio, se puso sobre él y empezó a golpearlo sin importarle en qué lugar estampaba los puños.

–No te atrevas a decir su nombre, bastardo.

Daniel soltó un quejido y al mismo tiempo lo golpeó en el vientre con la rodilla, consiguiendo así un momento para recuperar un poco de aire, aun cuando fue muy poco, porque Charles se abalanzó nuevamente sobre él con un rugido.

–¡Charles!

Allí estaba la voz de Robert una vez más, pero la ignoró y continuó desfogando su ira. Daniel apenas se defendía, lo que en otras circunstancias habría encontrado desconcertante, pero en ese momento ni siquiera reparó en ello.

Levantó el puño una vez más, pero dos pares de manos lo tomaron por los brazos y lo izaron sin pizca de delicadeza. Él se revolvió, pero apenas si podía jadear por el esfuerzo.

–Déjalo, Charles, es suficiente; has tenido tu satisfacción, no merece que te arriesgues más por él –ahora sí que pudo oír a Robert con más claridad y verlo a su lado; su mirada era de preocupación–. Estos caballeros continuarán sujetándote hasta que recobres la calma.

Llamar caballeros a dos marineros que debían estar muy lejos de la sobriedad era un gesto amable. Imaginó que Robert les habría pagado para que lo detuvieran en el momento en que las cosas se salieron de control; conociéndolo, no le extrañaría saber que lo tuviera ya considerado desde el momento en que supo que encontrarían allí a Ashcroft. Él, con la sangre corriendo desde su frente y sobre el suelo, lo miraba con la mirada vacía.

—Levántate —dijo, ignorando las quejas de su amigo.

Daniel sonrió e hizo una mueca de dolor, dejándose caer sobre el suelo cuan largo era.

—Usted gana, señor, ¿satisfecho? Ha dejado claro lo fuerte y valiente que es, viniendo aquí para pelear por el honor de su dama —escupió a un lado un poco de sangre—. La pregunta es: ¿esta muestra de hombría lo hace sentir merecedor de ella? Porque no lo creo e imagino que usted tampoco.

Charles hizo amago de ir nuevamente tras él, pero las manos lo sujetaban aún con firmeza y a una indicación de Robert, lo sacaron del bar. Una vez fuera y liberado tras asegurarse de que no volvería a entrar, pudo apoyarse contra un muro medio derruido.

—¿Te sientes mejor?

—No.

La respuesta llegó con voz cavernosa, por lo que Robert elevó los ojos al cielo.

—Pensé que así sería; Dios sabe que la idea de golpear a esa sabandija es uno de mis sueños.

—No es tan agradable como piensas, está loco y no hay mucha satisfacción en golpear a un hombre que casi parece desearlo.

Robert asintió tras pensar un momento en su respuesta.

—Tal vez está tan perturbado como Juliet comenta, lo que me recuerda... —se inclinó un poco hacia su amigo y lo miró preocupado—. Esas sandeces que dijo allí, acerca de ti y Lauren, no puedes siquiera soñar con pensar que hay algo de verdad en ellas.

Charles giró la cabeza para ocultar la mirada y se pasó una mano por el cabello, sin importarle que se viera aún peor; en verdad, en ese momento no estaba seguro de que algo pudiera importarle.

–Necesito un carruaje –fue todo lo que dijo.

–Iremos en el mío –Robert iba a discutir, pero lo pensó mejor, no era el mejor momento para eso.

–Gracias.

No hablaron más durante todo el trayecto y cuando llegaron a las habitaciones de Charles, este bajó con paso firme con expresión indescifrable.

–¿Estás bien?

–Gracias por todo, Robert –tras asentir, hizo un gesto de despedida y se perdió en el camino de entrada.

Cuando el conde dio orden al cochero para que lo llevara a la casa Arlington, exhaló un suspiro y dejó caer la cabeza sobre el respaldar del asiento. Temía que en el afán de ayudar a su mejor amigo, hubiera cometido un error irreparable.

Capítulo 23

Lauren daba vueltas en la cama con una mano sobre la cabeza y la otra descansando sobre su vientre, sin lograr encontrar una sola posición que le fuera cómoda. Estaba del todo preocupada y por más que lo intentaba, no podía conciliar el sueño. Habían pasado varias horas desde que Charles se fuera y, aunque pensó esperarlo en el salón, decidió acostarse y procurar mantener la calma.

¿Qué podía haber pasado? Charles se había mostrado tan tranquilo en los últimos días que verlo cambiar al recibir esa nota de Robert le resultó del todo desconcertante. Lo peor era que estaba segura de que se trataba de un asunto muy personal, uno que era tan privado que no podía compartirlo con ella y eso le inquietaba. No era que deseara conocer todos sus secretos, pero si había algo que le atormentaba a ese extremo, sentía que ella necesitaba saberlo para así poder ayudarlo. En cambio, la hizo a un lado y ahora no sabía qué esperar.

Al escuchar el sonido de la puerta principal al golpear, exhaló un suspiro aliviado; Charles estaba en casa. Contuvo el deseo de salir corriendo y se forzó a mantener el control, con la vista en el reloj sobre la repisa. Al ver que los minutos pasaban y no oía pasos cerca de su puerta, la preocupación aumentó. Desde el día de su boda, Charles acudía a su dormitorio cada noche sin falta, el que se mantuviera alejado no podía ser una buena señal.

Tras pensarlo mucho, decidió que no podía permanecer en cama sin saber lo que había pasado, fuera lo que fuera. Se levantó, tomó su bata y abrió la puerta con cuidado, andando de puntillas; la alfombra amortiguaba sus pasos. Ante la ausencia de sonidos, buscó una fuente de luz que le indicara el camino a seguir y la encontró al llegar al salón. Por la rendija de la puerta del estudio de Charles logró atisbar el brillo de una lámpara y exhaló un suspiro aliviado. Debía encontrarse escribiendo, a veces lo hacía aun a altas horas de la noche; en un arranque de sinceridad había confesado que le ayudaba a aclarar sus ideas.

Dudó entre dejarlo allí y volver a la cama, o acercarse para decirle que si necesitaba hablar de algo, lo que fuera, podía contar con ella. Tras un momento de indecisión, sabedora de que no podría conciliar el sueño hasta comprobar que se encontraba bien, se encaminó al estudio. No tocó la puerta, ya que se encontraba entreabierta, y se ubicó a unos pasos del escritorio que dominaba la estancia.

Creyó que Charles no había advertido su presencia, porque estaba de espaldas a la puerta, con la mirada puesta en la chimenea que chisporroteaba de forma inquietante, como si acabara de alimentar el fuego.

–¿Charles?

Él no giró a verla, aunque pudo advertir la tensión en sus hombros al escuchar su voz. Pasados unos minutos le habló, aunque el tono desapasionado que usó le inquietó aún más.

–¿Por qué no estás durmiendo?

–No podía, estaba muy preocupada... –dio unos pasos más en su dirección–. ¿Te encuentras bien?

Lo vio asentir, o eso creyó, ya que no podía observar su rostro. Avanzó un poco más hasta que sintió como el calor de la chimenea traspasaba la delicada seda de su bata.

—Todo está bien, Lauren, no te preocupes, vuelve a la cama, enseguida voy.

Esa afirmación no consiguió que se sintiera mejor; por el contrario, hubo algo en su voz que le erizó la piel. Se oía tan frío, casi vacío, como si algo acabara de serle arrancado y eso le provocó el absurdo deseo de llorar. Dio un último paso y deslizó la mirada por su espalda, se fijó en el cabello lustroso al calor del fuego y, al final, miró en dirección a la chimenea, como si una fuerza invisible le arrastrara hacia allí.

Cuando la luz dejó de lastimar sus ojos, aguzó la vista y la fijó en las llamas que se elevaban de forma extraña, ¿cuántos leños usó para obtenerlas? Cuando su campo de visión se aclaró, observó las lenguas de fuego devorando algo que no podían ser leños de ninguna manera; era un material distinto, trozos renegridos de cuero y una pila de papeles calcinados. Al comprender de qué se trataba, Lauren se llevó una mano a los labios y contuvo el deseo de gritar.

—Charles ¿qué es esto? ¿Qué has hecho? Por favor, dime que no...

No obtuvo una respuesta inmediata y tomó ese silencio como una confirmación a sus miedos. Sin pensar en lo que hacía, se abalanzó sobre la chimenea y estuvo a punto de introducir las manos en el fuego sin importarle el sofocante calor, tenía que salvar algo, lo que fuera, al menos una página, pero no logró cumplir su cometido porque una mano firme se lo impidió.

—¿Qué haces? ¿Has perdido el juicio? Vas a lastimarte.

Charles la cogió por la cintura y le obligó a mirarlo, pero ella no dejaba de retorcerse en sus brazos.

–¿Cómo has podido? Tus poemas, tanto trabajo… ¿por qué?

–Lauren, cálmate, es mi decisión –tomó su rostro con una mano a pesar de sus protestas–. No actúes de esta forma, es solo basura, sin valor alguno.

Eso fue más de lo que ella pudo soportar; reunió todas sus fuerzas y lo empujó con las palmas sobre su pecho.

–¿Basura sin valor? ¿Lo que te ha llevado años de tu vida crear? ¿Lo que empezaste a compartir conmigo? –sintió el sabor salado de las lágrimas, pero lo ignoró–. Nunca lo hubiera creído de ti, jamás.

–Lauren, estás siendo muy poco razonable, solo estoy dando por terminada una etapa de mi vida, una que ya no tiene sentido –extendió una mano para sujetarla, pero ella se alejó aún más–. Lo hago por ti, para que puedas ver lo mucho que me importas, que nada más tiene lugar en mi vida.

Ella, lejos de sentirse halagada, lo miró con una expresión de dolor que le heló el corazón.

–No te atrevas a usarme como una excusa para un acto tan horrible. ¿Acaso crees que me engañarás de esta forma? –rio de forma cruel, impropia de ella–. No, no deseas engañarme, nunca lo harías, ¿verdad? Es a ti a quien deseas burlar, quizá así puedas perdonarte por esta atrocidad, pero escúchame bien, Charles, yo no lo haré, nunca podría disculpar esto. Me abriste tu corazón y fue tan terrible para ti que ahora necesitas destruir todo rastro de ello. ¡Dios, Charles! ¿Cómo has podido hacernos esto?

–No he hecho nada que nos perjudique, Lauren, me he deshecho tan solo de una parte de mí para la que ya no había lugar.

–¡Una parte de ti!

Charles la miró asombrado, sin saber qué hacer ante

esas palabras tan llenas de sufrimiento y desencanto, pero ella solo continuó hablando, con la voz cargada de amargura.

—¿Eres tan egoísta que no puedes ver que al destruir esa parte de ti, desaparece también una pieza del hombre que amo? —se pasó una mano por el rostro, sin importarle su aspecto y dio media vuelta para irse, pero él la tomó por la muñeca.

—No te vayas.

—¿Por qué no? ¿Qué queda aquí para mí?

—Estoy yo.

Ella se soltó y lo miró con una mezcla de decepción y un dolor tan profundo que le enmudeció.

—¿Y quién eres? ¿Acaso lo sabes?

No esperó una respuesta, corrió fuera de la habitación y Charles pudo oír sus pisadas, así como el golpe de la puerta de su dormitorio. No fue tras ella, solo se quedó allí de pie, con la mirada en el fuego y una sensación de pérdida que no supo a qué atribuir.

Charles pasó la noche en la pequeña habitación dispuesta para los invitados, aunque no pudo dormir en absoluto; ni siquiera se cambió de traje, tan solo se mantuvo sentado en una silla, con la mirada perdida en la pared.

¿Qué había hecho?

Cuando recibió la nota de Robert, no dudó en reunirse con él y enfrentar a Ashcroft y no se arrepentía de sus actos; ese maldito merecía una paliza y volvería a dársela con gusto. Pero sus palabras calaron más hondo de lo que imaginó; sabía que iba a decir cualquier cosa que lograra lastimarlo, pero no pudo escoger un mejor dardo para lanzar.

Las últimas semanas junto a Lauren habían sido como

disfrutar de una probada de lo que debía ser el paraíso, pero aún en los mayores momentos de felicidad sentía un aguijón clavado en el pecho, como si algo dentro de sí estuviera a punto de explotar. Cada vez que veía a su esposa, toda confianza y amor, no lograba despojarse de esa sensación tan desesperante de no estar entregando lo suficiente a cambio, como si no fuera digno. Y Daniel había dado en el clavo al asegurar que no importaba lo que hiciera, nunca podría serlo.

Durante todo el recorrido de regreso a casa, mientras ignoraba la expresión preocupada de Robert, solo dio vueltas en su mente a las palabras de Ashcroft. Cumplió su deseo y deber de ir tras él por el daño causado a Lauren, sí, pero no fue esa satisfacción lo único que obtuvo, sino también el recordatorio de que aún no se atrevía a enfrentar una gran verdad, que pasara lo que pasara, sus miedos e inseguridades eran más fuertes que él.

El lanzar sus escritos al fuego… aún sentía un dolor sordo al recordarlo, fue la acción impetuosa de un hombre desesperado y en gran medida se arrepentía de haber permitido que sus emociones le llevaran a ese punto. Pero lo que en verdad no podría perdonarse jamás era el haber lastimado a Lauren de esa forma. Cuando vio su rostro al contemplar las cuartillas calcinadas sintió el deseo de lanzarse él mismo al fuego, de abrazarla por siempre, pedirle disculpas de rodillas si así hubiera podido conseguir su perdón, pero solo logró articular unas cuantas palabras que bien pudo ahorrarse.

Ella tenía razón; había destruido parte de sí mismo y si no era capaz de reconocerse ya como el hombre que era, no tenía idea de cuál sería su futuro. Por eso en gran medida decidió no ir tras Lauren la noche anterior, necesitaba pensar, idear una salida a esa situación absurda.

Cuando el sol de la mañana empezó a atisbar en el horizonte, se debatió entre ir con su esposa, porque necesitaba saber cómo se encontraba o permanecer allí, pero se decantó por lo primero. Sin cambiarse, fue a la habitación que compartieran hasta la noche anterior, pero aunque llamó una y otra vez, no obtuvo respuesta. Al comprender que ella no deseaba hablar con él aún, suspiró y se encaminó a su despacho, donde dejara la chaqueta la noche anterior. No se atrevió a mirar los restos en la chimenea, salió pronto y cuando se topó con Coulson en el rellano de las escaleras, le indicó que debía ausentarse, que dejara descansar a la señora y se pusiera en contacto con él en el club si es que era estrictamente necesario.

Necesitaba pensar, aún más de lo que había hecho, hasta que su mente estallara si así lograba encontrar una solución.

Lauren tampoco durmió, pasó la noche despierta, llorando a ratos y golpeando las almohadas cuando sentía que la ira amenazaba con estallar. Se sentía furiosa y decepcionada a partes iguales, como si le hubieran arrancado el corazón y se lo devolvieran marchito y remendado. Quería gritar y solo lograba contenerse mordiendo su puño con fuerza.

¿Por qué hizo Charles algo tan horrible? ¿Qué lo impulso a cometer semejante atrocidad? Sabía que actuaba como si acabara de descubrirlo perpetrando un crimen, pero para ella en cierta medida así había sido. Había asesinado una parte de él, la que ella tanto admiraba y deseaba comprender, la misma que creía que había empezado a mostrarle sin reservas. ¡Qué equivocada estaba! ¿Cómo pudo creer que tras tantas dudas de un momento a otro conseguiría lo que anhelaba?

Charles la amaba, sí, no tenía reservas al respecto, pero no era suficiente y ahora, al fin, había aceptado que nunca lo sería, que se engañó a sí misma de forma cruel y masoquista, aferrada a ese ideal de final feliz que, como Margaret augurara alguna vez, nunca tendría.

Al admitir para sí misma esta verdad no sintió ningún alivio, solo un vacío en el pecho que le provocó llorar, de nuevo, pero se contuvo y decidió pensar en cuál sería el mejor paso a dar.

Tras cavilar un momento, salió de la cama con paso vacilante por la debilidad de las horas que había pasado llorando y tiró de la campanilla para llamar a su doncella. Cuando esta llegó, la encontró frente al armario, con las puertas abiertas y las manos sobre sus vestidos.

—¿Señora?

Pobre chica, no dudaba de que tanto ella como Coulson debían saber que algo terrible había ocurrido entre sus amos, aunque jamás haría un solo comentario al respecto y si bien Lauren sentía en parte el deseo de hablar, no estaba lista para hacerlo; era posible que nunca lo estuviera.

—Necesito preparar mi equipaje.

La doncella dio un respingo, como si eso fuera lo último que hubiera pensado oír y no le gustara nada.

—¿Se va, señora? ¿Adónde?

Lauren se encogió de hombros y la miró sobre su hombro con ojos serenos.

—No lo sé.

El plan de Charles, que era pasar buena parte del día en el club, se vio interrumpido por la llegada de un más que preocupado Robert, que lucía como si acabara de sobrevivir a un holocausto.

—No necesito preguntar cómo ha ido todo —su amigo ocupó la silla frente a él sin siquiera preguntar—. Te ves terrible.

—Lamento no poder decir que tú estás resplandeciente.

El tono agrio y malhumorado no lo espantó; en gran medida no parecía capaz de ofenderse en ese momento.

—Oh, bueno, ¿recuerdas lo que dije respecto a que la sinceridad absoluta en el matrimonio te asegura la felicidad? —Robert mostró una mueca burlona—. Creo que debo reformular la frase.

Charles dejó su preocupación de lado, al menos por un momento, para prestar atención a su amigo.

—¿Problemas con Juliet?

—Nada serio, en realidad, pero no pareció muy complacida cuando le hablé acerca de nuestra aventura de anoche.

—¿Se lo contaste? —Charles abrió mucho los ojos, incrédulo—. ¿En qué pensabas?

Robert soltó un bufido y se encogió de hombros.

—Pensé que debía saberlo; después de todo, fue a su primo a quien le diste una paliza y no puedo negar que estuve directamente involucrado.

—Creí que a Juliet no le importaba lo que pasara con Ashcroft.

—Y así es —Robert se permitió una breve sonrisa—. Está indignada porque piensa que tu acción puede resultar perjudicial para tu relación con Lauren.

Charles elevó los ojos al cielo y sacudió la cabeza.

—¿Sabes, Robert? Recuérdame felicitar a tu esposa por su extraordinaria intuición; si fuera la mitad de listo que ella, es posible que pudiera evitarme algunos problemas.

—¿Entonces estaba en lo cierto? ¿Lauren se disgustó al enterarse de lo ocurrido?

Su amigo negó con un movimiento de cabeza.

—No, no se lo he dicho y no pienso hacerlo, no aún. Pero no puedo negar que todo lo ocurrido anoche me afectó de tal forma que actué como un idiota y el resultado es el mismo; Lauren está muy disgustada conmigo y no puedo contradecir sus razones.

Tras escucharlo con atención y pensar un minuto, Robert asintió.

—Ya veo, no hace falta ser un genio para suponer que hiciste o dijiste algo que la perturbó llevado por esa ira absurda que puede provocar ese miserable de Ashcroft –se inclinó un poco sobre la mesa con semblante preocupado–. Estoy seguro de que si hablas con ella y le explicas lo ocurrido, si le ofreces sinceras disculpas…

—Me temo que los motivos por los que actué de tal forma no tienen excusa, fui un estúpido al permitir que las palabras de Daniel me afectaran a ese extremo y lo peor es que aun ahora, cuando sé que cometí un grave error, no puedo sacármelas de la mente –Charles le dirigió una triste sonrisa–. Ese lunático es un infeliz, pero no un tonto, sabe perfectamente dónde golpear.

—Eso es porque tú se lo permitiste, tiene la insoportable habilidad de reconocer nuestros puntos débiles, pero ya va siendo hora de que, al menos en tu caso, dejen de serlo.

Charles dio una mirada a la superficie de la mesa con expresión pensativa y, cuando respondió, su voz era firme.

—Lo sé, siempre lo he hecho, creo que tal vez es más sencillo escudarte tras tus temores, pero… –levantó la mirada y observó a su amigo a los ojos–. Lauren me hace fuerte, Robert, soy mejor persona a su lado, solo necesito dejar de pensar en lo peor, en los errores que quizá no cometeré y centrarme en hacerla tan feliz como merece.

—Me parece una buena forma de empezar –Robert exhaló un suspiro aliviado–. Quizá no sea sencillo, Charles, pero te ruego que lo soluciones, así Lauren y tú podrán ser felices al fin y mi esposa dejará de culparme por sus desdichas.

—¿Eso hace Juliet? —esbozó la primera sonrisa sincera en todo el día—. Estoy agradecido de que Lauren cuente con una amiga tan fiel.

Robert no correspondió a su sonrisa; por el contrario, frunció el ceño.

—Sí, bueno, eso suena muy bien, pero preferiría que no me considerase el responsable de sus angustias.

—Es un deseo razonable.

—Que espero se vea cumplido muy pronto.

—No dudo de que así será —Charles se puso de pie.

—¿Adónde vas?

Su amigo lo miró con una ceja alzada.

—¿Adónde crees? A casa, necesito hablar con mi esposa.

—Eso me parece muy bien, pero antes quisiera tratar un tema contigo.

—¿Ahora? —Charles lo miró como si acabara de perder el juicio—. Robert, gracias por toda tu ayuda, pero no necesito más consejos.

Robert quitó importancia a sus palabras con un gesto de la mano.

—No me encuentro en posición de dar más consejos maritales, Charles, ya he hablado demasiado al respecto; recuerda que soy británico. El tema que quiero tratar tiene poco que ver con tu matrimonio, aunque desde luego tendrá cierta influencia en él, o eso creo.

Charles reprimió su ansiedad por buscar a Lauren, intrigado por el tono solemne de su amigo; no era nada común que se dirigiera a él con esa seriedad.

—¿De qué se trata?

Robert señaló la silla.

—Tal vez sea mejor que te sientes, no sé cómo te lo vas a tomar, y Dios sabe que no estoy en mi mejor momento, así que hablaré despacio y, por favor, escucha todo lo que tengo que decir antes de interrumpir o hacer algún comentario desatinado.

–¿Y por qué haría eso?

–Amigo mío, lo haces todo el tiempo –Robert rio entre dientes–. Ahora, esto es lo que pasa...

Charles guardó silencio tal y como su amigo le pidiera, aunque según lo escuchaba, tuvo serios problemas para contener el deseo de hacer, no uno, sino muchos comentarios. Desatinados o no lo descubriría muy pronto.

Capítulo 24

La conversación con Robert se extendió mucho más de lo esperado; tanto, que cuando volvió a casa casi había anochecido, pero no hubo forma de hacerlo antes. Lo que su amigo tenía que decirle era mucho más delicado y complejo de lo que hubiera podido adivinar; aún no estaba seguro de haberlo comprendido del todo, pero ese no era el mejor momento para pensar en ello.

Lauren. Necesitaba a Lauren.

Apenas prestó atención cuando Coulson se acercó a recibirlo, pero al ver que había abandonado del todo su expresión impasible, se detuvo en medio del salón. ¿Ahora qué?

—Señor...

—¿Qué pasa, Coulson? ¿Malas noticias de casa?

Sabía que su ayuda de cámara era un hombre muy discreto, pero en algún momento de camaradería le había comentado que temía por la salud de su madre enferma, una anciana que vivía en su pueblo natal, en Brighton.

—No, señor, gracias por preguntar.

Ya que no parecía animado a expresar su verdadera preocupación, Charles empezó a perder la paciencia.

—¿Y bien?

–Señor... –el ayuda de cámara se aclaró la garganta–. La señora...

–¿Qué ocurre? ¿Aún continúa en su dormitorio? ¿Se ha negado a comer? –Charles empezó a inquietarse–. ¿Qué es, Coulson?

El sirviente dio una cabezada y, por primera vez desde que lo conocía, pareció del todo afligido.

–La señora no se encuentra en su dormitorio, señor; para ser más preciso, no está en la casa. Ella... se ha ido.

Charles lo miró como si no alcanzara a comprender lo que quería decir o por qué se veía tan angustiado.

–¿Se ha ido? ¿Adónde?

–No lo sé, señor.

–¿Acaso no indicó a qué hora pensaba regresar?

–No creo que lo haga, señor.

Llegado a ese punto, la paciencia de Charles se agotó por completo, pero hizo un esfuerzo por no desesperar. Coulson no atinaba a dar una explicación razonable y las ideas que empezaron a asomar en su mente no eran nada agradables.

–Coulson, necesito que seas claro, ¿dónde está mi esposa? –fingió una calma que no sentía, porque por dentro empezaba a temblar–. Y si no puedes responder a eso, dime entonces qué ha ocurrido en mi ausencia.

El ayuda de cámara se secó la frente con discreción y asintió.

–Luego de que usted se marchara, la doncella de la señora, Mary, me indicó que debía encargarme de conseguir un carruaje de alquiler, porque ella deseaba salir. En ese momento no comprendí a qué se refería, de modo que solicité hablar con la señora y ella confirmó la orden. Yo... obedecí, por supuesto y un par de horas después, se marcharon, pero llevaban equipaje con ellas, yo mismo me encargué de subirlo al carruaje.

Charles apretó los puños con fuerza a los lados; no podía creer lo que escuchaba.

—Lauren... mi esposa, ¿no te dijo adónde iba?

—No, señor y no me atreví a preguntar, pero... —se llevó una mano al bolsillo con semblante afligido—. Dejó una nota para usted.

—Está bien —Charles la tomó con mano firme, sin notar que la estrujaba entre los dedos—. Estaré en el despacho, no quiero ser molestado.

No supo si Coulson respondió, sus pensamientos estaban muy lejos de allí. Cerró la puerta del despacho tras él y ocupó su escritorio, para luego dejar la carta de Lauren sobre la superficie de madera. Necesitaba leerla y al mismo tiempo una sensación que identificó como miedo se había instalado en su estómago, por lo que debió hacer un esfuerzo para respirar de forma apropiada y abrir el sobre.

Una vez que tuvo el trozo de papel desplegado ante sí, con unas cuentas líneas escritas de forma apresurada, en la letra elegante y menuda de Lauren, se obligó a leer.

Querido Charles:

Lamento marcharme de forma tan impetuosa, no lo planeé, pero luego de pensar acerca de todo lo ocurrido, comprendo que es lo mejor que puedo hacer por ambos. Obviamente, el amor no es suficiente para asegurar la felicidad; he tardado en comprenderlo, pero así lo veo ahora. Fui egoísta y soberbia al suponer que el amarte de la forma en que lo hago cambiaría las cosas y te ofrezco disculpas por haberte orillado a una situación insostenible. Nunca debí pretender obligarte a ser una persona que, ahora lo sé, no eres. No pienses ni por un segundo que este descubrimiento cambia mi amor por ti; por el contrario, te quiero aún más, porque sé que has sido capaz de vivir en el engaño con tal de hacerme feliz y no tengo cómo agradecerlo. Ahora, sin embargo, quiero dejar ese egoísmo de lado y permitirte ser feliz como mejor lo consideres conveniente, no quiero ser un lastre para ti y tus deseos. Ambos sabemos que no podríamos soportar durante mucho tiempo una vida plagada de dudas y palabras no dichas. Te ruego que me perdones y que no te preocupes por mí; no mentiré al decir que sé con seguridad lo que debo hacer, pero no dudo de que pronto lo descubra. Me consuela saber que no eres un hombre que se preocupa por las opiniones ajenas, pero de cualquier modo te prometo que me conduciré con discreción para que este tema no trascienda, al menos por ahora.

Me permito pedirte, si tengo aún derecho a ello, que no abandones tus sueños, porque sé que sin importar lo que hayas dicho en un momento de desesperación, aún viven en ti y confío en que algún día lo comprendas también tú.

Por siempre tuya,
Lauren.

Charles leyó la nota dos veces y cuando iba a hacerlo una vez más, notó que sus manos sostenían el papel con tanta fuerza que estaba a punto de romperlo. Lo miró con una mezcla de ira e impotencia y lo arrugó en una de sus manos, para luego extenderlo con un cuidado infinito, alisando los pliegues.

Enterró la cabeza entre las manos y cerró los ojos. Se mantuvo en esa posición durante unos cuantos minutos y, de un momento a otro, como si hubiera tomado una decisión con la misma rapidez con que un rayo golpea un árbol, se puso de pie y regresó al salón.

—¡Coulson!

Apenas acababa de llamar cuando el ayuda de cámara salió corriendo a su encuentro.

–¿Cuánto tiempo ha pasado exactamente desde que mi esposa se fue?

–No estoy seguro, señor, quizá seis o siete horas.

Charles asintió.

–Está bien –se encaminó a la puerta al tiempo que hablaba–. Procura encontrar al conductor del carruaje que conseguiste para ella y que te diga a qué lugar la llevó. Si no puedo encontrarla, volveré pronto por esa información.

Coulson era un hombre práctico, sin vocación militar, pero ante el tono demandante de su señor, estuvo tentado a juntar los talones en señal de conformidad.

–Así lo haré, señor.

El viaje hasta la mansión Arlington no era muy largo pero, por primera vez, a Charles le resultó eterno. Cada vez que el carruaje se detenía un instante para ceder el paso a un caballo o un peatón, debía contener el deseo de asomar la cabeza por la ventanilla y ordenar al cochero que siguiera.

Se sentía tan inquieto que estaba a punto de darse de golpes contra el respaldar del asiento, por lo que fue una suerte que llegaran al fin a su destino, o se habría lastimado de forma innecesaria.

Una vez que el mayordomo abrió la puerta, lo escoltó al salón donde se reunía la familia luego de terminar la cena; no era un secreto para él que, cuando no recibían invitados, los Arlington tenían costumbres poco convencionales. Robert jamás habría permitido que Juliet permaneciera a solas para quedarse bebiendo un poco de oporto en el comedor.

Cuando los vio juntos en un diván, ambos mirándolo con similar expresión de desconcierto, se le cayó el alma a los pies y antes de que pudieran hacer cualquier pregunta, se adelantó.

—¿Lauren no está aquí?

—No, por supuesto que no —Juliet miró a su esposo como esperando confirmación, aunque fuera del todo innecesario.

—Charles, ¿qué ha pasado? —Robert posó una mano sobre la de su esposa con el fin de transmitirle serenidad, al tiempo que observaba a su amigo—. ¿Por qué tendría que estar Lauren aquí?

Charles se pasó una mano por la cabeza y aspiró con fuerza.

—Es el primer lugar en el que pensé, ella jamás iría a casa de sus padres, los preocuparía, en especial a su madre...

—¿Qué estás diciendo? No comprendo nada, ¿tú lo entiendes? —Juliet miró una vez más a Robert con semblante inquieto.

—No exactamente, aunque tengo una sospecha.

La respuesta de Robert no pareció tranquilizarla, por lo que miró a Charles con cierta dureza.

—¿Lauren se ha marchado de casa? ¿Es eso?

Charles le devolvió la mirada y no parecía dispuesto a mostrarse muy tolerante ante su actitud.

—¿Has hablado con ella hoy? ¿En las últimas horas?

—No, la vi hace un par de días, cuando fui a hacerle una visita —ella pareció comprender que no era un buen momento para recriminaciones y suavizó su tono—. Entonces es verdad que se ha marchado, no puedo creerlo, es tan poco propio de ella.

—Obviamente, no pudieron hablar —Robert se puso de pie al tiempo que hablaba y esperó al asentimiento de su amigo antes de continuar—. ¿Tienes idea de a qué otro lugar pudo haber ido?

Charles negó con la cabeza sin dejar de fruncir el ceño.

–No. Como he dicho, no preocuparía a sus padres y ustedes son sus amistades más cercanas.

–Pero tampoco habría venido aquí si no desea que la encuentres.

No fue intención de Juliet ser cruel, tan solo hizo una observación sincera, algo usual en ella, pero Charles sintió como si acabara de golpearle la cabeza con un mazo y Robert debió darse cuenta de lo mucho que le afectaron sus palabras, porque le hizo un gesto discreto, que ella comprendió de inmediato.

–Lo siento, Charles, no he debido decir tal cosa; Dios sabe que Lauren te ama más que a su vida –juntó las manos sobre el regazo y procuró infundir esperanza a su voz–. Estoy segura de que necesita un poco de tiempo y espacio y por eso no ha recurrido a nosotros, sabe que al menos yo no la dejaría en paz.

Charles sonrió con ironía ante el honesto comentario.

–Es posible que estés en lo cierto, Juliet, pero necesito encontrarla. Podría estar en cualquier lugar, ella no es una dama acostumbrada a vagar por la ciudad, no conoce a muchas personas... –cerró los ojos un instante y cuando los abrió fue fácil distinguir el dolor y la preocupación en su mirada–. Si algo le pasa...

Robert se acercó para darle una palmada en el hombro.

–Permite que te ayude a buscarla.

–No, esto es algo que debo hacer solo, lo arruiné y soy el único que puede solucionarlo; necesito encontrar a Lauren y rogarle que me perdone y si no lo hace... bueno, no podré culparla, pero al menos necesito saber que está a salvo.

–Desde luego que lo está –Juliet se puso al lado de su esposo y asintió con fervor–. Lauren es mucho más fuerte de lo que parece.

–Lo sé –la voz de Charles estaba cargada de seguridad–. Es la persona más valiente que conozco, pero aun así hay ciertos riesgos que no puede correr, no puedo permitirlo.

–Ya que no deseas que te ayude, no dejes de informarnos en cuanto sepas algo.

–Por favor.

Charles asintió y se despidió con rapidez. Por suerte, tuvo el sentido común de ordenar al conductor que le esperara y pudo regresar con rapidez a su casa. En cuanto Coulson lo vio llegar, corrió hacia él, resollando como si acabara de participar en una carrera.

–Señor, tengo noticias.

Durante el viaje hasta la casa que Charles y ella ocuparan durante su luna de miel, Lauren pasó buena parte del tiempo pensando en lo mucho que tenía de cierta la expresión, «tener el corazón roto». Desde luego que físicamente era imposible encontrarse en esa condición y continuar con vida, no era tan romántica como para negar esa lógica, pero le gustaría encontrar una explicación razonable al porqué dolía tanto, porque ¡Oh, Dios, cómo dolía!

Quien la hubiera observado mientras ayudaba a su doncella a preparar el equipaje, daba órdenes con firmeza y se embarcaba en ese viaje de un momento a otro sin perder la calma, jamás hubiera podido adivinar que lo único que deseaba hacer a cada momento era acurrucarse en un rincón y echarse a llorar. Cada paso que daba para alejarse de Charles aumentaba su agonía, porque de alguna forma era consciente de que su decisión no tendría un punto de retorno.

Aun así, no estaba arrepentida de lo que eligió hacer; no había un lugar para ella en el corazón de Charles, al menos no uno real, uno en el que su amor pudiera desarrollarse y crecer de forma libre y no deseaba ser un obstáculo para lo que fuera que él deseara hacer con su futuro. ¿Qué sentido tenía que ella pasara el resto de su vida en común diciéndole cuánto confiaba en él o insistiendo en que hiciera lo que consideraba era mejor? No, sentía que acababa de perder una batalla desigual y que lo mejor era reconocer su derrota y retirarse.

Tal vez cuando Charles recibiera su nota y conociera su decisión se sentiría aliviado; quizá en algún momento pensó lo mismo que ella y tan solo se abstuvo de decirlo para no lastimarla. Era tan difícil saber lo que pasaba por su mente que aún esa posibilidad le resultaba probable.

Mary viajaba con ella en el carruaje y podía sentir su mirada posada en ella cada tanto, pero procuraba mantener la vista fija en la ventanilla. No podría soportar encontrarse con unos ojos cargados de compasión, eso hubiera terminado por derrumbarla y aún no podía hacerlo, necesitaba ser fuerte un poco más.

Evitó pensar en que esa mirada piadosa sería la misma que le dirigirían sus padres y hermanas cuando se enteraran de lo ocurrido, sin contar la maledicencia de esa sociedad a la que Charles se refería con sorna la mayor parte del tiempo. Sí, ellos no serían amables con ella y no estaba segura de que le importara demasiado. Solo podía dedicar buena parte de sus pensamientos a lo que su familia tendría para decir y esperaba poder enfrentarlo llegado el momento.

Suspiró aliviada al atisbar la casa en el horizonte; lograron un buen tiempo, ya que apenas empezaba a anochecer, quizá Charles no notara su partida hasta el día siguiente.

La pareja de ancianos encargados de cuidar la casa cuando se encontraba deshabitada la recibieron con idénticas muestras de sorpresa, pero se abstuvieron de hacer cualquier comentario, lo que agradeció y la trataron con la misma cortesía que en su primera visita. Corrieron a encargarse del equipaje pese a sus protestas y la instalaron con rapidez en la misma habitación que ocupara durante su luna de miel, si bien ella hubiera deseado ocupar cualquier otra. El recuerdo de las noches pasadas allí con Charles era muy doloroso y sus fuerzas empezaban a menguar.

El optar por ir a esa casa para refugiarse tal vez fuera una decisión poco inteligente, pero no tenía muchas opciones. El ir a la casa de sus padres hubiera sido motivo de escándalo y ellos no lo hubieran soportado, mientras que pedir albergue a Juliet y su esposo, que sabía hubieran estado gustosos de dárselo, no habría significado mayor diferencia en su situación; además, considerando que eran también tan buenos amigos de Charles, se habrían visto en una situación muy incómoda.

La pequeña casa en las afueras de Londres era apropiada para pasar una temporada y decidir el siguiente paso a dar. Además, al pertenecer a la familia de su esposo, protegería a ambos de cualquier comentario malintencionado, o al menos lo haría cuando se supiera de su partida. Dudaba de que Charles adivinara que se encontraba allí y si así fuera, no iba a esconderse de él; suponía que iba a exigir una explicación más clara acerca del porqué de su marcha, pero tal vez tan solo se tratara de una dolorosa formalidad.

De cualquier forma, no creía que Charles corriera a buscarla en cuanto supiera de su desaparición; con seguridad haría unas cuantas preguntas discretas y, llegado el momento, ataría cabos. Ya se enfrentaría a esa situación cuando fuera necesario.

Ahora, casi del todo instalada, sentada sobre el tocador y con las manos enlazadas descansando sobre su regazo, sentía que estaba a punto de desfallecer. No recordaba haber probado un solo bocado en todo el día, pese a las súplicas de la agradable ama de llaves encargada de la casa. Lo curioso era que no sentía el menor deseo de probar alimento y estaba segura de que su debilidad estaba relacionada con ese corazón roto que no le daba un minuto de tregua.

Hizo un último esfuerzo por desvestirse a solas, ya que su doncella se veía tan agotada por el viaje que la envió a dormir sin atender a sus débiles protestas. Dejó caer su ropa con descuido y se acurrucó entre las sábanas, no sin antes tomar la almohada del lado de Charles y abrazarla con fuerza contra su pecho, porque si bien su funda había sido cambiada, en cuanto la llevó a su rostro, pudo percibir el olor familiar.

Solo entonces, sin fuerzas para un solo movimiento más, se entregó al llanto y mientras lloraba, casi en silencio, con fuertes sollozos que agitaban todo su cuerpo, se preguntó una vez más, casi en sueños, si ese extraño sonido que llegaba a sus oídos, no sería el de su corazón terminando de romperse. O tanto como puede destruirse un corazón cuando ha decidido tan solo latir porque no tiene más remedio.

Capítulo 25

Charles nunca se había considerado un jinete superior a la media; le gustaba montar, era bueno en ello, pero estaba lejos de ser excepcional. Sin embargo, cuando empezó el viaje hacia las afueras de Londres, estuvo seguro de que no habría un oponente que pudiera superarlo, no cuando cabalgaba como si la vida se le fuera en ello.

Tan pronto como Coulson le dio las señas del lugar al que el cochero le indicó que había llevado a Lauren, se hizo de un caballo y emprendió el viaje sin pensar mucho en las consecuencias de su decisión. Mientras se envolvía en el abrigo para capear el frío, notó que las gotas de lluvia empezaban a caer, lo que en ese momento le pareció un marco perfecto para su estado de ánimo.

Saber que Lauren había tenido el sentido común de escoger la casa de su familia le confirió cierta paz, pero ello no cambiaba en mucho la difícil situación en que se encontraba. Si Lauren tomó la decisión de dejarlo, si había llegado a un punto en que la idea de vivir a su lado le resultó insoportable, si la decepcionó a tal extremo... sentía el corazón helado y estaba seguro de que no se debía al clima.

El camino no era muy largo, pero recorrerlo a caballo

a esa velocidad requería hacer al menos un cambio de montura, en especial en esas circunstancias; sin embargo, no deseaba parar en medio de la noche, no cuando se encontraba cada vez más cerca. Tenía que ver a Lauren, saber que estaba bien; no temía tanto su enojo y decepción como el que hubiera podido sufrir algún percance.

Según las sombras de la noche se retiraban y daban paso a las primeras luces del día, se sintió más tranquilo. Cada vez faltaba menos.

Ignoró el temblor en sus manos por sujetar las riendas con tanta fuerza, así como el frío que se filtraba a través del paño de su chaqueta y empezaba a sentir en la piel. Eso no importaba, solo debía seguir cabalgando. Acarició la cabeza del caballo para infundirle ánimos y lo espoleó con más ímpetu.

Al llegar a la colina desde la que se apreciaba la casa, aligeró el paso y dejó caer la cabeza contra el cuello del animal, por completo agotado. Desmontó y llevó al caballo de las riendas, sin prestar demasiada atención al camino. El guardián de la propiedad lo encontró en el establo detrás de la casa y se apresuró a ayudarlo a atender su montura, al tiempo que lo miraba con preocupación, demasiado sorprendido para saber qué decir. Por suerte para él no fue necesario que pensara en algo, porque Charles hizo la pregunta que quemaba en su garganta.

—¿Dónde está?

El guardián no necesitó preguntar a quién se refería, claro. Había vivido lo suficiente para hacerse una idea de lo que ocurría entre el joven amo y su esposa, aunque jamás se atrevería a decir una sola palabra al respecto. Sin embargo, deseaba ayudar, al menos en lo que le fuera posible; no había que ser una persona muy observadora o inteligente para notar el amor que sentían el uno por el otro.

—Llegó muy avanzada la noche, señor y aún no se ha levantado —dijo con tono respetuoso—. Mi mujer dice que se veía exhausta y que se negó a cenar, que debíamos dejarla descansar.

Charles asintió.

—Ocúpate de que el caballo beba un poco de agua.

—Sí, señor —el criado carraspeó antes de continuar—. La joven señora se encuentra en su habitación.

Su amo cabeceó en señal de entendimiento.

—Señor, disculpe el atrevimiento, pero no se ve muy bien, ¿cabalgó bajo la lluvia? ¿Le digo a mi mujer que le prepare un baño y aliste un cambio de ropa para usted? Dejó alguna en su última visita…

—No, no es necesario —Charles lo miró con gratitud—. Iré a ver a mi esposa.

—Sí, señor.

El criado lo observó mientras se encaminaba a la casa con paso seguro, aunque un poco vacilante y sacudió la cabeza.

Charles se detuvo un instante frente a la puerta del dormitorio y entró sin llamar; no hubiera podido soportar que Lauren le negara la entrada.

Cerró la puerta tras de sí y dio unos pasos hasta que llegó junto a la cama, donde se detuvo sin dejar de observar un instante a su esposa, que dormía con la cabeza sobre el brazo, el cuerpo ladeado y una mano sujetando fuertemente la almohada contra su pecho. Charles sonrió al comprender que era la que debió usar él la última que estuvo allí. Se arrodilló con cuidado de no hacer ruido y posó una mano con infinito cuidado sobre su mejilla, odiándose al notar las huellas de las lágrimas y sus párpados inflamados.

Suspiró al apartarse y contuvo un escalofrío, no sabía

si debido al hecho de dejar de tocarla o por las ropas húmedas que llevaba. Sin pensarlo demasiado, se despojó de ellas y se metió entre las sábanas, sin que Lauren advirtiera su presencia, lo que le arrancó otra sonrisa de ternura. Acercó su cuerpo hasta conseguir que apoyara la espalda sobre su pecho y le pasó una mano por la cintura. El olor que desprendía lo rodeó y cerró los ojos, sin notar el momento en que el sueño empezó a envolverlo.

Lo primero que percibió Lauren al abrir los ojos fue la luz que se filtraba por la ventana, que caía sobre su rostro con tanta claridad que supuso, aún adormilada, debía ser ya medio día. Pero ese pensamiento fue pronto desplazado por el hecho de sentir que no estaba sola.

Cerró los ojos al percibir el aroma familiar, la respiración acompasada sobre su oído y la mano cálida que la sujetaba fuertemente por la cintura. ¿Estaba soñando? Si era un sueño, no deseaba despertar, pero según pasaron los minutos, comprendió que sí, que estaba ocurriendo en verdad y contuvo un jadeo de sorpresa. ¿Cómo…?

Levantó una mano con mucho cuidado, temerosa aún de que la realidad le deparara una desagradable sorpresa y la posó sobre el brazo que descansaba sobre su abdomen. Se mantuvo inmóvil, hasta que la respiración en su cuello cambió casi imperceptiblemente, se hizo menos acompasada y más agitada.

–¿Charles…? –tenía que preguntar, tenía que saber.

–Tengo tanto que decirte –el susurro provocó un delicioso cosquilleo sobre su piel–. Pero no ahora, tenemos todo el tiempo del mundo.

Quiso decirle que no debía hacer promesas que no fuera a cumplir, que se explicara, pero cuando empezó a deslizar una mano por su cuerpo, se dejó llevar y olvidó todo lo que no fuera la sensación de saberlo a su lado.

Pasaron minutos, horas, nunca lo sabría, pero llegado un momento, recobró el sentido y se encontró abrazada a él, sus cuerpos tan juntos que no sabía dónde terminaba uno y empezaba el otro, y era una de las sensaciones más hermosas del mundo. Sin embargo, por maravilloso que fuera todo en ese momento, necesitaba respuestas y por duras que resultaran, quería enfrentarlas.

–Todo el tiempo del mundo es mucho tiempo, ¿lo sabes? –su voz sonó extraña.

–Para nosotros es solo el comienzo –él retiró un mechón de su frente húmeda y lo colocó detrás de su oreja–, te lo juro.

–Por favor, no hagas promesas que no puedas cumplir. Charles, no puedo soportar vivir de esta forma, no quiero hacerlo; sabes cuánto te amo y esta continua sensación de desesperanza es demasiado para mí. Quisiera ser más fuerte...

Él tomó su mano y, tras besarla, la colocó sobre su corazón, sin dejar de mirarla.

–Lauren, eres la mujer más fuerte, decidida y valiente que he conocido y no sabes cuánto te admiro –sonrió ante su mirada incrédula–. Sí, no solo te amo, sino que también admiro que seas capaz de hacer cualquier cosa, por dolorosa que sea, con tal de defender lo que crees. El saber que habías tomado la decisión de irte fue la confirmación del extraordinario ser humano que eres y me dijiste en tu nota, además, que lo hacías por amor. ¡Dios, Lauren! Debería arrodillarme ante ti, pero no lo haré, porque mi amor por ti es demasiado terrenal para eso; después de todo, recuerda que yo soy solo un pecador.

El tono casi alegre y la sonrisa inalterable de alguna forma le restaban seriedad a sus palabras sin que por ello resultaran menos sinceras y Lauren se estremeció al oírlo. Nunca pensó que él albergara esos sentimientos por ella; sabía que la amaba, pero no imaginó que ese amor fuera tan profundo como el suyo.

—Tenía que irme, Charles, no encontré otra salida, lo siento tanto. En verdad lo intenté, lo intenté todo.

—Lo sé y te vi hacerlo, pero fui demasiado tonto para comprenderlo de forma cabal. Quizá parte de mí, una parte egoísta y tonta, pensaba que seguirías haciéndolo y que eso bastaría; pero estaba tan equivocado. El amor, Lauren, el verdadero amor, no puede mantenerse si es tan solo uno quien lucha, tenemos que hacerlo ambos, cada día.

Ella sintió una opresión en pecho y se mordió el labio con nerviosismo.

—¿En verdad lo piensas? Porque antes creí que todo iría bien, deseaba que así fuera y sé que tú también, pero...

—Me avergüenza reconocerlo, pero no estaba listo. Tenías razón en lo que decías en tu carta, el amor no es suficiente y ahora lo comprendo, aunque he tardado en hacerlo —Charles esbozó una mueca irónica—. Y decías que era listo.

—Lo eres —Lauren se apresuró a apoyarlo, aunque sonrió—. La mayor parte del tiempo.

—Merezco eso, me lo he ganado.

Lauren bajó la mirada hasta fijarla en su pecho, aún insegura e inquieta.

—¿Qué ha cambiado? ¿Por qué ahora las cosas serán diferentes?

Él la sujetó por la barbilla y le hizo mirarlo.

—Porque ahora sé lo que significaría vivir sin ti y no puedo hacerlo. Las horas que pasé buscándote, sin saber con seguridad dónde estabas, han sido las más terribles de mi vida. Si algo te hubiera pasado, cualquier cosa, si no hubiera logrado encontrarte jamás... —la acercó a su pecho y enterró la cabeza en su cuello, hablando con voz desesperada–. Lauren, he pasado mucho tiempo intentando convencerme de que la vida sería mejor para ti si no estuviera a tu lado sin pensar un instante en lo que sería la mía si no estás conmigo. Ahora lo sé. Estaría vacía, no tendría sentido, la sola idea es inconcebible; no soy nada sin ti.

–Charles –ella le acarició el cabello con suavidad–. Es exactamente lo mismo que siento yo, lo que he sabido desde el momento en que comprendí cuánto te amaba.

–Y yo no he podido verlo hasta ahora, pero te juro que no dudaré un solo instante nunca más.

–¿No renunciarás a tus sueños?

Charles la tomó por los hombros para separarla unos centímetros y poder mirarla con atención.

–Acerca de eso, hay algo que quiero decirte.

–¿Qué?

–Hablé con Robert y me hizo una propuesta.

Lauren se acomodó aún mejor sobre las almohadas y lo instó a continuar con un gesto.

–No sé si estás enterada, pero el administrador de Rosenthal ha dimitido y ahora él tendrá que renunciar a encargarse de algunos negocios que tenía pensado iniciar…

–¿Te ha propuesto que ocupes el lugar del administrador?

Charles negó con la cabeza.

–No, no exactamente. Verás, lo que Robert me ha propuesto es que en tanto encuentra a la persona apropiada para que se encargue del buen funcionamiento de Rosenthal, sea yo quien se encargue de preparar el campo para los nuevos negocios que desea empezar… –hizo una pausa y miró a su esposa con una sonrisa enigmática antes de continuar– en América.

Lauren dio un brinco sobre la cama y se apresuró a cubrirse cuando notó que la sábana resbalaba sobre sus hombros, lo que consiguió que Charles esbozara una sonrisa traviesa.

—¡¿América?! Pero está muy lejos…

—Al otro lado del mundo, sí. Es una gran oportunidad, no solo voy a hacer algo nuevo, algo que jamás pensé que pudiera enfrentar, sino que he decidido retomar mi escritura —sonrió ante la expresión encantada de Lauren—. No será sencillo, pero me las arreglaré y América es el lugar perfecto para iniciar una nueva vida.

—América…

Al ver la mirada aún asombrada de su esposa, Charles le sujetó las manos con fuerza y las llevó a sus labios.

—Ven conmigo.

—¿Qué?

—Sé que no debo pedirte que hagas esto, llevarte conmigo a perseguir un sueño al otro lado del mundo, separarte de lo que amas… pero te necesito.

Lauren negó con la cabeza y tomó sus manos, mirándolo a los ojos con las lágrimas corriendo por sus mejillas, aunque al mismo tiempo sonreía.

—Puedo ayudarte a hacer tus sueños realidad e iría al fin del mundo contigo, ¿no lo entiendes aún? Nada de lo que puedas esperar de mí es algo que no puedas tener porque ya soy tuya por completo. No importa lo que pase, los cambios… si estamos juntos seré feliz y tú también lo serás, porque tal vez no te hayas dado cuenta pero soy tan perfecta para ti, como lo eres tú para mí.

Él la atrajo hacia sí y besó sus cabellos como si la vida se le fuera en ello, temblando y con tanta fuerza que casi le corta la respiración.

—No te merezco —susurró en su oído.

—No lo sé, pero ya me tienes y no hay nada que puedas hacer contra eso.

—No me dejes nunca —la alejó un poco de sí para sujetar su rostro entre las manos—. Por favor, no vuelvas a dejarme, no podría vivir sin ti. Cuando llegué a casa y me dijeron que no estabas, creí que iba a volverme loco. Lauren, todo lo que he dicho es verdad, solo podría perseguir esos sueños si estás a mi lado, porque de otra forma no tendrían sentido; te has convertido en parte de mí y todo lo bueno o malo que ocurra en el futuro merece vivirse si lo comparto contigo. No te atrevas a dejarme nunca más.

Ella pasó las manos tras su nuca y lo abrazó, absorbiendo la calidez de su cuerpo. Quién hubiera pensado que la honorable, siempre correcta y dulce Lauren Mowbray sería capaz de sentirse morir de felicidad por estar tan cerca del hombre que amaba.

–No lo haré aunque tú me lo pidas, vas a tener serios problemas si quieres separarte de mí y más vale que lo entiendas de una vez.

–¡Dios, Lauren! Prefiero que me maten a pasar un solo segundo de mi vida sin ti.

–¿Aunque pienses que no eres lo bastante bueno para mí? –Charles casi pudo adivinar su sonrisa por el tono ligeramente burlón en su voz, repitiendo algo que él dijo hasta la saciedad.

–Lauren, ahora sé que soy lo bastante bueno para ti, porque estar contigo me convierte en el mejor hombre que puedo ser y dedicaré mi vida a demostrarlo.

Ahora fue Lauren quien se separó y apoyó las manos sobre sus hombros para mirarlo a los ojos.

–No tienes nada que demostrar, Charles.

–Sí, lo tengo, lo haré por ti y por mí, porque no hay nada que no esté dispuesto a hacer para que sepas cuánto te amo.

–Es eso lo que quiero decir –ella pasó una mano con rapidez por sus mejillas para borrar las huellas de lágrimas y sonrió–. Ahora sé que me amas, lo siento en mi corazón; ya no tengo dudas o miedo por nada, estamos juntos y es lo único que importa. De modo que olvida eso de que tienes que demostrar algo, porque aunque no puedas verlo, lo haces ya cada segundo.

Charles se arrodilló sobre la cama y tomó sus manos para besarlas.

—Te amaré aún más en la próxima hora y lo sabrás, como lo sabrás también mañana y el día después y el que venga después de ese, porque mi amor por ti solo se hará más grande, ¿comprendes?

Ella tan solo asintió, no podía hablar y apenas pudo detener el sollozo que subió por su garganta.

—Vamos a ser muy felices, Lauren... —se acercó para hablar sobre su boca—. Te lo prometo.

Ella no pudo decirle que no hacía falta que prometiera nada, que estaba tan segura de ello como de su amor, pero las palabras no acudieron a sus labios y tal vez, después de todo, no hiciera falta decirlo. Él lo sabía tan bien como ella.

Epílogo

Un año en Nueva York transcurría con la frenética rapidez con la que pasaban cinco en la tranquila campiña inglesa, o eso pensaba Charles mientras deshacía el nudo de su corbata y se dejaba caer con un suspiro satisfecho sobre el cómodo sillón bajo la ventana del salón.

Sin embargo, no se quejaba en absoluto; en realidad, le agradaba ese ritmo vertiginoso con el que todo parecía ocurrir en esa ciudad. Lauren decía con frecuencia que iba con su carácter y que en verdad a veces podría pasar por un americano, aunque se apresuraba a señalar también que no por ello perdía el encanto de un inglés y si Lauren lo creía, él era incapaz de contradecirla.

—¿Por qué estás sonriendo como si te encontraras muy satisfecho de ti mismo?

Charles levantó la mirada con una sonrisa y contempló a su esposa, que apoyada en el marco de la puerta y con los brazos cruzados, lo miraba con sospecha.

—¿Cómo podría no estarlo? —abrió los brazos y sonrió más ampliamente—. Ven aquí.

Lauren fingió pensarlo, pero en un minuto estaba sentada a su lado y con la cabeza recostada sobre su hombro. Se quedaron un momento en silencio, disfrutando de su compañía mutua luego de horas sin verse, un ritual que se repetía cada tarde al llegar Charles a la pequeña casa que consiguieron en una de las calles más agradables de Nueva York; una ubicación perfecta para poder ir de un lugar a otro de la ciudad. Entre ambos se encargaron de decorarla a su gusto, aunque buena parte de la labor recayó en Lauren, que con su carácter cálido y al mismo tiempo práctico, logró convertirla pronto en un hogar acogedor.

—Supongo que has tenido un buen día.

—Supones mal, en gran parte ha sido terrible.

—¿Por qué? —ella se alejó un poco para observarlo con atención.

—No estabas allí —su sencilla respuesta le provocó un salto en el corazón.

—Eso es algo que a una esposa siempre le complace oír.

—Y tú lo oirás siempre, porque es la verdad.

Lauren se acurrucó nuevamente contra él y posó una mano sobre la suya.

—Y además de extrañarme, tal como te extraño yo a ti, ¿qué has hecho hoy?

—Bien, si exceptuamos ese continuo estado de añoranza... —Charles sonrió ante un ligero pellizco en la muñeca— podría decir que ha sido un día muy provechoso.

—¿En verdad?

—Sí. Cerré el trato con el señor Redford y antes de salir de la oficina escribí una carta para informar a Robert, espero enviarla en el correo de la mañana.

—¡Charles! ¡Eso es maravilloso!

Desde su llegada a América, hacía ya casi un año, Charles se había entregado por completo a sus labores como emisario del conde de Arlington en los variados negocios que empezaba a explorar y se había conducido de forma tan eficiente que incluso él mencionaba con frecuencia que era el primer sorprendido por su éxito. Jamás dudó de su inteligencia, pese a sus bromas al respecto, pero nunca se había visto en situaciones que requirieran el uso de su talento para llevar a buen puerto negociaciones con hombres mucho más experimentados que él y aún más, que parecían en un principio poco impresionados por su carácter desenfadado.

Sin embargo, descubrió pronto que todo lo relacionado con transacciones comerciales se le daba tan bien como socializar; tan solo se trataba de usar sus habilidades de acuerdo a la situación que se presentara.

–No estaba seguro de que ocurriera tan pronto, pero es una gran noticia. Si seguimos a este ritmo es posible que pronto podamos asociarnos con otros industriales en algunas empresas en las que estoy interesado. Ya le he escrito a Robert al respecto y hemos acordado que si ello ocurriera, incluso podríamos intentar aplicar algunas de las nuevas ideas en Inglaterra.

Lauren sonrió con ternura ante el tono apasionado de su esposo, que casi se atropellaba con las palabras llevado por el entusiasmo.

–Eso suena muy bien –dijo al cabo de un momento y continuó con voz queda–. Estoy muy orgullosa de ti; lo sabes, ¿verdad?

–Sí, lo sé, como también sé que no lo habría logrado de no ser por ti.

–Eso no es cierto.

–Claro que sí –envolvió la mano con la suya y dibujó figuras con el índice sobre la palma–. Me has apoyado todo el tiempo, en cada momento de duda no has hecho más que instarme a continuar; te has convertido en mi norte y creo que sin ti estaría completamente perdido.

Ella sonrió.

–Eso es muy poético.

–¿Lo es? –Charles dio una cabezada con expresión

pensativa y, tras un instante, se puso de pie, tomándola de la mano para llevarla con él–. Perfecto.

–Charles, ¿qué haces?

Él no respondió, tan solo le dirigió una sonrisa traviesa y continuó guiándola fuera del salón, dando un giro hasta cruzar un pequeño corredor que los llevó ante una puerta de doble hoja que abrió con un ademán teatral.

–Mi señora...

–Charles, aún no hemos cenado.

Lauren lo miró con el ceño fruncido, mostrando una falsa expresión reprobadora, aunque sus mejillas estaban sonrojadas y pronto se encontró sonriendo. La había llevado a su habitación y la ayudó a sentarse con delicadeza sobre la cama.

–No recuerdo que eso haya sido antes un impedimento para nada –Charles se agachó para esquivar la almohada lanzada por su esposa–. Pero me temo que tendrás que controlar tus instintos, mi amor, porque no es precisamente lo que tenía en mente...

–¿No?

–Por el momento.

Él rio ante su expresión confundida y se encaminó al vestidor, dejándola un instante a solas. Cuando regresó, llevaba algo oculto tras la espalda y aunque Lauren se adelantó un poco para ver de qué se trataba, no se lo permitió.

–Charles, ¿qué es?

–Una pequeña sorpresa –dijo al fin.

Se sentó a su lado y dejó caer sobre su regazo un objeto cuadrado y pesado que ella examinó con interés. Cuando comprendió de qué se trataba, apenas pudo contener un grito de emoción.

–¿Lo has terminado?

Charles no solo había dedicado casi todo su tiempo a los negocios en Nueva York, sino que, tal y como le prometiera poco antes de dejar Londres, se las había arreglado para continuar con su escritura. Hasta ese momento no había permitido que leyera ninguno de sus poemas, ya que tal como y mencionaba una y otra vez, deseaba mostrarle un trabajo que tuviera un poco de coherencia.

—Aún hay mucho que hacer, pero creo que es al menos digno de que lo leas.

—¿Digno? Oh, Charles, ¿tengo que sumar la modestia a tu lista de virtudes?

—Si así lo deseas, no voy a detenerte —sonrió con picardía e hizo un gesto para que abriera la libreta.

Lauren pasó una mano sobre la cubierta, acariciándola con ceremonia y con una sonrisa iluminando sus facciones, en tanto Charles la contemplaba con adoración.

—¿Leerás para mí?

Él asintió y le pasó un brazo sobre los hombros; con la mano libre pasó la primera hoja en tanto ella sostenía la libreta sobre su regazo.

—Siempre.

Y tras una pequeña pausa para darle un beso en la sien, empezó a leer.

ÚLTIMOS TÍTULOS PUBLICADOS EN HQN

A las puertas de Numancia de África Ruh

Ese beso... de Jill Shalvis

Hasta que me ames de Brenda Novak

La institutriz y el escocés de Julia London

Conquistar la luna de Marisa Ayesta

Irlanda, Luchando por una pasión de Claudia Velasco

Atracción en Nueva York de Sarah Morgan

Todo lo que siempre quiso de Kristan Higgins

Martina de Carmela Trujillo

Tras la pista que me llevó a ti de Caridad Bernal

Lazos de amistad de Susan Mallery

Cómo enamorarse de un hombre que vive debajo de un arbusto de Emmy Abrahamson

Misión California de Martina Jones

Donde pertenecemos de Brenda Novak

Prefiero llamarlo magia de Eugenia Casanova

La dama pirata y el escocés de Julia London

www.ingramcontent.com/pod-product-compliance
Lightning Source LLC
LaVergne TN
LVHW091614070526
838199LV00044B/800